Eigentlich sollte Laetitia Rodd nur das Ehepaar Transome während seiner Trennung begleiten. Doch dann führen ihre Ermittlungen Mrs. Rodd in die scheinbar sittenlose Welt des Theaters: Plötzlich steht sie zwischen zwei verfeindeten Familien, inmitten von Rivalität, Eifersucht und höchst intrigantem Handeln. Als bei Renovierungsarbeiten des vor 10 Jahren abgebrannten King's Theatre die Leiche eines jungen Mannes gefunden wird, verschärft sich die Situation abermals: Das Theater war als letztes im Besitz der Transomes und der Tote, ein Schauspieler, trägt noch das Kostüm seines letztes Auftrittes – gespielt wurde »Romeo und Julia«. Was für ein Drama hat hier stattgefunden, fragt sich Laetitia.

Weitere Krimis von Kate Saunders:
»Das Geheimnis von Wishtide Manor. Laetitia Rodds erster Fall«
»Die Schatten von Freshley Wood. Laetitia Rodds zweiter Fall«

Kate Saunders ist erfolgreiche Autorin zahlreicher Romane und Kinderbücher, für die sie – auch in Deutschland – ausgezeichnet wurde. Als Journalistin und Rezensentin schreibt sie u.a. für die »Sunday Times« und »Cosmopolitan«, ist als Jurorin tätig und arbeitet für das Radio. Sie ist begeisterte Londonerin und leidenschaftliche Theaterbesucherin, wie der neueste Band ihrer Serie um die viktorianische Ermittlerin Laetitia Rodd beweist.

Weitere Informationen finden Sie auf www.fischerverlage.de

KATE SAUNDERS

DIE INTRIGEN AM KING'S THEATRE

❧ ☙

Laetitia Rodd's dritter Fall

*Aus dem Englischen
von Annette Hahn*

FISCHER Taschenbuch

Aus Verantwortung für die Umwelt hat sich der S. Fischer Verlag zu einer nachhaltigen Buchproduktion verpflichtet. Der bewusste Umgang mit unseren Ressourcen, der Schutz unseres Klimas und der Natur gehören zu unseren obersten Unternehmenszielen.

Gemeinsam mit unseren Partnern und Lieferanten setzen wir uns für eine klimaneutrale Buchproduktion ein, die den Erwerb von Klimazertifikaten zur Kompensation des CO_2-Ausstoßes einschließt.

Weitere Informationen finden Sie unter: www.klimaneutralerverlag.de

Deutsche Erstausgabe
Erschienen bei FISCHER Taschenbuch
Frankfurt am Main, Juli 2022

Die englische Originalausgabe erschien 2021
unter dem Titel »The Mystery of the Sorrowful Maiden«
im Verlag Bloomsbury, London
© 2021 by Kate Saunders

Für die deutschsprachige Ausgabe:
© 2022 S. Fischer Verlag GmbH, Hedderichstr. 114,
D-60596 Frankfurt am Main

Satz: Dörlemann Satz, Lemförde
Druck und Bindung: GGP Media GmbH, Pößneck
Printed in Germany
ISBN 978-3-596-70627-3

Eins

1853

Der Frühling ließ in diesem Jahr auf sich warten. Zwar war der Winter nicht besonders kalt gewesen, dafür aber derart feucht, dass in allen möglichen und unmöglichen Ecken schwarze Schimmelflecken aufgetaucht waren und Mrs. Bentley sich eine schlimme Rippenfellentzündung zugezogen hatte. Erst als die Sonne kurz nach Ostern ein paar schüchterne Strahlen durch die trüben Wolken schickte, ging es meiner Vermieterin wieder gut genug, um nach unten kommen und sich neben den warmen Herd setzen zu können.

Nachdem ich Mrs. B also auf den guten Windsor-Lehnstuhl verfrachtet und in einen Haufen Decken und Wolltücher gewickelt hatte, entdeckte ich auf der Fußmatte einen Brief, den offenbar jemand persönlich dort hingelegt hatte.

Sehr geehrte Mrs. Rodd,
wie ich hörte, sind Sie als Privatdetektivin tätig, insbesondere in Angelegenheiten, die große Diskretion erfordern. Es kommt Ihnen hoffentlich nicht ungelegen, wenn ich Sie heute Nachmittag um drei Uhr aufsuche, um einen möglichen Auftrag mit Ihnen zu besprechen.
Hochachtungsvoll,
Benjamin Tully

Mr. Tully war einer unserer Nachbarn im Well Walk, ein Schauspieler im Ruhestand. Wir kannten uns gut genug, um uns auf der Straße mit einer kurzen Verbeugung und einem

Lächeln zu grüßen, aber Mrs. Bentley war weitaus besser mit ihm bekannt, also reichte ich den Brief an sie weiter. »Sie wissen nicht zufällig, was er will, Mary?«

Es war offenbar genau die richtige Frage, um die Lebensgeister meiner Vermieterin neu zu wecken; ich freute mich, dass wieder Glanz in ihre hellblauen Augen kam, während sie die Zeilen studierte.

»Nein, Ma'am, da weiß ich auch nicht mehr als Sie. Aber Mr. Tully ist ein feiner Kerl und vor allem ein guter Nachbar. Er hält beispielsweise einige Katzen, so dass sich auf seiner Terrasse schon jahrelang keine Maus mehr hat blicken lassen.«

»Soll ich ihn im Wohnzimmer empfangen, oder wird er sich hier unten wohler fühlen? Herrjemine, ich weiß gar nicht, wie ich einem Schauspieler begegnen soll!«

Zu der Zeit wurden Schauspieler als andersartiges Volk betrachtet, sowohl was die Moral als auch was den gesellschaftlichen Umgang betraf. Auch wenn man allmählich begann, manche Darsteller als ernsthafte Künstler anzusehen, konnten sie von jemandem meines Standes – der Witwe eines Archidiakons und damit dem Inbegriff von Sittsamkeit – noch lange nicht wie ihresgleichen empfangen werden.

»Ich würde sagen: hier unten, Ma'am«, urteilte Mrs. Bentley entschieden. »Wenn Sie sich ins Wohnzimmer setzen, müssen wir ein weiteres Feuer anmachen, was wir uns nicht leisten können – weil dieser Kohlenhändler, der es Ihnen so angetan hat, ein ausgemachter Gauner ist.«

Ich musste lachen, denn ich war froh, dass es ihr wieder gut genug ging, um schimpfen zu können. Fast wäre sie an dieser Infektion verstorben, und ohne Mary Bentley wäre es hier überaus traurig und einsam geworden. Unsere Beziehung reichte so viel weiter als zwischen Wirtin und Mieterin üblich. Als wir uns kennenlernten, fünf Jahre vor der Zeit, über die ich hier schreibe, hatte ich gerade meinen geliebten Mann verloren und war auf einen Schlag fast bettelarm geworden.

Alle waren davon ausgegangen, dass ich bei meinem Bruder Fred in Highgate einziehen werde. Vor allem die Frau meines Bruders hatte damit gerechnet, dass ich aus reiner »Dankbarkeit« umsonst auf ihre ganzen Kinder aufpassen würde und sie das Kindermädchen entlassen könnte. Doch sosehr ich diese Kinder auch liebte, kam solcherlei nicht für mich in Frage; meine Unabhängigkeit bedeutete mir alles, und so machte ich mich auf die Suche nach einer passenden Unterkunft.

Es war eine trübselige Erfahrung, und ich erspare der geneigten Leserschaft die Auflistung aller schäbigen kleinen Zimmer, der abgetakelten Wirtinnen und der Wucherpreise. Auch Mrs. Bentleys schmales Häuschen in Hampstead schien auf den ersten Blick nicht sonderlich passend, doch beim zweiten Hinsehen gefiel es mir sehr gut – genau wie Mary Bentley. Sie erzählte, sie habe vor vielen Jahren, als ihre fünf rothaarigen Söhne noch klein gewesen waren, die Unterkunft an den Dichter John Keats und seine zwei Brüder vermietet (wie sie alle hineingepasst hatten, ist mir noch heute ein Rätsel), und ich nahm dies als gutes Omen.

Seit zehn Jahren wohnte Mr. Tully vier Häuser weiter im Well Walk. Er war klein und schmal, hatte dünne graue Haare und strahlend blaue Augen in einem alterslosen, unschuldig wirkenden Gesicht. Obwohl er ein steifes Bein hatte und mit einem Krückstock lief, bewegte er sich flink und geradezu anmutig. Punkt drei Uhr klopfte er an die Tür, verbeugte sich und hielt mir einen Kümmelkuchen entgegen.

»Den habe ich heute Morgen gebacken, Mrs. Rodd; ich weiß doch, dass Mrs. Bentley meinen Kümmelkuchen liebt.«

Es schien ihm nicht das Geringste auszumachen, dass ich ihn in die Küche hinunterführte, wo er sich mit ausladender Geste vor Mrs. B verneigte und neben dem Herd Platz nahm. Sein Kuchen war exzellent: weich und süß und saftig, mit der genau richtigen Menge an Kümmel, der ihm das gewisse Etwas verlieh. Ich freute mich, dass Mrs. B ein Stück davon aß – ihr mangelnder Appetit bereitete mir immer Sorge.

»Ich hoffe, Sie verzeihen, dass ich Sie so direkt anspreche«, sagte Mr. Tully. »Ich komme im Auftrag einer guten alten Freundin, die um Ihren Ruf weiß, sehr diskret zu sein.« Er zog bedeutungsschwer die Augenbrauen hoch. »Sie ist mit der Familie Heaton bekannt.«

Mrs. Bentley und ich tauschten Blicke; der Heaton-Fall war mein erster großer Erfolg als Privatdetektivin gewesen und brachte immer noch Kundschaft ein, wie Mrs. Bentley es gern formulierte.

»Nicht, dass der Fall bei meiner Freundin auch nur annähernd ähnlich läge«, beeilte Mr. Tully sich zu sagen. »Es gibt keine Toten – ja, nicht einmal ein Verbrechen. Es handelt sich nur um eine ... *Situation*, die ein sehr behutsames Vorgehen erfordert.«

»Natürlich, Mr. Tully, ich verstehe«, versicherte ich ihm. »Ich verurteile niemanden, und es gibt wenig, das mich zu schockieren vermag. Wie kann ich Ihnen helfen?«

»Diese Freundin«, fuhr er fort, »ist in Theaterkreisen gut bekannt; ihr Name lautet Transome.«

»Wie Thomas Transome?« Ich war mit der Theaterszene nicht sonderlich vertraut, doch selbst ich hatte von dem gefeierten Theaterdirektor und Schauspieler gehört.

»Ja, Ma'am.« Ein gewisser Stolz schien in seinen Augen aufzuleuchten. »Thomas Transome und seine Familie leiten das *Duke of Cumberland's Theatre* am Haymarket. Vor meinem Abschied von der Bühne verbrachte ich viele glückliche Jahre in seinem Ensemble.«

»Erzählen Sie ihr von dem Feuer«, sagte Mrs. Bentley.

»Ach, du meine Güte, ja! Vor zehn Jahren, als wir noch im *King's Theatre* an der Drury Lane spielten, gab es ein schreckliches Feuer – der Grund für meinen Rückzug aus der Schauspielerei.« Er deutete auf sein versehrtes Bein. »Ich wurde schwer verletzt. Meine Erinnerung an die Nacht ist lückenhaft, aber Tom Transome behauptet, ich hätte ihm das Leben gerettet. Ob das nun stimmt oder nicht: Er verschaffte mir ein kleines Einkommen, damit ich mein Leben sorgenfrei fortführen konnte. Tatsächlich ist er ungewöhnlich großzügig.«

»So scheint es.«

»Er organisierte damals eine Wohltätigkeitsvorführung und überließ mir alle Einnahmen. Aber ich will nicht weiter vom Theater sprechen – Mrs. Bentley hält das Theater für einen Ort der Sünde. Und um Tom geht es vordergründig auch nicht. Die Freundin, von der ich gesprochen habe, ist seine Frau, Mrs. Sarah Transome.«

»Bitte verzeihen Sie mir meine Unwissenheit«, sagte ich, »aber ist sie auch eine Schauspielerin?«

»Das ist sie, Ma'am. Zu ihrer Glanzzeit war sie eine großartige Schauspielerin, eine der besten. Und ihre drei Töchter stehen ebenfalls auf der Bühne.«

»Weshalb benötigt sie meine Dienste, Mr. Tully?«

Sein Kummer war ihm anzusehen. »Geradeheraus gesagt: Weil Tom sich verliebt hat.«

»Oh.« Das hatte ich nicht erwartet, für einen Moment fehlten mir die Worte. »Entschuldigung?«

»Er hat sich Hals über Kopf in Constance Noonan verliebt, die neben ihm als Romeo gerade die Julia spielt. Sie ist achtzehn Jahre alt. Tom hatte bereits in der Vergangenheit mit einigen jungen Schauspielerinnen … nun, man mag es ›amouröse Verwicklungen‹ nennen – doch bisher eher diskret. Diesmal ist es anders. Er scheint geradewegs den Verstand verloren zu haben und redet davon, mit diesem Mädchen zusammenzuziehen.«

»Was für eine Schande!«, entfuhr es Mrs. Bentley.

»Da möchte ich wohl zustimmen«, sagte ich schnell, weil ich Mr. Tully nicht aufhalten wollte, wo er gerade so schön in Fahrt war. »Aber wir sollten ein Urteil aufschieben, bis wir alle Fakten gehört haben – wofür benötigt Mrs. Transome meine Unterstützung?«

»Sie braucht eine Fürsprecherin, die für sie eintritt.« Seine blassen Wangen röteten sich. »Ihr Mann will sie aus dem Haus werfen.«

Mrs. B deutete mit den Lippen erneut das Wort »Schande« an.

»Hat er dafür einen Grund genannt, abgesehen von seiner eigenen Untreue?«, wollte ich wissen.

»Er beschuldigt Mrs. Sarah, ihren Pflichten als Mutter nicht ausreichend nachzukommen, was ausgemachter Blödsinn ist und lediglich ein Vorwand, um ihr zu verwehren, was ihr rechtlich zusteht. Sie braucht den Rat einer Dame wie Ihnen, mit der sie offen sprechen kann.«

»Mrs. Rodd kann so leicht nichts schockieren!«, sagte Mrs. B und nickte mir zu.

»Mrs. Sarah ist völlig verzweifelt, Mrs. Rodd, und es zerreißt mir fast das Herz, sie so unglücklich zu sehen. Tom scheint es auf eine gerichtliche Trennung anzulegen, und das wohl aus Geiz; ich weiß nicht, was in ihn gefahren ist! Und sie weiß nicht, wem sie vertrauen kann.«

»Was ist mit ihren Töchtern – leben sie denn nicht bei ihr?«

»Nur die jüngste Tochter, Cordelia. Sie ist neunzehn Jahre alt und Toms ganzer Stolz. Es hat ihn schwer getroffen, dass sie ganz bei ihrer Mutter lebt und kein Wort mehr mit ihm spricht. Die mittlere Tochter, Olivia, ist vierundzwanzig. Sie hat sich auf Toms Seite geschlagen und das Haus der Mutter verlassen. Und die mit siebenundzwanzig Jahren älteste, Maria – inzwischen Maria Betterton –, ist mit ihrem Ehemann gerade auf Amerika-Tournee. Sie hat ihrem Vater einen Brief geschrieben, der ihn so wütend machte, dass er Sachen an die Wand warf. Der Name Betterton streut nämlich noch mehr Salz in die Wunde.«

Er unterstrich seine Aussage mit wissendem Nicken, doch als er unsere fragenden Gesichter sah, fügte er hinzu: »Zwischen den Transomes und den Bettertons besteht bekanntermaßen eine Fehde, ähnlich wie zwischen Romeos und Julias Familien, den Montagues und den Capulets.«

»Lassen Sie uns zu Sarah Transome zurückkehren.« Ich merkte bereits, dass diese Geschichte in hundert Richtungen zerfasern konnte, und befand es für zweckmäßig, die Dinge so einfach wie möglich zu halten. »Ich werde sie sehr gern treffen und im Hinblick auf Abfindungsvereinbarungen für sie sprechen – falls meine Unterstützung tatsächlich von Nutzen sein kann.«

»Danke!«, rief Mr. Tully, und sein Gesicht leuchtete vor Erleichterung auf. »Sie können sie jederzeit zu Hause besuchen, im Pericles Cottage am Ham Common in Richmond.«

Zwei

Zwei Tage später fuhr kurz nach dem Frühstück eine höchst extravagante Kutsche im Well Walk vor, um Mr. Tully und mich von Hampstead nach Richmond zu bringen: ein vierrädriger, leuchtend blauer Zweispänner, auf dessen Tür ein Wappen prangte.

»Das ist kein echtes Wappen«, erklärte Mr. Tully munter. »Tom hat es selbst entworfen und den Kulissenmaler des Theaters damit beauftragt; er liebt pompöse Auftritte.«

Eine Handvoll Kinder aus der Nachbarschaft bestaunte die Kutsche aus nächster Nähe. Und die zwölfjährige Hannah Bentley aus Mrs. Bs Horde rothaariger Enkel, die ich herbestellt hatte, damit ihr in meiner Abwesenheit jemand Gesellschaft leistete, winkte uns durch unser Wohnzimmerfenster zu, als gehörten wir zur königlichen Familie.

Bei genauerem Hinsehen fiel mir auf, dass sowohl die Lackierung als auch die Innenausstattung der Kutsche schon recht verschlissen und ausgeblichen waren.

»Tom hat die Kutsche Mrs. Sarah überlassen«, erzählte mir Mr. Tully. »Er wohnt jetzt in Herne Hill und fährt lieber mit seinem Einspänner zum Theater und zurück. Und es heißt, dass er dem Mädchen eine feine Brougham-Kutsche kaufen möchte – aber das ist bislang nur ein Gerücht.«

»Er muss ja sehr wohlhabend sein«, sagte ich.

»Das ist er in der Tat, Mrs. Rodd. Das *Duke of Cumberland's Theatre* hat sich als wahre Goldmine erwiesen. Der Brand im vorherigen Theater hat ihn fast ruiniert, aber allen Unkenrufen zum Trotz feierte er anschließend einen Erfolg nach dem anderen.« Mr. Tully hatte einen Korb dabei, den er nun aufklappte, um mir ein Zinnfläschchen und eine Reihe in hellbraunes Papier eingeschlagene Päckchen zu zeigen. »Ich habe ein paar Schinkenbrote, einige Scheiben Topfkuchen und eine Flasche Sherry dabei, falls Sie sich stärken möchten.«

»Im Moment nicht, danke sehr.«

»Sie haben recht, es ist noch zu früh. Vielleicht später.«

»Ich staune über Ihre Fertigkeiten in der Küche, Mr. Tully.«

»Kochen und Backen sind mir liebe Hobbys geworden, vor allem seit meinem Ruhestand.«

Unweigerlich sah ich auf sein verletztes Bein, das dünner war als das andere und zudem ein wenig verdreht. »Wie ist das Feuer damals entstanden, wenn ich fragen darf?«

»Durch ein defektes Rampenlicht. Das Haus ging in Flammen auf wie eine Zunderbüchse. Zum Glück war das Theater schon geschlossen, sonst hätten Hunderte von Menschen umkommen können.«

»Sie sagten, Mr. Transome sei damals im Gebäude gewesen. Wo waren seine Frau und seine Töchter?«

»Die Mädchen waren ohnehin zu Hause, und Mrs. Sarah befand sich mit der Kutsche schon auf halbem Weg nach Richmond, als das Feuer ausbrach. Sie hatten an dem Abend ›Romeo und Julia‹ gegeben – sie als Julia neben ihrem Mann als Romeo.« Er erzählte es mit einem gelassenen Lächeln, und doch zog eine gewisse Anspannung über sein sonst so argloses Gesicht. »Der Brand war der Auslöser für ihren ersten großen Streit – das können Sie ruhig schon vor Ihrem Treffen erfahren. Denn Tom musste sich immens verschulden, um überhaupt in das neue Theater ziehen zu können.«

»War das alte Theater nicht versichert gewesen?«

»Schon, aber nicht ausreichend, um den Gesamtschaden zu begleichen. Tom war klar, dass er seinen guten Ruf nur halten könnte, wenn er das *Duke of Cumberland's Theatre* mit einer Sensation eröffnen würde, und so wagte er einen mutigen Schritt: Er nahm seine Produktion von ›Wie es euch gefällt‹ wieder auf, die bereits im *King's Theatre* ein Publikumsmagnet gewesen war. Aber nun wurde das Stück mit seiner Tochter in der Hauptrolle aufgeführt anstatt mit seiner Frau. Er sagte ihr, sie sei zu alt.«

»Arme Mrs. Transome!«

Mr. Tully seufzte. »Ja, das war eine harte Entscheidung – aber das Leben ist nun einmal hart, und am Ende hat Tom recht behalten. Marias Vorstellung als Rosalind – neben ihrem Vater als Orlando – war ein grandioser Erfolg.«

»Berichtigen Sie mich bitte, wenn ich falsch liege, denn ich möchte die Zusammenhänge genau verstehen: Maria ist die Tochter, aus der dann Mrs. Betterton wurde … trotz der Animositäten zwischen den Familien?«

»Ja, und dieser Verrat hat Tom zutiefst verletzt.«

»Wissen Sie, was hinter der Feindseligkeit steckt?«

»Nicht genau – aber die Bettertons agieren hinterhältig und gerissen, Ma'am. Sie behaupten, mit jenem Betterton verwandt zu sein, der während der Restaurationszeit ein berühmter Schauspieler war, aber ich habe das nie geglaubt. James Betterton stammt aus irgendeinem irischen Sumpf, und eine Menge Leute werden Ihnen sagen, dass sein Name früher Jimmy McGinty war.«

»Mrs. Betterton muss eine energische junge Dame sein, dass sie sich ihrem Vater so offen widersetzte.« Ich versuchte im Geiste, das Puzzle der Familiengeschichte zusammenzusetzen.

»Nun, sie ist ihm unwahrscheinlich ähnlich, das ist das Problem.« Seine Augen blitzten. »Beide sind eigenwillig und stur. Unter uns gesagt, stand Maria ihrer Mutter nie besonders nahe, und nachdem sie Toms Hauptdarstellerin geworden war, schien sie sie geradewegs zu verabscheuen. Tom und seine Tochter waren einander sehr zugetan und in der Stadt *die* Sensation – bis Maria den jungen Betterton kennenlernte. Er ist der zweite Sohn der ...«

»Mr. Tully«, unterbrach ich, »bitte ersparen Sie mir einen weiteren Familienstammbaum, während ich noch mit dem der Transomes ringe! Wer war nun die, die zu ihrem Vater zog?«

»Olivia.«

»Olivia – danke. Sie sagten, sie sei auch Schauspielerin. Hat sie denn die Rolle ihrer Schwester als Rosalind an der Seite des Vaters übernommen?«

»Ach, um Himmels willen – nein! Und darum rankt sich ein weiteres Drama. Die arme Olivia kann sich mit keiner ihrer Schwestern messen. Auch sie ist gut auf der Bühne, auf ihre Weise. Aber Maria und Cordelia haben den Löwenanteil von Toms Talent geerbt und stellen sie eindeutig in den Schatten. Das weiß sie und ist dementsprechend eifersüchtig. Deshalb hält sie so zu Tom.«

»Also stehen sie sich besonders nahe?«

»Nun – sie vergöttert ihren Vater geradezu, und natürlich hat er sie sehr lieb, aber es ist klar ersichtlich, dass er die anderen vorzieht. Er war untröstlich, als Maria durchbrannte; man konnte sein Schluchzen im ganzen Theater hören.«

»Wann genau ist das passiert?«

»Vor drei Jahren, als die Familie noch zusammenlebte. Olivia bettelte Tom an, er solle ihr Marias Rollen geben, doch er ließ sich nicht erweichen und stellte die kleine Cordelia auf die Bühne, die gerade erst sechzehn geworden war.«

»Das muss Olivia ganz schön wütend gemacht haben.«

»Das ist noch milde ausgedrückt, Ma'am. Sie war fuchsteufelswild.«

»Und doch hat sie ihrem Vater verziehen und das Haus ihrer Mutter verlassen.«

»Sie würde dem alten Gauner alles verzeihen, wenn Sie mich fragen.«

»War Cordelia nicht zu jung für ein so großes Debüt?«

»Für gewöhnlich würde ich Ihnen recht geben, aber Cordelia hat geschauspielert, seit sie laufen konnte; ihren ersten Auftritt hatte sie mit sechs Jahren als Fee im ›Sommernachtstraum‹. Ihr Debüt im *Duke of Cumberland's Theatre* war ein rauschender Erfolg.«

Wir fuhren geradeaus Richtung Süden, und nach vielen schier endlosen Reihen neuerbauter Häuser wurden die Wege grüner, und man sah Wiesen und Gärten. Sehr hübsch waren die bunten Farbtupfer der Osterglocken und Schlüsselblumen, die im Hampstead Heath zu diesem Zeitpunkt noch kaum blühten und nur vereinzelt zu entdecken waren.

»Bevor wir auf Mrs. Transome treffen«, sagte ich, »würde ich von Ihnen gern noch wissen, wann ihr Ehemann Miss Noonan kennenlernte.«

»Für ihn lief es gerade ausgesprochen gut.« Mr. Tully stockte und verdrehte die Augen. »Ist es nicht immer so? Nun. Es geschah vor einem Jahr. Tom sah Miss Noonan im *Theatre Royal* in Wakefield. Sie spielte die Hauptrolle in einem grässlichen Versdrama mit dem Titel ›Boadicea‹, das der ortsansässige Mr. Chatterton für sie geschrieben hatte – jede Provinzstadt hat ja ihren eigenen schlechten Dichter. Tom war auf Anhieb fasziniert, zuerst allerdings nur in professioneller Hinsicht. Er setzte alle Hebel in Bewegung, sie nach London zu holen, damit sie dort als Julia mit ihm auf der Bühne stehen konnte.«

»Ich würde ja meinen, dass er für die Rolle des Romeo schon zu alt ist.«

»Auf der Bühne hat er eine überaus jugendliche Ausstrahlung. Wenn er Miss Noonans glühenden Liebhaber spielt, könnte man schwören, er sei nicht älter als ein Knabe. Die Aufführung wurde ein riesiger Erfolg, und nicht viel später verlor er sein Herz. Beinahe war es abzusehen: Als Maria fortging, hatte er verkündet, er werde den Romeo nie wieder spielen, nicht einmal mit Cordelia. Für Miss Noonan hat er seinen damaligen Entschluss dann aber revidiert.«

»Ich verstehe. Das hat in seiner Familie sicherlich für Ärger gesorgt.«

»Wie ich schon sagte, Ma'am: Es hat die Familie entzweit.«

Als die Kutsche den Ham Common erreichte, brach die Sonne gerade durch die Wolken und übergoss die grüne Weite mit gleißendem Frühlingslicht. Ich staunte über die Schönheit der Wälder und Wiesen so nahe der Stadt und spähte durch das knospende Grün auf die feinen Häuser, die es noch kaum zu verbergen vermochte. Mr. Tully deutete auf die Pförtnerloge am Tor des herrschaftlichen Ham House – einst Sitz der Earls of Dysart – und begeisterte sich darüber, wie schön es doch sei, »aufs Land« zu fahren. Ich war auf dem Lande großgeworden und wusste, dass diese saubere, aufgeräumte Vorstadtidylle damit wenig gemein hatte.

Pericles Cottage war ein flaches, langgestrecktes, weiß verputztes Haus, das sich auf einer weiten Rasenfläche hinter einer Ziegelmauer versteckte. Eine stämmige Irin mittleren Alters, die das graue Haar sauber unter eine schwarze Seidenhaube gesteckt trug, ließ uns ein. Sie bat uns, einen Augenblick zu warten, und Mr. Tully flüsterte mir zu, sie sei früher Mrs. Transomes »Garderobiere« gewesen: »Die zwei kennen sich schon sehr lange, Ma'am, schon bevor sie Tom begegnete.«

Die Eingangshalle war hell und geräumig, mit schwarz-weißen Fliesen und unzähligen Bildern an der Wand, die ich gern näher betrachtet hätte. Auf allen waren Schauspieler und Schauspielerinnen in prächtigen Kostümen und dramatischen Posen zu sehen. Einige der Gemälde bildeten Porträts auffallend hübscher Frauen ab, die meisten jedoch zeigten Männer, genau genommen ein und denselben Mann: Thomas Transome in Rüstung und Toga, in Strümpfen und im mittelalterlichen Wams, und immer sah er bemerkenswert gut aus.

Die Haushälterin kehrte zurück und führte uns in einen lichtdurchfluteten Salon mit wenig Mobiliar, aber großen Fenstern, die den Blick auf einen Garten mit üppig blühenden Krokussen und Osterglocken freigaben.

»Mrs. Rodd, ich freue mich sehr, Sie zu sehen.«

Von diesem Moment an hatte ich nur noch Augen für Sarah Transome. Auch heute, Jahre später, ringe ich nach Worten, um sie zu beschreiben; sie war weder besonders jung noch außergewöhnlich hübsch, aber sie hatte etwas bestrickend Lebhaftes und Sprühendes an sich, was ihr eine attraktive und einnehmende Ausstrahlung verlieh. Ihre Augen und ihr Haar waren von sanftem Dunkelbraun. Sie trug keine Haube und unter den schwarzen Seidenröcken keine Krinoline, so dass sich die geschmeidigen Bewegungen ihres schlanken Körpers gut erkennen ließen. Sie musste schon weit in ihren Vierzigern sein und wirkte dennoch auffällig mädchenhaft – vor allem, als Mr. Tully sich zu einem Handkuss verneigte.

Sie lächelte. »Mein lieber Ben, was sind Sie wieder galant! Bitte setzen Sie sich doch an den Kamin, Mrs. Rodd. Murphy bringt uns gleich eine Erfrischung. Es ist überaus freundlich von Ihnen, mich zu besuchen, wo Sie doch wissen, dass dies ein Haus der Schande ist.«

»Nun übertreiben Sie aber, meine Liebe!«, protestierte Mr. Tully. (Ich musste mich noch an den sehr vertrauten Umgangston gewöhnen, den Theaterleute untereinander pflegen, und strengte mich sehr an, nicht tadelnd die Augenbrauen hochzuziehen.) »Keiner hält Sie für eines Vergehens schuldig.«

»Mir ist nicht bekannt, dass Sie oder Ihre Töchter mit irgendeiner Schande behaftet wären«, sagte ich schnell. »Für das Verhalten Ihres Mannes kann man Sie nicht verantwortlich machen.«

»Sie sind sehr freundlich«, sagte Mrs. Transome.

Ich setzte mich in einen Sessel, dessen roter Plüschbezug leicht modrig roch.

Mr. Tully ging zu einem der hohen Fenster. »Da ist Cordelia! Sie kann mir Gesellschaft leisten, während Sie sich mit Mrs. Rodd unterhalten.«

Über den Rasen spazierte eine hübsche junge Frau in einem weiten grünen Kleid, der das offene Haar bis auf den Rücken reichte.

»Meine Tochter«, sagte Mrs. Transome zu mir gewandt und seufzte schwer. »Ich muss wohl dankbar sein, dass sie sich an der frischen Luft bewegt, denn die meiste Zeit liegt sie in ihrem Zimmer auf dem Bett.«

»Ist sie krank?«

»Oh, nein, ihr fehlt nichts – abgesehen davon, dass sie kaum ein Wort spricht, seit sie das Theater ihres Vaters verlassen hat. Ben, mein Bester, versuchen Sie doch, sie aufzumuntern, bevor sie uns alle zu Tode schmollt.«

Mr. Tully verneigte sich und verließ den Raum. Mrs. Transome setzte sich auf die andere Seite des Kamins. Von oben blickte Thomas Transome als Julius Cäsar auf uns herab – mit Kürass und Lorbeerkranz vor einem im Hintergrund tosenden Sturm.

»Ja, der gute alte Tom.« Mrs. Transome lächelte, als sie

bemerkte, dass ich das Gemälde über dem Kaminsims studierte. »Es wurde kurz vor Cordelias Geburt angefertigt. Sie bekam ihren Namen, weil sie seine dritte Tochter war und er mit ihnen allen ›König Lear‹ aufführen wollte, wenn sie groß wären.«

»Sie sind sicher froh, sie jetzt an Ihrer Seite zu haben.«

»O ja, das bin ich. Offen gestanden war ich ein wenig überrascht; sie hat ihren Status als Hauptdarstellerin im Ensemble ihres Vaters sehr genossen. Und dass er sich mit diesem Noonan-Mädchen so zum Affen macht, ging erst los, nachdem Cordelia das Theater verlassen hatte. Ich meine, er war zwar schon bis über beide Ohren verliebt, und das ganze Theater tratschte darüber – aber bevor er sich mit Cordelia überwarf, war er noch einigermaßen bei Verstand gewesen.«

»Wissen Sie, was zwischen ihnen vorgefallen ist?«

Sie schnitt eine Grimasse. »Sie war eifersüchtig auf die Noonan, darauf läuft es hinaus. Dass er das Mädchen als Julia besetzte, brachte das Fass schließlich zum Überlaufen. Da erst erinnerte Cordelia sich an ihre Pflicht gegenüber ihrer armen verlassenen Mutter. Sie verließ das Theater ihres Vaters – und seitdem schmollt und jammert sie.«

Ich fühlte mich nicht ganz wohl bei diesem Gespräch. In der Art, wie sie von ihrem eigenen Kind sprach, lag eine gewisse Härte, und ihre Haltung mir gegenüber war von einer unverblümten Offenheit, die mir fremd war. Dennoch zweifelte ich nicht daran, dass Sarah Transome tief verletzt worden war; die Fassade konnte ihren Schmerz nicht verbergen.

»Mrs. Transome«, sagte ich, »Mr. Tully hat mir schon ein wenig erklärt, was Sie von mir wünschen, aber ich würde es nun gern ausführlicher von Ihnen selbst hören.«

»Das wird nicht lange dauern. Tom und ich sind fertig miteinander, und es muss eine Vereinbarung für die Trennung erstellt werden. Er will, dass ich so billig und abgelegen wohne wie nur irgend möglich – vermutlich wünscht er sich, ich würde mich einfach in Luft auflösen.«

Murphy platzte, ohne anzuklopfen, ins Zimmer; sie trug ein großes Tablett mit Flaschen und Gläsern.

»Der Schlachter steht wieder an der Hintertür, Mrs. Sarah; er will nicht weggehen, bevor er etwas Geld bekommt.«

Mrs. Transome, die nicht im Mindesten verärgert schien, seufzte. »Was für ein lästiger Mensch! Gib ihm fünf Schilling, aber nur, wenn er uns weiterhin Fleisch bringt. Da sehen Sie, wie es mir ergeht, Mrs. Rodd! Bis mein Mann mir ein Einkommen bewilligt, bin ich vollkommen mittellos!«

Trotz des bekundeten Elends wurde mit nahezu extravaganter Großzügigkeit aufgetischt. Sobald Murphy gegangen war, um den Schlachter zu besänftigen, reichte Mrs. Transome mir einen Teller mit exquisiten Keksen – sicher aus einer Feinbäckerei im West End – sowie ein Glas sehr guten Madeira.

»Haben Sie sich schon von einem Anwalt beraten lassen?«, erkundigte ich mich.

»Nur informell. Aber es hat gereicht, um zu wissen, dass das Gesetz nicht auf meiner Seite ist. Ich gelte als Eigentum meines Mannes, und wenn ihm danach ist, kann er mich ausrangieren wie einen Satz alter Löffel. Einen Anwalt nehme ich erst, wenn wir eine akzeptable Vereinbarung getroffen haben – bis dahin brauche ich eine Fürsprecherin, die mein moralisches Recht als Toms Ehefrau und Mutter seiner Kinder verteidigt. Ich habe ihn gewarnt, ich werde keine Ruhe geben, bis er mir nicht ausreichend Geld und eine anständige Unterkunft zur Verfügung stellt.«

»Das ist sehr vernünftig«, sagte ich vorsichtig. Tatsächlich lag mir nicht daran, Thomas Transomes Ehebruch zu unterstützen, doch wo der Schaden nun bereits angerichtet war,

brauchte seine Frau jemanden, die ihre Interessen vertrat.
»Hat Ihr Mann denn einen Rechtsbeistand?«

»Und ob«, gab Mrs. Transome zurück. »Einen seiner Freunde aus dem Garrick Club ... einen sehr bekannten Anwalt namens Frederick Tyson. Vielleicht haben Sie von ihm gehört?«

Drei

»Man hat meine eigene Schwester gegen mich angesetzt – das ist der beste Witz, den ich seit Jahren gehört habe!«

»Fred, sei bitte ernst! Ich habe versucht, ihr klarzumachen, dass wir unmöglich gegeneinander arbeiten können, aber sie wollte es einfach nicht einsehen.«

Mein Bruder Frederick Tyson war Londons berühmtester Rechtsanwalt und für seine dramatischen Auftritte im Gerichtssaal bekannt. Wir saßen in seinem geräumigen Backsteinhaus in Highgate im Arbeitszimmer, an dessen Wänden einige der Zeichnungen und Karikaturen von ihm prangten, die regelmäßig in der Boulevardpresse veröffentlicht wurden. Als kleiner Junge hatte er wie ein pausbäckiger Cherub ausgesehen und seine »vernünftige« große Schwester zu allem möglichen Unfug verleitet. Mit nun fünfundfünfzig Jahren war er ein wohlbeleibter Mann mit dichten grauen Locken – und war noch genauso zu Schandtaten aufgelegt wie früher.

»Ach, Unsinn, meine Liebe! Je mehr ich darüber nachdenke, umso besser gefällt es mir. Die Transomes werden sich nie einigen, wenn ihre Berater sich nicht grün sind. Und von meiner Seite aus ist es nur eine informelle Angelegenheit – ein Gefallen für einen Freund. Also vertrete ich den aufbrausenden Kasperl und du die sanfte Gretel, und so können wir sie hoffentlich davon abhalten, mit der Pritsche aufeinander loszugehen.«

Es war früher Abend, und das dumpfe Trampeln und Geschrei von oben bedeutete, dass gerade die jüngsten seiner elf Kinder zu Bett gebracht wurden. Unter uns waren gedämpfte Geräusche aus der Küche zu vernehmen, in der das Abendessen zubereitet wurde. Freds Frau war ebenfalls oben, um sich für eine kleine Abendgesellschaft umzuziehen, zu der sie mich (widerstrebend) in letzter Minute eingeladen hatte.

Als seine erneute Lachsalve verebbt war, schenkte Fred uns Wein nach. Sein Arbeitszimmer war geräumig und trotz all der juristischen Wälzer und fragwürdigen französischen Romane in den Wandregalen überraschend gemütlich. Das üppige Kaminfeuer brannte so heiß, dass mir die Augen tränten.

»Kennst du Thomas Transome denn gut?«, erkundigte ich mich.

»Er ist ein Bekannter aus dem Garrick Club, und ich habe ihn schon häufig auf der Bühne gesehen.«

»Kannst du ihn gut leiden?«

Fred grinste. »So, wie du fragst, kannst du ihn wohl überhaupt nicht leiden.«

»Ich finde sein Verhalten niederträchtig – geradezu schändlich!«

»Ja, womöglich ist es das.«

»Womöglich? Mein lieber Fred, er hat seine Frau und seine Familie im Stich gelassen. Er turtelt öffentlich mit seiner Geliebten! Wie kann sein Publikum das einfach so hinnehmen?«

»Weil er ein Genie ist.«

»Das ändert daran doch nichts.«

»Ich möchte dir einen Rat geben«, sage Fred. »Schauspieler werden gemeinhin als Außenseiter der Gesellschaft angesehen, was bedeutet, dass sie sich wie Außenseiter benehmen können – sie leben in ihrer eigenen kleinen Welt mit eigenen Gesetzen und Gewohnheiten. Das musst du akzeptieren, sonst wirst du sie nie verstehen. Betrachte dich als Reisende durch ein fremdes Land und halte dich mit deinem Urteil zurück.«

Ich sah das Vernünftige in diesem Ansatz und konnte ihn dennoch nicht gutheißen. »Ich mag keine Doppelmoral und tue mich schwer, Ausnahmen zu akzeptieren – Genie hin oder her.«

»Ich nehme dich mal mit, wenn er auftritt, dann verstehst du vielleicht, in was für einen besonderen Bann er sein Publikum schlägt.«

»Hast du seine Frau ebenfalls auf der Bühne gesehen?«

»Natürlich – und alle seine Töchter. Sarah war mal ein charmantes kleines Ding. Was hältst du von ihr?«

»Ich bin mir nicht sicher. Ihre Art sagte mir nicht so sehr zu, obwohl sie überaus nett und gastfreundlich war.«

»Sie ist ganz schön wütend.« Mein Bruder leerte seinen Claret und schenkte sich nach. »Das solltest du ihr zugutehalten. Deine Aufgabe besteht darin, der Frau zu einer angemessenen Vereinbarung zu verhelfen – ich habe Transome gewarnt, ich werde nichts unterstützen, das sie um das ihr moralisch Zustehende betrügt, und er hat mir versichert, er wolle sie fair behandeln. Er ist wirklich kein übler Kerl.«

»Hm.«

»Schau doch, wie zuvorkommend er sich deinem Nachbarn gegenüber verhalten hat.«

»Mr. Tully hat ihm das Leben gerettet, als sein Theater abbrannte.«

»Ah, das Feuer ... eine schreckliche Geschichte!«, rief Fred. »Fanny und ich waren kurz zuvor noch dort gewesen; es war ein großes Glück, dass das Theater zum Zeitpunkt des Brandes schon geschlossen war.«

Ich hatte viel über dieses ominöse Feuer nachgedacht. »Die Ursache soll ja ein defektes Rampenlicht gewesen sein.«

»Das war die Schlussfolgerung des Untersuchungsrichters – wobei natürlich Gerüchte über Brandstiftung kursierten.«

»Aber es war keine?«

»Natürlich nicht, aber Schauspieler schmücken langweilige Geschichten eben gern aus: Es hieß, Transomes erbitterter Konkurrent James Betterton habe das Feuer gelegt. Angeblich habe er einen Spion in das Ensemble eingeschleust, der sich dann rechtzeitig aus dem Staub machte.«

»Ist da etwas dran?«

Fred lachte laut und schallend auf, so wie er es gern tat, wenn er schon etwas Wein intus hatte. »Überhaupt nichts! Meiner Meinung nach halten Transome und Betterton ihre Feindschaft nur deshalb aufrecht, weil es gut für das Geschäft ist – wobei er tatsächlich wütend war, als Maria zur anderen Seite überlief und mit dem Sohn von Betterton durchbrannte.«

»Hat er ihr inzwischen vergeben?«

»Sie haben eine offizielle Versöhnung inszeniert, und dann sind Maria und ihr Mann umgehend nach Amerika abgereist. Wir werden sehen, wie es sich gestaltet, wenn sie wieder hier ist. Aber Maria ist kein großer Fan von Miss Constance Noonan, so viel weiß ich bereits.«

»Du hast das Mädchen gewiss schon auf der Bühne erlebt, oder? Sie muss sehr hübsch sein.«

»Sie ist eine Göttin«, schwärmte Fred. »Ihr Haar ist wie gesponnenes Gold, ihre Augen sind Saphire, und sie hat eine Stimme wie ein Engel.«

»Ich nehme an, sie wohnt bereits bei Mr. Transome.«

»Da liegst du falsch. Die junge Dame wohnt offiziell noch bei ihrer Mutter in Pentonville. Es heißt wohl, dass sie eine eigene ›Vereinbarung‹ erwartet.«

»Also wirklich!«

»Nun schürz mal nicht so kritisch deine Lippen, meine Gute. Ich werde dich morgen ins Theater mitnehmen, dann kannst du dir die Herrschaften persönlich anschauen.«

⁂

Das *Duke of Cumberland's Theatre* war ein riesiges weißes Gebäude mit einem Säulenportikus und hell leuchtenden Gasfackeln rechts und links des Eingangs. Auf dem Haymarket drängten sich die Leute; in der Schlange der Kutschen kamen wir nur langsam voran. Einige von ihnen waren riesig und trugen echte Wappen auf den Türen. In der Menschenmenge um uns herum mischte sich jede Art von Volk – Gentlemen mit Zylindern aus Seide, Bettler, Gammler und Diebe.

Fred musste über mein staunendes Gesicht lachen. »Wann bist du das letzte Mal im Theater gewesen?«

»Matt und ich haben Macready als König Lear gesehen; das war damals eine Privatvorführung für den Erzbischof von Canterbury.« Ich riss mich vom Anblick draußen vor dem Fenster los. »Ich bin solche Menschenmassen nicht gewohnt.«

»Nun ja, hier läuft immerhin ›Romeo und Julia‹, gespielt von Transome und Noonan – das ist die Sensation der Stunde«, erklärte Fred fröhlich, während er sich die Krümel von seiner ausladenden weißen Weste wischte. »Fanny und ich waren dort, Richter und Bischöfe waren dort, selbst meine Gerichtsschreiber haben es gesehen; der Mann muss mittlerweile ein Vermögen gescheffelt haben. Und wie überaus passend, dass wir unsere schicksalhaft Verliebten gleich in den Rollen schicksalhaft Verliebter sehen!«

»Ich glaube, ich mache mir nicht viel aus ›Romeo und Julia‹«, erwiderte ich. »Die Tragödie ist so furchtbar, und die Liebenden sind beide so töricht.«

»Ich bin sicher, du hättest das törichte Paar ruckzuck verkuppelt – und ganz Verona gleich mit, wo du schon mal dabei gewesen wärst«, sagte Fred. »Lass dich einfach darauf ein. Am Ende des Abends wird es dir dein hartes Herz zerreißen. Die arme Fanny hatte zwei Tage lang rotgeschwollene Augen!«

»Ich bin nicht hartherzig«, gab ich schmallippig zurück. »Nur vernünftig.«

»Ich wette eine halbe Krone, dass du Tränen vergießen wirst.«

»Unsinn! Ich verschwende keine Träne an erfundene Geschichten.«

»Du wirst es nicht verhindern können! Und ich warne dich bereits jetzt – ich werde heulen wie ein Schlosshund.«

Wir hatten den hohen Säulengang erreicht; mein Bruder half mir aus der Kutsche und führte mich durch das Gewimmel vor dem Eingang ins Theater. Über einem Meer aus Köpfen sah ich zwei große Porträts an der Wand hängen – einen schlanken, dunkelhaarigen Mann und ein hübsches Mädchen mit üppiger blonder Haarpracht.

Eine ältere Platzanweiserin mit Häubchen und Schürze geleitete uns in unsere Sitznische im dritten Rang und nahm meinen schwarzen Umhang und meine Haube sowie den Zylinder meines Bruders entgegen. Fred bat sie, uns eine Flasche Sherry zu bringen, und gab ihr einen Schilling Trinkgeld.

»So viel!«, entfuhr es mir.

»Das Geld ist keinesfalls verschwendet. Die gute Frau war selbst einmal Schauspielerin, und das Trinkgeld, das sie als Platzanweiserin erhält, wird vermutlich den Großteil ihres Einkommens ausmachen.«

»Tatsächlich? Das arme Ding – was für eine mühselige Art, seinen Lebensunterhalt zu verdienen!« Ich setzte mich auf einen der hochbeinigen goldfarbenen Stühle und starrte in die zahlreichen Gesichter in den umliegenden Rängen (für den Fall, dass es ein Feuer geben würde, hatte ich mir auf dem Weg hierher jede Tür gemerkt). Das Stimmengewirr, die Gaslampen, die Musiker, die im Orchestergraben ihre Instrumente stimmten – all das machte mich ganz benommen. Der größte Lärm kam von der obersten Galerie, die Fred den »Olymp« nannte, obwohl sich die Zuschauer dort mitnichten wie Götter verhielten: Als der blaue Samtvorhang aufschwang, begannen sie zu stampfen und zu toben, dass es die Musik gänzlich übertönte.

Ich verstehe nicht genug vom Theater, um diese Inszenierung des Shakespeare-Dramas kundig zu beschreiben; mein Bruder schluchzte irgendwann in seinen Sherry, ich jedoch interessierte mich mehr für die Schauspieler als für das Stück. Bei Mr. Transomes erstem Auftritt brach der Olymp in ein solch ohrenbetäubendes Gejohle und Getrampel aus, dass das gesamte Gebäude erzitterte. Mr. Transome quittierte den Applaus mit leichtem Nicken und wartete geduldig, bis der Lärm sich legte. Fred hatte ihn als »jugendlich« beschrieben, und ich muss zugeben, dass mich seine jungenhafte Ausstrahlung überraschte; anders kann man es wirklich nicht bezeichnen. Thomas Transome – in roten Strümpfen und blauem Samtwams – war von schlanker, eleganter Statur und hatte wohl geschnittene Gesichtszüge. Er bewegte sich mit müheloser Anmut und hatte eine angenehm eingängige Stimme. Auch wenn sein Spiel mich nicht zu Tränen rührte, merkte ich doch, dass ich ihm den vor Leidenschaft glühenden Jüngling abnahm.

Und welche Meinung auch immer ich von Constance Noonan gehabt haben mochte – bei ihrem ersten Erscheinen verschlug es mir tatsächlich den Atem. Ausnahmsweise einmal hatte Fred nicht übertrieben. Ihr Haar schien von reinstem Gold, ihre Augen waren so blau wie Lavendel, und in ihrer sanften, elegischen Stimme schwang eine berückende Süße von Poesie. Und die Liebe sprach aus ihr; sie schien vor Liebe zu leuchten und erfüllte damit das gesamte Theater, bis selbst meine vernünftigen Augen feucht wurden.

»Jetzt verstehst du es«, sagte Fred am Ende der Vorstellung und schnäuzte sich kräftig die Nase. »Ich nehme es Transome nicht übel, dass er sich in sie verliebt hat; ich bin ja selbst gänzlich in sie vernarrt.«

Die Platzanweiserin kehrte zurück und führte uns an den Reihen vorbei zu einer mit grünem Filz bezogenen Tür am Ende des Ganges. Durch diese Tür betraten wir eine andere Welt, den verborgenen Kosmos hinter der Bühne, in dem mir fast schwindelig wurde. Fred schien das alles sehr vertraut; er führte mich über eine feuchte Steintreppe, die von exaltierten, nur halb bekleideten Menschen bevölkert war, die sich schreiend unterhielten und keinerlei Notiz von uns nahmen. Ich bemühte mich, mir meine Irritation nicht anmerken zu lassen, doch die nackten Arme und Brüste trieben mir die Schamesröte ins Gesicht.

Ein gepflegter, freundlicher Mann meines Alters öffnete die Tür zu Thomas Transomes Garderobe. Er trug das wenige noch verbliebene graue Haar um seine Glatze kurzgeschoren, und im Brustteil seiner groben Stoffschürze steckten jede Menge Nadeln.

»Mr. Tyson! Guten Abend, Sir.« Vor mir verneigte er sich fast eine Spur zu anbiedernd. »Ma'am.«

»Guten Abend, Cooper«, sagte Fred. »Ist der Meister in vorzeigbarem Zustand?«

»Ja, Sir, er erwartet Sie bereits.« Cooper bat uns einzutreten und rief: »Sie sind da, mein Bester! Und eine Dame ist dabei, eine echte ... wir sollten also auf unsere Sprache achten.«

Die Garderobe war ein geräumiges Zimmer mit kleinem Kamin, einem mit Chintzstoff bezogenen Tagesbett, drei Polstersesseln sowie einem großen Schminktisch. Sehr interessant fand ich dort die farbigen Fettstifte, die ordentlich aufgereiht auf einem Handtuch lagen.

Durch eine weitere Tür betrat nun Mr. Transome den Raum. »Ah, da sind Sie ja, Mrs. Rodd; Ben Tully erzählte mir bereits, dass wir es fertiggebracht haben, sowohl Tyson als auch seine Schwester zu engagieren, und ich halte das für ein ausgezeichnetes Konzept; außerdem habe ich Johnny Heaton mehrfach Lobgesang auf Sie singen hören.«

Ich war höchst irritiert über diesen plötzlichen Ausbruch von Vertraulichkeit, wo wir uns doch gerade erst kennengelernt hatten, und brachte nur ein gemurmeltes »Sehr erfreut« zustande. (Trotz meiner Verwirrung notierte ich im Geiste, dass Mr. Tully also noch in Kontakt zu Mr. Transome stand; die Loyalität dieser Leute war anscheinend recht flexibel, um es einmal vorsichtig auszudrücken.)

»Und Tyson – wie geht es Ihnen, mein Junge? Mrs. Rodd, bitte entschuldigen Sie meine unvollständige Bekleidung und setzen sich in den Sessel, der dem Feuer am nächsten steht – Coopsy, bring ihr den Fußschemel.«

Transome war in einen prächtigen Hausmantel aus dunkelrotem Samt gehüllt. Er hatte sich die Schminke aus dem glattrasierten Gesicht entfernt und Romeos romantische Perücke abgenommen, so dass nun sein eigenes schwarzes Haar zu sehen war. Nun wirkte er nicht mehr wie der leidenschaftliche Jüngling, den ich auf der Bühne erlebt hatte; an seinen Schläfen zeigte sich ein Hauch von Grau und um die hübschen dunklen Augen ein feines Netz aus Fältchen. Trotzdem strahlte Thomas Transome durch sein sprühendes Wesen und seinen geradezu überwältigenden Charme eine bemerkenswerte Jugendlichkeit aus.

Während Fred und ich auf den Sesseln Platz nahmen, tänzelte Mr. Transome durch den Raum. »Bevor Sie mir übrigens zu meiner Vorstellung gratulieren, lieber Tyson – was Sie gewiss gleich tun werden –, möchte ich Ihnen zu der Ihren gratulieren. Wie man im Club erzählt, haben Sie die Jury gestern mit Bravour überzeugt und den Henker abermals um die Ausübung seines Berufs betrogen; wenn ich irgendwann einmal jemanden umbringen sollte, werden hoffentlich Sie mich verteidigen.«

»Danke.« Fred lächelte. »Es war eine meiner besseren Darbietungen.«

»Und heute waren Sie also erneut in der Vorstellung. Wie hat es Ihnen gefallen?«

»Hervorragend«, sagte Fred. »Sogar noch besser als das letzte Mal. Ihr Tod hat mir fast das Herz gebrochen.«

»Sie sind sehr freundlich. Ja, ich fand auch, dass es gut lief, aber Cooper sagt, ich sei im ersten Schwertkampf ›daneben‹ gewesen.«

»Das waren Sie durchaus, Sir«, sagte Cooper. »Sie haben auf frevlerische Weise bei der Fußarbeit gepatzt, mein Bester.«

»Sehen Sie, Mrs. Rodd? Vor seinem Garderobier ist kein Schauspieler ein Held.«

»Mich hat Ihr Spiel sehr beeindruckt, Mr. Transome«, sagte ich. »Wenn etwas daran falsch gewesen sein sollte, so habe ich es nicht bemerkt.«

»Besten Dank!« Mr. Transome verbeugte sich elegant. »Hast du gehört, Coopsy? Hör also auf, an deinem Herrn herumzumäkeln, und hol mir lieber mein Abendessen.« Zu mir gewandt, fügte er hinzu: »Sie müssen mir meine schlechten Manieren vergeben, Ma'am; Cooper holt mir nach jeder Vorstellung mein Abendessen aus dem Wirtshaus; es ist die einzige richtige Mahlzeit, die ich an einem Arbeitstag bekomme, und die muss ich essen oder vergehen.«

»Was – Sie fasten vor jeder Vorstellung?«, entrüstete sich Fred. »Das könnte ich im Gericht niemals; ich trete nur mit vollem Magen auf.«

»Mein lieber Tyson, das können Sie nicht vergleichen. Sie können essen, bis Sie umfallen, denn keinen kümmert es, wie dick Sie sind. Niemand erwartet von Ihnen, dass Sie einen jugendlich schlanken Romeo spielen, aber ich muss mir jeden Bissen gut überlegen, sonst platze ich aus meinem Kostüm.«

Er hatte eine so drollige Art, dass ich unweigerlich kichern musste, während Fred laut loslachte und sich selbstgefällig und nicht im Mindesten beleidigt über den dicken Bauch strich.

»Und inzwischen fällt es mir immer schwerer, meine Figur zu halten.« Mr. Transome begutachtete kurz sein schmales Abbild in einem der vielen Spiegel. »Als junger Bursche konnte ich hemmungslos alles essen. Erst seit kurzem muss ich aufpassen – da ich noch lange keine Absicht hege, Shakespeares Falstaff zu geben.«

Cooper zog einen blauen Mantel über, ohne die Schürze vorher abzulegen. »Das Übliche, Mr. Tom?«

»Ja – und denk diesmal an das Senftöpfchen.«

»Jawohl, Sir.« Bevor er den Raum verließ, schob Cooper eine Handvoll Silber- und Kupfermünzen zusammen, die in größerer Menge scheinbar achtlos auf einem Regal verstreut lagen.

»Ich bin gezwungen, mit Bargeld zu bezahlen«, sagte Mr. Transome. »Keine Wirtschaft in dieser Stadt gewährt

Schauspielern Kredit. Wahrscheinlich ist das auf schlechte Erfahrungen zurückzuführen, und ich muss sagen, ich kann es ihnen nicht verdenken; Schauspieler waren schon zu Roscius' Zeiten im guten alten Rom als Zechpreller bekannt.« Er setzte sich – nicht unbedingt theatralisch, aber doch mit anmutiger Geste – auf das Tagesbett. »Nun aber zu dem eigentlichen Grund Ihres Besuchs. Sie haben meine Frau kennengelernt, Mrs. Rodd, die Ihnen zweifellos meine unzähligen lasterhaften Vergehen auflistete.«

»Sie macht sich vor allem Sorgen um das Geld.« Ich wollte die Sache praktisch angehen und ihm keinesfalls den Eindruck vermitteln, ich würde seine zynische, nonchalante Art gutheißen. »Und sie weigert sich, das Haus in Richmond zu verlassen, bevor sich ein anderes passendes Haus gefunden hat. Das erscheint mir auf jeden Fall vernünftig.«

Mr. Transome seufzte. »Das wäre durchaus vernünftig, wenn diese Frau nicht so hochtrabende Ideen hätte! Ich gebe zu, dass mein erstes Angebot – das kleine Häuschen in Edmonton – ein eher knauseriger Vorschlag war, aber sie braucht auch kein so großes Anwesen wie das Pericles Cottage. Zwei unserer Töchter sind bereits aus dem Haus, und ich möchte wetten, dass Cordelia über kurz oder lang zur Vernunft kommen und zu mir zurückkehren wird.«

Er hielt abrupt inne, taxierte mich kurz und nahm einen reuevollen Gesichtsausdruck an; dieser Mann konnte sein Publikum sehr gut einschätzen und seine Vorstellung bis in die kleinste Geste hinein entsprechend anpassen. Er hatte meine vergeblichen Versuche, meine Missbilligung zu kaschieren, durchschaut.

»Ich bitte um Verzeihung«, sagte er leise. »Meine Gefühle galoppieren mir in jegliche Richtungen davon; es ist meine Schuld, dass meine Familie derart zerrissen ist.«

»Es ist sehr bedauerlich, dass Ihre Töchter entgegengesetzte Positionen beziehen. Bevor irgendeine Art von Vereinbarung getroffen werden kann, sollten Sie und Ihre Frau sich einigen, wo sie wohnen sollen.«

Er schien ein wenig verblüfft. »Nun ja ... Maria ist verheiratet, und für sie ist das Finanzielle bereits geregelt. Für die beiden anderen ist ausreichend Platz in unserem neuen Haus in Herne Hill.«

»Mr. Transome!«, entfuhr es mir fast ein wenig zu scharf. »Ihnen muss doch bewusst sein, dass sie unmöglich bei Ihnen wohnen können!«

»Warum denn nicht? Es ist ein außergewöhnlich hübsches Haus.«

»Aber ihr Ruf wäre dahin! Sie können nicht erwarten, dass Ihre Töchter mit Ihnen und Ihrer Geliebten unter einem Dach leben!«

Ich formulierte es so geradeheraus wie möglich, da er mich vorher anscheinend nicht verstanden hatte, doch er zuckte nur die Achseln. »So etwas spielt in Theaterkreisen keine besondere Rolle.«

»Das spielt keine besondere Rolle?«

Fred bedachte mich mit einem warnenden Blick, und ich zwang mich zur Ruhe.

»Wie Mr. Tully mir sagte«, fuhr ich fort, »besteht Ihrerseits offenbar der Vorwurf, Ihre Frau würde ihren Pflichten als Mutter nicht ausreichend nachkommen.«

»Ach, das können Sie streichen«, wischte Mr. Transome meinen Einwand leichthin fort. »Da wurden im Eifer des Gefechts ein paar Dinge so dahingesagt ... Ich fürchte, ich war noch wütend auf Sarah, weil sie Maria beim Durchbrennen unterstützt hatte.« Plötzlich fing er an zu grinsen. »Meine liebe Mrs. Rodd, wenn Sie Ihre Augenbraue noch ein Stückchen höher ziehen, kriegen Sie sie möglicherweise niemals wieder hinunter.«

»Verzeihung«, erwiderte ich schwach (und vermied den Blick zu Fred, den meine Verlegenheit sicherlich amüsierte). »Davon hat Mrs. Transome mir nichts erzählt; ich höre soeben zum ersten Mal, dass sie das junge Paar unterstützt hat.«

»Das hat sie nur gemacht, um sich an mir zu rächen; zudem stand sie immer schon unter Marias Fuchtel.«

»Ich dachte, Sie und Mrs. Betterton hätten sich wieder versöhnt«, sagte Fred. »Sagen Sie nicht, diese rührende Szene war bloß Theater!«

Ich fand diesen Einwurf geradezu impertinent, doch Mr. Transome lachte nur.

»Ich wollte den Bettertons keine Chance geben, mir die Rolle des gestrengen Vaters zuzuweisen – aber eine wohltätige Veranstaltung macht noch lange keine Versöhnung.«

Meinen Bruder amüsierte dies sehr, was Mr. Transome wiederum zu einer Imitation von Marias Ehemann verleitete, wie dieser Hamlets Laertes mit zu engen Kniebundhosen spielte. Er war so urkomisch, dass auch ich kichern musste, und Fred bekam vor lauter Lachen fast einen Anfall.

Mitten in diese Spontanvorstellung kehrte Cooper zurück. Er trug einen Stapel aus Tellern mit Hauben zum Warmhalten, und in seiner Brusttasche steckten Messer und Gabel. Auch er musste lachen, während er Transomes Abendessen anrichtete, und murmelte: »Dieser Mann ist einfach zum Schießen.«

Mr. Transome setzte sich vor sein schlichtes Mahl aus Rinderbraten, Kartoffeln und Soße (einfache Kneipenkost, direkt aus den Küchentöpfen; der Mann war in seinen Essgewohnheiten nicht wählerisch).

Zum Käse holte er eine Karaffe hervor und zeigte uns, wie

er mit einem großen Schluck Brandy »gurgelte«, um seine Kehle zu entspannen. »Das sollten Sie bei Gericht auch mal versuchen, Tyson, bevor Sie das nächste lange Resümee vortragen.«

Die zwei Männer tranken lachend ihren Brandy und schienen mich vollkommen vergessen zu haben, so dass ich Thomas Transome aus nächster Nähe beobachten konnte. Ich verstand nun, warum Fred ihn so gern mochte; noch nie hatte ich jemanden erlebt, der so unverschämt und gleichzeitig so einnehmend war.

Vier

Als Fred und ich das Theater verließen, hatten wir einen vagen Entwurf der Vereinbarung zwischen Ehemann und Ehefrau erstellt. Mr. Transome, den Fakten und Zahlen langweilten, war weder rachsüchtig noch knauserig. Ich hatte sogar den Eindruck, dass sich die Angelegenheit schnell beilegen lassen würde. Außerdem wollte ich die Welt der Schurken und Schergen des Theaters so schnell wie möglich hinter mir lassen. Ich hüte mich stets davor, Menschen zu verurteilen, aber bei diesem Fall hatte ich tatsächlich Sorge, ich könnte meinen Ruf beschmutzen.

Noch bis spät in die Nacht saß ich vor dem leeren Kamin in meinem kleinen Wohnzimmer, denn über den Sims hatte ich meinen kostbarsten Besitz gehängt: das von Edwin Landseer gemalte Porträt meines geliebten Ehemannes. Es zeigte eine verblüffende Ähnlichkeit mit dem echten Matt und gab naturgetreu seinen warmherzigen und zugleich fragenden Ausdruck wieder. Oh, wie sehr wünschte ich, jetzt mit ihm sprechen zu können! Er war ein grundgütiger Mensch gewesen, aber ich hatte das ungute Gefühl, dass er mit diesem sehr speziellen Fall nicht einverstanden gewesen wäre.

In den nächsten vierzehn Tagen gingen eine Reihe von Briefen zwischen meinem Bruder, mir und dem streitenden Paar hin und her. Der angriffslustige Kasperl konnte sich irgendwann dazu durchringen, der sanften Gretel eine kleine Kutsche zu gewähren, und Gretel konnte sich ihrerseits dazu durchringen, ein bescheidenes, aber hübsches Häuschen in Maida Hill, in der Nähe von Paddington, zu beziehen.

Der nächste Vorfall in dieser Angelegenheit ereignete sich,

als ich nicht im Mindesten irgendwelche Schauspieler im Sinn hatte, sondern die unhygienischen Zustände im Armenviertel um die Kreuzung Seven Dials in Camden, am Ende der St. Martin's Lane. Ich war die Schriftführerin des Komitees für die Errichtung neuer Armenhäuser in diesem Viertel (ach, was für ein langwieriges Unterfangen das werden sollte; es dauerte einige Jahre, um ein passendes Grundstück zu finden, und viele weitere, um das Geld für den Bau aufzutreiben). Unser Treffen an jenem Morgen fand in einem Haus an der Uferstraße Strand statt, unweit der Kirche St. Martin's-in-the-Fields und dem Nelson-Denkmal.

Es war ein wunderbarer Tag. Nach der Besprechung konnte ich nicht widerstehen, noch ein wenig durch die geschäftigen Straßen zu spazieren. Ich fand es schon immer bemerkenswert, dass ein richtig schöner Frühlingstag alles – und jeden – fröhlich erscheinen lässt. Ich besuchte den großen Markt in Covent Garden, und weidete mich in bester Laune sogar an Staub und Schmutz, an dem Rattern der Wagenräder auf dem Kopfsteinpflaster und den Schreien der Händler und ihrer Esel. Es war Anfang Mai, so dass es schon erste Erdbeeren gab, und der süße Duft der roten Früchte versetzte mich ins Erdbeerbeet meiner lieben Mutter zurück (sie hatte wegen der Vögel ein Netz darübergelegt, aber vor meinem gierigen Bruder konnte sie ihre Ernte nie vollständig retten).

Ich bog in die Drury Lane in Richtung des Zollschlagbaums in St. Giles ab und wollte dort den Bus nach Camden Town nehmen. Das Gebiet um den Covent Garden war damals wie heute eine bunte Mischung aus Reich und Arm, und ich mied die kleineren Straßen und Gassen, die von den Hauptgeschäftsstraßen abgingen. An manchen Teilen der Straße standen Gerüste, die mit Planen abgedeckt waren; in jener Zeit schossen neue Gebäude wie Pilze aus dem Boden. Ich verlangsamte meine Schritte und genoss die Sonne, während ich das Treiben der Arbeiter an den Schubkarren und Flaschenzügen beobachtete. Gegenüber befand sich ein Schreibwarenladen, in dessen Fenster Porträts bekannter Schauspieler ausgestellt waren, und so vertrödelte ich dort noch etwas Zeit und sah mir die Bilder an.

Thomas Transome war natürlich auch dargestellt, gleich neben dem großen Porträt eines elegant wirkenden Herrn mit hellem Haar – seines Konkurrenten James Betterton. In der Mitte fand sich ein aufwändiger, recht bunt handkolorierter Druck eines jugendlichen Königspaares: König und Königin waren prächtig gekleidet und bemerkenswert gutaussehend, und wie ich mit Erstaunen las, handelte es sich um Mr. und Mrs. Edgar Betterton – mir bekannt als Maria Transome und der Mann, mit dem sie durchgebrannt war.

Eine trockene Stimme neben mir riss mich aus meinen Gedanken.

»Na, wenn das nicht Mrs. Rodd ist! Sie haben wahrlich eine Gabe, wie aus dem Nichts plötzlich aufzutauchen.«

»Inspector Blackbeard! Was führt Sie denn hierher?«

Ich freute mich aufrichtig, ihn zu sehen, auch wenn unser Zusammensein nicht immer harmonisch verlaufen war. In seinen jungen Jahren (über die ich so gut wie nichts wusste) war Thomas Blackbeard ein Sergeant der Armee gewesen, jetzt war er Inspector bei der Städtischen Polizei, und hatte mir mit seiner Manie, alles streng nach Vorschrift zu erledigen, bereits bei einigen meiner Aufträge großen Verdruss bereitet.

»Nur das Übliche, Mrs. Rodd – eine hübsche Leiche.« Er hatte eine barsche, trockene Art, ausdruckslos und steif wie ein Soldat, und mit der Standhaftigkeit eines Granitfelsens. Seine Kleidung war von düsterem Blau, sein graues Haar kurzgeschoren, sein Mund ein gestrenger Strich. Ich kannte ihn mittlerweile gut genug, um den Anflug eines Lächelns in seinen Augen zu erkennen. »Darf ich hoffen, Ma'am, dass Sie nicht hier sind, um sich schnüffelnd einzumischen?«

»Sie dürfen, Mr. Blackbeard; meine heutigen Geschäfte haben rein gar nichts mit Ihrer Leiche zu tun.«

»Da bin ich aber froh; ich würde diesen Fall nämlich gern schnell abschließen.«

»Können Sie mir dennoch etwas dazu verraten?«

»Hm«, meinte Blackbeard (eine beinahe notorische Antwort, die mich in der Vergangenheit oft fast zur Verzweiflung gebracht hätte). »Ich hätte wissen müssen, dass Sie mir mit Fragen kommen. Das Ende der Straße ist abgeriegelt; bitte erlauben Sie, dass ich Sie zur Long Acre zurückbringe.« Er tippte sich an den Hut und marschierte los, ohne eine Antwort abzuwarten.

Ich musste fast laufen, um mit ihm Schritt halten zu können. »Wo ist die Leiche jetzt – und wann wurde sie entdeckt?«

»Die Arbeiter im Theater haben sie heute am frühen Morgen gefunden.«

»In welchem Theater?«

»In diesem.« Blackbeard nickte in Richtung der Baustelle. »Dem *King's Theatre*.«

»Dem *King's Theatre!*« Jetzt wurde ich noch neugieriger. »Das ist doch das Theater, das vor zehn Jahren abgebrannt ist – als Thomas Transome es noch führte.«

»Das ist richtig.« Er sah mich scharf von der Seite an. »Das Gebäude war jahrelang verrammelt und verriegelt – Theaterleute sind da ja sehr abergläubisch. Ich musste die Straße sperren lassen, um die Zeitungsleute abzuwehren, denn das Haus ist erst vor kurzem von Edgar Betterton übernommen worden.«

»Ach ja? Ich dachte, der sei in Amerika.«

»Ich muss schon sagen, Ma'am ...« Blackbeard verlangsamte seine Schritte. »Ich hätte nie gedacht, dass Sie eine solche Kennerin des Theaters sind.«

»Nun, Kennerin wäre übertrieben. Mein derzeitiger Auftrag hat mit Schauspielern zu tun, und obwohl es sich um eine Privatangelegenheit handelt, werde ich Ihnen gern davon erzählen – wenn Sie mir mehr über die Leiche verraten.«

Er blieb stehen. »Sie wittern wohl eine Verbindung zwischen den Fällen.«

»Nur, weil alle Theaterleute in irgendeiner Weise miteinander verbunden sind, und Edgar Betterton zufällig der Schwiegersohn meiner Klientin ist.«

»Hm«, meinte Blackbeard. »Also gut.«

So knapp wie möglich erzählte ich ihm von dem Auftrag der Transomes. »Jetzt verstehen Sie, warum es mich interessiert. Ganz unabhängig von der Leiche wird Mr. Transome sehr erbost sein, dass seine Tochter und ihr Mann sich hier als Konkurrenz etablieren wollen. Und da er der letzte Pächter des *King's Theatre* war, werden Sie ihn vermutlich befragen wollen.«

Blackbeard starrte mich einige Sekunden schweigend an, dann sagte er: »Ich erzähle Ihnen, was ich weiß, und wenn Ihnen Ihre hübschen Kleider nicht zu schade sind, können Sie mitkommen und sich den Toten selbst ansehen, genau dort, wo er gefunden wurde.«

»Danke, Inspector.« Dieses Angebot würde ich nicht um meines zweitbesten Kleides willen ausschlagen. »Ist er damals in dem Feuer umgekommen?«

Aber Blackbeard ließ sich nicht hetzen; er ignorierte meine Frage und begann am Anfang. »Heute Morgen, etwa um sieben Uhr, brachen zwei der Bauarbeiter durch ein paar verrottete Dielen in eine Kammer unterhalb der Bühne und stießen dort auf eine Leiche im fortgeschrittenen Zustand der Verwesung.«

»Lässt sich feststellen, wie lange sie da schon gelegen hat?«

»Dazu warte ich noch auf die Aussage des Polizeiarztes. Wenn man bedenkt, dass das Gebäude seit dem Brand leer steht, möchte man gern zehn Jahre sagen, aber es könnten auch mehr sein. Die Kleidung ist recht gut erhalten; der Tote trug ein besonderes Kostüm mit Strumpfhosen.«

»Dann war es bestimmt ein Schauspieler«, sagte ich. »Ist er schon identifiziert worden?«

»Noch nicht, Ma'am, aber bei Schauspielern sollte sich das ja gut nachverfolgen lassen. Ich hoffe, Ihr Mr. Transome hat ordentlich Buch geführt.«

Einer der Arbeiter schob eine Plane aus dem Weg, so dass wir das Theater betreten konnten. Die Ruine einer einstigen Vergnügungsstätte hat etwas Deprimierendes an sich, denn die Geister vergangener Freuden scheinen noch immer darin herumzuspuken. Das Innere des *King's Theatre* war eine Mischung aus geschäftiger Baustelle und in Staub gehüllter Tristesse. Durch ein Netz von Gerüsten konnten wir die Überreste des Theatersaals erkennen, während um uns herum wild gehämmert wurde; die Bauarbeiter hatten ihre Arbeit im mittleren Teil des Theaters wieder aufgenommen.

»Geben Sie acht, Mrs. Rodd.« Mr. Blackbeard führte mich über eine lange (und beunruhigend wacklige) Treppe abwärts. Durch einige Löcher in den Wänden drang gedämpftes Tageslicht. »Halten Sie sich an meinem Arm fest, Ma'am.«

Wir duckten uns unter den halbverbrannten Überresten der Bühne hindurch und standen plötzlich im schummrigen Licht einiger Gaslaternen neben zwei Polizisten, die als Wachposten abgestellt waren. Nun war zu sehen, wo die Dielen der Bühne über uns zerbrochen waren, so dass die unglückseligen Arbeiter die Leiche hatten finden können.

Der Polizeiarzt, ein rotgesichtiger junger Schotte, hatte seine Arbeit soeben beendet und rollte sich gerade die Hemdsärmel herunter. »Ich habe alles untersucht, was hier möglich war; Sie können ihn jetzt wegbringen.«

»Das ist Mrs. Rodd«, sagte Blackbeard. »Ich habe sie hergebracht, weil sie eine Vorliebe für Leichen hat. Mrs. Rodd, das ist Dr. Reid.«

Dr. Reid, den meine Anwesenheit nicht im Mindesten zu wundern schien, grüßte mich mit leichtem Nicken.

Ich habe keine Angst vor Toten; als Frau eines Landpfarrers hatte ich oft geholfen, Leichen aufzubahren, die nicht selten von Krankheiten entstellt gewesen waren. Im Zuge meiner späteren Tätigkeit als Privatdetektivin hatte ich auch schon hin und wieder die Überreste von Mordopfern untersucht. Ich sprach ein stilles Gebet für die Seele dieser armen Kreatur und beugte mich sodann über die Leiche, um sie genauer anzusehen.

Es war ein Skelett, an dem noch ein staubfarbener Haarschopf und die letzten Überreste eines Gesichts zu erkennen waren. Die Kleidung war besser erhalten als der Körper; dieser Mann war in einem Renaissance-Gewand mit Strumpfhosen gestorben, deren Farben zu undefinierbaren Braun- und Grautönen verblichen waren.

»Kann man feststellen, wie lange er hier schon liegt?«, wollte ich wissen.

»Eine genaue Bestimmung ist schwierig, Ma'am«, sagte Dr. Reid. »Wenn ich ihn bei besserem Licht untersuchen kann, weiß ich mehr. Er war nahezu luftdicht verwahrt und ist deshalb so gut erhalten; der Bauleiter meinte, er sei in einer Art Zisterne unter dem Boden eingeschlossen gewesen.

Die Falltür über ihm ist auf einer Seite verbrannt, was nahelegt, dass er vor dem Feuer hineingelegt wurde.«

»Lange vorher?«

»Eher nicht«, sagte Dr. Reid, »sonst wäre sein Zustand schlechter.«

»Er ist dort sicherlich nicht durch Zufall gelandet«, sagte Mr. Blackbeard. »Was ist die Todesursache?«

»Sie wissen, dass ich normalerweise zu vorsichtig bin, um das sofort zu beantworten, aber in diesem Fall ist die Ursache allzu offensichtlich. Er hat ein Loch im Hinterkopf.«

»Ein Loch?«

»Und ich habe eine Kugel gefunden.« Der Arzt hielt uns ein Stück Blei entgegen. »Ich denke, man kann mit Sicherheit davon ausgehen, dass er erschossen wurde.«

»Dann war es Mord«, stellte Blackbeard mit einem gewissen grimmigen Vergnügen fest. »Ich hatte es geahnt.«

»Und in die Jacke ist ein Name eingestickt«, sagte Dr. Reid. »Tybalt.«

»Tybalt!«, rief ich aus. »Das ist eine Figur aus ›Romeo und Julia‹ – aus dem Stück, das direkt vor dem Feuer noch gespielt wurde.«

»Oh, damit ersparen Sie mir eine Menge Mühe«, sagte Blackbeard. »Jetzt muss ich nur noch einen Stapel alter Programmhefte durchsuchen.«

»Vielleicht nicht einmal das, Inspector. Thomas Transome spielte an jenem Abend den Romeo und seine Frau die Julia, und gewiss werden etliche Leute die Namen der anderen Schauspieler nennen können.«

Mir schwirrte der Kopf, während ich in Gedanken die Verbindungen herstellte. Es war möglich, dass dieser (im Moment noch unbekannte) Mann am selben Abend getötet wurde, an dem Mr. Transome beinahe gestorben wäre. In diesem Fall waren die Gerüchte um Brandstiftung vielleicht doch nicht so weit hergeholt. Ebenfalls denkbar war, dass Mr. Transome das eigentliche Ziel des Mordanschlags gewesen war. (Ich hielt jedoch an mich, damit vor Blackbeard herauszuplatzen; genau solche Überlegungen tat er gern als »Phantasmen« ab.)

Die zwei Polizisten machten sich daran, die Leiche in ein Tuch zu schlagen und auf eine Bahre zu legen, und Blackbeard brachte mich wieder hinauf, in die erlösende Helligkeit des Tages.

»Ich bin Ihnen sehr zu Dank verpflichtet, Mrs. Rodd. Sie haben mir eine Menge Arbeit erspart.«

»Dürfte ich Sie dann um einen Gefallen bitten, Inspector?«

»Die Polizei tut keine Gefallen, Ma'am.«

»Ich wäre gern dabei, wenn Sie mit Mr. Transome sprechen.«

»Darauf möchte ich wetten!«

»Es ist keine reine Neugierde.« (Ich war unsäglich neugierig, versuchte dies aber zu verbergen.) »Es mag nichts weiter als ein unglücklicher Zufall sein und ohne jede Verbindung zu meiner Klientin ... Aber Sie glauben ja ebenso wenig an Zufälle wie ich.«

Fünf

Am folgenden Tag, als das Mittagsläuten gerade ausklang, traf ich mich mit Mr. Blackbeard auf der Treppe zum *Duke of Cumberland's Theatre*.

»Ich hoffe, ich bin nicht zu spät, Inspector.«

»Überhaupt nicht, Mrs. Rodd; Sie sind wie immer äußerst pünktlich.«

Es war seltsam, das Theaterfoyer bei Tageslicht zu betreten. Es war leer – bis auf zwei alte Frauen, die emsig die fallen gelassenen Eintrittskarten und Programmhefte vom Boden aufsammelten. Mr. Transomes Garderobier stand neben dem Zugang zum Parkett.

»Guten Tag, Mr. Cooper«, sagte ich. »Das ist Inspector Blackbeard von Scotland Yard. Er möchte Mr. Transome sprechen.«

»Herrjemine«, seufzte Cooper. »Jetzt auch noch diese Leiche! Er erwartet Sie, Mr. Blackbeard, aber Sie werden nicht viel aus ihm herausbekommen – er ist heute in sehr schlechter Stimmung.«

»Das tut mir leid«, erwiderte ich. »Ist etwas passiert?«

»Er hat gerade erfahren, dass seine Tochter und ihr Gatte das *King's Theatre* übernehmen.«

»Dass er darüber nicht erfreut sein würde, dachte ich mir schon.«

»Er ist geradezu explodiert, Mrs. Rodd, und hat mit allen möglichen Gegenständen um sich geschmissen. Alles, was er üblicherweise an die Wand wirft, konnte ich retten, aber für die Spiegel war es zu spät. Gott weiß, wie viele Jahre Pech uns das nun bringen wird!«

»Der Mann neigt also zu Wutanfällen«, sagte Mr. Blackbeard.

»Er hat noch nie jemanden tätlich angegriffen«, versicherte Cooper, »und ist ansonsten sanft wie ein Lamm.«

Er schob die schwere Mahagonitür auf. Sofort hörten wir Transome mit seiner markanten Stimme aufgebracht herumwüten – und das auf derart unflätige Weise, dass ich keinen Satz davon hier wiedergeben möchte. Zusammengefasst klagte er über die unsägliche Undankbarkeit seiner abtrünnigen Tochter und ihres »idiotischen« Ehemanns. Er tobte wie von Sinnen über die leere Bühne, während ein gutes Dutzend seiner Kollegen um ihn herumstand. In ihrer Alltagskleidung waren sie für mich in ihren Rollen nicht zu identifizieren, aber alle wirkten stoisch gefasst, als erlebten sie so etwas nicht zum ersten Mal.

Eine Reihe besonders ungehöriger Beleidigungen ließ Cooper zusammenzucken.

»Mrs. Rodd macht solch ein Unflat wohl nichts aus«, sagte Blackbeard, »aber wir Polizisten sind ein feinfühliger Haufen und leicht zu schockieren. Sagen Sie ihm bitte, er soll damit aufhören.« Es war seine Art, Scherze zu machen, aber mit derart ernstem Gesicht, dass Cooper erblasste und eilig durch die Sitzreihen des Parketts zur Bühne eilte.

Er zupfte Transome am Mantel und flüsterte ihm eindringlich ins Ohr. Mr. Transome hörte zu schreien und zu stampfen auf, atmete einige Male tief durch und sagte in gemäßigterer Lautstärke: »Liebe Leute, ihr könnt euch eine Stunde freinehmen.«

Die Schauspieler verzogen sich hinter die Bühne, jedoch nicht ohne Blackbeard neugierige Blicke zuzuwerfen – bis auf eine junge Frau mit hochmodischer Haube aus blauer Seide. Sie lief zu Transome und hakte sich bei ihm ein.

»Tom, was sind das für Leute?« Sie sprach mit leiser Stimme, dennoch waren ihre Worte über die ausgeschalteten Rampenlichter hinweg deutlich zu hören. »Was wollen die von dir? Geht es wieder um deine Frau?«

Nun sah ich die blauen Augen und das goldene Haar unter der Haube und erkannte Miss Noonan.

Mr. Transome flüsterte ihr etwas ins Ohr und küsste ihre zierliche, behandschuhte Hand, woraufhin sie den anderen Schauspielern folgte. Dann rief er: »Meine liebe Mrs. Rodd, ich bitte demütigst um Verzeihung. Ich hatte keine Ahnung, dass mich jemand hört«, und lief die Behelfstreppe neben dem Orchestergraben hinunter.

»Ihre Schauspieler haben Sie gehört«, entfuhr es mir. »Und es sind junge Damen darunter.«

»Die sind das gewöhnt«, sagte Cooper.

»Wir proben gerade unsere neue Komödie – ›Das Mädchen vom Land‹ in einer wunderbaren neuen Bearbeitung von George Lewes –, und Sie sahen mich, kurz nachdem mir etwas zugetragen wurde, das mich zutiefst erschüttert«, erklärte Mr. Transome. »Etwas, das mir das Herz gebrochen hat.«

»Dass Ihre Tochter und ihr Gatte Ihr früheres Theater übernehmen?«, schlug ich vor.

»Genau! Die schiere Dreistigkeit bringt mein Blut zum Kochen. Aber darüber wollten Sie sicher nicht mit mir sprechen.« Er setzte sich auf eine der plüschbezogenen Bänke in der ersten Parkettreihe. »Sie sind hier, weil Sie etwas über die Leiche im schönen neuen Theater meiner Tochter erfahren wollen; ganz London tratscht ja schon darüber.«

»Meines Wissens waren Sie der letzte Besitzer des *King's Theatre*, Sir. Bevor es abbrannte«, sagte Blackbeard.

»Ja. Was für eine Nacht – wobei ich mich nicht mehr an viel erinnern kann.«

»Das Stück an jenem Abend war ›Romeo und Julia‹«, warf ich ein. »Und der Tote trägt noch immer sein Kostüm – beziehungsweise das Kostüm eines Schauspielers – für die Rolle des Tybalt.«

»Vielleicht können Sie uns den Namen des Schauspielers nennen, der damals den Tybalt gespielt hat«, sagte Blackbeard. »Das wäre schon einmal ein Anfang.«

»Reynolds«, sagte Cooper sofort. »Davey Reynolds.«

»Das stimmt«, bestätigte Mr. Transome. »Und er war gar nicht mal so schlecht – ein großer, dunkelhaariger Kerl, konnte gut mit dem Schwert umgehen ... Aber ich könnte schwören, dass er dem Feuer entkommen ist. So, wie ich auch schwören könnte, dass ich ihn später noch gesehen habe, wohlauf und munter in kleineren Rollen bei der Kemble-Truppe.«

»Wann ungefähr war das, Sir?«

»Da fragen Sie Sachen! Cooper, erinnerst du dich noch? Das war in dem Jahr, als wir in Derby beim Rennen waren.«

»Siebenundvierzig«, sagte Cooper.

»Das war lange nach dem Feuer«, sagte ich. »Und der Mann wäre wohl kaum im Kostüm in ein leerstehendes Theater gegangen.«

»Wir nehmen an, dass er vor dem Brand ermordet wurde«, sagte Blackbeard. »Wie lange vorher lässt sich noch nicht sagen. Es wäre hilfreich zu wissen, wie lange Sie das Stück damals spielten.«

»Das kann ich Ihnen sagen. Wir hatten gerade mal fünf Wochen geöffnet – es war eine Tragödie! Zunächst hatte ich James Betterton in Verdacht, der von meinem Unglück hübsch profitierte. Aber nicht einmal er hätte auf solcherlei Maßnahmen zurückgegriffen, um mich loszuwerden. Ich denke, ich muss die Schuld allein bei mir selbst suchen, ich hatte einfach nicht genug auf diese dummen Rampenlichter geachtet.«

»Nun sind wir immer noch nicht weiter, was den Namen der Leiche angeht«, sagte ich. »Und ich frage mich, weshalb er damals nicht entdeckt wurde. Hat ihn denn niemand vermisst?«

»Die Leiche wurde versteckt«, sagte Blackbeard und beobachtete Transome dabei genau. »Wir haben sie in einem abgeschlossenen Raum unterhalb der Bühne gefunden.«

»Da klingt nach den Überresten des alten Wassertanks«, sagte Mr. Transome. »Man hätte dort Wasser speichern und mittels eines speziellen Rohrsystems die Bühne fluten können. Ich habe es nie benutzt.«

»Danke, Sir, das ist hilfreich.«

»Das hoffe ich sehr. Cooper wird Ihnen eine vollständige Liste aller damals im Theater Beschäftigten geben.« Geschmeidig sprang Transome auf die Füße. Er gab Blackbeard die Hand und verneigte sich vor mir. »Es ist mir ein Anliegen, Ihnen auf jede mir mögliche Weise zu helfen ... und, Mrs. Rodd: Ich bin sicher, in der anderen Angelegenheit sehen wir uns bald wieder.«

Blackbeard und ich verließen das Theater.

»Das hat ja nicht allzu viel gebracht«, sagte der Inspector, als wir die große Eingangstreppe hinabstiegen. »Ich werde diesen Reynolds ausfindig machen, damit wir ihn ausschließen können.«

»Inspector ...« Cooper kam durch die Tür gestürmt. »Wie gut, dass ich Sie noch erwische! Mir ist plötzlich noch etwas zu der Brandnacht eingefallen, und Mr. Tom meinte, ich müsste es Ihnen sofort sagen.«

»Waren Sie damals vor Ort?«, wollte Blackbeard wissen.

»Nicht, als das Feuer ausbrach, aber ich war während der

Vorstellung dort. Mr. Tom hat sich nicht mehr daran erinnert, aber ich: Reynolds war nicht erschienen, und ich musste eine Strafzahlung von fünf Schillingen für ihn notieren. Seine Zweitbesetzung ist für ihn eingesprungen, und ich habe dem Jungen sein Kostüm angepasst. Er heißt Francis Fitzwarren.«

»Oh, da bin ich Ihnen aber sehr dankbar, Mr. Cooper«, sagte Blackbeard. »Und ich wäre es noch mehr, wenn Sie mir Weiteres über den Mann erzählen könnten: Wie alt war er damals? Wer waren seine Freunde? Hatte er Feinde? Ist er danach auch bestimmt nicht mehr gesehen worden?«

Cooper schüttelte bedauernd den Kopf. »Er war jung, Sir; das ist alles, was ich Ihnen erzählen kann.«

Ich war nicht sicher, ob ich ihm glauben sollte – sein Gedächtnis war bis zu diesem Punkt einwandfrei gewesen –, aber Blackbeard schien zufrieden.

»Danke, Sir.«

In diesem Moment hielt eine hübsche, glänzende Kutsche vor der Eingangstreppe.

»Auch das noch«, stöhnte Cooper und verdrehte die Augen. »Auftritt der Königin von Saba.«

»Wer ist das?«, wollte ich wissen.

»Das ist Miss Olivia; bitte entschuldigen Sie mich ...« Er eilte die Stufen hinunter, um ihr aus der Kutsche zu helfen.

Ich beobachtete die Szene, denn ich war neugierig auf die junge Frau, die in dem Familienstreit für ihren Vater Partei ergriffen hatte. Olivia Transome war schlank und wirkte so drahtig und gelenkig wie ihre Mutter, hatte hübsche dunkle Augen in einem blassen Gesicht und einen leicht sauertöpfischen Zug um den Mund. Sie trug ein feines Kleid aus fliederfarbener Seide, dazu ein graues Seidenhäubchen, und sah über Blackbeard und mich hinweg, als wären wir unbedeutender als der Staub unter ihren hübschen kleinen Knopfstiefeln.

»Ich denke, Sie werden mit ihr reden wollen«, meinte ich, sobald sich die Eingangstür des Theaters hinter ihnen geschlossen hatte. »Auch wenn sie damals noch ein Kind war.«

»Sie kann warten«, sagte Blackbeard. »Erst muss ich mich um die Leute kümmern, die damals im Theater waren – selbst ohne das Publikum sind es eine ganze Menge. Wie war das, Mrs. Rodd: Sagten Sie nicht, Sie seien mit einem weiteren Mitglied der damaligen Theatertruppe bekannt?«

»Ja, mit meinem Nachbarn, Mr. Tully.«

»Vielleicht könnten Sie mit ihm reden, Ma'am, und mir die Reise dorthin ersparen. Sie haben so eine nette, freundliche Art und ich mit Schauspielern und ihrem ganzen Firlefanz nicht gerade viel Geduld.«

# Sechs

Als ich am nächsten Morgen gerade eine Nachricht an Mr. Tully verfasste, sah ich durch mein Wohnzimmerfenster eben den Genannten, wie er, ohne Hut und auf seinen Stock gestützt, augenscheinlich aufgeregt über die Straße eilte.

Er entdeckte mich, und ich winkte ihn zur Eingangstür, so dass Mrs. Bentley durch sein Klopfen nicht aufgeschreckt würde und die Küchenstufen hinaufhecheln müsste. (Sie war noch nicht ganz so gut beieinander, wie sie gern vorgab; wir stritten mindestens zehn Mal am Tag, wenn ich versuchte, sie zu schonen.)

»Mrs. Rodd ... verzeihen Sie bitte die Störung, Ma'am ...«

»Gütiger Himmel, Mr. Tully – was ist denn los?«

»Mrs. Sarah hat mir per Eilboten einen Brief zukommen lassen, mitten in der Nacht, als ich im Bett lag. Es geht um Cordelia.«

»Ist sie krank?«

»Sie hat ihre Mutter verlassen, Ma'am ... Es ist so schrecklich!«

Nachdem ich mich somit vergewissert hatte, dass niemand gestorben war, hieß ich Mr. Tully im bequemsten Sessel Platz zu nehmen und ließ ihn sein Anliegen erst vorbringen, nachdem er ein Glas des guten Portweins in Händen hielt, den ich für Besucher reservierte.

»Darf ich den Brief sehen, Mr. Tully?«

Er zog das Schriftstück aus seiner Brusttasche und reichte es mir; es waren nur wenige handgeschriebene Zeilen zu lesen.

Pericles Cottage
Mittwochabend

Mein lieber Ben,
etwas Schreckliches ist passiert, und ich weiß weder ein noch aus. Maria ist aus Amerika zurückgekehrt, und heute Abend kam sie ohne jede Vorwarnung hierher. Sie weigerte sich, mit mir zu sprechen, ging stattdessen schnurstracks zu Cordelia, und kurz darauf fuhren beide in ihrer Kutsche davon.

Mein jüngstes Kind hat mich verlassen, und nun bin ich ganz allein! Ich schwöre beim Himmel, dass ich nicht weiß, warum meine Töchter mir derart böse sind – was habe ich ihnen nur getan? Und was soll ich jetzt tun? Tom wird mir keinen Penny mehr geben. Bitte benachrichtigen Sie Mrs. Rodd und kommen Sie her, um mich in meiner Verzweiflung zu trösten,
Sarah Transome

»Ich werde noch heute Morgen zu ihr fahren«, sagte Mr. Tully mit zitternder Stimme. »Die arme Frau!«

»Das ist wahrhaftig eine seltsame Wendung der Ereignisse«, sagte ich (und fragte mich im Stillen, ob die Aktion der Schwestern bewusst so theatralisch inszeniert worden war. »Glauben Sie, Miss Cordelia hatte geplant, mit ihrer Schwester wegzufahren?«

»Nein, das denke ich nicht; ich wusste nicht einmal, dass die beiden noch miteinander sprechen.«

Alles, was ich über die eigensinnige Mrs. Betterton hörte, machte mich noch neugieriger darauf, sie kennenzulernen. »Es ist durchaus eigenartig; zuerst überwirft sie sich mit ihrem Vater, und dann behandelt sie ihre Mutter derart herzlos! Haben Sie eine Ahnung, was sie so sehr gegen beide Eltern aufgebracht haben könnte?«

»Sie ist zur anderen Seite gewechselt«, sagte Mr. Tully, »und eine Betterton geworden.«

»Aber wozu das alles, wenn niemand weiß, was dieser Feindseligkeit zwischen den beiden Familien zugrunde liegt?«

»Der eigentliche Grund spielt schon lange keine Rolle mehr, Ma'am. Die Feindschaft ist längst eine gesetzte Tatsache, und ich bin überzeugt, dass auch Cordelia der neuen Truppe von Edgar Betterton im *King's Theatre* beitreten wird. Tom wird das nicht gefallen. Er ist davon ausgegangen, dass Cordelia, sobald sie ihre Mutter verlässt, zu ihm zurückkehren wird. Das wird ein herber Schlag für ihn.«

»Ich war gestern im *King's Theatre*, Mr. Tully.« Ich hatte schließlich von Mr. Blackbeard den Auftrag erhalten, ein paar Fragen zu stellen, und wollte nichts mehr über den Schlagabtausch zwischen Kasperl und seiner Gretel hören. »Es wird gerade neu aufgebaut, und die Arbeiter haben eine höchst tragische Entdeckung gemacht.« Kurz und ohne Firlefanz berichtete ich vom toten Tybalt und endete mit dem Namen Francis Fitzwarren.

Mr. Tullys Reaktion war verblüffend (und ich gab acht zu verbergen, wie sehr mich das interessierte). Er wirkte bestürzt und verstört, umschlang seinen Oberkörper mit beiden Armen und schien von plötzlicher Furcht übermannt, die er jedoch zu verheimlichen suchte.

»Es tut mir sehr leid«, sagte ich. »Es muss schmerzhaft für Sie sein, an jene schreckliche Nacht erinnert zu werden. Aber ich dachte, es fällt Ihnen leichter, mit mir zu sprechen als mit der Polizei.«

»Warum sollte die Polizei mit mir sprechen wollen?« Mr. Tullys Stimme klang gequält.

»Sie wird mit jedem sprechen wollen, der dort gewesen ist.«

»Aber ich weiß doch gar nichts!«

»Ich mache Ihnen erst einmal eine Tasse Tee.« Ich eilte aus dem Zimmer und rief die Treppe hinunter; nicht nach Mrs. B, der es strikt verboten war, schwere Kessel zu wuchten oder Tabletts zu tragen, sondern nach Hannah, die wiederum zur Unterstützung vor Ort war. Sie hatte gerade eine frische Kanne gekocht, und ich nahm zwei Tassen mit ins Wohnzimmer.

Der Tee schien Mr. Tully neu zu beleben, allerdings wurde er auch vorsichtiger. »Nicht die Erinnerungen an jene Nacht sind es, die schmerzen, sondern das Fehlen derselben. Sie kehren bruchstückhaft zurück, und keiner der Teile ergibt für mich einen Sinn.«

»Sagt Ihnen der Namen denn irgendetwas?«

»Frank Fitzwarren«, sagte Mr. Tully. »Er spielte den Tybalt als zweite Besetzung, weil Wie-heißt-er-doch-gleich wieder einmal betrunken war. Ich war jedoch der Meinung, er wäre dem Feuer entkommen.«

»Wissen Sie, wie alt er damals war?«

»Dreiundzwanzig, vierundzwanzig ... ein großer, blonder Junge ... recht gutaussehend.«

»Hatte er Feinde im Ensemble?«

»Nicht, dass ich wüsste.«

Er verheimlichte mir etwas, das spürte ich. Ich versuchte einen neuen Ansatz und tat, als hätte ich es nicht bemerkt. »Was war Ihre Rolle in dem Stück, Mr. Tully?«

»Mercutio – Tom sagte immer, ich sei der beste, den er je gesehen hätte. Wie alle wahrhaft großen Schauspieler brachte Tom jeden auf der Bühne zum Glänzen. Die ganze Produktion war ein Triumph – das Ende meiner Karriere, aber auch ihre Krönung. Es war auch das letzte Mal, dass Sarah die Julia spielte.« Er hatte seinen Argwohn abgelegt und wurde wieder zutraulicher. »Sie war eine wunderbare Julia, süß und anmutig, und ich werde nie vergessen, was für ein hübsches Paar sie auf der Bühne abgaben.«

»Und nach nur fünf Wochen mussten sie schließen«, sagte ich. »Wie überaus schade! Waren Sie dort, als das Feuer ausbrach?«

»Nein – es passierte einige Stunden nach dem letzten Vorhang. Ich war mit ein paar Schauspielkollegen in einem benachbarten Wirtshaus, dem *Fox and Grapes*, als der Aufschrei kam, das *King's Theatre* stehe in Flammen. Ich war mir sicher, dass Tom noch dort war, und rannte sofort los, um ihm zu helfen.«

»Wie ritterlich von Ihnen! Das war sehr mutig.«

»Es war eher leichtsinnig denn mutig. Ich weiß bis heute nicht, was in mich gefahren ist. Ich erinnere mich noch gut, dass ich Tom auf der Bühne fand – bereits bewusstlos vom Rauch. Ich versuchte, ihn auf die Straße zu schaffen, wurde aber bald selbst von den Dämpfen des Rauchs übermannt. An mehr kann ich mich nicht erinnern und nur berichten, was man mir später erzählte: Das Feuer breitete sich in der Obermaschinerie aus – das ist der Raum oberhalb der Bühne, von dem aus man den Prospektzug und Kulissenteile herunterfahren lassen kann. Dort lagern Stoffe und Seile und Farben, also leicht entflammbare Dinge. Ein brennender Balken fiel herab und traf mein Bein, denn ich hatte mich offenbar auf Tom geworfen, um ihn zu schützen. Hätte ich ihn vorher nicht schon so weit in Richtung Ausgang gezogen, hätte er nicht überlebt.«

»Erinnern Sie sich an Ihre letzte Begegnung mit Francis Fitzwarren?«

»Das war beim Applaus. Im Anschluss trugen ihn alle Kollegen in die Garderobe – das ist so ein Brauch beim ersten

Auftritt der Zweitbesetzung. Danach habe ich ihn nicht mehr gesehen.«

»Ich verstehe.« Es war seltsam und traurig, dass dieser junge Mann verschwinden konnte, ohne dass ihn jemand vermisst hatte. »Unser Gespräch war sehr hilfreich, Mr. Tully. Wie es aussieht, haben Sie die Identität des unglückseligen Opfers bestätigt.«

Am Nachmittag setzte ich mich wieder ins Wohnzimmer, um Inspector Blackbeard eine Zusammenfassung meines Gesprächs mit Mr. Tully zu schreiben. Ich hatte kaum begonnen, als es heftig an der Eingangstür klopfte. Ein kostspieliger Eilbote stand davor, der mir ein Schreiben reichte.

20 Vale Crescent
Holloway
Donnerstag

Liebe Mrs. Rodd,
Sie unterstützen meine Mutter Sarah Transome in diesem grässlichen Streit zwischen meinen Eltern, und inzwischen werden Sie gehört haben, dass ich meine jüngste Schwester zu mir geholt habe. Ich wäre Ihnen sehr verbunden, wenn Sie mich morgen früh unter der oben angegebenen Adresse aufsuchen könnten.
Mit freundlichen Grüßen,
Maria Betterton

Höchst verwundert und gespannt, was die älteste der drei Transome-Töchter mir erzählen wollte, schickte ich den Boten mit der kurzen Nachricht zurück, dass ich kommen werde.

In jenen Tagen vor dem Bau der Eisenbahn war der Stadtteil Holloway im Norden von London ruhiger und vornehmer als heute. Vale Crescent bestand aus einer Reihe weißer Villen und lag nahe der Seven Sisters Road und dem heute als Nag's Head bekannten Areal.

Ein vornehm wirkendes Hausmädchen öffnete mir die Tür und führte mich in einen hübschen Salon mit Blick auf den Garten. Vor dem Kamin stand eine junge Frau in einem einfachen Gewand aus dunkelblauer Seide.

»Mrs. Rodd ... Guten Tag. Ich bin Maria Betterton.«

»Guten Morgen, Mrs. Betterton.«

Wir verneigten uns förmlich, und ich setzte mich auf einen der Chintz-Stühle. Mein Blick wanderte über das recht zusammengewürfelte Ensemble der Möbel; die Stühle waren neu und standen vereinzelt herum wie Gäste, die gerade erst eingetroffen waren; ein paar an die Wand gelehnte Bilder warteten offensichtlich darauf, aufgehängt zu werden.

Maria Betterton war eine schöne Frau, eine weibliche Version ihres Vaters mit üppigem dunklem Haar, das locker zurückgesteckt war, und großen dunklen Augen. (Ich kam nicht umhin zu bemerken, dass sie bedeutend hübscher war als ihre Schwester Olivia.)

»Sie finden uns hier im größten Durcheinander, Mrs. Rodd; wir haben das Haus gerade erst bezogen.«

»Ich weiß, dass Sie in Amerika waren. Ihr Vater sagte mir, Sie hätten dort großen Erfolg gehabt.«

»Ha – das wird ihm schwer zu schaffen gemacht haben. Er wollte, dass unser Stück ein Reinfall wird.«

»Gewiss nicht!«, protestierte ich.

»Sie haben sicherlich von dieser lächerlichen Rivalität zwischen unseren Familien gehört.«

»Nun ... allerdings.«

»Das ist alles Unsinn, Mrs. Rodd, und soll nur von der tatsächlichen Fehde zwischen meinem Vater und mir ablenken. Er denkt, ich hätte ihn verraten.«

»Sie haben Ihre Schwester Cordelia aus dem Haus Ihrer Mutter geholt.«

»Ja – und ich würde es jederzeit wieder tun.«

»Ich bitte um Verzeihung, aber ich verstehe nicht, warum Sie sich mit Ihrer Mutter überworfen haben; ich weiß, dass sie sehr darunter leidet, dass sie nun allein ist.«

»Nun, ich tat es, weil meine Schwester meinen Schutz benötigt. Sie werden sie heute leider nicht sprechen können, ihr ist unwohl.«

»Das tut mir leid.«

»Unsere Mutter ist nicht in der Lage, sich vernünftig um Cordelia zu kümmern, und ins Theater meines Vaters kann sie auf keinen Fall zurückkehren. Wenn es ihr wieder besser geht, wird sie in das neue Ensemble meines Mannes eintreten, im *King's Theatre*.«

Ich hatte den Eindruck, dass sie mich einzuschätzen versuchte und abwog, wie viel sie mir erzählen konnte; ich schwieg, um sie zum Weiterreden zu ermutigen.

»Sie helfen bei den Trennungsvereinbarungen zwischen meinen Eltern«, sagte sie dann.

»Ja.«

»Auch die sind Unsinn.«

»Ich bitte um Verzeihung...?«

»Da ist kein Geld«, sagte Mrs. Betterton geradeheraus. »Mein Vater verkauft zwar viele Eintrittskarten, steckt jedoch bis zum Hals in Schulden.«

»Diesen Eindruck machte er auf mich tatsächlich nicht«, sagte ich. »Er hat ein hübsches neues Haus in Herne Hill gekauft.«

»Gekauft? Nichts dergleichen! Er hat die ersten Monatsmieten vorausbezahlt, und das ist auch alles, was der Besitzer je sehen wird.«

Wenn das stimmte, wäre damit jegliche »Vereinbarung« zwischen den Transomes ungültig, was mich beunruhigte. Möglicherweise übertrieb Maria Betterton in ihrem Ärger auch die Fakten; ihr hübsches Gesicht war vor Zorn gerötet.

»Was ist mit dem Haus in Richmond?«, wollte ich wissen.

»Pericles Cottage gehört ihm. Er will es aber verkaufen, weil die Noonan nicht in einem Haus wohnen will, in dem sein rechtlich angetrautes Eheweib einmal gewohnt hat.«

»Mrs. Betterton, Sie haben mir bisher nicht gesagt, warum Sie mich zu sprechen wünschten.«

Ein Ausdruck von Schmerz huschte über ihr Gesicht, und ich sah, wie unglücklich sie hinter ihrer Wut war. Sie ließ sich auf einen Stuhl sinken, mied meinen Blick, und wir schwiegen einen Moment.

Dann sah sie wieder auf und sagte: »Mein Mann weiß nicht, dass Sie hier sind, und es wäre mir lieb, wenn er es nie erfahren würde.«

»Können Sie sich ihm nicht anvertrauen?«

»Ich werde es ihm irgendwann erzählen ... wenn die Zeit dafür gekommen ist. Papa bezeichnet ihn als ›geistesschwach‹, was eine schreckliche Verleumdung ist, aber ich gebe zu, Edgar ist nicht der Scharfsinnigste.« Ihr hübsches Gesicht verlor jegliche Boshaftigkeit, als sie von ihrem Mann sprach, und sie lächelte. »Ich versuche, so gut ich kann, jeden Ärger von ihm fernzuhalten. Er ist heute Morgen im Theater und berät mit dem Architekten und dem Bauleiter, wann wir eröffnen können.«

»Ich war vorgestern dort«, sagte ich, »und es sah nicht annähernd so aus, als ob es bald fertig wäre.«

»Sie haben die Leiche gesehen.«

»Ja.«

»Deswegen wollte ich Sie sprechen. Niemand will mir irgendetwas sagen.«

»Im Moment gibt es auch nicht viel zu erzählen.«

»Ist die Leiche identifiziert?«

»Noch nicht endgültig ...«

»Bitte, ich flehe Sie an!«, rief Mrs. Betterton aus. »War es Frank Fitzwarren?«

»Ja.« Ich brachte es nicht übers Herz, es zu leugnen. »Er trug das Kostüm für Tybalt, und der Garderobier Ihres Vaters erinnerte sich, dass er als Zweitbesetzung ...«

»Gütiger Gott!« Ihre großen Augen füllten sich mit Tränen, und ihre Miene verzerrte sich. »Ich hätte es wissen müssen!« Sie schlug die Hände vors Gesicht, und es sah nicht annähernd so aus, als würde sie schauspielern. Sie schluchzte einmal laut auf, dann ließ sie die Hände wieder sinken. »Ich bin auf das Schmählichste betrogen worden«, sagte sie gefasst.

»Wie meinen Sie das?«

»All die Jahre habe ich geglaubt, Frank Fitzwarren sei nach dem Brand weggelaufen – er schickte mir einen Brief in dem stand, er habe die Truppe meines Vaters verlassen und werde nicht zurückkehren.«

»Wann haben Sie diesen Brief erhalten, Mrs. Betterton?«

»Etwa eine Woche danach – ohne jeden Hinweis, wohin er gegangen war. Aber er kann ihn nicht selbst geschrieben haben, oder? Ach, wie habe ich ihm Unrecht getan!«

»Kannten Sie Mr. Fitzwarren näher?«

»Wir waren verlobt.«

»Oh?« Das kam überraschend. »Ihr Vater hat nichts davon erwähnt ...«

»Natürlich nicht. Als wir ihm unsere Liebe gestanden, bekam er einen seiner Anfälle und sagte, ich sei zu jung, um etwas von der Liebe zu verstehen. Ich musste ihn anflehen – buchstäblich auf den Knien –, Frank nicht aus dem Theater zu werfen, denn sonst wäre er erledigt gewesen, wo seine Karriere doch gerade erst begonnen hatte.«

»Haben Sie Ihre Verlobung gelöst?«

»Das sollte jeder glauben. Wir verbargen unsere wahren Gefühle und gaben acht, dass man uns nicht zusammen sah. Aber wir liebten uns noch immer, und der Brief – der ja vorgeblich von Frank stammte –, hat mich zutiefst erschüttert und verletzt.«

»Sie dachten, er hätte Sie verlassen.«

Mrs. Betterton nickte. »Ich war erst siebzehn und ließ mich davon überzeugen. Papa, mein Vater, war freundlich zu mir, als er meinen Liebeskummer bemerkte. Er sagte, die Erfahrung werde mir bei meinem Spiel helfen.«

»Und Ihre Mutter?«

»Sie teilte seine Meinung«, erwiderte Mrs. Betterton eisig. »So wie stets zu jener Zeit – bevor er mit dem neuen Theater entschied, sie sei zu alt, die Rosalind zu spielen.«

Wir schwiegen, und die Stille breitete sich aus, während ich Mrs. Betterton beobachtete.

Dann sah sie mich an. »Sie werden das sicher der Polizei erzählen.«

»Ich denke, das muss ich.«

»Sagen Sie ihnen, dass es nur einen Menschen gab, der Frank aus dem Weg räumen wollte«, erklärte sie. »Sagen Sie ihnen, dass mein Vater ein Mörder ist.«

Sieben

Am Nachmittag war ich mit meinem Bruder in seiner Kanzlei im Furnival's Inn verabredet, und dorthin eilte ich nun (mit einem Omnibus ab Nag's Head) direkt nach meinem Abschied von Mrs. Betterton. Ich hatte mich bemüht, auf ihre Anschuldigung »Mörder« nicht zu reagieren, und fragte mich, was Blackbeard wohl davon hielte.

Im Moment betraf meine größte Sorge allerdings Mr. Transomes monetäre Situation. Ich kam etwas früher bei meinem Bruder an und nutzte die Gelegenheit für ein Gespräch unter vier Augen.

»Wir sind davon ausgegangen, dass er all seine großzügigen Versprechen halten kann, und wir seine Finanzen nicht überprüfen müssten.«

»In der Tat«, sagte Fred. »Und ich muss zugeben, dass ich gar nicht auf die Idee kam, ihn zu fragen; er klingt immer sehr überzeugend. Ich habe die Menschenmassen im Theater gesehen und sein Vermögen als selbstverständlich angenommen.«

»Seine Tochter behauptet, er sei hoch verschuldet – aber ich weiß nicht, ob man ihr Glauben schenken kann.«

»Wir sollten lieber nachforschen, sonst verschwenden wir beide unsere wertvolle Zeit.«

Mr. Transome hatte sich bereit erklärt, uns in Freds chaotischem Kanzleibüro zu treffen, in dem jegliche Oberfläche mit Papierstapeln und Staub bedeckt war. Mr. Beamish, der Privatsekretär meines Bruders, versuchte in letzter Minute etwas Ordnung zu schaffen, indem er den Staub von zwei Stühlen klopfte und Freds weiße Perücke auf ihren Holzständer stülpte.

Schritte und gedämpfte Stimmen aus dem Vorzimmer kündeten von Mr. Transomes baldigem Erscheinen.

»Alle wollen einen Blick auf ihn erhaschen«, sagte Beamish. »Wir bekommen nicht jeden Tag Besuch von einem berühmten Schauspieler.« Er verließ den Raum, um Mr. Transome vor der allzu drängenden Neugier der jungen Schreiberinnen zu bewahren.

Von der Aufmerksamkeit nicht im Mindesten beeindruckt, rauschte ein äußerst eleganter Mr. Transome – er trug weiße Hosen und eine blaue Jacke – wenige Minuten später in Freds Büro.

»Guten Tag, Mrs. Rodd! Tyson ... wie überaus faszinierend, Sie in Ihrer ureigenen Höhle zu treffen. Ich bin Ihnen wirklich sehr zu Dank verpflichtet. Darf ich davon ausgehen, dass die endgültige Vereinbarung so gut wie steht?«

»Setzen Sie sich doch und trinken ein Glas von meinem Sherry. Meine Schwester hatte heute Morgen eine interessante Begegnung, die nun einige Fragen aufwirft.«

Ich erzählte, dass ich seine älteste Tochter getroffen hatte, und wiederholte ihre Aussage zu seinen finanziellen Verhältnissen.

Seine Miene verdüsterte sich. »Sie sollten ihre Worte nicht für bare Münze nehmen, Mrs. Rodd. Meine Tochter und ihr elender Ehemann wollen nur meinen Namen beschmutzen.«

»Natürlich ist mir bewusst, dass Mrs. Betterton gewisse Eigeninteressen verfolgt«, erwiderte ich. »Aber wir müssen wissen, ob es stimmt, dass Sie Schulden haben.«

Mr. Transome seufzte und verdrehte die Augen. »Nun ja, natürlich habe ich einen gewissen finanziellen Engpass. Gütiger Gott – welcher Theaterleiter hat die nicht? Ein Theater ist ein Monster, das Geld frisst. Ich musste mir Tausende leihen, als ich das *Duke of Cumberland's* übernahm. Hin und wieder werfe ich den Gläubigern etwas Bargeld in den Rachen, damit sie ruhig bleiben.«

»Könnten Sie uns wohl die Summe Ihrer Schulden nennen?«, bat Fred.

»Nein, das ist alles so schrecklich ermüdend. Wenn ich mich ständig mit den Zahlen auseinandersetzen würde, bekäme ich nichts anderes erledigt.«

»Und über welche Geldreserven verfügen Sie?«

»Das kann ich auch nicht genau sagen.« Mr. Transome zuckte ungehalten mit den Schultern. »Da müssen Sie meine Bank fragen.«

»Ihre Tochter ist ein wenig skeptisch, was Ihr neues Haus in Herne Hill betrifft. Sie meint, Sie hätten es nicht gekauft.«

»Zu Ihrer aller Information: Ich habe einen Mietvertrag über fünf Jahre unterschrieben.«

»Ich bin sicher, Ihnen ist das Problem bewusst«, sagte Fred. »Wenn Sie Ihrer Frau Unterhalt zukommen lassen wollen, werden Sie schnell eine große Summe Bargeld auftreiben müssen.«

»Ich kann jederzeit Geld auftreiben, wenn es sein muss«, sagte Mr. Transome. »Sie haben ja gesehen, welche Einnahmen ich an den Theaterkassen habe. Und die Leute leihen mir gern Geld, weil sie wissen, dass sie auf ein gutes Pferd setzen. Falls ich mit den Zahlungen tatsächlich einmal in Schwierigkeiten geraten sollte, plane ich einfach ein paar Vorstellungen mehr ein.« Aus seinen hübschen dunklen Augen – denen die seiner Tochter so sehr glichen – musterte er mich scharf. »Kümmern Sie sich nicht um Maria und ihre Anschuldigungen.«

»Wie ich bereits sagte, rechne ich bei ihr mit einer gewisse Voreingenommenheit.«

»Wie sah sie aus?«

»Gut, soweit ich das beurteilen kann.«

»Das höre ich gern«, sagte Mr. Transome. »Solange sie nicht in anderen Umständen ist.«

»Entschuldigung?«

»Großvater zu werden ist das Letzte, das ich gebrauchen kann. Jedenfalls nicht, solange ich den Romeo spiele.«

Seine Egozentrik schockierte mich sehr. Fassungslos sah ich meinen Bruder an, der sein Lachen unterdrückte.

Mr. Transome merkte davon nichts und füllte beschwingt sein Glas auf. »Und hatten Sie auch das zweifelhafte Vergnügen, auf ihren tumben Ehemann zu treffen?«

»Nein. Er war gerade im neuen Theater.«

»Sicher wissen Sie ja, dass die beiden Cordelia entführt haben. Haben Sie sie gesehen?« Er klang noch immer heiter und freundlich, dennoch hatte ich den Eindruck, er wäre auf der Hut.

»Mrs. Betterton sagte, ihr sei unwohl.«

»Unwohl?« Nun konnte er seine Besorgnis nicht mehr verheimlichen. »Ist es ernst?«

»Ich denke nicht ...«

»Nein, nein, natürlich nicht, sonst hätte sie mich verständigen lassen. Sie ist sehr wohl in der Lage, ihre Schwester als Stock zu benutzen, um mich damit zu prügeln.«

Ich hatte den Rest meines Treffens mit Maria Betterton für mich behalten wollen, bis ich mit Blackbeard gesprochen hätte, doch ich konnte nicht widerstehen, Mr. Transomes Reaktion zu beobachten.

»Mrs. Betterton sagte mir, sie und Francis Fitzwarren seien verlobt gewesen.«

»Ach, welch ausgemachter Blödsinn! Gütiger Gott, reitet sie immer noch darauf herum? Das war eine jugendliche Schwärmerei, der ich ein Ende gesetzt habe – wie jeder gute

Vater es getan hätte. Der Kerl hat sie nur benutzt, um in die Theaterkompanie zu kommen.«

»Sind Sie sicher?« Fred war nun ganz Ohr.

»Sie glaubt, Sie hätten ihn ermordet«, fügte ich hinzu.

»Ach, herrje«, stöhnte Mr. Transome. »Das arme Kind weigert sich, die Wahrheit anzunehmen, aber jeder junge und ambitionierte Schauspieler weiß um den Vorteil, mit der Tochter des Theaterdirektors anzubandeln.« Er lächelte kurz. »Ich selbst habe es genauso gemacht; als ich Sarah kennenlernte, war ihr Vater Theaterleiter in Manchester, und obwohl ich sie von ganzem Herzen liebte, waren mir die Vorteile durchaus bewusst.«

»Ich glaube Ihnen, mein Bester«, sagte Fred. »Aber Sie sollten die Sache tatsächlich ernst nehmen, meinen Sie nicht?« Auch wenn mein Bruder sich so jovial wie immer gab, konnte ich ihm seine Wachsamkeit anmerken. »Ein Mann wurde ermordet – und Sie haben gerade das schönste Motiv geliefert, das man sich nur vorstellen kann.«

»Ich? Das ist doch absurd!« Endlich geriet Mr. Transome aus der Fassung. »Sie kennen mich – glauben Sie wirklich, ich wäre in der Lage, jemanden umzubringen?«

»Ich nicht«, sagte Fred. »Aber was ich persönlich glaube, ist hier nicht von Belang. Befolgen Sie meinen Rat und hören Sie auf, so darüber zu reden – es sei denn, Sie wollen Ihren nächsten öffentlichen Auftritt im Old Bailey inszenieren.«

※

Inspector Blackbeard reagierte auf Mrs. Bettertons Anklage mit stoischer Gelassenheit.

»Humbug, Ma'am.«

»Sie glauben nicht, dass es sich lohnt, der Sache nachzugehen?«

»Das habe ich nicht gesagt – aber wo ist der Beweis? Ich habe die letzten Tage lange Listen von Namen durchforstet und versucht, die damals beteiligten Schauspieler aufzuspüren – manche in Theatern außerhalb der Stadt, ein paar auf dem Friedhof –, und niemand hat mir auch nur den winzigsten Schnipsel an brauchbaren Informationen gegeben. Ich darf Ihnen verraten, Mrs. Rodd, dass ich noch nie so stark das Gefühl hatte, dass man mir etwas verschweigt.«

Wir saßen in einer schlichten schwarzen Polizeikutsche, die sich durch den morgendlichen Verkehr am Ende der Upper Street in Islington kämpfte. Zu jener Zeit war diese lange Geschäftsstraße noch gefährlich, laut und wurde von Verbrechern heimgesucht – zudem beheimatete sie einige höchst fragwürdige Etablissements der Unterhaltung; die Leute vor Ort nannten sie die »Teufelsmeile«. Bei Tageslicht handelte es sich schlicht um eine sehr schmutzige Straße, auf der Karren und Wagen Richtung City Road drängten.

Am *Angel Inn* bogen wir nach Pentonville ab, mit seinen gepflegten, ruhigen Straßen und schmucklosen Hausfronten, die damals gerade aus der Mode kamen und nun als »ehemals ansehnlich« gelten. Miss Constance Noonan und ihre Mutter wohnten an einem tristen kleinen Platz mit zertretener Grasfläche. Hier hatte Blackbeard am Vortag ein Treffen mit Mr. Transome vereinbart, fernab vom ungezügelten Treiben am Theater.

»Hier hatte ich einmal einen hübschen Mord, im Jahr fünfundvierzig war das«, sagte Mr. Blackbeard, als er die Glocke der Noonans läutete. »Die Frau eines Gastwirts beseitigte ihren Ehemann und besaß den Anstand, es vor ein paar exzellenten Zeugen zu tun. Ich konnte sie binnen weniger Wochen an den Galgen bringen, Ma'am – eine feine, saubere Sache.«

»Ich fürchte, dieser Mordfall wird eher unsauber«, erwiderte ich. »Die Tat wurde vor vielen Jahren begangen, die Zeugen sind weit verstreut, und mögliche Spuren wurden im Feuer zerstört. Eines weiß ich jedoch sicher: Schauspieler haben ein ausgezeichnetes Gedächtnis, und einer von ihnen wird gewiss etwas Signifikantes erinnern.«

Mir war ein wenig unwohl bei dem Gedanken, Mr. Transome im Haus seiner Mätresse zu treffen, aber ich sagte mir, dass ich Miss Noonan nichts Konkretes vorzuwerfen hatte. Konnte man ihr glauben, hatte sie den letzten Schritt zur Unehrenhaftigkeit noch nicht vollzogen.

Eine Frau, die ich zunächst für das Hausmädchen hielt, öffnete die Tür, und stellte sich zu meiner Überraschung als Margaret Noonan vor. Sie war sehr dünn und ging gebeugt, hatte krauses, blassrotes Haar und einen grimmigen Gesichtsausdruck; wie sich später herausstellte, blickte sie nur deshalb so unfreundlich drein, um das Fehlen einiger Zähne zu verbergen, tatsächlich war sie eine freundliche und zurückhaltende Person.

»Mrs. Rodd ... Inspector!« Mr. Transome stürzte herbei und schüttelte uns die Hände. »Es ist überaus freundlich von Ihnen, hierherzukommen; momentan möchte ich meiner Tochter Olivia schlicht nicht begegnen. Bitte treten Sie doch ins Wohnzimmer.«

»Warum gehen Sie Ihrer einzig noch verbliebenen Tochter aus dem Weg, Mr. Transome?«, wollte ich wissen.

»Ach, wir haben eine kleine berufliche Meinungsverschiedenheit, und sie benimmt sich wie eine Furie; ich konnte ihr gestern Abend nicht gegenübertreten, also habe ich im Theater übernachtet.«

Er führte uns in ein kleines quadratisches Wohnzimmer, das zwar sauber, doch spärlich und zudem recht schäbig möbliert war. Wie ein großer Paradiesvogel stand Miss Constance Noonan vor dem Kamin: Ihr leuchtend goldenes Haar trug sie offen und über ein buntes Paisley-Schultertuch fallend. Auch bei Tageslicht und aus der Nähe wirkte sie so außergewöhnlich wie auf der Bühne.

Auf einem kleinen Tischchen waren zusammengeknüllte Servietten und die Überreste eines üppigen Frühstücks zu sehen: Kaffee, Sahne, Muffins, Erdbeermarmelade und Schinken.

»Heute ist einer meiner Essenstage«, erklärte Mr. Transome munter. »Maggie, sei ein Schatz und bring uns noch eine frische Kanne Kaffee.«

Das war keine Bitte, sondern ein Auftrag, wie man ihn seiner Bediensteten gab; offenbar war ich nicht die Einzige, auf die Mrs. Noonan wie eine Hausangestellte wirkte. Sie reagierte mit einem Nicken, das fast einer Verneigung gleichkam, nahm die Kaffeekanne vom Tisch und verließ den Raum.

Mr. Transome rückte uns Stühle zurecht, und Blackbeard und ich setzten uns.

»Connie, Liebling«, sagte Mr. Transome, »du musst nicht bleiben; sie wollen nur etwas zu jener Brandnacht wissen, bei der du noch im Spielschürzchen herumgelaufen bist.«

»Ach je, das nie verlöschende Feuer!«, seufzte Miss Noonan. »Überaus lästig ... und ein weiteres Hindernis, das uns in den Weg geworfen wird.«

»Ich weiß ... all die Sterne in ihrer Bahn und so weiter ... Aber der Polizei muss man Folge leisten.«

»Nun gut.« Sie warf ihre Haarmähne über die Schultern, verließ das Zimmer und schloss mit merklichem Verdruss hinter sich die Tür.

Mr. Transome nahm seine halbleere Kaffeetasse auf. »Miss Noonan ist wegen einer privaten Auseinandersetzung heute Morgen etwas verstimmt – dieselbe Unstimmigkeit, die zu meiner unbequemen Nacht auf dem Tagesbett meiner Garderobe führte.«

»Sie haben also nicht hier übernachtet«, sagte Blackbeard (und was ich als ungebührlich direkt erachtete, auch wenn es meine eigenen Gedanken exakt wiedergab).

»Nein«, sagte Mr. Transome. »Was das betrifft, ist Connie sehr strikt. Wie kann ich Ihnen nun helfen, Inspector?«

»Wir gehen – zumindest im Moment – davon aus, dass Fitzwarren in der Nacht des Feuers umgebracht wurde. Deshalb würde ich gern noch einmal die Details des entsprechenden Abends mit Ihnen durchgehen, Sir.«

»Wenn Sie es wünschen ... Aber Sie wissen ja, dass ich mich an nicht viel erinnern kann. Ich war bewusstlos und bin erst zwei Tage später zu Hause wieder erwacht.«

»Jedes noch so kleine Detail kann bedeutsam sein, Sir. Wir versuchen die letzten Stunden des Opfers nachzuvollziehen.«

»Die sind nicht weiter geheimnisvoll. Er spielte die Rolle des Tybalt, in der ihn Hunderte von Menschen gesehen haben.«

»Sie behaupteten, sich nicht an den jungen Mann zu erinnern«, warf ich ein.

»Das tat ich zunächst tatsächlich nicht – alle Belange um die Neueröffnung des Theaters spukten zeitgleich durch meinen Kopf, aber der gute alte Cooper hat mein Gedächtnis aufgefrischt, und ein, zwei Dinge sind mir nun wieder präsent. Zum Beispiel auch, dass ich über Reynolds' Fortbleiben sehr verärgert war, denn normalerweise spiele ich nicht gern mit einer so kurzfristig einspringenden Zweitbesetzung. Sarah flüsterte mir immer wieder zu, den Jungen ja nicht zu verschrecken; aber er spielte seine Rolle sogar richtig gut.« Transome fing meinen Blick ein und fügte hinzu: »Die Tändelei mit meiner Tochter hat keinen Deut geholfen, aber darum geht es nicht. Was im Theater zählt, ist allein das Spiel.«

»Wann haben Sie Fitzwarren zum letzten Mal gesehen?«, fragte Blackbeard.

»Nun, es gab mehrere Vorhänge Applaus, danach trugen wir ihn auf den Schultern in die Garderobe, wie es bei uns Brauch ist.«

»Und dann?«

»Ich sprach mit meiner Frau und brachte sie zu ihrer Kutsche.«

»Warum sind Sie nicht mit ihr zusammen nach Hause gefahren?«

»Ich musste noch etwas erledigen.«

»Und was genau war das, Sir?«

»Nun, das ist … etwas delikat«, sagte Mr. Transome und sah mich dabei an. »Es wird Ihnen nicht gefallen, Ma'am.«

»Nichts, was Sie sagen, kann mich schockieren, Mr. Transome«, erwiderte ich (zwar nicht ganz aufrichtig, doch ich war entschlossen, die Auflösung eines Mordfalls nicht an meiner tiefen Missbilligung seiner Unmoral scheitern zu lassen).

»Wenn Sie darauf bestehen, werde ich es Ihnen erzählen – und dann werden Sie verstehen, warum ich bisher dazu geschwiegen habe. Ich hatte ein privates Treffen in meiner Garderobe anberaumt – mit einem jungen Mitglied des Ensembles.«

»Einem weiblichen Mitglied?«, hakte Blackbeard nach.

»Genau.« Mr. Transome sagte es unbeschwert dahin, besaß jedoch immerhin den Anstand, ein wenig verlegen zu wirken.

»Sie werden zweifelsohne einen Namen hören wollen: Miss Arabella Fenton. Sie kam nach der Vorstellung zu mir und verabschiedete sich gegen ein Uhr nachts.«

»Haben Sie sie auf die Straße begleitet?«

»Nein«, sagte Mr. Transome. »Sie goss mir einen halben Liter eisgekühlten Champagner über den Kopf und verließ das Theater im Anschluss allein.«

»Dann waren Sie in Ihrer Garderobe, als das Feuer ausbrach?«

»Ja ... und das ist der Moment, in dem meine Erinnerung mich verlässt. Ich denke, ich muss das Feuer wohl gerochen und versucht haben, zu entkommen, da mich der gute alte Ben dann ja auf der Bühne fand.«

Ich war überzeugt, dass er sich an mehr erinnerte als er vorgab. Doch bevor ich nachfragen konnte, klopfte es laut an die Eingangstür, und eine weibliche Stimme rief: »Papa! Lass mich ein! Ich weiß, dass du da bist und werde nicht wieder gehen! Eher klopfe ich, bis das Haus zusammenbricht!«

»O Gott, o Gott, o Gott ...« Mr. Transome stöhnte. »Olivia!«

Wir hörten Schritte im Flur.

»Geh weg!«, keifte Miss Noonan. »Du hast hier nichts verloren.«

»Ich verlange, meinen Vater zu sehen! Du hinterhältige kleine Schlange ... Ich weiß, was du vorhast!«

»Er will dich nicht sehen!«

»Mach die Tür auf!«

(Ich habe hier den ungehörigsten Teil des fischweiberlichen Gezeters ausgelassen, was den Austausch kürzer erscheinen lässt, als er war; die zwei »zogen kräftig vom Leder«, wie Mrs. Bentley sagen würde.)

Blackbeard blickte Mr. Transome an, bis der Gentleman

sich schließlich erhob und hinausging, um seine kreischende Tochter einzulassen.

Miss Noonan versuchte, ihn aufzuhalten. »Immer bist du auf ihrer Seite – dir ist egal, wie sie mich behandelt!«

»Ich kann sie wohl kaum vor der Türe stehen lassen.«

Kurz darauf stürzten die zwei jungen Frauen mit bauschenden Röcken ins Wohnzimmer. Von Blackbeard und mir nahmen sie keinerlei Notiz.

»Stimmt das, Papa?« Miss Olivia klammerte sich am Arm ihres Vaters fest. »Sag mir, dass es nicht wahr ist! Diese Person sagt, ich könne nicht bei dir in Herne Hill leben!«

»Wenn *sie* da ist, kann ich dort nicht sein!«, schrie Miss Noonan. »Sag es ihr, Tom – du hast mir versprochen, es wäre dann mein Haus.«

»Mädchen ... bitte«, sagte Mr. Transome.

»Wie kann es mein Haus sein, wenn sie dort ist und mich herumkommandiert?«

»Papa, ich bin deine Tochter! Zählt das etwa nichts? Willst du zulassen, dass diese Person mich auf die Straße setzt?«

»Livvy, meine Liebe ... niemand setzt dich auf die Straße ...«

»Wo soll ich denn hingehen?« Olivias bleiches Gesicht war verzerrt vor Wut. »Ich habe immer zu dir gehalten – und das ist nun der Dank?«

»Du kannst jederzeit zu deiner Mutter zurückkehren«, sagte Miss Noonan. »Tom, du hast mir versprochen, dass dort nur wir zwei wären ... unsere kleine Zuflucht vor der Welt!«

»Wie ich sehe, ist das hier eine Privatangelegenheit«, sagte Mr. Blackbeard. »Wir werden uns zurückziehen.«

Ich war überaus froh, diese Leute und ihre armseligen Streitereien verlassen zu können – die in dem Moment, da wir das Zimmer verließen, wieder aufflammten.

Mrs. Noonan wartete neben der Eingangstür und legte mir zaghaft ihre Hand auf den Arm.

»Ich weiß nicht, wie ich die beiden von alledem abhalten kann«, sagte sie leise. »Aber ich wünschte, ich könnte meine Tochter retten.«

Acht

Auf dem Rückweg nach Hampstead war Blackbeard still und nachdenklich, aber ich konnte nicht einschätzen, in welche Richtung sich die Rädchen in seinem Hirn bewegten. Zu meiner Überraschung bestand er darauf, mit ins Haus zu kommen, um Mrs. Bentley seine Aufwartung zu machen. Sie freute sich sehr über seinen Besuch, schickte die kleine Hannah ins nächste Wirtshaus, um einen Krug Ale zu holen, und Blackbeard setzte sich zu uns an den Küchenherd.

»Hier ist es sehr heimelig und angenehm, Ma'am«, sagte er. »Es erinnert mich an das Zusammensein mit meiner Frau.« Er hatte seine Frau um etwa dieselbe Zeit verloren wie ich meinen geliebten Matt, und ich wusste, dass er offener wurde, wenn er von ihr sprach. »Wir haben so manche fröhliche Stunde mit Gesprächen über Mordfälle verbracht, und sie war da weitaus cleverer als einige meiner Vorgesetzten.«

»Können Sie einschätzen, was Mrs. Blackbeard zu diesem Fall gesagt hätte?«, erkundigte ich mich.

»Sie hätte manche moralische Aspekte gewiss nicht gutgeheißen«, antwortete Blackbeard, »aber derartige Bedenken hätten sie nicht von ihrer nüchternen Einschätzung abgehalten.«

»Ich weiß jedenfalls, was ich darüber denke«, sagte Mrs. Bentley. »Ich tippe auf Transome.«

»Wir haben keinerlei Beweise«, wandte ich ein, »nur haltlose Anschuldigungen.«

»Wer sonst hatte einen Grund, den Mann tot sehen zu wollen?«

»Es kann gut sein, dass wir noch eine andere Person finden,

die daran Interesse hätte – und Mr. Blackbeard ist schließlich nur an Tatsachen interessiert.«

»Sie sind ungewöhnlich still, was Ihren Instinkt betrifft, Mrs. Rodd – das sieht Ihnen gar nicht ähnlich«, sagte Blackbeard.

»Ich gebe zu, Sie haben recht. Dieser Fall jedoch verwirrt mich. Wie ist es um Ihren Instinkt bestellt, Mr. Blackbeard?«

»Ich verlasse mich da eher auf meine Nase, Ma'am. Und irgendwas an Transome riecht faul. Im Moment gehe ich davon aus, dass er schuldig ist, bis ich einen gegenteiligen Beweis finde. Und Sie?«

»Nun ...« Zum ersten Mal seit Jahren musste ich feststellen, dass ich keine Position beziehen konnte. »Ich kann mir einfach nicht vorstellen, dass er jemanden umbringt.«

»Irgendjemand hat Fitzwarren aber nun mal umgebracht, Ma'am. Und bislang zeigen alle Wegweiser in seine Richtung.«

⁂

Mr. Transome hatte uns einen weiteren Namen genannt: Miss Arabella Fenton.

»Es war nicht allzu schwer, sie ausfindig zu machen«, sagte Blackbeard. »Sie hat die Schauspielerei aufgegeben und heißt jetzt Mrs. Dupont, verheiratet mit einem Weinhändler aus der Stadt. Ich habe Sie gebeten mitzukommen, weil ich ihr ein paar delikate Fragen stellen muss, und sie wird vermutlich eher Auskunft geben, wenn auch eine Dame zugegen ist.«

»Ich helfe Ihnen gern«, sagte ich, »aber ich fürchte, wir werden nur weitere Details hinsichtlich Transomes Unmoral erhalten, nicht aber zu dem Mord.«

Fast eine Woche war seit der Szene in Pentonville vergangen, und die Polizeikutsche brachte uns in die Innenstadt von London. Die geballte Energie im Herzen der Stadt faszinierte mich jedes Mal aufs Neue: die Gehsteige mit dem Gedränge eilender Menschen, der ständige Lärm des Verkehrs und das Glockengeläut der vielen alten Kirchen.

Mrs. Dupont wohnte in der geschichtsträchtigen Straße Bucklersbury, nahe Leadenhall Market. Im Erdgeschoss befanden sich die Geschäftsräume von *Dupont and Villard*, die für den Import und Großhandel von Weinen bekannt waren. Blackbeard klopfte, und ein tintenfingriger Kontorist führte uns in die Privatwohnung der Familie in den oberen Stockwerken.

Das Wohnzimmer in der ersten Etage war groß und kostspielig ausgestattet und hätte mit Sicherheit wunderbar hell gewirkt, wären die zwei hohen Fenster nicht mit vielschichtigen Vorhängen aus Spitze verhängt worden. Alle Möbel waren aus dunklem, kunstvoll geschnitztem Holz und etwas zu groß für den Raum. Eine sehr alte Dame mit runzligem Gesicht saß neben einem rotglühenden Kaminfeuer.

»Das ist die Mutter meines Mannes«, sagte Arabella Dupont. »Kümmern Sie sich nicht weiter um sie; sie ist taub und geistig nicht ganz anwesend.« Das klang ein wenig gefühllos, aber mir fiel sehr wohl der zärtliche Gesichtsausdruck auf, mit dem sie ihr eine Decke um die Beine wickelte.

Arabella Dupont war eine attraktive Frau um die dreißig in einem auffallend schlichten schwarzen Kleid. Nichts an ihrem Aussehen oder Gebaren deutete auf eine Bühnenvergangenheit hin.

»Ich freue mich, wenn ich der Polizei helfen kann, Sir«, sagte sie zu Mr. Blackbeard, »wie ich ja in meinem Brief bereits erwähnte. Aber jener Teil meines Lebens ist vergangen, und ich möchte meine Gedanken nicht zu lange darauf lenken.«

»Der Inspector ist äußerst diskret«, beeilte ich mich zu versichern. »Er möchte nur erfahren, welche Details der Brandnacht im *King's Theatre* Sie noch erinnern können.«

»Was ... alle Details?«

»Wir hörten von dem Champagner, Ma'am«, sagte Blackbeard.

»Oh ...« Mrs. Dupont erschrak und warf einen besorgten Blick auf ihre Schwiegermutter.

»Sie brauchen keine Angst zu haben«, sagte ich. »Mr. Blackbeard hat kein Interesse an alten Skandalgeschichten; er versucht lediglich, sich ein Bild von Francis Fitzwarren zu verschaffen – und von dem Tag, an dem er vermutlich zu Tode gekommen ist.«

»Nun ja ...« Sie schwieg einen Moment und taxierte uns. »Natürlich erinnere ich mich an ihn, wir spielten im selben Ensemble.« Sie bedeutete uns, in einer von der alten Dame möglichst weit entfernten Ecke Platz zu nehmen. »Ich spielte auch kleine Rollen für Mr. Transome, aber in erster Linie war ich als Tänzerin engagiert; wir führten zwischen den Akten Ballettnummern auf.«

»Hatte Fitzwarren Feinde?«, wollte Blackbeard wissen.

»Innerhalb der Truppe auf keinen Fall. Frank war durch und durch ein Gentleman und sehr beliebt.«

»Wir sprachen bereits mit Mrs. Maria Betterton, Ma'am.«

»Dann wissen Sie von der Geschichte also auch?« Sie seufzte, als wäre sie erleichtert. »Ja, Maria hatte sich Hals über Kopf in Frank verliebt, aber ihr Vater war strikt dagegen. Denken Sie, er hat den Mord begangen?«

»Er ist die einzige Person mit nachvollziehbarem Motiv«, sagte Blackbeard. »Können Sie uns sagen, wann Sie Mr. Fitzwarren zum letzten Mal gesehen haben?«

»Ja – in Transomes Garderobe, in die er mich nach der Vorstellung eingeladen hatte«, sagte Mrs. Dupont und sah mich dabei unverwandt an. »Sie können sicher erraten, worauf er aus war; alle Mädchen bei uns wussten, was es bedeutete, eine Einladung von ihm zu erhalten. Man durfte sie nicht ausschlagen, sonst hätte man seine Anstellung verloren. Ich entschied mich, ihn abzuwehren.«

»Und dafür hat er Sie entlassen?« Ich war bestürzt; es fiel mir schwer, den charmanten Mr. Transome mit einem solch abscheulichen Verhalten in Verbindung zu setzen.

»Die Mühe habe ich ihm erspart«, erwiderte Mrs. Dupont. »Ich verkündete ihm, ich würde gehen – und tat es.«

»Gab es irgendwelche Anzeichen für ein Feuer, als Sie das Gebäude verließen?«

»Nein, und ich hätte es mit Sicherheit bemerkt; Theaterleute haben fortwährend Angst vor Feuer.«

»Es war spät und auf den Straßen gefährlich«, sagte ich. »Wo sind Sie hingegangen?«

»Ich hatte ein Zimmer in der Nähe, in der Monmouth Street. Ein paar Tage später ging ich zum Theater der Bettertons, und James Betterton engagierte mich, weil er sich königlich über die Champagnergeschichte amüsierte.« Der Anflug eines Lächelns huschte über ihr sonst so ernstes Gesicht. »Er selbst nutzt seine Position nicht auf diese Weise aus; er zahlt weniger als Transome, aber er ist ein anständiger Mensch und behandelt seine Schauspieler mit Respekt.«

»Wie schön, zur Abwechslung einmal etwas Nettes über Mr. Betterton zu hören«, sagte ich. (Blackbeard wurde allmählich ungeduldig und versuchte, meinen Blick einzufangen, doch ich ignorierte ihn, weil ich Mrs. Dupont zu möglichst freiem Sprechen ermuntern wollte; hier galt es, sich nicht hetzen zu lassen.) »Kehren wir zu Mr. Transomes Garderobe zurück ... Wann haben Sie Mr. Fitzwarren dort gesehen?«

»Das war ein gutes Stück nach Mitternacht. Mr. Transome hatte gerade die besagte Champagnerflasche geöffnet. Frank streckte den Kopf durch die Tür, und Mr. Transome fuhr ihn an, er solle verschwinden. Das war alles. Ich weiß nicht, was Frank wollte; aber da habe ich ihn zum letzten Mal gesehen.«

»Vielen Dank, Mrs. Dupont«, sagte Blackbeard. »So spät hat ihn keiner der bisher Befragten mehr lebend gesehen.«

»Ich habe noch etwas für Sie, das Ihnen sicher gefallen wird«, sagte Mrs. Dupont. »Frank wurde erschossen, nicht wahr? Ich habe Mr. Transomes Pistole gesehen.«

»Aha!« Mr Blackbeard lächelte fast. »Und Sie sind sicher, dass es eine echte Pistole war, Ma'am, und keine Bühnenwaffe mit Platzpatronen?«

»Nein, es war bestimmt eine echte – er führte sie immer bei sich, wenn er allein nach Hause fuhr, zum Schutz vor Räubern. Und ich habe sie auf seinem Schminktisch liegen gesehen.«

»Hervorragend, Ma'am«, erklärte Blackbeard. »Damit können wir eine hübsche Anklage gegen ihn aufbauen – vorausgesetzt, Sie sind bereit, vor Gericht gegen ihn auszusagen.«

»Vor Gericht?« Mrs. Dupont sprang auf. »Das kann ich nicht – und Sie können mich nicht dazu zwingen. Ich habe einen gewiss verständnisvollen Mann, Inspector, aber sein Stolz wird das nicht zulassen.«

»Manch einer würde sagen, es sei nichts anderes als Ihre Pflicht«, merkte Mr. Blackbeard an.

»Ich kann verstehen, dass es schwer für Sie ist.« Sie tat mir aufrichtig leid in ihrem Unbehagen. »Leider sind Sie bisher die einzige Person, die uns Genaueres über diese Nacht erzählen konnte.«

»Die einzige? Ha! Warum fragen Sie nicht Cooper oder Transomes Frau?«

»Mit Cooper haben wir gesprochen«, sagte Blackbeard, »der kam erst, als es schon brannte. Und Mrs. Transome hat das Theater verlassen, noch bevor das Feuer ausbrach.«

»Nun, da haken Sie lieber noch einmal nach«, sagte Mrs. Dupont. »Die beiden wissen mit Sicherheit mehr als ich. Und fragen Sie Mrs. Sarah, wie sie zu Marias Verlobten stand.« Sie verneigte sich leicht. »Guten Tag.«

Die Befragung war beendet. Ohne ein weiteres Wort läutete Mrs. Dupont nach dem Kontoristen, der uns wieder zur Straße hinunterbrachte.

»Ich bin sicher, sie weiß auch mehr, als sie uns erzählt hat«, sagte ich, »wie praktisch jeder, mit dem wir sprechen.«

»Aber es wird wärmer, Ma'am«, meinte Blackbeard mit einem zwar schwachen, aber unverkennbaren Anflug von Zufriedenheit im Blick. »Alles deutet in dieselbe Richtung – wir haben ihn fast. Und hätten Sie wohl die Güte, mich auf einen weiteren Ausflug zu begleiten?«

Neun

Der »Ausflug« ging zum Ham Common in Richmond und das am folgenden Tag. Blackbeard sprach die Fahrt über nur wenig, doch ich kannte ihn gut genug, um eine gewisse Munterkeit in seinem Gebaren auszumachen.

»Wir befinden uns auf der Zielgeraden, Mrs. Rodd!«

»Wie ich sehe, haben Sie sich ein Urteil gebildet, Mr. Blackbeard; Sie haben entschieden, dass Transome schuldig ist, und warten nur noch auf einen Grund, um ihn festzunehmen.«

»Aha, nun geht es los! Ich habe mich schon gefragt, wann Sie damit beginnen.«

»Ich bitte um Verzeihung?«

»Jetzt werden Sie mir mit Ihren Gefühlen kommen, Ma'am. Sie werden mir erzählen, dass Ihr ›Instinkt‹ Ihnen sagt, der Schürzenjäger sei unschuldig.«

»In der Vergangenheit hat mein Instinkt sich stets als richtig erwiesen«, erinnerte ich ihn. »Und letzten Endes kann ich einfach nicht glauben, dass der ›Schürzenjäger‹ zu einem Mord fähig sein soll.«

»Hm. Er hat Sie geblendet, das ist das Problem – hier geht es um einen Mann, der mit dem Blenden von Menschen seinen Lebensunterhalt verdient.«

»Seine schamlose Unmoral sei dahingestellt, aber dafür können Sie ihn nicht einsperren.« Ich hatte über der Fadenscheinigkeit der Beweise gegen Mr. Transome eine schlaflose Nacht verbracht. »Wenn wir uns zu sehr auf die Indizien gegen ihn konzentrieren, fürchte ich, dass wir etwas übersehen, das auf den wahren Schuldigen verweist.«

»Ich bin immer noch offen für alles, Ma'am«, sagte Blackbeard. »Warten wir ab, was seine Frau zu sagen hat.«

»Sehr wohl.« Die Erfahrung hatte mich gelehrt, dass es sinnlos war, mit ihm zu streiten, sonst hätte ich darauf hingewiesen, dass er keinesfalls »offen« für alle Eventualitäten war, sondern sich jenen verschloss wie eine Auster.

Im Vergleich zu meinem letzten Besuch zeigte Pericles Cottage mittlerweile Anzeichen von Verwahrlosung. Der Rasen hätte längst gemäht und gestutzt werden müssen, und die Rabatten waren voller Unkraut. Das Haus selbst war leerer als zuvor: Das schöne Klavier im Wohnzimmer war verschwunden, ebenso mindestens ein halbes Dutzend Gemälde, einschließlich des Porträts von Mr. Transome als Julius Cäsar. Murphy, Sarahs ehemalige Garderobiere, schien die einzig verbliebene Hausangestellte zu sein.

Mrs. Transome selbst wirkte etwas zerzaust, hielt sich jedoch aufrecht und stolz wie eine Königin. »Sie haben sicher von Cordelia gehört, Mrs. Rodd, wie Maria sie ... fortgeschafft hat.«

»Ja. Ich habe Mrs. Betterton einen Besuch abgestattet.«

»Haben Sie Cordelia gesehen?«

»Nein, es hieß, sie fühle sich unwohl. Nichts Ernstes, wie ich es verstanden habe ... Aber wir sind nicht hier, um über Familienangelegenheiten zu sprechen.«

»Nein, natürlich nicht. Ben Tully sagte mir bereits, die Polizei wolle mit jedem sprechen, der in der Nacht des Feuers anwesend war. Ich bin direkt nach der Vorstellung gegangen und habe nichts von einem Brand bemerkt. Das ist alles, das ich Ihnen sagen kann.«

»Das Feuer spielt im Moment keine Rolle, Ma'am.« Blackbeard setzte sich nicht, sondern blieb steif neben dem kalten (und nicht gereinigten) Kamin stehen. »Hier geht es inzwischen um Mord. Ich wäre Ihnen sehr verbunden, wenn Sie mir etwas über Francis Fitzwarren erzählen könnten und über das letzte Mal, als Sie ihn lebend gesehen haben.«

»Der arme Mann!« Sie blieb weiterhin kühl und gefasst, aber ich hatte den Eindruck, dass sie vorsichtig wurde. »Zum letzten Mal habe ich ihn beim Schlussapplaus gesehen. Und dann, etwa zehn Tage später, erhielt meine Tochter Maria einen Brief von ihm, so dass wir davon ausgingen, dass er das Feuer überlebt hatte.«

»Der Brief kann aber nicht von ihm gewesen sein, wo er zu diesem Zeitpunkt doch schon tot unter der Bühne lag«, sagte Blackbeard. »Können Sie sich vorstellen, wer diesen Brief geschrieben haben könnte, Mrs. Transome?«

»Nein. Aber er muss dann ja wohl vom Mörder selbst stammen, um jeden glauben zu machen, dass Fitzwarren noch lebt. Mit wem haben Sie bislang gesprochen?«

»Wir waren bei Miss Arabella Fenton«, sagte ich, »der jetzigen Mrs. Dupont. Vielleicht erinnern Sie sich nicht an sie; sie war eine der Tänzerinnen.«

»Oh, ich erinnere mich sehr gut.« Mrs. Transome lächelte bitter. »Sie hat einen reichen alten Franzmann geheiratet.«

»Und sie behauptet, sie habe in jener Nacht ein Rendezvous mit Ihrem Mann gehabt«, fügte ich hinzu. »In seiner Garderobe.«

Mrs. Transome wirkte nicht überrascht, sondern seufzte nur ein wenig ungehalten. »Das kann ich mir gut vorstellen; Tom ließ sich keine Gelegenheit entgehen, mit den Ballettratten anzubandeln.«

»Waren Sie da nicht wütend, Ma'am?«, fragte Blackbeard.

»Es war ja nicht das erste Mal, doch steter Tropfen höhlt den Stein.«

»Mrs. Dupont hat uns Folgendes gesagt, Ma'am«, ergänzte

Blackbeard. »Fragen Sie Mrs. Sarah, wie sie zu Marias Verlobten stand.«

»Ah. Ich hatte mich schon gefragt, ob Maria Ihnen von ihrer sogenannten Verlobung erzählt hat.«

»Ihr Mann gibt freimütig zu, dass er gegen die Verbindung war«, sagte ich. »Verstehe ich es richtig, dass Sie derselben Meinung waren?«

»Maria war siebzehn, Mrs. Rodd, und damit kaum der Kinderstube entwachsen, und Fitzwarren war ein sehr beliebter junger Mann. Ich dachte damals, sie habe ihn gedrängt, sich mit ihr zu verloben. Maria war seit dem Tag ihrer Geburt eine Xanthippe.«

Wiederum war ich über die Härte des Tons erstaunt, mit dem sie über ihr eigenes Kind sprach.

»Mr. Transome neigt eher dazu, Fitzwarren als Initiator zu sehen«, sagte ich. »Er habe Maria als Tochter des Theaterdirektors für seine Karriere ausnutzen wollen.«

Mrs. Transome sah einen Moment lang aus, als würde sie sehr gründlich nachdenken. Mein Instinkt sagte mir, dass sie genauestens abwog, wie sie fortfahren sollte. Nach kurzer Stille sagte sie: »Tom plagte die Eifersucht. Frank war ein gutaussehender Gentleman, und die Hälfte der Mädchen war in ihn verliebt. Zudem war er jung, und mein Mann hat abscheuliche Angst vor dem Älterwerden; tatsächlich hat er einen Horror vor allem, was mit dem Altern verbunden ist. Das Erste, was ihm einfiel, als er nach dem Brand wieder aufwachte, war, dass ich zu alt für die Rosalind sei.«

»Das muss sehr schmerzhaft für Sie gewesen sein«, sagte ich.

»Früher oder später musste es ja passieren«, sagte Mrs. Transome. »Damals gab ich Maria die Schuld, vermutete, dass sie ihn dazu angestiftet hätte. Ich muss jedoch zugeben, dass sie eine beachtliche Darbietung ablieferte.«

»Mrs. Betterton ist der Meinung, ihr Vater habe Francis Fitzwarren umgebracht. Was sagen Sie dazu, Ma'am?«, wollte Blackbeard wissen.

»Ich hätte nicht gedacht, dass sie so weit gehen würde«, antwortete Mrs. Transome beinahe ungerührt. »Mein Mann hat viele Schwächen, Inspector, aber ich werde vor jedem Gericht schwören, dass er niemals einen Mord begehen könnte – allein die Vorstellung ist lächerlich. Er ist einfach nicht tiefgründig genug.«

»Nun, nehmen wir einmal an, er war es nicht«, sagte Blackbeard. »Wer sonst könnte es getan haben?«

»Ich habe wirklich keine Ahnung. Wie ich und auch mein Mann Ihnen bereits sagte, verließ ich das Theater lange vor irgendwelchen Bränden oder Morden.«

»Fuhren Sie direkt nach Hause?«, erkundigte ich mich.

»Ja.«

»Vielleicht kann sich jemand aus Ihrem Haushalt an Ihre Ankunftszeit erinnern?«

»Ich habe keinen Haushalt mehr; die Bediensteten von damals sind längst fort.«

»Was ist mit Murphy?«

»Zu der Zeit war sie noch meine Garderobiere und wohnte nicht bei uns.«

»Wir würden trotzdem gern mit ihr reden«, sagte Blackbeard, »wo wir schon einmal hier sind.«

»Ja, natürlich.« Mrs. Transome erhob sich mit der majestätischen Grazie einer tragischen Bühnenheldin und läutete die Glocke.

Murphy klopfte fast umgehend an die Tür und trat ein, so dass man annehmen konnte, sie hätte davorgestanden und gelauscht.

»Das ist Inspector Blackbeard«, sagte Mrs. Transome, »und

Mrs. Rodd kennst du ja bereits. Sie möchten dir ein paar Fragen zur Brandnacht im Theater stellen.«

»Sie haben es ihnen nicht gesagt, oder?« Trotzig verschränkte Murphy die Arme. »Das Feuer ist etliche Jahre her – aber eine andere Angelegenheit ist viel wichtiger. Mrs. Rodd, Sie sollten wissen, dass Mr. Transome uns hier ohne einen Penny sitzen lässt. Er hat versprochen, Geld zu schicken – vor Wochen schon! Mrs. Sarah hat ihm dreimal geschrieben und noch immer keine Antwort erhalten. Wir mussten schon Möbel verpfänden, und das Haus ist inzwischen leer wie eine Höhle.«

»Ich werde mit Mr. Transome sprechen«, sagte ich. »Vielleicht ist jemandem ein Fehler unterlaufen.«

»Sehen Sie sie an! Keinen Ring und keine Kette hat sie mehr übrig! Wenn das so weitergeht, marschiere ich höchstselbst ins Theater und nehme ihm das Geld ab.« In ihrem Trotz trat der irische Akzent noch stärker hervor. »Ist es nicht schlimm genug, dass er sie mit seiner Unmoral beschämt und ihr die Kinder weggenommen hat?«

»Vergiss das alles mal für einen Moment, meine Liebe«, sagte Mrs. Transome und schenkte ihr ein Lächeln voll aufrichtiger Zuneigung. »Mr. Blackbeard möchte dir nur ein paar Fragen stellen.«

»Er kann fragen, was er will«, blaffte Murphy. »Ich habe nichts zu verbergen.«

»Ich werde den Raum verlassen«, sagte Mrs. Transome, »damit der Inspector sichergehen kann, dass du offen sprichst.«

»Ich spreche immer offen.« Murphy funkelte Blackbeard finster an.

Sobald Mrs. Transome gegangen war, stellte sie sich aufrecht (und in einer gewissen Abwehrhaltung, wie ich fand) mitten vor den Kamin.

»Bitte setzen Sie sich doch«, sagte ich so freundlich wie möglich. »Der Inspector wird Ihnen dieselben Fragen stellen, die er allen gestellt hat, die damals anwesend waren.«

Murphy setzte sich steif aufs Sofa und beäugte Blackbeard voller Misstrauen.

»Vielen Dank, Mrs. Murphy«, sagte er. »Ich würde gern wissen, wann Sie Francis Fitzwarren zum letzten Mal gesehen haben.«

»Die Uhrzeit kann ich Ihnen nicht sagen, aber es war nach dem letzten Vorhang. Es gab noch eine Menge Ulkerei im Aufenthaltsraum, wie immer, wenn eine Zweitbesetzung auf die Bühne durfte. Mr. Frank war der Star des Abends, und Mrs. Sarah zog ihn auf, weil er noch immer sein Kostüm trug. Dann fuhr sie mit der Kutsche davon, und ich brachte ihre Garderobe in Ordnung.« Sie schürzte die Lippen, als wollte sie uns herausfordern, ihr zu widersprechen. »Danach bin ich nach Hause gegangen.«

»Wie Mrs. Transome uns sagte, wohnten Sie damals noch nicht bei der Familie«, sagte ich (im vollen Bewusstsein, dass sie nicht die ganze Wahrheit gesagt hatte, doch das ließ ich mir nicht anmerken).

»Ich hatte eine Unterkunft in der Adelphi Street, nahe dem Fluss. Klein und bescheiden, aber die meiste Zeit verbrachte ich sowieso im Theater, und von dort war es nicht weit zur Drury Lane.«

»Sie waren viele Jahre lang Mrs. Transomes Garderobiere. Wann haben Sie sie kennengelernt?«

»Vor bald dreißig Jahren, in Manchester. Ich bin in County Kildare geboren und kam über die Irische See, um in England Arbeit zu finden. Mrs. Sarahs Vater, Mr. Clifton – Gott sei seiner Seele gnädig, denn nie hat es einen feineren Gentleman gegeben als ihn – stellte mich als Putzfrau und Wäscherin ein, und bald machte Mrs. Sarah mich zu ihrer persönlichen Garderobiere. Das war kurz bevor Mr. Tom Transome auftauchte.«

»Dann kennen Sie diesen Herrn auch schon sehr lange, Ma'am«, sagte Blackbeard.

»In der Tat«, sagt Murphy. »Und er war kein bekannter Schauspieler damals – weit davon entfernt. Aber er war ein attraktiver Mann, und Mrs. Sarah verliebte sich Hals über Kopf. Deshalb gab Mr. Clifton ihm eine Chance.«

»Und damit begann sein Erfolg«, sagte ich. »Mr. Clifton muss sehr erfreut darüber gewesen sein.«

»So würde ich es nicht ausdrücken, Ma'am«, sagte sie. »Oh, er freute sich über das Geld, das die beiden ihm einbrachten, aber er war gegen ihre Verbindung – und er traute Mr. Tom nicht über den Weg. Zum Glück starb der arme Mann, bevor er mit ansehen musste, was der Gatte seiner Tochter mit all den Ballettmädchen und dergleichen anstellte.«

»Wie ich höre, gefällt Ihnen das auch nicht«, sagte Mr. Blackbeard. »Aber darum geht es jetzt nicht. Ich muss wissen, was Sie in jener Nacht gesehen haben.«

»Ich habe vor dem Heimgehen nichts von einem Feuer bemerkt und erst am nächsten Morgen davon erfahren.«

»Das muss ein großer Schock für Sie gewesen sein«, sagte ich. »Sind Sie sicher, dass Mrs. Sarah direkt nach Hause fuhr?«

»Natürlich tat sie das«, gab Murphy ein wenig bissig zurück. »Wo hätte sie denn sonst hinfahren sollen, so spät in der Nacht? Ich habe alles gesagt, und jetzt müssen Sie Geld von Mr. Tom besorgen – Bargeld ... bevor wir gar nichts mehr bezahlen können.«

»Ich werde mich um die Angelegenheit kümmern«, versprach ich. »Ich kann mir nicht vorstellen, dass Mr. Transome das Geld absichtlich zurückhält.«

»Es gibt vieles, das Sie sich nicht vorstellen können«, entgegnete Murphy. »Ich habe nichts gesehen und habe auch keine Beweise – aber es würde mich nicht überraschen, wenn er es war, der den armen Jungen erschossen hat.«

Sie hielt inne und sah uns an, als würde sie noch etwas sagen wollen, schien ihre Meinung jedoch abrupt zu ändern.

Zehn

Die Geldangelegenheit musste so schnell wie möglich geklärt werden, daher ließ ich meinem Bruder sofort nach meiner Rückkehr eine Nachricht zukommen (die zum Preis von einem Penny durch meinen kleinen Nachbarsjungen überbracht wurde). Am nächsten Morgen fuhr seine Kutsche im Well Walk vor, um uns zum Haymarket zu bringen.

»Was kann denn jetzt noch alles kommen«, meinte er munter. »Ich bin davon ausgegangen, dass ich Transome das nächste Mal mit einer Mordanklage in einer Zelle sitzen sehe! Dass ich jetzt auch noch Geld aus ihm herausschütteln soll, hätte ich nicht gedacht. Wann will Blackbeard ihn denn festnehmen?«

»Wenn er ausreichend Beweise hat.«

»Der gute alte Blackbeard – tut keinen Schritt, bevor nicht alles wasserdicht ist.«

»Du hältst Mr. Transome für den Mörder?«

»Aber natürlich ist er der Mörder! Und ich hoffe von ganzem Herzen, dass er sich an sein Versprechen erinnert, mich für seine Verteidigung zu engagieren. Das wird die Art von Fall, die einen reich macht, und der Zeitpunkt könnte nicht besser sein: Fanny ist immer noch fest entschlossen, dass sie eine neue Kutsche braucht.«

»Du solltest nicht mit ungelegten Eiern jonglieren.« (Meiner Meinung nach war eine neue Kutsche ein entbehrlicher Luxus, aber jetzt war nicht die rechte Zeit, dies zu erwähnen.) »Noch wurde niemand verhaftet.«

»Es wird nicht mehr lange dauern.« Fred verputzte die letzten Bissen seiner Wildpastete und fegte die Krümel mit einem Taschentuch fort. »Ich muss sagen, ich bin erstaunt, dass er nach all den Verhandlungen bereits jetzt versucht, sich vor den Zahlungen an seine Frau zu drücken.«

Es würde noch mehr Verhandlungen geben, denn als wir am Theater ankamen, mussten wir feststellen, dass Mr. Transome nicht zugegen war.

»Es hat erneut Ärger gegeben, Mrs. Rodd.« Cooper eilte die große Treppe hinab zur Kutsche und informierte uns durch das Fenster. »Olivia und Miss Noonan sind wieder aneinandergeraten, und Olivia hat das Haus ihres Vaters verlassen.«

»Ach, du meine Güte«, sagte ich. »Ist sie zu ihrer Mutter zurückgekehrt?«

»Sie wohnt jetzt bei einer der jungen Damen aus dem Ensemble«, sagte Cooper. »Einer Miss LaFaye. Und ich wette zehn zu eins, dass Sie dort jetzt auch Tom finden, drüben am Golden Square, wo er mit Engelszungen versuchen wird, sie wieder zu besänftigen.« Er senkte dramatisch die Stimme. »Der Brief, den sie ihm heute Morgen überbringen ließ, hat ihn erbleichen lassen. Ohne sie ist er verloren, das ist das Problem.«

»Ich hatte es nicht so verstanden, als würde Miss Olivia zentrale Rollen spielen.«

»Sie hat die Verwaltung seiner Finanzen, seiner Korrespondenz und dergleichen übernommen. Und damit hat sie ihn jetzt in der Hand.«

»Vielleicht sollten wir ihn lieber an einem anderen Tag aufsuchen«, schlug ich Fred vor. »Hier geht es immerhin um eine private Familienangelegenheit.«

»Meine liebe Letty, wir stecken schon bis zum Hals in den privaten Angelegenheiten dieser Familie – und du hast selbst gesagt, dass wir uns Mrs. Sarahs misslicher Situation so schnell wie möglich annehmen müssen.«

»Ja, aber ...«

»Außerdem bin ich jetzt in Wallung und will wissen, was los ist.« Fred rief seinem Kutscher die neue Adresse zu, und die Karosse reihte sich erneut in den dichten Stadtverkehr.

Bei seiner Errichtung im letzten Jahrhundert zählte der Golden Square in Soho noch zu den vornehmen Adressen. Mit der Zeit verkam er jedoch zusehends und beherbergte inzwischen eine Reihe schäbiger Privatpensionen, die aufgrund ihrer Nähe zu den umliegenden Opernhäusern vor allem von ausländischen Musikern bewohnt wurden. Drei dieser Männer unterhielten sich vor Miss LaFayes Unterkunft lautstark auf Italienisch, und aus einem offenen Fenster drang Geigenmusik. Mr. Transomes Kutsche, die in dieser Umgebung ungewöhnlich sauber wirkte, wartete vor dem Eingang.

Sobald wir vor der Tür standen, hörten wir erregte Stimmen, und mein Bruder musste einige Male die Glocke läuten, bis uns jemand einließ.

Die Frau, die uns öffnete, wirkte aufgebracht und war offensichtlich kein Dienstmädchen; sie trug ein modisch geschnittenes Kleid aus hell geblümtem Stoff mit weitem Rock, und in ihrem hellbraunen Haar steckten Unmengen papierner Lockenwickler.

»Ich denke mal, Sie können reinkommen«, sagte sie mit zweifelndem Blick nach oben und führte uns in eine unmöblierte und recht schmutzige Eingangshalle. »Livvy – Besuch für dich! Können die Herrschaften raufkommen?«

Oben wurde es still, dann hörten wir Olivias Stimme: »Ja, bring sie rauf.«

»Tja, dann bringe ich sie mal rauf?« Die junge Frau kicherte über den absurden Wortwechsel. »Wir sollten lieber so tun, als hätten wir nichts mitbekommen – seit Mr. Tom da ist, gehen die beiden einander an die Gurgel.«

»Dann sind Sie Miss LaFaye«, sagte ich, während wir dem zierlichen Geschöpf nach oben folgten.

»Ja, ich bin Paulina LaFaye – zumindest ist das mein Künstlername.« Miss LaFaye warf uns über die Schulter ein Lächeln zu. »In Wahrheit heiße ich Polly Higgins.«

»Auch unter and'rem Namen würd' die Rose lieblich duften«, zitierte mein Bruder galant.

»Ach, kommen Sie …!« Miss LaFaye bekam beim Lachen hübsche Grübchen in den rosigen Wangen. (Ich wunderte mich selbst, wie schnell ich bereit war, diese demonstrativ affektierte und mit den Papierfetzen im Haar leicht struppig wirkende Person zu mögen; ihre Worte waren kess, und ihre Manieren ließen zu wünschen übrig, doch sie hatte einen ganz eigenen Charme, dem man nur schwer widerstehen konnte.)

Das Zimmer im Obergeschoss war sehr unordentlich: Aus einer geöffneten Truhe quoll ein Durcheinander aus Kleidungsstücken, und im Kamin türmte sich ein Scherbenhaufen. Mr. Transome stand neben einem der hohen Fenster und hatte sein Gesicht im blauen Samtvorhang vergraben. Miss Olivia, die uns den Rücken zuwandte, hielt sich am Kaminsims fest.

»Miss Olivia.« Ich unterdrückte den erschreckenden Impuls, über das jammerhafte Bild, das sich uns bot, laut aufzulachen. »Mr. Transome.«

Die beiden Darsteller der Tragödie sahen uns an – außer Atem und tränenüberströmt.

»Sie haben ein Talent dafür, mich in den schlimmsten Momenten meines Lebens abzupassen«, sagte Mr. Transome.

»Eine reine Privatsache«, sagte Miss Olivia. »Polly – bring uns doch etwas Tee.«

»Das tue ich auf keinen Fall!«, entgegnete Miss LaFaye. »Ich bin weder deine Bedienstete noch lasse ich mich in meiner eigenen Unterkunft herumkommandieren. Und erwarte ja nicht, dass ich das ganze Porzellan bezahle, das du zerschlagen hast!« Sie warf den mit Papierwicklern bedeckten Kopf zurück und verließ das Zimmer.

»Ich fürchte, unser Besuch kommt einigermaßen ungelegen«, sagte mein Bruder. »Aber die Sache ist dringend und betrifft Ihre Frau.«

»Bitte nehmen Sie doch Platz.« Mr. Transome versuchte, seine Contenance wiederzuerlangen, indem er sich die Nase schnäuzte und mehrmals über sein Gesicht fuhr. »Sie haben uns mitten in einem beruflichen Disput erwischt, für den ich höflichst um Verzeihung bitten möchte.«

»Nun, ich würde das keinesfalls ›beruflich‹ nennen«, korrigierte Miss Olivia. »Ich wurde aus dem Haus meines Vaters verbannt, Mrs. Rodd – von einer hinterhältigen, intriganten Person, die ihn gegen sein eigen Fleisch und Blut aufbringt.«

»Mein liebes Kind … nun hör mich doch einmal an«, seufzte Mr. Transome. »Was soll ich denn tun? Sie hat mich ganz und gar in der Hand! Aber lassen wir das Thema für eine Weile ruhen; Mrs. Rodd und Mr. Tyson sind sicher aus einem anderen Grunde hier.«

Wir setzten uns, und ich berichtete so knapp wie möglich von Mrs. Sarahs finanziellen Nöten.

»Da muss ein Irrtum vorliegen«, sagte Mr. Transome. »Sie kennen doch die Bedingungen, die wir ausgehandelt haben: Meine Frau erhält eine gewisse Summe, um die Zeit bis zu der endgültigen Vereinbarung zu überbrücken. Wenn sie gezwungen war, die Möbel zu verpfänden, wie Sie nun sagen, dann hätte sie mir Bescheid geben müssen.«

»Sie behauptet, sie habe Ihnen dreimal geschrieben.«

»Dreimal ...? Ich habe keine einzige Nachricht von ihr erhalten, geschweige denn drei.« Er sah uns irritiert an, dann verdunkelte sich sein Blick, und er blickte starr zu Miss Olivia. »Das ist deine Schuld!«

»Ich weiß nicht, wovon du sprichst«, erwiderte sie kühl.

»Ich habe dir das Geld gegeben, und du hast geschworen, du würdest es ihr schicken!«

»Du hast mir eine lange Liste gegeben, wen ich alles bezahlen soll – und einen Geldbetrag, der nicht für alles ausreichte. Das meiste habe ich für die Gagen der Schauspieler benötigt – und meine Mutter stand ganz unten auf der Liste.«

»Sie hat mir drei Nachrichten geschickt – was hast du mit ihnen gemacht?«

»Die liegen in meiner Schriftenmappe«, sagte Miss Olivia. »Du kannst sie gern sehen, wenn du willst.«

»Warum hast du sie mir nicht gegeben?«, rief Mr. Transome, halb wütend, halb schuldbewusst. »Warum hast du sie unterschlagen?«

»Es hätte keinen Sinn gehabt, sie dir zu zeigen.« Im krassen Gegensatz zu ihrem Vater blieb Miss Olivia ruhig und sachlich. »In allen stand dasselbe – sie bettelte um Geld. Ich habe sie ignoriert, weil wir keines übrig hatten.«

»Wie konntest du nur so herzlos sein?« Mr. Transome starrte seine Tochter an, als sähe er sie zum ersten Mal. »Gegenüber deiner eigenen Mutter!«

»Als ob sie dir noch etwas bedeuten würde!«

»Sie bedeutet mir sehr viel – wir sind zwar getrennt, aber ich bin doch kein Monster!« Er schien sich wieder darauf zu besinnen, dass wir ebenfalls anwesend waren, und rang sichtlich um Fassung. »Mrs. Rodd, ich bin Ihnen sehr dankbar, dass Sie mich auf die Situation aufmerksam gemacht haben, und werde der armen Sarah alles an Bargeld schicken, was ich auf die Schnelle zusammenkratzen kann – sogar noch heute, wenn Sie so freundlich wären, am Abend ins Theater zu kommen.«

»Danke, Mr. Transome.« Es wäre hilfreich gewesen, ihm jetzt die Fragen stellen zu können, die sich durch meinen Besuch bei Mrs. Dupont ergeben hatten, aber ich wollte dies nicht in Anwesenheit von Miss Olivia tun und beschloss, bis zum Abend damit zu warten.

Nachdem unsere Mission nun erfüllt war, verabschiedeten wir uns wieder.

Miss LaFaye kam in die Eingangshalle geflitzt, um uns abzufangen. Sie hatte die Papierwickler herausgenommen, und um ihren Kopf wallte eine Flut von Locken. »Das ist ja mächtig still geworden da oben – ich hoffe, Sie haben die beiden nicht abgemurkst.«

»Ich war sehr versucht.« Fred lachte leise. »Was für eine aufreibende Gesellschaft Sie sich da ins Haus geholt haben, meine Teure!«

»Ich habe sie nicht eingeladen, bei mir einzuziehen. Prinzessin Olivia hat sich selbst eingeladen, weil die Noonan sie aus dem tollen neuen Haus in Herne Hill rausgeworfen hat – und das, wo sie noch nicht einmal selbst darin wohnt!«

»Wie schade«, sagte ich, »dass Miss Olivia nicht den Drang verspürte, bei ihrer Mutter Zuflucht zu suchen – oder bei ihrer älteren Schwester, so wie Miss Cordelia.«

»Cordelia hatte ihre eigenen Gründe, zu ihrer Mamma nach Hause zu laufen.« Das zierliche Wesen ließ seine Grübchen in Richtung meines Bruders aufblitzen und warf seine Locken zurück. »Und die hatten nichts mit der Noonan zu tun.«

»Ach ja?«

»Ja, ich habe da eine ganz andere Geschichte gehört ... dass sie sich wegen eines jungen Mannes mit ihrem Vater überworfen hat.«

»Können Sie mir seinen Namen nennen?«

»Nein – und selbst wenn ich es könnte, wäre das nicht meine Aufgabe. Guten Tag.«

Damit schlug sie uns gewissermaßen die Tür vor der Nase zu.

»Was für ein charmantes Persönchen«, sagte Fred. »Und eines muss man Transome ja zugestehen – für anderer Leute Töchter mag er ja gefährlich sein, aber auf seine eigenen passt er sehr genau auf.«

⁂

Wegen einer Abendgesellschaft, die Fanny ihn nicht schwänzen ließ, konnte mein Bruder mich am Abend nicht zum Haymarket begleiten. Er überließ mir jedoch seine Kutsche, um mir die mühevolle Reise quer durch London zu erleichtern, und ich war im Grunde recht froh, allein zum *Duke of Cumberland's Theatre* zu fahren. Ich war fest entschlossen, das Geld für Mrs. Sarah einzutreiben, und hoffte zudem auf die Chance, unter vier Augen mit Mr. Transome sprechen zu können.

Eine Stunde vor Vorstellungsbeginn kam ich an und sah bereits jede Menge Zuschauer auf der Straße versammelt auf den Einlass warten. Zwischen ihnen liefen Händler herum, die Diverses verkauften, von heißen Pasteten bis hin zu Handzetteln mit den neuesten Nachrichten. Da der Haupteingang noch geschlossen war, begab ich mich zum Bühneneingang, der in einer schmalen Gasse seitlich des Gebäudes lag. Mr. Cooper nahm mich in Empfang.

»Guten Abend, Mrs. Rodd; Mr. Transome erwartet Sie bereits, und ich soll Sie in seine Garderobe bringen.«

Der Bereich hinter der Bühne war ruhiger als beim letzten Mal, es war zwar immer noch laut und durcheinander, doch alle Geschäftigkeit wirkte zielgerichtet. Ich konnte einen Blick auf die Bühne erhaschen, die schon für die erste Szene von »Romeo und Julia« hergerichtet war und auf der eine Gruppe von Tänzerinnen, einschließlich einer sehr spärlich bekleideten Miss LaFaye, ihre Schritte probte.

Cooper klopfte an Transomes Garderobentür und öffnete sie, ohne eine Antwort abzuwarten.

»Ah, Mrs. Rodd, ich wusste, Sie würden pünktlich auf die Sekunde eintreffen.« Er saß in seinem roten Hausmantel am Frisiertisch und trug eine dicke Schicht hautfarbener Schminke auf. Eine Frau stand neben ihm, gebeugt und schwarz gekleidet und offensichtlich keine der »Ballettratten«, wie seine Frau sie bezeichnet hatte. Sie grüßte scheu, und jetzt erkannte ich sie: Es war Margaret Noonan, Constances Mutter.

»Schon gut, Maggie«, sagte Mr. Transome, »wir machen das nachher fertig.«

Sie nickte ergeben, eilte aus dem Raum und schloss hinter sich die Tür.

»Noch mehr Geld, Mrs. Rodd!«, rief Mr. Transome, während er sich nun jugendliche Röte auf die Wangen tupfte. »Von allen Seiten fordert man Geld von mir, und das Haus in Pentonville sorgt für weitere Ausgaben. Schuld daran ist Connie; sie will erst dann bei mir in Herne Hill einziehen, wenn all ihre Forderungen erfüllt sind … Sie haben Olivia heute Morgen ja gehört.«

»Haben Sie auch etwas Geld für Ihre Frau gefunden, Mr. Transome?«

»Aber ja! Cooper hat heute Nachmittag unzählige Stunden damit verbracht, alle Taschen, Schränke und Schubladen zu durchsuchen, und fast zwanzig Pfund gefunden. Wird das reichen?«

»Ja, das wird sicher sehr helfen, bis die endgültige Vereinbarung getroffen ist.«

»Leider kann ich Ihnen das Geld nicht wie beabsichtigt überreichen, weil Murphy den ganzen Tag hier herumschlich und darauf lauerte. Ich musste es ihr aushändigen, noch bevor ich Gelegenheit hatte, Sie zu benachrichtigen. Nun kann ich mich nur noch entschuldigen, dass Sie die Reise umsonst angetreten sind.«

»Oh, bitte, keine Ursache ... ich bin froh, dass mir eine weitere Fahrt nach Richmond erspart bleibt.«

»Cooper, mein Lieber, gib Mrs. Rodd doch ein Glas Sherry – den guten Sherry und nicht den, der den Lack von den Türen beizt. Nein, Ma'am, ich bestehe darauf ... Es ist das Mindeste, das ich tun kann.«

Da ich ohnehin vorgehabt hatte, Transome ein wenig auszuhorchen, nahm ich die Einladung an und saß gleich darauf mit einem Glas exzellentem Sherry auf dem mit Chintz bezogenen Sessel. Es war faszinierend, den großen Schauspieler dabei zu beobachten, wie er mit leichter, sicherer Hand seine Schminke auftrug und sich in Romeo verwandelte.

»Es war sicher eine gute Idee, dass wir das Geld aus dem Theater geschafft haben, bevor Miss Olivia Wind davon bekommen konnte«, sagte Cooper. »Sie hatte keine Ahnung, dass hier eine solche Menge Geld herumliegt – direkt unter ihrer Nase.«

Beide Männer lachten.

»Tja, nun ist es zu spät. Mrs. Rodd, ist denn der gefürchtete Blackbeard seinem Mörder schon nähergekommen?«

Noch bevor ich antworten konnte, sprang er vom Stuhl auf, zog den Morgenmantel aus und stand äußerst spärlich bekleidet, nur in Strumpfhosen und Hemdsärmeln vor mir. Ich verschluckte mich fast an meinem Sherry. Mr. Transome schien meine Verlegenheit gar nicht zu bemerken und zog sich Romeos samtene Jacke über, als fände er nichts dabei, sich vor Damen umzuziehen, die er kaum kannte.

»Wenn er mich verhaften will, so hoffe ich, dass er sich damit beeilt! Ich will ganz sicher nicht gehängt werden, aber ein kleiner Konflikt mit dem Gesetz könnte den Kartenverkauf ankurbeln.« Er studierte sein Abbild im hohen Spiegel. »Die Szene von heute Morgen tut mir außerordentlich leid.«

»Ich versichere Ihnen, sie ist schon fast vergessen.«

»Haben Sie noch weitere Fragen?«

»Dafür ist jetzt vielleicht nicht die rechte Zeit.« Ich besaß weder seine volle Aufmerksamkeit, noch wollte ich ihn vor Cooper ausfragen. »Sie werden gleich auf die Bühne müssen.«

»Nun, Sie wissen ja, wo Sie mich finden.« Mit einem entwaffnenden Lächeln gürtete er sich das Bühnenschwert um und steckte einen langen Dolch in den Gürtel. Dann setzte er sich wieder, damit Cooper ihm die Perücke aufsetzen konnte. »Das alles ist natürlich lächerlich; Blackbeard sollte mittlerweile wissen, dass ich keiner Fliege etwas zuleide tun könnte.«

Die Tür wurde unsanft aufgestoßen, und Miss Olivia stürmte in den Raum.

»Papa ...«

»Herrje, Kind! Kann ich denn niemals meine Ruhe haben?«

»Sie schon wieder!« Miss Olivia sah mich böse an. »Was machen Sie hier?«

»Livvy!«, bat Mr. Transome besänftigend. »Mrs. Rodd ist auf meine Einladung hier.«

»Nun gut, aber es ist nicht meine Schuld, wenn sie etwas hört, das ihr nicht gefällt ... Diese Person hat meine Garderobe belegt und sagt, du hättest es ihr erlaubt!«

»Ja, das habe ich – sie ist meine Hauptdarstellerin und muss ihre eigene Garderobe haben.«

»Dazu hattest du kein Recht!«, giftete Miss Olivia. »Das ist *meine* Garderobe!«

»Ich habe nie gesagt, dass es deine ist.«

»Ich bin dein eigen Fleisch und Blut – und Cordelia hattest du sie zuvor auch gegeben!«

»Cordelia bekam die Garderobe als meine Hauptdarstellerin, das hatte nichts mit Fleisch und Blut zu tun.« Mr. Transome wandte sich ab, um sich einen weißen Strich unter die Augen zu malen. »Sie ist meine Julia, und du bist lediglich ihre Zweitbesetzung.«

»Aber du hast *mir* eine Hauptrolle versprochen.« Miss Olivia war bleich vor Wut. »Und du willst einfach nicht sehen, dass die Noonan dich zum Narren hält. Sie liebt dich nicht, Papa – und das ganze Ensemble weiß es.«

»Mein liebes Mädchen, das ist doch Unsinn.«

»Ach ja? Du denkst, wenn du erst alles getan hast, was sie will, dann wird sie sich dir hingeben und als deine Frau mit dir leben – aber sie hat nichts dergleichen vor. Sie poussiert direkt vor deiner Nase mit einem anderen!«

»Aus dir spricht die reine Eifersucht«, erwiderte Mr. Transome kalt. »Und das ist kein besonders attraktiver Charakterzug an dir, mein Kind. Erst greifst du Maria an, dann Cordelia, und jetzt gehst du weiter und weiter.«

»Aber das ist einfach nicht gerecht!«, rief Miss Olivia mit Nachdruck. »Was muss ich tun, um dir zu beweisen, dass ich ebenso gut bin wie die Noonan? Ich sollte sie auf der Stelle umbringen – dann wärst du gezwungen, mir eine Chance zu geben!«

Sie stürmte aus dem Zimmer und warf hinter sich die Tür zu.

Elf

Am folgenden Tag erlebte ich das bessere Beispiel einer Vater-Tochter-Beziehung. Es war der siebzehnte Geburtstag meiner ältesten Nichte, der lieben Tishy (Kurzform für Laetitia; ich bin ihre Patentante), und da ihre Mutter mit einer Erkältung darniederlag, fiel es mir zu, sie und ihren Vater ins Theater zu begleiten.

»Das dürfte einen gehörigen Unterschied zu unserem letzten Besuch geben«, versicherte mir Fred. »Einer meiner dankbaren Klienten hat mir eine sehr hübsche Loge im *Princess Theatre* überlassen, das von niemand anderem geführt wird als … James Betterton! Er bringt gerade eine Neuinszenierung seines berühmten »Hamlet«, in der jede Anzüglichkeit herausgenommen wurde, so dass sie auch für Mädchen von siebzehn Jahren geeignet ist – und außerdem kürzer. Betterton legt großen Wert auf seinen ehrbaren Ruf.«

Ich wusste, ich konnte darauf vertrauen, dass mein Bruder sein geliebtes Kind nichts auch nur annähernd Anrüchigem aussetzen würde, und mich ganz dem Vergnügen hingeben. (Auch jetzt noch, all die Jahre später, sehe ich Tishy an jenem Abend vor mir, schüchtern und anmutig wie ein Rehkitz und wunderhübsch in ihrem neuen roséfarbenen Kleid; sie trug ein kleines Rosengebinde an ihrem Ausschnitt und um den schlanken Hals die feine Perlenkette, die ich ihr geschenkt hatte; der liebevolle Blick meines Bruders, wenn er sie ansah, war Goldes wert.)

Natürlich war ich sehr neugierig darauf, Mr. Transomes ärgsten Konkurrenten in Aktion zu erleben. Der erste Unterschied wurde bereits vor dem Theater ersichtlich: Hier scharten sich ebenso viele Menschen wie vor dem *Duke of Cumberland's*, aber diese Besucher benahmen sich ruhiger und gesitteter, und wir erreichten unsere Plätze ohne Rempelei und Geschiebe. Selbst die Zuschauer im Olymp waren friedlicher und begrüßten Mr. Bettertons ersten Auftritt mit kurzem, heftigem Applaus anstatt mit Gebrüll und Getrampel.

James Betterton war groß und recht kräftig gebaut, mit attraktivem Gesicht und dichtem, hellem Haar, das sein eigenes zu sein schien. Sein Prinz von Dänemark war ernst und intelligent und beherrschte die Bühne mit wahrer Autorität. Interessanterweise wurde die Ophelia von seiner Schwiegertochter Maria gespielt, während ihr Ehemann Edgar den Laertes gab.

Im Bühnenlicht wirkte Maria sehr jung, außergewöhnlich hübsch und (was unter den Umständen einigermaßen verstörend war) ihrem Vater sehr ähnlich. Gleich ihrem Vater besaß sie außerdem eine natürliche und überzeugende Bühnenpräsenz. Marias Ehemann war, wie selbst ich erkennen konnte, mit keinem derartigen Magnetismus beschenkt. Er sprach jedoch ausgezeichnet und sah bemerkenswert gut aus – eine blondere, grazilere Version seines Vaters.

Zwischen den Verbeugungen sagte James Betterton in einer kurzen Ansprache, wie stolz er auf den Erfolg des jungen Paares in Amerika sei, und forderte das Publikum auf, ihnen für ihr neues Theater in London viel Glück zu wünschen.

Fred und ich lächelten uns an, als wir Tishys gebanntes und vor Begeisterung gerötetes Gesicht sahen.

»Nun, meine Liebe?«, fragte Fred. »Was denkst du?«

»Oh, es war wunderbar!«, schwärmte Tishy. »Ich wollte nicht, dass es zu Ende geht – aber es war so schrecklich traurig! Hat es dir gefallen, Tantchen?«

»Ja, sehr«, erwiderte ich aufrichtig. »Ich dachte, ich kenne das Stück, weil ich es früher einmal in einem klapprigen alten Theater auf dem Land gesehen habe, aber Betterton hat mir noch einmal etwas gänzlich anderes gezeigt. Bei ihm klangen die Worte so großartig, dass sie mir noch immer durch den Kopf gehen.«

»Ich habe schöne Erinnerungen an dieses klapprige alte Theater«, sagte Fred lächelnd. »Den Hamlet spielte damals ein grässlich alter Scharlatan mit roter Nase, der immer wieder den Totenschädel fallen ließ. Betterton ist der neue Typ Schauspieler – würdevoll und kultiviert, wie Macready oder Kemble.«

Es klopfte an die Tür unserer Loge, und herein kam ein kleiner, runzliger alter Mann mit weißem Haar.

»Ich bitte um Verzeihung, Sir, aber sind Sie Mr. Tyson?«

»Der bin ich«, sagte Fred.

»Mr. Betterton hat Sie während des Schlussapplauses entdeckt, Sir, und bittet Sie um ein Gespräch.«

»Was – jetzt?«

»Wenn Sie so freundlich wären, Sir.«

»Kennst du Betterton persönlich?«, fragte ich überrascht.

»Wir sind uns ein paarmal im Garrick Club begegnet, das ist alles. Ich bin überrascht, dass er sich an mich erinnert.«

»Tishy und ich können in der Kutsche warten, während du mit ihm sprichst.«

»Entschuldigen Sie, Ma'am«, sagte der Mann, »falls Sie Mr. Tysons Schwester sind, würde er gern auch mit Ihnen sprechen; und ich soll ebenfalls in seine Garderobe bringen.«

»Das kommt nicht in Frage«, erwiderte ich sofort. »Bitte richten Sie Mr. Betterton aus, dass die Tochter meines Bruders mit dabei ist und keinesfalls ...«

»Ach, warum denn nicht?«, fragte mein Bruder.

»Fred! Bist du von Sinnen?« Ich konnte vor Bestürzung

kaum sprechen, da ich mich an das bunte Treiben hinter der Bühne von Mr. Transomes Theater erinnerte.

»Immer mit der Ruhe«, sagte Fred. »Ich würde meine Tishy niemals auch nur in die Nähe von Transomes Truppe lassen, aber Betterton ist bekanntermaßen ein christlicher Fundamentalist, absolut unbescholten und anständig genug – selbst für dich.« Fred grinste so schelmisch wie früher, wenn er mich zu etwas überreden wollte. »Und bist du denn nicht neugierig, was er von uns will?«

»Nun ja ...« Natürlich war ich das, und Tishys ehrfürchtiges Gesicht veranlasste mich, den »Fundamentalisten« unkommentiert zu lassen. »Wenn du tatsächlich meinst, dass es harmlos ist ...«

Mir war immer noch ein wenig unwohl, aber ich merkte, dass ich verloren hatte. Fred nahm Tishys Hand, und wir folgten dem Bediensteten durch die hier ebenfalls mit grünem Filz bezogene Tür in den Bereich hinter der Bühne.

Sofort bemerkte ich auch hier den Unterschied zu Transomes Theater. Niemand schrie frech oder ungebührlich herum, niemand drängelte oder zeigte nackte Haut. Auf den Treppen und Gängen liefen zwar überall Schauspieler herum, aber sie waren anständig gekleidet, unterhielten sich leise und machten uns höflich Platz.

Mr. Betterton empfing uns in seiner privaten Garderobe, die auffallend weniger luxuriös ausgestattet war als Transomes; die Möbel waren schlicht, die Wände nicht tapeziert, und anstelle von Flaschen und Karaffen stand hier ein Teekessel.

Der Schauspieler selbst – voll bekleidet in dunklem Anzug mit steifem Kragen – verbeugte sich vor uns und dankte feierlich für unser Kommen. Es war eigenartig, den Prinzen von Dänemark in einen gewöhnlichen Gentleman verwandelt zu sehen, mit entsprechendem Aussehen und Gebaren. Sein Verhalten Tishy gegenüber machte ihn mir sofort sympathisch; er verneigte sich wie vor einer Königin, empfing ihr gestammeltes Lob mit aufrichtigem Lächeln und wünschte ihr zum Geburtstag alles Gute.

»Wie wunderbar, dass Sie mir die Ehre erwiesen haben, Ihre Tochter in mein Theater mitzubringen, Tyson. Ich beneide Sie sehr – meine verstorbene Frau und ich wurden nur mit vier Söhnen gesegnet.«

»Aber Mr. Edgar Betterton hat einen guten Laertes abgegeben«, sagte ich.

»Danke, Ma'am. Er ist ein guter Junge und sich vollauf bewusst, dass ihn seine Frau auf der Bühne in den Schatten stellt.« Er wollte noch etwas hinzufügen, schwieg jedoch mit Blick auf Tishy und schenkte Tee ein.

»Sie werden bald ihr eigenes Theater eröffnen«, sagte ich. »Wissen Sie, wann es fertig sein wird?«

»Edgar meinte, im kommenden Monat. Ich hingegen denke, es wird länger dauern. Das Gebäude ist in einem schlimmen Zustand.«

Er reichte uns Tee in feinen Porzellantassen. Fred nahm seine ohne rechte Begeisterung entgegen.

»Ich habe in letzter Zeit viel über die Feindschaft zwischen Ihrer und der Familie der Transomes gehört«, sagte ich, »und würde gern wissen, wie sie begann.«

Mr. Betterton seufzte und wirkte gequält. »Das ist eine alte Geschichte, Mrs. Rodd. Ich kann Ihnen nur versichern, dass es von meiner Seite aus keinen Grund für Feindseligkeiten gibt.«

Wiederum schien er noch etwas ergänzen zu wollen, hielt jedoch mit Blick auf Tishy an sich.

»Erzählen Sie uns doch bitte, weshalb Sie uns herbestellt

haben.« Fred wurde ungeduldig. »Hat es etwas mit Transome zu tun?«

Mr. Betterton setzte seine Tasse ab und sah uns ernst an. »Das könnte sein. Wie Sie sicher wissen, ist die Welt des Theaters sehr klein; jeder weiß über jeden Bescheid, und es hat viel Gerede über die polizeilichen Untersuchungen zu dem Brand und dem Mord gegeben. Ich erinnere mich gut an jene Nacht und denke, ich könnte einige nützliche Informationen haben, die Sie der Polizei nach Belieben weiterleiten können. Zunächst einmal war ich mit dem armen Fitzwarren gut bekannt.«

Das kam unerwartet, und ich spürte, wie Fred aufhorchte. »Ich hätte nicht gedacht, dass er als Schauspieler für Sie von Interesse war. Wann haben Sie ihn zum letzten Mal gesehen?«

»Wir trafen uns am Morgen vor dem Feuer im *King's Theatre*. Es handelte sich um eine rein berufliche Angelegenheit, aber er hatte auch eine entfernte Verbindung zu meiner Familie.«

»Darüber wird die Polizei sich freuen«, sagte ich. »Bisher haben sie noch keine Verwandten ausfindig machen können.«

»Wir sind nicht blutsverwandt«, erwiderte Mr. Betterton. »Er war ein Vetter meiner verstorbenen Frau, und ich habe mich um ihretwillen ein wenig um ihn gekümmert. Am damaligen Morgen bot ich Fitzwarren einen Platz in meinem Ensemble an – den er akzeptierte.«

»Hört, hört«, sagte Fred. »Wusste Transome davon?«

»Ich glaube nicht. Fitzwarren hatte sich an mich gewandt, weil er sich in eine schwierige Situation manövriert hatte.«

»Oh, ja … Er hatte sich heimlich mit Miss Maria verlobt.«

»In der Tat«, sagte Betterton. »Aber da war noch etwas anderes, das ich jetzt nicht näher erläutern will.« (Ein weiterer Blick auf Tishy.) »Ich versuchte, ihn davor zu warnen.«

»Ich weiß, dass einige von Transomes Schauspielern nach dem Feuer in Ihre Truppe wechselten, Mr. Betterton«, sagte ich. »Waren Sie nicht überrascht, dass Fitzwarren sich nicht mehr meldete?«

»Es tut mir leid, sagen zu müssen, dass ich einfach nur verärgert war, Ma'am; ich dachte, er sei vor seinen Verpflichtungen davongelaufen. Natürlich bereue ich jetzt, dass ich mich damals nicht weiter darum gekümmert habe. Und da war noch etwas ... aber das schreibe ich besser auf.«

Mr. Betterton fand ein Stück Papier und einen Stift, schrieb schnell ein paar Zeilen und faltete den Zettel mehrere Male, bevor er ihn Fred aushändigte.

Fred faltete ihn erst auseinander, nachdem wir uns verabschiedet hatten und wieder in der Kutsche saßen. »Oho!«, rief er und lachte. »Das ist wahrlich nichts, das er vor meiner Tochter hätte sagen dürfen!«

Er drückte mir das Papier in die Hand, und ich las es im funzligen Licht der Kutschlaterne.

»F war in eine Liebesaffäre mit Mrs. Sarah T verwickelt. In der Nacht des Feuers sah ich Mrs. T am Manchester Square.«

Zwölf

Nach einer unruhigen Nacht, in der ich über den neuen Informationen grübelte und mich fragte, ob überhaupt jemand bisher die Wahrheit gesagt hatte, schrieb ich am nächsten Morgen gleich eine Nachricht an Mr. Blackbeard. Mein Bruder kam auf seinem Weg in die Stadt freundlicherweise im Well Walk vorbei, um den Brief mitzunehmen und ihn ohne Umwege zu Scotland Yard zu bringen.

»Der Inspector muss so schnell wie möglich in Kenntnis gesetzt werden.« Ich stand auf der Straße und unterhielt mich mit Fred durch das geöffnete Kutschenfenster. »Er redet immer wieder von ›Motiven und Möglichkeiten‹, und Mrs. Transome hatte beides – ihr Motiv war Liebe, und sie hatte die Möglichkeit zur Tat, weil sie nicht in Richmond war.«

»Nun mal langsam«, sagte Fred. »Ihre Affäre liefert auch Mr. Transome einen weiteren Grund, Fitzwarren umzubringen. Ich setze immer noch auf ihn. Wohin gehst du jetzt?«

»Nicht weit; ich will mit Mr. Tully sprechen.«

Ich war inzwischen sicher, dass mein Nachbar mir nicht annähernd so viel erzählt hatte, wie er wusste, und klopfte, sobald Freds Kutsche abgefahren war, an seine Tür.

»Mrs. Rodd!«, begrüßte er mich überrascht. Er wirkte, als sei ihm nicht ganz wohl in seiner Haut.

Der Eindruck verstärkte sich, als ich ihm erzählte, ich hätte James Betterton getroffen. Trotzdem bat er mich mit gewohnter Höflichkeit in sein kleines Wohnzimmer.

Der Raum war tadellos sauber und ordentlich, obwohl er sich keine Hausangestellte hielt. An der Wand hingen ein paar unscheinbare Bilder sowie ein oder zwei gerahmte Theaterprogramme, und das Bücherregal und die anderen Möbel waren zwar abgenutzt, aber gut gepflegt. Seine drei dicken roten Katzen lagen nebeneinander auf dem Sofa und starrten mit verächtlicher Gleichgültigkeit durch mich hindurch, bis Mr. Tully sie fortscheuchte, damit ich mich setzen konnte.

So genau wie möglich beschrieb ich meine Begegnung mit Mr. Betterton und zeigte ihm die gekritzelte Nachricht.

»Oh ... ich verstehe. Ja, natürlich.« Unruhig und schuldbewusst sah er mich an. »Aber ich würde nicht viel darauf geben, was er sagt.«

»Nun kommen Sie, Mr. Tully.« Seine Loyalität rührte mich zwar, und zudem wollte ich freundlich bleiben, doch ich konnte keinen weiteren Firlefanz hinnehmen. »Ich weiß, dass Sie mit Mrs. Transome befreundet sind, und bin sicher, Sie haben Ihre Gründe, ihren guten Ruf zu schützen. Aber es ist bereits zu spät, und Sie können ihr mit nichts mehr helfen als mit der Wahrheit.«

»Genau dies habe ich befürchtet.« Traurig schüttelte er den Kopf. »Ich wusste, man würde sie missverstehen.«

»War sie in Francis Fitzwarren verliebt?«

»Ja, das war sie. Aber so etwas ist in der Welt des Theaters nicht unüblich ... vielmehr sogar akzeptiert.«

»Mr. Betterton behauptet, er habe sie am Manchester Square gesehen, wohingegen sie der Polizei erzählte, sie sei meilenweit entfernt in Richmond gewesen.«

»Er könnte sich geirrt haben.«

»Mr. Tully, ich bitte Sie!«

»Nun gut.« Er seufzte schwer. »Fitzwarren wohnte in Camden Town, aber Sarah hatte ein Zimmer am Manchester Square gemietet, damit sie sich dort treffen konnten. Dorthin fuhr sie in der Nacht, in der das Feuer ausbrach.«

»Wusste ihre Garderobiere davon?«

»Ja.«

»Und ihr Ehemann?«

»Er wusste um die Affäre«, sagte Mr. Tully. »Ich weiß aber nicht, ob er von ihrem geplanten Treffen in jener Nacht wusste.«

»Und was war mit Maria?«

»Maria wusste nichts – davon bin ich überzeugt.« Er sprach nun mit klarer, fester Stimme. »Sie war kaum mehr als ein Kind. Sarah hat alles daran gesetzt, dass sie nichts von der Sache mitbekommt.«

»Lassen Sie mich das noch einmal klarstellen, Mr. Tully: Sie wollen sagen, dass Mrs. Transome sich auf diesen Mann einließ, während er um ihre Tochter warb?«

»Ja.«

»Ich verstehe.«

»Es vermittelt einen sehr schlechten Eindruck, ich weiß. Tatsache ist, dass die Transomes schon lange Jahre nicht mehr als Mann und Frau zusammenlebten. Ob das nun recht ist oder nicht – beide räumten einander die Freiheit ein ... sich in andere zu verlieben.«

»Die Polizei ist nur an ihren Aktivitäten in der Mordnacht interessiert. Als Mrs. Sarah merkte, dass Fitzwarren nicht am Manchester Square erschien ... Ist sie da ins Theater zurückgefahren?«

»Ich weiß es nicht, ich habe sie nicht gesehen. Wie ich Ihnen bereits sagte, war ich im *Fox and Grapes* und ging erst wieder zum Theater, als es brannte.«

Ich schwieg einen Moment und beobachtete die drei Katzen, die sich auf dem verschlissenen Kaminteppich räkelten und gähnten, während Mr. Tully seine Version der Ereignisse neu arrangierte.

Dann sagte ich: »Wenn Sie, oder auch jemand anders,

Mrs. Sarahs Rückkehr zur Drury Lane beobachtet hätten, würde man sie unter Mordverdacht stellen.«

»Nein!«

»Halten Sie sie für fähig, einen Mord zu begehen?«

»Nein, Mrs. Rodd – ich schwöre bei meinem Leben, dass sie dazu niemals imstande wäre!« Seine ungewöhnlich hellen blauen Augen leuchteten aus einem nun leichenblassen Gesicht. »Ich gebe ja zu, dass ich ein, zwei Dinge verschwiegen habe, aber nun werde ich Ihnen alles erzählen. Vor der Nacht des Feuers hatte Mrs. Sarah schon gut zwei Jahre ein Verhältnis mit Frank. Er trat während einer traurigen Phase in ihr Leben. Tom stellte unentwegt anderen Frauen nach, und sie hatte sich damit abgefunden. Aber nun verhielt er sich ihr gegenüber abweisend, ignorierte sie und hatte nur noch Augen und Ohren für Maria.«

»Dagegen konnte Sarah doch nicht allzu viel einzuwenden haben«, meinte ich. »Wie viele Väter kümmern sich überhaupt nicht um ihre Töchter?«

»Als sie klein waren, tat er das auch nicht, aber das änderte sich etwa um die Zeit, als Maria fünfzehn wurde. Sie war eine Schönheit geworden, aber das war nicht alles; sie hatte angefangen, bei jeder Gelegenheit Shakespeare zu zitieren, und bald war Tom von ihrem Talent begeistert, ja, geradezu benommen vor Bewunderung. Er fing an, sie ernsthaft auszubilden, und das nicht nur aus väterlichem Stolz. Er sah in die Zukunft. Maria war ein neues Lebenselixier für das Ensemble; es boten sich unendlich viele neue Möglichkeiten.«

»Warum hat er bis nach dem Feuer gewartet, um sie auf die Bühne zu bringen?«

»Rosalind war ihr offizielles Debüt, Mrs. Rodd, aber sie spielte bereits kleinere Rollen vor dem Brand.«

»Also gab es einmal eine Zeit, in der Vater und Tochter sich wunderbar verstanden!«

»Nicht gerade wunderbar, denn sie gerieten auch damals immer wieder in Streit und schrien einander an. Die arme Sarah hatte dazwischen keinen Platz. Es überraschte also niemanden, dass sie sich auf den jungen Fitzwarren einließ. Es war in der Truppe ein offenes Geheimnis.«

»Aber warum wusste dann Maria nichts davon?«

»Sie haben doch sicher schon erlebt, wie so etwas läuft. In Marias Anwesenheit sprach einfach niemand darüber; sie war die Tochter des Direktors, und die Leute hatten Angst um ihre Anstellung.«

»Und es hat auch niemand etwas gesagt, als sie und Fitzwarren sich verlobten?«

»Wie ich schon sagte, Ma'am: Sie hatten Angst. Niemand wollte der Überbringer einer schlechten Nachricht sein.«

»Wusste Mrs. Sarah denn Bescheid?«

»Ja«, sagte Mr. Tully. »Das weiß ich, weil wir darüber sprachen. Ich glaube jedoch nicht, dass sie die Verlobung ernst nahm.«

Ich hatte Mitgefühl mit Maria; sie war erst siebzehn gewesen, so alt wie meine liebe Tishy, und hatte ihr Herz an einen Mann verloren, der mit ihrer eigenen Mutter »herumtändelte« (wie Mrs. Bentley es gern ausdrückte).

»Sie und Mrs. Sarah sind sehr gute Freunde«, sagte ich. »Wissen Sie, wohin sie vom Manchester Square aus fuhr?«

»Ich nehme an, sie fuhr dann direkt nach Hause«, sagte Mr. Tully. »Am Theater habe ich sie nicht mehr gesehen; das hat auch sonst niemand. Mehr kann ich Ihnen nicht sagen. Sie hat Fitzwarren aufrichtig geliebt – und es brach ihr das Herz, als sie dachte, er hätte sich nach dem Feuer aus dem Staub gemacht.«

»Haben Sie an dem Abend zufällig auch eine der Tänzerinnen gesehen, Miss Arabella Fenton?«

»Wen? Ach, Moment mal ... das ist doch das Mädchen, das später diesen reichen alten Ausländer geheiratet hat.«

»Sie sagte, sie sei mit Mr. Transome in seiner Garderobe verabredet gewesen.«

»Davon weiß ich nichts, und ich habe sie auch nicht gesehen. Aber überraschen tut es mich nicht; es war bekannt, dass Tom eine Schwäche für Tänzerinnen hatte.«

»Wusste Mrs. Transome von dieser Verabredung?«

»Vermutlich ... ich weiß es nicht ... möglicherweise.« Seine Stimme wurde wieder fester. »Aber es wäre für sie kein Motiv gewesen, Fitzwarren umzubringen. Sie liebte ihn. Warum hätte sie den Mann töten sollen?«

»Sie tun ja gerade so, als wäre dergleichen noch nie passiert«, sagte ich, »was mich bei einem Mann, der am Theater gearbeitet hat, sehr überrascht, Mr. Tully. Ist Ihnen noch nicht aufgefallen, wie häufig so etwas in Stücken vorkommt? Und die Kunst imitiert doch immer nur das Leben, oder nicht? Liebe und Hass sind zwei Seiten einer Medaille.«

Dreizehn

»Sehr gute Arbeit, Mrs. Rodd; wirklich sehr gut. Aber damit haben Sie sozusagen den Obstkarren umgestoßen und alle Äpfel durcheinandergeworfen – wie Sie es ja immer wieder gern tun.«

»Wie meinen Sie das, Inspector?«

»Ich war drauf und dran, Mr. Transome zu verhaften, und nun muss ich mich mit diesem neuen Motiv herumschlagen. Ich gebe zu, dass ich seine Frau bislang überhaupt nicht im Visier hatte.«

»Ich ebenfalls nicht.«

»Und das ist mein Problem, Ma'am. Immer, wenn mir jemand etwas Brauchbares erzählt, kommt jemand anderes und behauptet das Gegenteil, bis sich nach und nach alle potenziellen Zeugen als nutzlos erweisen.«

Er hatte mir am Morgen eine Polizeikutsche geschickt, und nun saßen wir flüsternd in einem dunklen Flur des Amtsgerichts an der Bow Street nahe Covent Garden Market.

»Hm«, meinte Blackbeard. »Hören wir mal, was er diesmal zu sagen hat.«

Er schob eine schwere Tür auf, die uns in einen großen, getäfelten Raum mit einem Mahagonitisch und einigen wuchtigen Stühle führte. Auf einem davon saß Mr. Transome und wirkte in seiner blauen Jacke und der bunt gemusterten Weste noch strahlender als sonst.

»Mrs. Rodd, Inspector!« Er sprang auf. »Es ist mir natürlich erneut ein großes Vergnügen, der Polizei behilflich sein zu können, aber Sie haben mich mitten aus einer Probe für mein neues Stück geholt. Wenn Sie mich nicht gerade einsperren wollen, wünschte ich, Sie würden mich möglichst schnell dorthin zurückkehren lassen.«

»Ich würde Sie nur allzu gern einsperren, Sir«, sagte Blackbeard, »aber dafür habe ich im Moment noch nicht genug gegen Sie in der Hand.«

Darüber musste Mr. Transome lachen, bis er sich die Tränen aus den Augenwinkeln wischte. Wir setzten uns zu ihm an den Tisch, und er sagte: »Dann schießen Sie mal los.«

In bewundernswerter Kürze erzählte Blackbeard ihm von unserem Treffen mit Mrs. Dupont und fasste die Aussagen von Mr. Betterton und Mr. Tully zusammen. Ich beobachtete seine Reaktion genau; er wirkte nun angemessen ernst, doch seine Miene gab keinerlei Emotion preis. Er blickte abwechselnd zu Blackbeard und zu mir und schwieg zunächst, nachdem der Inspector geendet hatte.

Dann sagte er nur: »Also haben Sie es nun endlich erfahren; ich wusste, es würde nur eine Frage der Zeit sein.«

»Sicher ist Ihnen bekannt«, sagte Blackbeard, »dass das Zurückhalten von Beweisen strafbar ist?«

»Moment, warten Sie … Ich habe nur versucht, meine Frau zu schützen! Ist das ein Verbrechen?«

»Ja, Sir … wenn sie ihren Liebhaber ermordet hat.«

»Genau deshalb habe ich nichts gesagt – weil ich wusste, dass Sie sie allein dafür verurteilen würden, dass sie sich mit Fitzwarren eingelassen hat, und nicht einsehen, dass sie ihn unmöglich umgebracht haben kann.«

»Was macht Sie da so sicher, Sir? Etwa die Tatsache, dass Sie ihn selbst umgebracht haben?«

»Aber nein!«

»Sie sagten, Sie hätten sie zu ihrer Kutsche gebracht. Wussten Sie, dass sie Fitzwarren am Manchester Square treffen wollte?«

»Nun, natürlich war mir diese Möglichkeit bewusst; sie haben sich oft nach einer Vorstellung getroffen. Unsere Ehe bestand nur noch auf dem Papier.«

»Mr. Transome«, ergriff nun ich das Wort (nachdem ich mein Entsetzen über seine sorglose Missachtung des heiligen Sakraments der Ehe hinuntergeschluckt hatte), »als Ihre Frau Fitzwarren nicht wie verabredet antraf – ist sie dann zum Theater zurückgekehrt?«

»Ich habe sie dort nicht gesehen. Wie Ihnen die charmante Mrs. Dupont ja mitteilte, war ich mit anderen Dingen beschäftigt.«

»Mrs. Dupont sagte, sie habe Fitzwarren in Ihrer Garderobe gesehen, kurz nach Mitternacht.«

»Das ist Unsinn!«, erwiderte er sogleich. »Der Mann war nie in meiner Garderobe!«

»Sie sagte, er habe seinen Kopf durch die Tür gesteckt, nur für einen kurzen Moment, und dass Sie ihm sagten, er solle gehen.«

»Warten Sie ... ja ... langsam dämmert es mir wieder«, sagte Mr. Transome. »Ich erinnere mich an eine kurze Störung und war ihm gegenüber sicher sehr kurz angebunden. Er trug noch sein Kostüm, und ich sagte ihm, er solle sich umziehen und gehen.«

»Was wollte er denn?«, fragte Blackbeard.

»Herrje, was weiß ich? Das ist doch nun Jahre her!«

»James Betterton erzählte mir«, sagte ich, »dass er Fitzwarren tagsüber noch getroffen und ihm einen Platz in seinem Ensemble angeboten hatte.«

»Ach, tatsächlich?« Mr. Transome wirkte erbost und war nun voll bei der Sache. »Wahrscheinlich sollte mich das nicht wundern – dieser Schuft hat mir schon immer gern eins ausgewischt. Und jetzt hat er auch noch Maria um sich, die ihn weiter anstachelt!« Er sprang auf und begann, im Zimmer umherzulaufen. »Sie scheint versessen darauf, mich hängen zu sehen – ihren eigenen Vater! Dabei habe ich ihr alles beigebracht, was sie kann – was mehr ist als alles, das irgendein Betterton je zuwege bringen wird. Meine ganze Seele habe ich in diesem Mädchen versenkt, und sie dankt es mir, indem sie sich dem nächsten gelbhaarigen Trottel an den Hals wirft ... O ja, Betterton ist nichts weiter als ein zweiter Fitzwarren – sie hat mir nie vergeben, dass ... Ich bitte um Verzeihung für meinen Ausbruch, Mrs. Rodd, aber wie in Gottes Namen hätte ich meiner Tochter erlauben können, einen Mann zu heiraten, der mit ihrer Mutter involviert war?«

Er warf sich auf seinem Stuhl zurück, sank in sich zusammen und schwieg mehrere Minuten. (Ich habe mich hier nach Kräften bemüht, seinen wirren Ausbruch einigermaßen verständlich wiederzugeben.) Der Inspector schwieg ebenfalls und sah mich mit hochgezogenen Augenbrauen kurz an. Wie ich wusste, bedeutete dies, ich solle die Befragung übernehmen.

»Sind Sie vollkommen sicher«, fragte ich behutsam nach, »dass Ihre Tochter von dieser Verbindung nichts wusste? Es fällt mir sehr schwer, das zu glauben, denn wie Mr. Tully sagte, war es im Ensemble allgemein bekannt.«

»Manches ist bekannt und wird dennoch nie offen ausgesprochen«, sagte Mr. Transome. »Ich wollte nicht, dass meine Tochter mit den anderen Schauspielern allzu vertraut umgeht, und alle wussten das. Maria hielt sich immer etwas abseits – auch wenn sie dies nicht daran hinderte, sich in Fitzwarren zu verlieben.«

»Mrs. Betterton behauptete, sie habe nur vorgegeben, die Verlobung gelöst zu haben. Wussten Sie davon?«

»Nein.«

»Und Ihre Frau?«

»Da müssen Sie sie fragen, aber ich würde ebenfalls sagen nein – warum sonst hätte der Junge bei Betterton um Asyl bitten sollen? Woher wollen Sie wissen, dass er nicht die ganze Zeit schon für Betterton gearbeitet hat? Es würde mich nicht überraschen, wenn er auf Bettertons Anweisung hin das Feuer gelegt hätte.«

»Wie ich hörte, kursierten damals tatsächlich derlei Gerüchte«, sagte ich. »Nachdem ich den Mann jedoch persönlich kennengelernt habe, halte ich das für nicht sehr wahrscheinlich.«

»Wonach sollte man immer forschen? ›Cui bono‹ – wer profitiert? Nun, ich kann Ihnen sagen, dass nur eine einzige Person von dem Brand profitierte, und zwar James Betterton! Im Handumdrehen hatte er meine besten Schauspieler abgeworben, gerade so, als sei er darauf vorbereitet gewesen.«

»Das ist eine schwerwiegende Anschuldigung, Mr. Transome«, sagte ich. »Haben Sie Beweise?«

»Nein, aber ich habe auch noch nicht danach gesucht. Das ist Ihre Aufgabe, Inspector.«

»Mr. Transome, ich schreibe Ihnen auch nicht vor, wie Sie Ihre Rollen zu spielen haben«, sagte Blackbeard. »Also sagen Sie mir bitte nicht, was ich tun soll. Die zuständigen Ermittler haben damals keinen Hinweis auf Brandstiftung gefunden, und daran werde ich mich halten, bis jemand etwas anderes nachweisen kann. Mich interessiert im Moment nur die männliche Leiche mit einem Einschussloch im Kopf – und Sie hatten eine Waffe. Mrs. Dupont hat sie gesehen.«

»Die haben viele Leute gesehen.« Mr. Transome beobachtete uns scharf. »Wie ich den damaligen Ermittlern bereits erklärte, war es eine von zwei Pistolen, die ich gekauft hatte, um mich auf der Straße verteidigen zu können. Es hatte eine

Reihe von Raubüberfällen gegeben. Ich habe das Ding nur ein Mal abgefeuert, und zwar auf einen Stuckengel vorn am Balkon des ersten Ranges. Und ich habe ihn verfehlt.«

»Ich habe meine Männer angewiesen, in den Überresten des Theaters nach der Pistole zu suchen. Und sie werden sie finden, Sir – solange niemand sie fortgenommen hat.«

»Nun, ich tat das ganz gewiss nicht«, sagte Mr. Transome.

»Sie sagten, es sei eine von einem Paar gewesen – wissen Sie, was mit der anderen passiert ist?«

»Die andere? Oh, das ist eine gute Frage!« Er wirkte eifrig. »Du meine Güte, an die habe ich schon jahrelang nicht mehr gedacht. Ich bin mir ziemlich sicher, dass ich sie meiner Frau gegeben habe, obwohl sie sich nicht mit ihr anfreunden konnte – sie sagte, die Pistole mache ihr mehr Angst als jeder Straßenräuber, und bat mich, sie wieder aus dem Haus zu entfernen. Ich kann mich nicht mehr erinnern, ob ich das getan habe oder nicht.« Er stand auf. »Da Sie nun alles von mir gehört haben, würde ich gern zu meiner Probe zurückkehren.«

»Oh, nicht alles, Sir – bei weitem nicht«, meinte Blackbeard trocken. »Aber für den Augenblick sind wir fertig.«

»Sie werden bald feststellen, dass ich unschuldig bin, Mr. Blackbeard.« Mr. Transome nahm seinen Hut und die Handschuhe. »Ich habe großes Vertrauen in die britische Justiz – auch wenn sie offenbar kein Vertrauen in mich hat.«

Seine muntere Art entlockte Blackbeard ein schiefes, ungeübt wirkendes Lächeln. »Guten Tag, Sir.«

»Mrs. Rodd, draußen gießt es in Strömen, und ich habe meine Kutsche dabei – erlauben Sie mir bitte, Sie nach Hause zu bringen. Nein, ich dulde keinen Widerspruch.«

Es regnete fürchterlich an jenem Tag, und meine Haube, meine Schuhe und mein bester Regenschirm hatten schon sichtlich gelitten, daher nahm ich sein Angebot dankbar an. Wir eilten über den matschigen Gehsteig (ich musste mich wohl darauf einstellen, einen weiteren Abend mit dem Reinigen des Saumes meines zweitbesten Seidenkleides zu verbringen) zu derselben eleganten und geräumigen Kutsche, die ich schon vor dem Theater hatte stehen sehen.

Die Sitze waren mit weichem, dunkelrotem Plüsch bezogen und wunderbar bequem und die Fenster gut gegen den Regen und jeglichen Straßenlärm abgedichtet.

»Das ist wirklich sehr freundlich von Ihnen, Mr. Transome.«

»Gern geschehen, Mrs. Rodd.« Er saß mir gegenüber, mit dem Rücken zum Kutscher, und betrachtete mich mit dunklem Blick. (Kurz irritierte mich der Gedanke, wie mein lieber Ehemann wohl gelacht hätte bei der Nachricht, dass seine tugendhafte Ehefrau sich die Kutsche mit einem berühmten Schauspieler und berüchtigten Schürzenjäger teilte.) »Sie sind sehr mutig, Ma'am, wo es doch gut sein kann, dass ich ein Mörder bin.«

»Ja, das mögen Sie wohl sein, aber um diesem schrecklichen Wetter zu entkommen, riskiere ich das gern.«

Obwohl er schmunzeln musste, blieb sein Blick seltsam nachdenklich und forschend. »Selbst, wenn ich Sie umbringen wollte, würde ich das wohl kaum mitten in der Innenstadt tun.«

»Das möchte ich doch sehr hoffen.«

»Dieser Blackbeard ist für einen Schauspieler ein interessantes Studienobjekt. Noch nie habe ich jemanden gesehen, dessen Miene so wenig preisgibt. Sie kennen ihn schon länger – ist er immer so?«

»Ja, Mr. Transome. Und ich denke, er ist stolz auf seine Undurchschaubarkeit.«

»Offenkundig denkt er, ich hätte Fitzwarren umgebracht. Ich habe das Gefühl, er kreist wie ein Raubvogel über mir und wartet nur darauf, auf mich herabzustoßen. Als er mich heute Morgen zu sich bestellte, rechnete ich schon halb damit, dass er mich festnehmen würde.«

»Mr. Blackbeard stößt erst dann zu, wenn er absolut sicher ist.«

»Und was ist mit Ihnen, Ma'am? Was denken Sie?«

»Ich habe dazu noch keine feste Meinung.«

»Mein Instinkt sagt mir, Sie halten mich für unschuldig – aber wir sollten über so etwas gar nicht reden, sondern lieber über etwas anderes.«

»Sehr gern.« Ich war ein wenig bestürzt, dass er meine intimsten Gefühle zu wittern schien, und wechselte schnell das Thema. »Wie geht es Miss Olivia?«

Er gab eine Mischung aus Seufzen und Stöhnen von sich. »Sie werden es kaum glauben, aber sie ist in mein Haus in Herne Hill zurückgekehrt. Sie und Miss Noonan haben sozusagen Waffenstillstand geschlossen, auch wenn Gott allein weiß, wie lang er halten wird. Übrigens hat meine Frau mich benachrichtigen lassen, dass sie mein Geld bekommen hat.«

»Das freut mich zu hören.«

»Ich bin immer noch wütend auf Olivia. Mal unter uns: Ich wünschte, jemand würde das Mädchen heiraten. In meinen dunkelsten Momenten wünsche ich mir, *sie* wäre mit Betterton durchgebrannt und nicht Maria. Das hätte ich so viel besser ertragen!« Mr. Transome musterte mich einen Augenblick, dann sagte er: »Nun habe ich Sie wieder schockiert.«

»Ich verstehe nur nicht, wie Sie so gefühllos über Ihr eigenes Kind sprechen können.« (Ich erinnerte mich spontan an ein Ereignis mit Fred als kleinem vierjährigem Engel, der unserem lieben Vater fröhlich gestand, er habe ein Stück Kuchen gestohlen und überhaupt kein schlechtes Gewissen; Transome verströmte dieselbe Art leichtfertiger Unbekümmertheit.) »Miss Olivia war die einzige Ihrer Töchter, die zu Ihnen gehalten hat.«

»Aber ja doch«, meinte Mr. Transome leichthin. »Und natürlich bin ich ihr dafür dankbar – aber im Theater kann ich sie nicht besonders gut gebrauchen. Ihr Schauspiel ist gut genug für Possen und Pantomimen, aber für größere Rollen hat sie weder die geeignete Stimme noch das Talent – ganz im Gegensatz zu ihren Schwestern. Als Vater habe ich sie alle gleich lieb, aber als Theaterleiter muss ich an meine Einnahmen denken, und Olivia zieht das Publikum einfach nicht so an wie die anderen beiden. Ich habe es ihr direkt ins Gesicht gesagt, doch sie will es nicht hören. Mein Geld gibt sie liebend gern aus – aber es wird keins mehr geben, wenn sie nicht aufhört, die arme Constance zu plagen. Ich wünschte, sie würde das endlich einsehen. Wen soll ich sonst als Hauptdarstellerin nehmen, nun, da Maria und Cordelia mich verlassen haben?«

»Ist das der Grund, weshalb Sie sagten, Miss Noonan habe Sie ›in der Hand‹?«

»Oh ... das haben Sie gehört?« Mr. Transome wirkte ein wenig irritiert. »Da Sie nun schon so viel über mich wissen, kann ich Ihnen das auch noch verraten: Constance hat gedroht, ihr Talent in einem anderen Ensemble einzusetzen.«

»In wessen Ensemble?«

»Sie hat keine Namen genannt, aber die Andeutung reichte. Jetzt, wo ich sie berühmt gemacht habe, wird jeder sie mit Kusshand nehmen.«

»Aber ... Ich dachte sie hätte eingewilligt, als Ihre Frau mit Ihnen zu leben!«

Es platzte ohne weiteres Nachdenken aus mir heraus, und

Transomes trauriges Lächeln wurde maliziös. »Wissen Sie, Mrs. Rodd ... Sie erinnern mich manchmal sehr an meine Schwester Eliza, die mich großzog, nachdem unsere Mutter gestorben war. Jeder Funken Anstand in meinem Charakter ist allein ihr Verdienst.«

»Sie lieben es, sich als böse und gewissenlos zu präsentieren«, sagte ich. »Aber ich glaube, Sie sind anständiger als Sie zugeben.«

»Das kommt, weil Sie ein gütiger Mensch sind, Mrs. Rodd; tatsächlich bin ich ein ganz und gar durchtriebener Halunke.«

»Ist das ein Geständnis, Mr. Transome?«

»Nein – ich bin kein Mörder. Aber dennoch bin ich ein durch und durch böser Mensch.«

»Was haben Sie getan?«

»Nichts, was das Gesetz dieses Landes verletzt. Das Gesetz des Himmels ist jedoch ein anderes.« Er lächelte wieder, aber es schien, als lächelte er mehr in sich hinein, wie über einen geheimen Witz. »Wenn Sie einmal nichts anderes zu tun haben, könnten Sie für mich beten.«

Wir hatten Haymarket erreicht, und die Kutsche hielt vor Mr. Transomes Theater. Er sprang gewohnt geschmeidig hinaus, tippte sich an den Hut und entschwand.

Vierzehn

Der nächste Akt der Tragödie ereignete sich am folgenden Tag, der mit einem Streit zwischen Mary Bentley und mir begann. Der nichtige Grund unserer Auseinandersetzung war ihre Enkelin, die liebe kleine Hannah. Mrs. Bs Gesundheit hatte sich zwar sehr verbessert, gleichwohl merkte ich, dass sie noch nicht wieder all ihre gewohnte Arbeit aufnehmen konnte. Also eröffnete ich ihr den kühnen Vorschlag, das Kind als ständiges Haushaltsmitglied bei uns aufzunehmen.

»Ich weiß, dass sie erst zwölf Jahre alt ist«, sagte ich. »Aber sie wäre ein Segen für uns, und ich würde mich gern darum kümmern, dass sie in die Schule geht und ihre Ausbildung beendet. Wie Sie mir selbst sagten, sind ihre Eltern arm und tun sich schwer, die Kinder mit ausreichend Essen und Kleidung zu versorgen. Hannah ist ein kluges und vernünftiges Mädchen und für ihr Alter überaus geschickt. Wenn sie älter ist, kann ich ihr zudem zu einer Stellung in einer guten Familie verhelfen – so wie ich es bereits für einige Ihrer Verwandten getan habe.«

»Aber ich bin gesund und munter wie ein Fisch im Wasser, Ma'am ... und habe mein Leben lang alle Hausarbeiten selbst erledigt! Wenn ich jetzt eine Hilfe bekomme, erwarten bald alle, dass ich aufgebe und mich still in die Kaminecke verziehe.«

»Meine liebe Mary, niemand erwartet so etwas – Sie sind einfach zu stur. Sie müssen doch zugeben, dass Hannah bereits jetzt davon profitiert hat, dass sie bei uns wohnt. Als sie hier ankam, war sie ein mageres kleines Ding, und sehen Sie nur, wie sie schon gewachsen ist!«

»Aber das sind weitere Ausgaben, Ma'am, und wir müssen auf jeden Penny achten.«

»Mein Bruder hat eine hübsche Summe für die Transome-Geschichte erhalten, die uns ein paar Annehmlichkeiten erlauben wird.« (Ich war überrascht gewesen, als Fred mir das Bündel abgegriffener Geldscheine in die Hand gedrückt hatte; nachdem ich von Mr. Transomes Unzuverlässigkeit in Gelddingen erfahren hatte, waren mir Zweifel gekommen, ob ich überhaupt eine Bezahlung erhielte.)

»Dieses Geld wird uns sicher auch bald ausgehen.«

»Aber der Herr wird für uns sorgen.« (Ich sage so etwas nicht leichtfertig dahin.) »Vielleicht gehört Hannah ja zu seinem Plan für uns. Dass sie hier ist, trägt sehr zu meinem Seelenfrieden bei, wenn ich das Haus verlassen muss.«

»Sie machen sich zu viele Sorgen. Trotzdem ...« Mrs. B wurde nachgiebig. »Sie ist ein gutes Mädchen, und es würde ihrer armen Mutter helfen, da gebe ich Ihnen recht.«

»Denken Sie darüber nach; sie hätte ihr eigenes kleines Zimmer und immer gute Mahlzeiten. Und denken Sie auch daran, wie schnell sie alles lernt, was Sie ihr beibringen; nicht mehr lang, und sie kann eine gute Stellung in einer der angesehensten Familien beziehen.« (Ich muss hinzufügen, dass ich dieses letzte Versprechen nicht einhalten konnte; Hannah wurde zu einem so wichtigen und geschätzten Teil unseres Haushalts, dass ich es nicht ertragen hätte, sie gehen zu lassen, und so blieb sie bis zu ihrer Heirat bei uns.)

Als ich merkte, dass ich unsere kleine Meinungsverschiedenheit gewonnen hatte, drang ich nicht weiter in sie und widmete mich den Angelegenheiten des Tages. Maria Betterton hatte mir eine kurze Nachricht geschickt, in der sie andeutete, sie habe mehr zu dem Mord zu erzählen, also machte ich mich auf den Weg nach Holloway.

Ich erreichte Vale Crescent am frühen Nachmittag und sah sofort, dass etwas nicht in Ordnung war. Vor dem Haus wartete eine Kutsche, und im Haus gab es einigen Aufruhr; das Mädchen, das mich einließ, wirkte aufgeregt und hielt ein Bündel zusammengeknüllter Bettwäsche im Arm. Ich nahm den durchdringenden Geruch von Krankheit wahr; die Gerüche von Körperausscheidungen und Verfall sind jedem vertraut, der häufiger auf Krankenstationen zu Besuch war.

»Es ist Miss Cordelia, Ma'am – es geht ihr sehr schlecht, der Doktor ist gerade bei ihr.«

»Das tut mir leid. Bitte sagen Sie Mrs. Betterton, dass ich an einem anderen Tag wiederkomme.«

»Mrs. Rodd?« Aus dem hinteren Salon trat ein Mann in die Eingangshalle. »Meine Frau würde Sie gern sehen ... wenn Sie so freundlich wären.«

Ich erkannte ihn, denn ich hatte ihn neben seinem Vater als Hamlet den Laertes spielen sehen. »Mr. Betterton ... Ich möchte nicht stören ...«

»Sie stören nicht, Ma'am.« Von Nahem sah Marias Ehemann ein wenig älter aus als auf der Bühne, auch männlicher. »Sie finden uns inmitten eines ... Nun, ich überlasse es meiner Frau, die Sache zu erklären.«

Er führte mich in den Raum, in dem ich auch das letzte Mal mit Maria Betterton gesprochen hatte. Neben der Dame des Hauses stand – zu meiner großen Überraschung – Mrs. Sarah. Mutter und Tochter hatten rote Augen und sahen aus, als hätten sie gerade erst aufgehört zu weinen.

»Maria hat heute Morgen nach mir geschickt«, sagte Mrs. Sarah. »Mein jüngstes Kind ist schwer krank, Mrs. Rodd, und als ich herkam, musste ich befürchten, mich nur noch von ihr verabschieden zu können.«

»Sie hat Gift genommen«, erklärte Maria mit zitternder Stimme. »Das Hausmädchen hat sie auf dem Fußboden vorgefunden, kalt wie der Tod – und mit eindeutigen Hinweisen, dass sie unter schrecklicher Übelkeit und schrecklichen Schmerzen litt.«

»Wie entsetzlich!« Ich war zutiefst schockiert und fragte gedankenlos nach: »Hat sie sich bewusst ein Ende bereiten wollen?«

»Nein«, rief Mrs. Sarah scharf.

»Doch – natürlich!«, ergänzte Maria voller Leidenschaft. »Ich habe es dir gesagt, Mamma – und es ist viel zu spät, um es vertuschen zu wollen –, Cordelia hat Gift genommen, weil sie sich umbringen wollte, und jetzt ist die ganze Familie mit Schande und Skandal behaftet.«

»Haben Sie eine Ahnung, warum sie so etwas tun wollte?«, fragte ich.

»Seit wir sie hierherholten, war Cordelia sehr unglücklich«, sagte Mr. Edgar mit besorgtem Seitenblick auf seine Frau. »Ich habe sie kaum zu Gesicht bekommen; sie hat sich in ihrem Zimmer verschanzt und jede Nacht geweint, als wäre ihr das Herz gebrochen.«

»Genau so, wie sie es auch in Richmond getan hat«, sagte Mrs. Sarah. »Ich wusste, dass sie das Ensemble ihres Vaters nicht verlassen wollte; ich dachte, sie trauere ihm und ihrem feinen Leben als seine Hauptdarstellerin nach – möge der Himmel mir vergeben. Aber du hättest ihr gegenüber nicht sagen dürfen, dass er ein Mörder ist, Maria.«

»Ich hätte wissen müssen, dass du mir die Schuld gibst!«, blaffte Maria. »Ich habe ihr gegenüber nichts dergleichen gesagt ... Aber mit jedem weiteren Tag bin ich mir noch sicherer, dass er Frank Fitzwarren getötet hat.«

Bei diesem Namen zuckte Mrs. Sarah zusammen und warf

mir einen ängstlichen Blick zu, der mir sagte, dass sie ihrer Tochter nichts von ihrer Affäre mit Fitzwarren erzählt hatte.

»Meine Liebe«, sagte Mr. Betterton sanft und legte vorsichtig eine Hand auf Marias Arm. »Dafür ist jetzt nicht die rechte Zeit.«

Es klopfte laut, und ein Mann mittleren Alters trat ins Zimmer; er wirkte forsch und aufmerksam, hatte volles, graues Haar, trug einen dunklen Gehrock und eine große schwarze Tasche, wie sie gewöhnlich von Ärzten benutzt wird. Sein Gesichtsausdruck war ernst.

»Mr. Betterton«, wandte er sich an den einzigen Mann im Raum und ignorierte uns Frauen. »Ich kann Ihnen mitteilen, dass die junge Dame außer Gefahr ist.«

»Gott sei Dank«, seufzte Mrs. Sarah auf.

»Sie ist sehr schwach. Ich habe das Mädchen bei ihr gelassen und schlage vor, dass Sie eine Krankenschwester engagieren. Die junge Frau wollte sich nicht das Leben nehmen; sie hat Polei-Minze eingenommen, und das aus einem offensichtlichen Grund: Sie hat das Kind verloren, das sie unter dem Herzen trug.«

Maria stieß einen heiseren Schrei aus und glitt ohnmächtig zu Boden.

⁓

Ich habe in meinem Leben schon an so manchem Krankenbett gesessen, was hoffentlich entschuldigt, dass ich nach der Abfahrt des Doktors das Kommando übernahm. Das kleine Haus war auf sehr ungesunde Weise in Aufruhr geraten. Maria und ihre Mutter weinten, Mr. Betterton hastete fahrig umher, und die arme Kranke war der Obhut eines verängstigten Hausmädchens überlassen, das keine Ahnung hatte, was es tun sollte. Ich schickte sie mit einer Nachricht zu der Krankenschwester, die ich selbst vorübergehend eingestellt hatte, um mir bei der Pflege von Mrs. B helfen zu lassen: eine sehr fähige und reinliche junge Frau namens Mrs. Plant, die in bequemer Nähe in Barnsbury wohnte.

Mit Hilfe der anderen Bediensteten rückte ich das Bett von der Wand, damit um das kranke Mädchen Luft zirkulieren konnte. Ich öffnete das Fenster und rüttelte am Kaminrost, damit die Kohle nicht qualmte. Ich setzte einen Kessel Rinderbrühe auf dem Küchenherd an (ich ließ das frische Rindfleisch hineingeben, das für das Abendessen bestimmt gewesen war; zu viele Leute setzen ihre Brühe nur mit den übrig gebliebenen Knochen an, aber damit ist sie für Kranke nicht nahrhaft genug). Ich verlangte nach sauberer Bettwäsche sowie nach frischem Wasser, Handtüchern und guter Seife. Mein lieber Ehemann hätte mich als »Wirbelwind« bezeichnet – und innerhalb kürzester Zeit war im Haushalt wieder Ordnung hergestellt.

Während wir auf die Krankenschwester warteten, saßen Mrs. Sarah und ich am Bett.

Mrs. Sarah hatte ihre Fassung wiedererlangt. Sie hielt ihrer Tochter die Hand und betrachtete sie mit dem sorgenvollen Blick einer Mutter, die ihr krankes Kind über alles liebt. Sie strahlte eine Stärke aus, die ich so noch nicht an ihr wahrgenommen hatte, hatte dabei jedoch all ihre Jugendlichkeit verloren. Angst und Kummer zehrten an ihrem Gesicht, und nie zuvor hatte ich sie so gern gemocht wie in diesem Moment.

»Wissen Sie, wann ich ihr etwas zu essen geben kann, Mrs. Rodd?«

»Ich würde es mit einigen Löffeln Rinderbrühe versuchen, sobald sie wach wird, und wenn sie sich hungrig fühlen sollte, mit einem weichgekochten Ei. Wenn sie Durst hat, könnten

Sie ihr einen schwachen Tee mit aufgekochter Milch geben, oder abgekochtes und abgekühltes Wasser. Aber die Krankenschwester wird Sie in dieser Hinsicht noch besser beraten können als ich.«

»Mein armes kleines Mädchen – mit welcher Last sie herumgelaufen ist!«

Miss Cordelia, die Tochter, die ich bisher nicht kennengelernt, sondern nur kurz durch ein Fenster gesehen hatte, sah ihrer ältesten Schwester sehr ähnlich: Dunkelhaarig und schön, mit einem Gesicht wie aus Elfenbein geschnitzt, lag sie ganz still und atmete ruhig. Der Arzt hatte uns einen hohen Blutverlust bestätigt. Sie hatte gesündigt – zum einen durch ihre Schwangerschaft, zum anderen durch die Einnahme der Polei-Minze, um diesen Zustand zu beenden –, aber ich konnte und wollte sie dafür nicht verdammen. Die Traurigkeit in ihrem Gesicht schnitt mir ins Herz und ließ mich an die grenzenlose Güte unseres Herrn Jesu denken.

»Ich wünschte, ich hätte es gewusst – wenn sie es mir doch nur gesagt hätte«, murmelte Mrs. Sarah. »Aber sie hat immer weite Kleidung getragen und sich von mir ferngehalten. Und ich dachte, sie wäre böse darüber, dass sie das Theater verlassen musste. Wie dumm ich doch war!«

»Gab es wirklich gar keine Anzeichen?«

»Vielleicht ... aber ich war zu blind, zu sehr in meine eigenen dummen Angelegenheiten vertieft, um sie zu bemerken.«

»Wissen Sie, wer der Mann ist?«

Sie schüttelte den Kopf. »Ich weiß nichts über ihr Leben vor jenem Moment, an dem sie plötzlich vor meiner Tür stand.«

»Könnte Ihr Mann vielleicht mehr wissen?«

»Möglicherweise; er wird zumindest den Tratsch im Ensemble kennen.«

»Verzeihen Sie mir, aber ... sollte man vielleicht nach ihm schicken?«

»Mein Mann sollte informiert werden, darum werde ich mich kümmern – mein Gott, es wird ihm das Herz brechen! Cordelia ist sein Liebling, sein ganzer Stolz, sein Augenstern. Jetzt wird er zumindest erfahren, warum sie ihn und das Theater verlassen hat.«

»Mrs. Transome ...« Ich konnte mir die gute Gelegenheit, nach dem Mord zu fragen, nicht entgehen lassen. »Mr. Blackbeard möchte abermals mit Ihnen sprechen. Es gibt neue Hinweise.«

»Ach ja?« Sie konnte den Blick nicht von ihrer Tochter lösen.

»Sie waren nicht ganz ehrlich, was Francis Fitzwarren betrifft.«

Nun sah sie mich scharf an. »Was haben Sie gehört?«

Ich erzählte ihr von meinen Treffen mit James Betterton und Mr. Tully. In ihrem Gesicht zuckte es, als hätte ich einen Nerv getroffen, doch sie hörte schweigend zu und blieb noch eine Weile still, nachdem ich geendet hatte.

Dann sagte sie: »Ich habe ihn geliebt, Mrs. Rodd; das mag sich für Sie erbärmlich anhören, aber meine Liebe war es nicht.«

»Das geht mich nichts an; und auch die Polizei interessiert nur, wo Sie in der Nacht des Feuers waren.«

»James Betterton ist einer dieser beeindruckenden Menschen, die wohl niemals lügen, und wenn er sagt, er habe mich am Manchester Square gesehen, wird es sicher stimmen.«

»Ihr Mann sagte, er habe Sie zur Kutsche gebracht, nach der Aufführung.«

»Ja, das stimmt«, sagte Mrs. Sarah. »Aber anders als Betterton, lügt mein Mann nur allzu gern und ist auch noch sehr gut darin. Ich würde nicht alles glauben, was er sagt.«

(Wir unterhielten uns nur flüsternd, kaum lauter als unser Atem, über das reglos liegende Mädchen hinweg, das beinahe gestorben wäre; ich denke, dieser Umstand war es, der Mrs. Sarah so offen und aufrichtig sprechen ließ.)

»Sie können Mr. Blackbeard ausrichten, dass ich in jener Nacht zum Manchester Square gefahren bin. Ich habe Betterton nicht gesehen, aber er offenbar mich; ich glaube, sein Vater wohnte in der Nähe. Ich wartete bis nach zwei Uhr auf Frank. Jetzt weiß ich, dass ich mir hätte Sorgen machen müssen, damals war ich nur verärgert. Dann weckte ich meinen Kutscher und ließ mich nach Hause nach Richmond fahren.«

»Wann hörten Sie von dem Brand?«

»Um fünf Uhr morgens, als sie meinen Mann brachten. Cooper hat mir alles erzählt.«

»Cooper sagte, er sei nicht im Theater gewesen.«

»Die gute Seele vergöttert diesen Taugenichts von meinem Ehemann so sehr, dass er bedenkenlos für ihn lügt. Auch wenn ich das Theater gleich nach dem Stück verlassen habe, bin ich doch sicher, dass Cooper noch eine Weile länger blieb, als er behauptet. Üblicherweise würde Tom ihn erst weggeschickt haben, wenn er mit seinem Ballettmädchen hätte allein sein wollen.«

»Mrs. Transome, bitte vergeben Sie mir, aber ... wusste Maria tatsächlich nichts von Ihrer Liebe zu Fitzwarren?«

»Ich bin davon überzeugt.«

Es fiel mir schwer, dies zu glauben, und ich nahm mir vor, erneut mit Maria zu sprechen, sobald die momentane Situation sich beruhigt hatte.

Mir war nicht wohl dabei, das Haus zu verlassen, ohne zu wissen, dass Cordelia gut versorgt wäre, und so wartete ich noch auf das Eintreffen von Mrs. Plant, der besagten Krankenschwester. Ich wies sie höchstpersönlich ein und ging erst fort, als sie sich neben dem Bett der Kranken eingerichtet hatte.

Der Rest der Familie hielt sich unten auf, und Mr. Betterton wartete am Fuß der Treppe auf mich. »Wie geht es ihr?«

»Ich glaube, es geht ihr schon sehr viel besser«, erwiderte ich so munter wie möglich. »Sie ist jung und wird schnell wieder zu Kräften kommen. Die Krankenschwester weiß, was zu tun ist. Wie geht es Mrs. Betterton?«

»Ich habe sie noch nie so verzweifelt gesehen.« Er war blass vor Sorge. »Sie konnte nicht aufhören zu weinen, bis ich ihr ein paar Tropfen Laudanum gab, und jetzt schläft sie. Habe ich das Richtige getan?«

»Das würde ich meinen, auch wenn Sie ihr nun besser nichts mehr geben sollten.« Sein Vertrauen zu mir rührte mich. »Sie hat einen schweren Schock erlitten, und Schlaf ist sicher die beste Medizin.«

»Sie liebt Cordelia sehr, müssen Sie wissen – ihre kleine Schwester. Ich nehme an, Sie wollen jetzt gehen?«

»Ich lasse sie in sehr guten Händen zurück, Mr. Betterton.«

»Das war alles überaus anständig von Ihnen ... Ich meine, Sie waren so gütig ... Ich weiß nicht, was wir ohne Sie ...«

»Aber bitte ... gern geschehen. Ich fürchte, ich hatte einen rechten Befehlston an mir und bitte um Verzeihung, dass ich Sie so herumkommandiert habe, aber ich konnte nicht dabeistehen und nichts tun.«

»Ich wünschte, ich könnte Sie in meiner Zweirädrigen nach Hause bringen lassen, aber die ist gerade in Richmond, um Murphy abzuholen.«

»Dann kann ich Sie ja nun ganz beruhigt verlassen, denn Murphy scheint mir eine durch und durch vernünftige Frau.«

»Wenn Sie noch ein wenig warten wollen, kann ich draußen nach einer Mietkutsche schauen.«

Es war dunkel geworden; auf einmal wurde mir bewusst, wie viele Stunden ich bereits in diesem Haus verbracht hatte (mein kleiner Streit mit Mrs. Bentley schien in einem anderen Leben stattgefunden zu haben), und ich sehnte mich nach kühler, frischer Abendluft.

»Bitte machen Sie sich keine Umstände – es hat aufgehört zu regnen, und ich schaffe es noch leicht zum letzten Omnibus.«

»Das kann ich nicht zulassen«, protestierte Mr. Betterton mit plötzlicher Entschiedenheit. »Wissen Sie was? Ich begleite Sie zum Kutschenstand am Nag's Head und spendiere Ihnen nur allzu gern eine Fahrt nach Hause. Es ist das Mindeste, das ich tun kann.«

»Nun ...« Ich merkte, dass er ebenso erpicht darauf war wie ich, das Haus zu verlassen, und dachte, es könnte interessant sein, mit ihm zu sprechen. »Danke, Mr. Betterton, das ist sehr freundlich von Ihnen.«

Die Gasbeleuchtung funktionierte damals nur unzuverlässig, und ich musste mich auf den Arm meines Begleiters stützen. In der Dunkelheit und abgelenkt durch die Pfützen und Schlaglöcher, wurde der junge Mann rasch recht gesprächig.

»Ich bin in solchen Notfällen nicht gut zu gebrauchen, Mrs. Rodd. Ich neige dazu, den Kopf zu verlieren. Mein Vater sagt immer, ich springe herum wie ein wild gewordener Affe – so versucht er auch, mir mein chronisches Lampenfieber auszutreiben.«

»Ich hatte bereits das Vergnügen, Ihren Vater kennenzulernen.«

»Oh, ja; Maria sagte mir, Sie seien bei der Premiere gewesen.«

»Es war beeindruckend«, erwiderte ich. »Wie geht es denn mit Ihrem neuen Theater voran?«

»Langsam … und es ist teuer! Meine Frau hat den Kopf schon voller Pläne für all unsere neuen Theaterstücke, aber ich sehe nur, wie das Geld schwindet. Ginge es nach mir, würde ich einfach weiter für meinen Vater arbeiten. Meine Frau ist da weitaus ambitionierter.«

»Aber das ist doch wohl eine gute Sache?«

»O ja, ich komme mir nur manchmal vor, als wäre ich an eine Rakete angebunden.« Er sagte es mit einem Lächeln, und ich konnte erkennen, wie stolz er auf Maria war. »Sie hasst es, untätig herumzusitzen. Deshalb war sie auch so erpicht darauf, im Ensemble meines Vaters zu spielen.«

»Sie spielte eine hervorragende Ophelia.«

»Da stimme ich Ihnen gern zu, aber nun hat sie eine neue Version von ›Phädra‹ in Auftrag gegeben, von … Wie heißt er doch gleich?«

»Racine?«

»Genau der! Sie kann an nichts anderes mehr denken.«

»Mr. Betterton, Ihre Frau wollte mir ursprünglich etwas sagen; wissen Sie, worum es sich dabei handelte?«

»Ich fürchte, wenn sie es mir überhaupt gesagt hat, habe ich es im Zuge der Aufregung um Cordelia nun vergessen.«

»Nun, das macht nichts«, versicherte ich ihm. »Sie wird sich gewiss noch daran erinnern.«

»Es hatte mit einem Streit zu tun, den sie und ihr Vater am Tag des Feuers miteinander austrugen … Aber die beiden hatten im Grunde immer irgendeinen Streit.«

Wir hatten die Hauptstraße erreicht, die in Abständen von Gaslampen vor den größeren Geschäften beleuchtet wurde und auf der eine Menge Karren und Kutschen unterwegs waren. Mr. Betterton half mir in die am seriösesten wirkende

Droschke und gab dem Kutscher Geld (wohl eine hübsche Summe, wie das Grinsen des Mannes und sein plötzlicher Anfall von Zuvorkommenheit vermuten ließen).

Ehe er die Tür schloss, hielt Mr. Betterton noch einmal inne. »Danke, Mrs. Rodd … Sie wissen schon … dafür, dass Sie das Kommando übernommen haben, als alles drunter und drüber ging.«

»Ich freue mich, dass ich helfen konnte. Und wenn Sie zurückkommen, können Sie Ihre Rolle als Haushaltsvorstand wieder einnehmen.«

»Oh, der Haushaltsvorstand bin nicht ich!«

»Ach?«

»Das ist meine Frau – sie hat das Sagen.« Im Licht der Kutschlampe konnte ich erkennen, dass er schmunzelte, auch wenn er es nicht als Scherz gemeint hatte. »Guten Abend, Ma'am.«

Als ich in Hampstead ankam, war ich außerordentlich müde. Ich hatte keine Ahnung, wie spät es war, doch es war sicher sehr spät; Mrs. B hatte Hannah zu Bett geschickt und befahl mir, mich hinzusetzen, während sie mir ein feines Abendessen mit geröstetem Brot und Käse zubereitete.

Im Anschluss, bei einem Becher Brandy mit Wasser am Küchenherd, erzählte ich ihr von den neuesten Ereignissen in der Familie Transome.

»O je, o je.« Sie schüttelte bedächtig den Kopf. »Ich kann das arme Mädchen nur bedauern, Ma'am! Ich hatte eine Freundin, die dasselbe tat und daran verstarb. Kennen Sie den Namen des Mannes?«

»Nein. Miss Cordelia hat noch nichts dazu gesagt. Ihre Mutter meinte, es müsse einer der Schauspieler aus dem Ensemble ihres Vaters sein.«

»Vielleicht ist er verheiratet«, spekulierte Mrs. Bentley.

»Der Halunke, der meine Freundin in Schande brachte, war auch verheiratet. Was werden Sie Mr. Blackbeard erzählen?«

»Ich glaube nicht, dass es irgendetwas mit dem Mord zu tun hat, aber Sie wissen ja, dass ich nichts vor ihm verbergen möchte. Ich werde ihm gleich morgen schreiben.«

Fünfzehn

Die geneigte Leserschaft wird das alte Sprichwort kennen: »Der Mensch denkt, Gott lenkt.«

Meinen Brief an Blackbeard schrieb ich sofort am nächsten Morgen (und verschickte ihn mittels langsamer »Penny-Post«, da ich Miss Cordelias Situation als für seinen Fall unerheblich befand; in jener Zeit vor dem allgemeinen Gebrauch der Telegrammpost war das Versenden von Nachrichten sehr teuer).

Tags darauf, als die Kirchenuhr gerade elf geschlagen hatte und ich an meinem Schreibtisch eifrig Briefe schrieb und Rechnungen beglich, kam ein Polizist an unsere Tür und überbrachte eine lakonische Nachricht von Inspector Blackbeard.

Liebe Mrs. Rodd,
Thomas Transome ist tot. Bitte kommen Sie ins Duke of Cumberland's Theatre.
   Ihr ergebener
   T. Blackbeard

~·~

Er lag auf dem Tagesbett in seiner Garderobe, die Füße noch auf dem Boden, als wäre er einfach rücklings umgekippt. Seine Hände waren blutig, als hätte er im letzten Moment noch versucht, den Dolch aus seiner Brust zu ziehen. Um den Dolchgriff herum war eine Menge Blut ausgetreten und hatte auf der gestreiften Weste einen großen schwarzen Fleck hinterlassen. Ein Teil des Blutes war bis auf den Teppichboden gelaufen und dort in einer kleinen Pfütze geronnen. Sein schönes Gesicht trug den erstarrten Ausdruck von Entsetzen; es war ein beunruhigender Anblick.

Mir kam unsere letzte Begegnung in den Sinn, bei der er mich angehalten hatte, für ihn zu beten.

So sprach ich nun im Stillen ein Gebet für ihn.

Dr. Reid, der junge Polizeiarzt, den ich in der Ruine des *King's Theatre* bereits kennengelernt hatte, zog den Dolch heraus (das schleifende Geräusch gegen die Rippenknochen der Leiche war grausig) und hielt ihn Blackbeard entgegen. »Wenn Sie genug gesehen haben, Inspector, würde ich ihn gern für eine nähere Untersuchung fortbringen lassen. Ich denke mal, an der Todesursache besteht kein Zweifel.«

»Decken Sie ihn ab und schaffen ihn durch den Hintereingang hinaus«, sagte Blackbeard, »wir wollen kein großes Publikum. Die Zeitungsburschen lungern draußen schon herum – und ich kann nicht sagen, dass mich das wundert, Ma'am, denn dieser Mord ist eine große Sache.«

Auch wenn er sich nach außen hin grob und knurrig gab, konnte ich mit Genugtuung feststellen, dass er respektvoll den Hut abnahm, während man Mr. Transome mit einem Tuch bedeckte und zum letzten Mal aus seiner Garderobe brachte.

»Traurige Geschichte«, meinte Dr. Reid. »Ich habe ihn vor nicht einmal zwei Monaten als Romeo gesehen; hier sah er älter aus als auf der Bühne.«

Als er und die Leiche fort waren, blieben Blackbeard und ich allein in dem Raum zurück, der mit Erinnerungen an den Toten gefüllt war – seine Schminke, seine Flaschen und Gläser, sein Hausmantel aus rotem Samt.

»Sie sehen schockiert aus, Mrs. Rodd; möchten Sie Platz nehmen?«

»Nein, danke. Wie Sie wissen, gehöre ich nicht zu denen, die ohnmächtig oder hysterisch werden.«

»Und das ist ein Segen.« Blackbeard setzte sich den abgetragenen, formlosen Hut wieder auf den Kopf. »Alle anderen hier heulen und jammern herum, dass ich kaum mehr denken kann.«

»Wann wurde er entdeckt?«

»Mr. Cooper fand seine Leiche kurz vor neun Uhr. Das Theater war leer bis auf den Nachtwächter, der dann einen Polizisten holte. Der Polizist schickte nach mir und war so klug, nichts anzufassen. Und dann bestellte ich Sie, Mrs. Rodd.«

»Darüber bin ich sehr froh.«

»Sie können mit diesem Theatervolk reden, ohne die Geduld zu verlieren.«

»Haben Sie eine Idee, wer es getan haben könnte?«

»Bisher nicht, Ma'am. Aber Transome hatte nicht wenige Feinde.«

Blackbeard hielt immer noch den blutigen Dolch in der Hand, den er nun in sein fadenscheiniges Taschentuch wickelte. »Das sieht wie eine seiner Requisiten aus, mit diesem aufwändig geschnitzten Griff und allem. Sie sollten Cooper fragen, ob er die Waffe kennt – sobald der Mann aufgehört hat zu weinen und wieder in der Lage ist, vernünftig zu sprechen.«

»Der arme Cooper – das muss schrecklich für ihn sein! Er hat Mr. Transome vergöttert.«

»Hm«, meinte Blackbeard. »Jeder einzelne Theatermensch hier behauptet, er habe ihn vergöttert.«

»Mr. Transome betonte immer wieder, er habe Fitzwarren nicht getötet; und ich schätze, das beweist nun seine Unschuld.«

»Es beweist überhaupt nichts, Ma'am«, erwiderte Blackbeard mürrisch. »Wenn er Fitzwarren getötet hat – und ich neige noch immer zu dieser Theorie –, könnte ihn nun aus Rache seine Frau getötet haben.«

»Natürlich müssen Sie alle Möglichkeiten bedenken«, sagte ich. »Allerdings habe ich Mr. Transome ein wenig näher kennenlernen dürfen und halte es für höchst unwahrscheinlich. Ist die Familie schon informiert worden?«

»Ich habe einen meiner Männer nach Richmond geschickt, und Miss Olivia ist oben. Die Schauspieler kamen allesamt um zehn zu ihrer Probe – so ein Theater haben Sie noch nie erlebt, Ma'am.«

Er ging mit mir ins große Foyer des Theaters, wo ich das »Theater« mit eigenen Augen sehen konnte.

Cooper – leichenblass – saß schluchzend auf einem der vergoldeten Stühle. Eine ältere Frau (dieselbe, die bei Freds und meinem Theaterbesuch in den Logen bedient hatte), saß auf einem zweiten Stuhl neben ihm. Eine große Gruppe Schauspieler – viele davon tränenüberströmt – stand um Miss Constance Noonan am Fuß der großen Treppe, und alle redeten gleichzeitig auf sie ein. Eine kleinere Gruppe umringte Miss Olivia, einschließlich Miss LaFaye, die einen Arm um sie geschlungen hatte und ein Riechfläschchen in der Hand hielt.

Miss Olivias Gesicht war vom Weinen aufgedunsen. Sie hatte den angebeteten Vater verloren und schluchzte hemmungslos an der Schulter der Freundin.

»Na, na, Livvy«, murmelte Miss LaFaye. »Beruhige dich, meine Liebe.«

»Ich hätte es wissen müssen, als er gestern Abend nicht wiederkam«, stammelte Miss Olivia unter Schluchzen. »Ich dachte, er wäre bei ihr!«

Der Inspector richtete seinen strengen Blick auf den jungen Polizisten, der an der Tür Wache hielt. »Purvis, notieren Sie alle Namen und Adressen.«

»Ja, Sir.«

»Ladys und Gentlemen ...« Ohne die Stimme zu erheben, ließ er alle Gespräche verstummen. »Sagen Sie dem Constabler, wie Sie heißen und wo Sie wohnen, dann werden wir Sie zu gegebener Zeit befragen.« Nach einer kurzen Pause fügte er hinzu: »Und reden Sie mit niemandem von der Zeitung.«

Neuer Tumult entstand, während sich nach und nach alle um den Polizisten scharten.

Miss Noonan hatte auf einer Treppenstufe gesessen. Nun erhob sie sich stolz, das schöne Gesicht von Tränen gezeichnet. Im Gegensatz zu Miss Olivia wirkte sie durch und durch gefasst. »Er war nicht bei mir, Mr. Blackbeard, das möchte ich ganz klar betonen. Ich bin nach der Vorstellung direkt nach Hause nach Pentonville gefahren. Sie können meine Mutter fragen.«

»Danke, Ma'am«, sagte Blackbeard.

»Ich nehme mal an, die Probe fällt aus«, meldete sich Miss LaFaye zu Wort. »Und überhaupt würde ich gern wissen, was jetzt mit uns passiert, wo Mr. Transome ist ... also, ich meine ja nur.«

Die Menschenmenge vor dem Theater hatte sich deutlich vergrößert, und keiner der Schauspieler schien Blackbeards Anweisung zur Diskretion auch nur im Mindesten befolgen zu wollen, denn sobald die Schauspieler das Gebäude verließen, sprachen sie mit jedem, der auf sie zukam.

»Tja, der Presse kann man nur Glück wünschen«, meinte Blackbeard trocken. »Die werden sechzig verschiedene Geschichten hören und kein einziges vernünftiges Wort. Nun zu Ihnen, Mr. Cooper ...«

Cooper hatte es geschafft, sich ein wenig zu beruhigen. Die alte Frau brachte ihm ein Glas Branntwein, das er wie Medizin schluckte.

Er tat mir von Herzen leid, denn er war weiß wie die Wand und vor Trauer ganz außer sich. »Vielleicht sollten wir damit warten, bis ...«

»Nein, nein«, unterbrach er mich sofort. »Ich will reden, Mrs. Rodd. Ich will jedes einzelne Detail berichten, solange es mir noch frisch in Erinnerung ist. Als ich ihn fand, war mir, als hätte auch mein Leben geendet.«

»Mr. Blackbeard sagte, Sie hätten ihn um neun Uhr gefunden?«

»Es war einige Minuten vor neun; kurz danach hörte ich die Glocke läuten. Ich komme immer um diese Zeit, vor allem zuletzt, als er häufig im Theater übernachtet hat. Ich hatte ein frisches Hemd für ihn dabei und alles Zubehör, um ihn zu rasieren, bevor ich das Frühstück holen wollte.«

»Hatte er vorgehabt, die Nacht im Theater zu verbringen?«

»Nicht, dass ich wüsste – er wusste es oft selbst nicht vorher.«

»Wann haben Sie Mr. Transome zum letzten Mal lebend gesehen?«, wollte Blackbeard wissen.

»Er hat mich kurz nach Mitternacht entlassen.« Cooper schnäuzte sich lautstark die Nase. »Er sagte: ›Nun troll dich mal, Coopsy‹. Also trollte ich mich ... Das waren seine letzten Worte an mich – so überaus liebenswürdig!«

»Dieser Dolch, Sir ... Kennen sie den?« Blackbeard zeigte ihm das grässliche Ding.

Cooper nickte. »Das war Teil seines Kostüms für den Romeo.«

»Ich dachte, Bühnenwaffen seien immer ungefährlich. Diese hier ist es nicht.«

»Das ist auch keine Bühnenwaffe, sondern eine echte – eine Antiquität, die ein Vermögen gekostet hat. Mr. Tom fand sie wunderschön, das ist alles. Er hat sie nie für Bühnenkämpfe benutzt.«

Blackbeard steckte den Dolch wieder in die Tasche. »Wohin gingen Sie, als Sie das Theater verließen?«

»Ich setzte mich in die Schenke gegenüber und blieb dort bis etwa ein Uhr. Dann ging ich nach Hause in meine Unterkunft, also zum Stables Court, abseits der Uferstraße.«

»Wie wirkte er am Abend auf Sie?«, erkundigte ich mich. »War er aufgewühlt oder besorgt?«

»Kein bisschen«, antwortete Cooper sofort. »Er war ruhig und nachdenklich, aber gut gelaunt. Etwas anderes hätte ich bemerkt; nach all den Jahren konnte ich ihn lesen wie ein offenes Buch. Und die Vorstellung – seine letzte Vorstellung! – war perfekt.«

»Wissen Sie von irgendeiner Auseinandersetzung, die gestern Abend stattgefunden haben könnte?«

»Nur das Übliche mit Miss Olivia. Sie wollte unbedingt eine größere Rolle im neuen Stück. Mr. Tom war recht schroff zu ihr; sie hatte ihn geweckt, als er sich gerade zu seinem Nachmittagsschläfchen hingelegt hatte.«

»Hatte er sonst jemanden zu Besuch?«

»Seine Frau kam zu ihm, etwa zwei Stunden vor der Vorstellung.«

»Seine Frau?« Das überraschte mich. »Ich dachte, sie sprechen nicht miteinander.«

»Offiziell nicht – aber all die gemeinsamen Jahre können nicht mit einem Mal weggewischt werden. Mrs. Sarah wollte sich für das Geld bedanken, das er ihr geschickt hatte, und mit ihm über die Mädchen sprechen. Worüber genau, weiß ich nicht; Mr. Tom schickte mich los, eine Flasche Gin und ein paar Zitronen zu holen. Als ich zurückkam – keine halbe Stunde später –, verabschiedete sich Mrs. Sarah gerade. Ich fand, Mr. Tom sah ein bisschen mitgenommen aus; tatsächlich wirkte er nach solchen Treffen immer ziemlich mitgenommen. Meiner Meinung nach liebte er sie mehr, als er sich anmerken ließ.«

»Ist Mrs. Sarah dann wieder nach Hause gefahren oder zu ihrer Tochter nach Holloway?«

»Das weiß ich nicht, das hat sie nicht gesagt. Aber sie hätte niemals … Sie hätte ihm nie auch nur ein Haar krümmen können. Ich kenne die beiden seit vor ihrer Hochzeit.« Ihm stiegen wieder Tränen in die Augen. »Sie haben sich sehr geliebt, und eine solche Liebe zerfällt nicht einfach so zu nichts.«

»Er war bekannt dafür, dass er mit Ballettmädchen und dergleichen anbändelte«, sagte Blackbeard. »Was seiner Frau ein hübsches Motiv liefert, ihn zu erstechen. Sie ist allerdings zu früh gegangen, um für das Verbrechen in Frage zu kommen. Es sei denn, sie kam später wieder. Tat sie das, Mr. Cooper?«

»Nicht, dass ich wüsste. Als ich Mr. Tom verließ – und ich wünschte bei Gott, ich hätte es nicht getan! –, war nur noch Potter, der Nachtwächter, im Gebäude. Und ich bezweifle, dass er etwas gesehen hat; die meiste Zeit über ist er betrunken. Ich hatte große Mühe, ihn heute Morgen überhaupt wach zu bekommen.«

»Danke, Sir«, sagte Blackbeard. »Das ist für den Moment alles.«

»Kann ich jetzt in seine Garderobe gehen?«

»Hm. Ich wüsste nicht, was dagegenspräche.«

»Ich muss alles in Ordnung bringen, wissen Sie … So, wie er es immer wollte.«

Mit verlorenem Blick wischte Cooper sich über das Gesicht und eilte davon, um ein letztes Mal seine Aufgaben zu erfüllen.

Blackbeard sah sich im nun leeren Foyer um und verfiel in sein übliches Schweigen. Ich kannte ihn gut genug um zu wissen, dass er intensiv nachdachte, und hütete mich, die Stille zu stören.

»Tja, Mrs. Rodd«, sagte er schließlich, »das ist ja mal eine schöne Bescherung! Ich gebe zu, dass ich gerade nicht weiter weiß.«

»Das geht mir genauso, Inspector.«

»Wenn wir uns an Coopers Aussage orientieren, war unser Opfer ab kurz nach Mitternacht in diesem Theater allein – mit Ausnahme eines betrunkenen Wachmanns. Alle möglichen Leute hätten also kommen und gehen können.«

»Haben Sie meinen Brief zu Miss Cordelia gelesen?«

»Das habe ich, Ma'am, auch wenn ich bisher noch nicht dazu kam, zu überlegen, wie das ins Bild passt.«

»Ich glaube, Miss Cordelias Zustand war der Grund für Mrs. Sarahs gestrigen Besuch; es würde auch erklären, warum er im Anschluss so ›mitgenommen‹ war.«

»Hm. Das Problem ist, dass es sonst nichts erklärt, Mrs. Rodd, im Gegenteil. Der ganze Fall wird Tag für Tag undurchsichtiger. Da habe ich nur noch auf eine Gelegenheit gewartet, um Transome für den Mord an Fitzwarren festzunehmen – und nun verdirbt er mir alles, indem er sich selbst umbringen lässt!«

»Ja, aber es ist noch immer möglich, dass Mr. Transome den ersten Mord begangen hat.« Ich hatte Blackbeard noch nie so niedergeschlagen erlebt und verspürte das absurde Bedürfnis, ihn aufzumuntern. »Es ist viel zu früh, um irgendetwas auszuschließen.«

Er schwieg wiederum für eine Weile, dann sagte er: »Sie kennen ja das Motto meiner Arbeit, Ma'am. Es gibt nur drei Gründe, aus denen Menschen andere Menschen ermorden...«

»Liebe, Geld oder Angst vor Entdeckung«, beendete ich den Satz für ihn, da er es früher schon mehrfach erwähnt hatte.

»Bisher war ich davon ausgegangen, dass es in diesem Fall allein um Liebe geht, aber davon gibt es inzwischen schlicht zu viel.«

»Entschuldigung...?«

»Ich bin es leid zu hören, wer wen liebte, so sieht es aus. Zu viele Motive, Ma'am!« Er kniff die Augen zusammen und sah mich eindringlich an. »Was halten Sie denn von der Sache?«

Er fragte mich nicht oft so geradeheraus nach meiner Meinung, und ich antwortete so aufrichtig wie möglich. »Mein Instinkt sagt mir, dass Transome unschuldig war. Und dass wir in diesem Fall nicht nach zwei Mördern suchen – sondern nach nur einem.«

Sechzehn

Die Leser in meinem Alter erinnern sich möglicherweise noch an den Aufruhr, den Thomas Transomes Tod verursachte. Die billigeren Zeitungen und Handzettel zeigten blutrünstige und höchst überzeichnete Bilder dolchschwingender Schurken. Die Fassade des *Duke of Cumberland's Theatre* wurde mit schwarzem Krepp verhängt, und in den Fenstern der Schreibwarenhändler häuften sich ernst dreinblickende Porträts des Verstorbenen. Als Zeichen seines Beileids schloss Mr. James Betterton für einen Abend sein Theater. Zur Vorstellung am folgenden Tag hielt er vor dem ersten Aufzug eine bewegende – und in der Presse viel beachtete und häufig verbreitete – Rede, in der er unter anderem »Gute Nacht, mein Fürst« und »Ich werde nimmer seinesgleichen sehn« aus »Hamlet« zitierte.

Die gerichtliche Untersuchung, bei der ich nicht zugegen war, erfolgte im oberen Raum des gegenüberliegenden Wirtshauses, und das Ergebnis – Mord durch Erstechen durch eine unbekannte Person – überraschte niemanden.

Er wurde auf dem Friedhof in Kensal Green beigesetzt, begleitet von einer gigantischen Menge untröstlicher Trauernder und einer langen Reihe leerer Kutschen, die aristokratische Wappen auf ihren Türen trugen. Es war in jenen Tagen nicht üblich, dass Damen öffentlichen Bestattungen beiwohnten; so hielt ich zu Hause eine private Andacht und betete für die Seele des Verstorbenen.

Brixton, südlich der Themse gelegen, war damals noch ein ruhiges Viertel mit Gärtnereien und Erdbeerfeldern anstelle der endlosen Reihenhäuser aus Backstein, die ein paar Jahre später dort aus dem Boden gestampft wurden. Auf unserem Weg ins benachbarte Herne Hill, wo Thomas Transome und Miss Noonan hätten wohnen wollen, durchquerten Blackbeard und ich jenes Viertel am nächsten Morgen.

Die breite Straße war von großen, pompösen Villen mit riesigen Gärten gesäumt, wie Landsitze im Kleinformat. Mr. Transomes Haus war leicht zu erkennen: Vor ihm warteten bereits Dutzende Handwerker, die verärgert durcheinanderschrien, als die Polizeikutsche anhielt.

»Der Metzger, der Bäcker, der Kerzenmacher«, kommentierte Blackbeard. »Sie sind immer die Ersten, die nach einem Todesfall angelaufen kommen.«

»Ja, das hatte ich auch schon befürchtet«, sagte ich. »Maria Betterton erzählte mir, wie unbedacht ihr Vater mit Geld umging, und Mr. Transome selbst berichtete mir von seinen Schulden.«

Ein grauhaariger Mann in schäbiger Livree, der die Rufe der Gläubiger mit stoischer Gelassenheit ertrug, öffnete uns das Tor. Verglichen mit den Anwesen der Nachbarn, war das Haus selbst eher klein, aber hübsch anzusehen; ein Neubau aus grauem Backstein mit großen Fenstern, von weitläufigen Rasenflächen umgeben. Ich bemerkte Anzeichen von Vernachlässigung, die schon weit vor Mr. Transomes Tod begonnen haben mussten: Das Gras stand zu hoch, und die Kiesauffahrt war von Unkraut bedeckt.

Blackbeard zog an der Glocke, und wenige Minuten später öffnete Miss Olivia selbst die Tür. Sie war sehr blass und ganz in Schwarz gekleidet. Als sie hörte, aus welchem Grund wir hier waren, zuckte sie nur die Achseln.

»Ich schätze, ich kann dankbar sein, dass Sie nicht mit finanziellem Anliegen gekommen sind.«

Ihre Koffertruhe – dieselbe, die ich am Golden Square gesehen hatte – stand mitten auf dem Marmorboden, ein Stück daneben ein Sofa mit Plüschbezug, dessen vergoldete Füße mit braunem Packpapier umwickelt waren.

»Das ist nagelneu«, sagte Miss Olivia, die meinen Blick bemerkte. »Und geht nun an *Gillow's* zurück, ohne dass jemals jemand darauf gesessen, geschweige denn dafür bezahlt hätte. Ich habe mich nach Kräften bemüht, seine Geldangelegenheiten zu regeln. Aber ich konnte ihn nicht davon abhalten, alle möglichen unnützen Dinge zu kaufen. Wie Sie sehen, hat in diesem Haus nie jemand richtig gewohnt.«

»Sind Sie jetzt allein hier?«, wollte ich wissen.

»Ja, bis auf den Mann, den Sie draußen gesehen haben – er war früher unser Kutscher.« Ihre Stimme drohte zu brechen, doch sie hob stolz den Kopf. »Mein Vater war noch nicht dazu gekommen, Bedienstete einzustellen. Das wollte *sie* dann machen.« Das Wort »sie« sprach sie voll Bitterkeit. »Das alles hier ist ihre Schuld.«

»Ich nehme an, Sie sprechen von Miss Noonan«, hakte Blackbeard nach. »Wollen Sie damit sagen, dass sie den Mord begangen hat?«

»Nein – aber sie könnte es getan haben. Wofür ich sie anklage, ist, dass sie die Familie zerstört hat. Erst durch sie ging alles in die Brüche.«

Sie sah mich herausfordernd an, doch ich ging nicht darauf ein; mir schien, dass schon vor Miss Noonans Erscheinen alle möglichen Dinge schiefgelaufen waren, aber ich hatte nicht das Herz mit Miss Olivia zu streiten, während sie so offenkundig vor Trauer fast verging.

Sie führte uns an leeren oder lediglich mit Holzkisten bestückten Räumen vorbei, in denen herausgefallene Strohhalme auf dem Boden lagen. In einem kleinen Wohnzimmer im rückwärtigen Teil des Hauses standen ein paar Stühle, die nicht zusammenpassten, weiter nichts.

»Dieses Haus sollte mir ebenso gehören wie ihr«, sagte Miss Olivia. »Es war das Haus meines Vaters, und ich hatte das Recht, bei ihm zu wohnen – aber sie wollte erst einziehen, nachdem sie ihn dazu gebracht hätte, mich auf die Straße zu setzen.«

»Sie hatten am Tag, an dem er starb, eine Auseinandersetzung mit Ihrem Vater«, sagte Mr. Blackbeard. »Wenn Sie erlauben, würde ich gern wissen, worum es ging.«

»Daran erinnere ich mich nicht mehr.«

»Sie hatten ihn sehr gern«, sagte ich schnell, in der Hoffnung, sie zu besänftigen. »Das alles ist sehr schwer für Sie, das weiß ich. Hatten Sie damit gerechnet, dass Ihr Vater nach der Abendvorstellung nach Herne Hill kommen würde?«

»Ja. Aber ich kann auch nicht sagen, dass ich wegen seines Fortbleibens überrascht war. Papa hat nie richtig hier gewohnt; es war als Liebesnest für ihn und diese Person gedacht.«

»Als ich ihn das letzte Mal traf, behauptete er, Sie und Miss Noonan seien zu einer Verständigung gekommen.«

Sie presste kurz die schmalen Lippen aufeinander. »Ich habe mich von ihm dazu überreden lassen – hauptsächlich deshalb, weil ich die schreckliche Unterkunft am Golden Square nicht länger ertragen konnte. Von ihrer Seite aus gab es keine Verständigung, das kann ich Ihnen versichern.«

»Kehren wir zu dem Streit mit Ihrem Vater zurück. Cooper meinte, es sei darum gegangen, dass Ihr Vater Ihnen in seinem Ensemble keinen bedeutenderen Platz einräumen wollte.«

»Sie drücken das sehr hübsch aus, Mrs. Rodd. In der Theaterwelt gibt es keine Trennung zwischen dem Beruflichen und dem Privaten. Papa erwog, ›Hamlet‹ wiederaufzunehmen – in direkter Konkurrenz zu James Betterton –, und seine grundlegende Weigerung, mir die Ophelia zu geben, hat mich sehr verletzt. Meine Schwestern ließ er alle Rollen spielen, die sie wollten.«

»Vielleicht dachte er, Sie seien der Rolle nicht gewachsen«, warf Blackbeard ein.

»Ich bin genauso gut wie die«, gab Miss Olivia schnippisch zurück.

(Ich erinnerte mich an Mr. Transomes abfällige Bemerkungen über ihre darstellerischen Fähigkeiten, doch tat sie mir in ihrer Trauer zu sehr leid, als dass ich dies jetzt ansprechen wollte.) »Wie ich hörte, war Ihre Mutter vor der Vorstellung kurz im Theater; haben Sie sie gesehen?«

»Ja, das habe ich, und unsere Begegnung war nett und freundlich; meine Mutter und ich hegen keinerlei Groll gegeneinander.«

»Und dennoch – bitte verzeihen Sie – haben Sie sie nach der Trennung Ihrer Eltern verlassen und damit auch Ihren Ruf aufs Spiel gesetzt, als Sie zu Ihrem Vater gingen.«

»Ich bin Schauspielerin«, erwiderte Miss Olivia. »Mehr als das, ich bin eine Transome. Mein Platz war an *seiner* Seite – bis die Noonan einen Narren aus ihm machte. Wäre sie nicht gewesen, wäre ich heute seine Hauptdarstellerin.«

»Und dennoch hat er Sie übergangen, als Ihre Schwester Maria durchbrannte«, sagte ich. »Er hat Miss Cordelia Ihnen vorgezogen, und das geschah schon lange vor Miss Noonan.«

»Cordelia ist das Küken der Familie – Papas kleiner Liebling.« Ihre Lippen zitterten, und aus ihrem Blick sprach die reine Wut. »Als sie dann zurück in Mammas Schoß flüchtete, rechnete ich damit, dass mein Vater sich nun endlich mir zuwenden würde. Stattdessen ließ er dieses Weibsstück meinen Platz einnehmen. Ich gebe offen zu, dass ich böse auf ihn war; ich kann mir gut vorstellen, dass das ganze Theater unsere Streitereien mitbekommen hat und denkt, ich hätte ihn aus Eifersucht umgebracht. Selbstverständlich habe ich nichts dergleichen getan. Ich liebe meinen Vater von ganzem Herzen.« Ihre rotgeweinten Augen füllten sich mit Tränen. »Hätte ich tatsächlich Lust gehabt, jemanden umzubringen, dann bestimmt nicht ihn.«

»Wer hat es dann getan?«, fragte Blackbeard rundheraus. »Haben Sie eine Idee, Miss?«

»Nein.«

»Wann haben Sie Mr. Transome zum letzten Mal gesehen?«

»Wir haben uns nicht im Streit getrennt – das taten wir nie, denn unsere Auseinandersetzungen waren meist so schnell beendet, wie sie entflammten. Er und ich hatten während der Ballszene einen Tanz zusammen, da drückte er meine Hand auf diese ihm eigene Weise und lächelte mir zu. Und nach dem letzten Vorhang gab er mir vor dem Aufenthaltsraum kurz einen Kuss und flüsterte: ›Sei mir nicht böse, mein Liebling!‹ Das waren seine letzten Worte an mich.« Sie ließ ihren Tränen nun freien Lauf. »Es tut gut, daran zu denken.«

»Ja, das muss sehr tröstlich sein«, stimmte ich zu (und fragte mich, ob sie wohl je einmal in einen Mann verliebt war oder ob sie all ihre Gefühle und ihre Leidenschaft für ihren Vater reserviert hatte). »Wohin werden Sie gehen, wenn Sie dieses Haus verlassen müssen?«

»Nach Hause ... zu meiner Mutter. Wir brauchen einander, und in diese schreckliche Unterkunft kann ich unmöglich wieder zurückkehren.«

Ich unterdrückte den unschönen Gedanken, dass Miss

LaFaye darüber sicher sehr erleichtert wäre. »Hat Ihre Mutter Ihnen erzählt, dass es Cordelia nicht gutgeht?«

»Ja, sie hat mir alles erzählt.«

»Verzeihen Sie, Miss«, sagte Blackbeard, »aber kennen Sie den Mann, der Ihre Schwester in Schwierigkeiten gebracht hat?«

»Es geht ihr noch nicht gut genug, als dass sie darüber gesprochen hätte. Es gab vor ein paar Monaten Gerede, sie habe sich in einen dieser Fiedler verguckt – Joseph Barber. Ich habe ihn allerdings schon seit Ewigkeiten nicht mehr gesehen und halte das für unwahrscheinlich.«

»Wie dachte Ihr Vater über ihn?«

Sie zuckte ungeduldig mit den Schultern. »Ich bezweifle, dass er den Mann gut genug kannte, um sich eine Meinung zu bilden. Die Musiker werden von einem Tag auf den anderen engagiert, sie kommen und gehen. Was spielt das jetzt noch für eine Rolle?«

»Ist Miss Cordelia immer noch im Haus Ihrer Schwester?«

»Im Augenblick, ja«, sagte Miss Olivia. »Sie wird wieder zu unserer Mutter zurückkehren, sobald es ihr besser geht.«

Ich fragte mich, ob Maria ihrer Schwester Miss Olivia wohl einen Platz in ihrem neuen Ensemble versprochen hatte, aber da es nichts mit dem Mord zu tun hatte, entschied ich, dass ich für den Moment genug Fragen an Sie gerichtet hatte.

Blackbeard und ich verabschiedeten uns und ließen die Meute schreiender Gläubiger hinter uns.

»Sie war es nicht«, sagte der Inspector.

»Ich bin geneigt, Ihnen zuzustimmen – sie liebte ihren Vater zu sehr, um ihm etwas anzutun. Aber es wäre interessant, diesen Musiker zu finden – und sei es nur, um ihn auszuschließen. Was werden Sie als Nächstes tun?«

»Etwas, bei dem Sie mich nicht begleiten sollten, Ma'am.

Ich muss ein Viertel in London aufsuchen, in dem sich jede Menge Diebe und Bettler tummeln. Wenn sie auch keine respektablen Zeugen abgeben, so haben sie doch ausgezeichnete Augen und Ohren. Merken Sie sich meine Worte, Mrs. Rodd: Irgendjemand hat unseren Mörder zur rechten Zeit am rechten Ort gesehen, und das ist alles, was ich brauche.«

Siebzehn

Am nächsten Tag regnete es, und ich war froh, nicht wieder rauszumüssen, denn die Fahrt nach Herne Hill hatte mich mehr erschöpft, als ich mir eingestehen wollte. Nachmittags saß ich mit Mrs. B und Hannah in der Küche, wo wir einträchtig an den zwei neuen Kleidern für Hannah nähten – eines aus bunt bedrucktem Nesselstoff und das andere in formellem Schwarz. Sie sollten die häufig geflickten Kleider ersetzen, die das Kind in den Well Walk mitgebracht hatte, und aus denen sie bereits damals herausgewachsen war. Mrs. Bs Hände waren vom Rheumatismus geschwollen, aber sie schnitt die Einzelteile wunderbar sorgfältig aus und konnte immer noch einen geraden Saum nähen. Fast schon ein wenig eingeschüchtert, folgten Hannah und ich ihren fachkundigen Anweisungen.

Es war eine Freude, Hannahs glückliches Gesicht zu sehen; laut ihrer Großmutter hatte sie in ihrem ganzen Leben noch kein neues Kleid bekommen, und sie behandelte das schlichte Material wie feinste Seide.

Kurz nach vier Uhr klopfte es behutsam an der Eingangstür. Eifrig sprang das Mädchen auf und kam umgehend zurück, um mir Besuch anzukündigen.

»Da ist eine Dame, die sagt, sie will mit Ihnen sprechen, Ma'am. Ihr Name ist Mrs. Noonan, und ich habe sie ins Wohnzimmer geführt.«

»Wer?« Mrs. Bentley sah von ihrer Arbeit auf. »Doch nicht diese junge Schauspielerin!«

»Ihre Mutter«, erwiderte ich. »Das ist ja höchst interessant.«

»Was will sie denn hier? Haben Sie sie erwartet?«

»Nein – ganz und gar nicht.« Rasch legte ich meine Näharbeit zur Seite und wischte Fädchen und Flusen von meinem Kleid. »Hannah, würdest du uns bitte einen Tee servieren – in dem Service mit dem Weidenmuster?«

»Ja, Ma'am.«

»Ich würde nur zu gern hören, was sie will«, sagte Mrs. B. »Wenn ich nicht so steif wäre, würde ich mich ja vor die Tür stellen und lauschen.«

»Keine Sorge – ich werde im Anschluss ausführlich berichten.«

Ich eilte die Treppe nach oben und fand Margaret Noonan etwas verloren vor dem kalten Kamin im Wohnzimmer stehend. Sie trug dasselbe schwarze Kleid wie damals in ihrem Haus in Pentonville, dazu einen schwarzen Strohhut, wirkte rundum gepflegt und respektabel – und dennoch wunderte ich mich erneut über den Kontrast zwischen ihrer schmalen, gekrümmten Gestalt und der der strahlenden Constance.

»Bitte setzen Sie sich doch, Mrs. Noonan«, sagte ich. »Wie kann ich Ihnen helfen?«

Sie setzte sich erst, als ich es auch tat, und dann auch nur auf den äußersten Rand des Sessels. »Meine Tochter weiß nicht, dass ich hier bin, und es würde ihr auch nicht gefallen. Es ist nur so, dass ich mich mit ihrer Aussage diesem Polizisten gegenüber nicht ganz wohl fühle.«

»Aha?«

»Sie sagte, sie sei in der Mordnacht direkt nach Hause gefahren, aber das stimmt nicht. Ich habe auf sie gewartet, obwohl sie gesagt hat, ich solle das nicht tun, und sie kam erst kurz vor Tagesanbruch zurück ...«

Sie brach ab und hob eine Hand vor den Mund, während sie mich fragend und fast ein wenig erschrocken ansah.

Ich wartete ab, ob sie noch etwas hinzufügen wollte, dann fragte ich: »Wissen Sie denn, wo sie war?«

»Das wollte sie mir nicht erzählen.« Sie hatte nun beide Hände im Schoß liegen, jedoch zuckten sie nervös, als wollten sie jeden Moment erneut vor ihren Mund fahren. »Sie sagte, das gehe mich nichts an. Sie fuhr gleich nach der Vorstellung mit einer Droschke fort – und es war auch nicht das erste Mal.«

»Wusste Mr. Transome davon?«

»Nein!« Sie erschauerte. »Ich habe sie ein Mal deswegen angesprochen, und sie wurde sofort wütend und sagte, ich dürfe es Mr. Tom auf keinen Fall erzählen.«

Miss Constance gewann in meinen Augen nicht gerade an Ansehen. »Denken Sie, sie hat hinter seinem Rücken einen anderen Mann getroffen?«

»Das ist mein Verdacht.«

»Haben Sie sie danach gefragt?«

»Nein.« Mrs. Noonan überlief ein erneuter Schauer, und sie schlang die Hände um die Ellbogen. »Ich wollte nicht, dass sie mir eine Szene macht. Ich weiß nicht einmal die Hälfte von dem, was sie tut.«

»Verzeihen Sie mir, Mrs. Noonan, aber das letzte Mal, als wir uns trafen, war ich ein wenig schockiert über die Art und Weise, wie Ihre Tochter mit Ihnen sprach.« Als ich ihr verständnisloses Gesicht sah, fügte ich etwas nachdrücklicher hinzu: »Ihr Ton war geringschätzig, ja, nahezu rüde. Weiß sie nicht, was sich einer Mutter gegenüber gebührt?«

»Constance ist meine einzige Stütze, Mrs. Rodd. Seit sie ein junges Mädchen war, bin ich von ihr abhängig – seit dem Moment, da sie das erste Mal einen Fuß auf die Bühne setzte. Manche behaupten ja, ich hätte sie gezwungen und ausgenutzt, aber die Wahrheit ist, dass ich sie nicht aufhalten konnte.«

»Waren Sie auch Schauspielerin?«

»Ja – und ebenso ihr Vater. Er starb, als Constance noch ein Baby war, und ich schlug mich mit kleinen Rollen und gelegentlichen Näh- und Wäschereiarbeiten durch. Ein paar Jahre lang war es sehr schwer.«

»Das kann ich mir vorstellen.«

»Ich habe mit aller Macht versucht, sie aus Schwierigkeiten herauszuhalten. Doch dann fand Mr. Tom sie und verliebte sich. Und das war das letzte Mal, dass sie mich beachtete.«

Es klopfte, und Hannah kam mit dem Tee. Ich unterbrach das Gespräch, um ihr das schwere Tablett abzunehmen und Tee einzuschenken. Sobald wir wieder allein waren, schien Mrs. Noonan den Großteil ihrer Nervosität verloren zu haben.

»Beim letzten Mal flüsterten Sie mir etwas zu«, nahm ich unser Gespräch wieder auf. »Sie wünschten, Sie könnten sie retten. Ich habe das so verstanden, dass Sie mit dem Arrangement, das sie mit Mr. Transome getroffen hatte, nicht einverstanden waren.«

»Welche Mutter könnte so etwas schon gutheißen? Sie war bereit, wie Mann und Frau mit ihm zusammenzuleben! Sie waren noch nicht an diesem Punkt angekommen; Constance stellte alle möglichen Forderungen, bevor sie sich ihm hingeben wollte, und bis zu seinem Tod sprang er über alle Stöckchen, die sie ihm vor die Füße hielt.«

»Ich bin sicher, sein Tod hat Sie ebenso schockiert und entsetzt wie alle anderen auch«, sagte ich. »Waren Sie nicht aber auch erleichtert?«

»Ich wollte nicht, dass er stirbt – und ich habe ihn gewiss nicht umgebracht, falls Sie darauf hinauswollen. Aber alles Schlechte hat auch sein Gutes, wie man sagt, und was Constance betrifft, halte ich es tatsächlich für einen Segen.« Ihre

Stimme klang nun bedeutend fester. »Ich trug bei ihrer Geburt einen Ehering am Finger, und dasselbe wollte ich für sie. Aber alles, woran sie denkt, sind das Theater und die großartigen Rollen, die sie spielen will. Sie mag nicht begreifen, warum auch die Welt da draußen eine Rolle spielt.«

»Mochten Sie Mr. Transome?«

Ihr Blick spiegelte Überraschung. »O ja; ich musste ihn einfach gernhaben. Ich kannte ihn von früher, als wir beide noch jung waren.«

»Ach so?«

»Wir spielten eine Saison lang im selben Ensemble. Ich kannte ihn nicht besonders gut, denn er hatte sich bereits einen Namen gemacht, und ich spielte nur kleine Rollen ... aber, du meine Güte! Er war sozusagen die Seele des Theaters! Sobald man sich ein Mal von ihm zum Lachen bringen ließ, war man ihm quasi verfallen.«

»Genau so hat er mich auch für sich gewonnen!«, rief ich, und wir lächelten.

Einen Augenblick später erinnerten wir uns daran, dass er inzwischen tot war, und wurden wieder ernst.

»Haben Sie eine Idee, wer ihn umgebracht haben könnte?«, fragte ich Mrs. Noonan.

»Nein – das heißt ...« Sie hielt inne und errötete. »Ich habe es Mr. Blackbeard verschwiegen. Ich sagte ihm, an jenem Abend sei ich zu Hause in Pentonville gewesen, aber das stimmt nicht. Ich war wegen Constance misstrauisch geworden – weil sie jede Nacht erst so spät zurückkam –, und obwohl sie mich angewiesen hatte, zu Hause zu bleiben, fuhr ich gegen Ende der Vorstellung zum Theater. Ich wollte ihr nachspionieren und herausfinden, was sie trieb. Ich wusste, dass sie und Tom sich stritten, weil ich sie jedes Mal hörte, wenn er zu Besuch kam. Ich war auf seiner Seite, weil ich nicht wollte, dass sie noch tiefer sinkt. Verstehen Sie das?«

»Sie hatte sich schon nach außen hin zu ihm bekannt. Hätte sie ihn verlassen, hätte es ein schlechtes Licht auf sie geworfen.«

»Ja – sie begreift einfach nicht, wie die Welt funktioniert ... und wie grausam sie manchmal ist.«

»Vielleicht kam ihr Erfolg zu früh«, mutmaßte ich, »und das ist ihr zu Kopf gestiegen.«

»Im Grunde ihres Herzens ist sie aber ein gutes Mädchen.«

»Da bin ich sicher. Um welche Uhrzeit waren Sie am Theater?«

»Um kurz nach elf«, sagte Mrs. Noonan. »Ich wollte früh genug dort sein. Ich wartete draußen und tat, als beobachtete ich die Tauben, und da kam sie heraus, eingehüllt in einen alten grauen Mantel, so dass ich sie beinahe nicht erkannt hätte. Sie hatte immer ein Talent dafür zu verschwinden, wann es ihr gerade passte. Eine Mietkutsche wartete bereits; ich hörte, wie sie dem Kutscher etwas mit ›Brompton‹ zurief. Mehr Informationen brauchte ich nicht – ich sprang aus dem Schatten und rief: ›Was fällt dir nur ein?‹ Da wurde sie fuchsteufelswild. Ich warf ihr vor, sich jede Nacht hinter Mr. Toms Rücken davonzustehlen. Sie sagte: ›Oho, jetzt bist du also seine Fürsprecherin, oder wie?‹ und dass ich mich um meine eigenen Sachen kümmern solle, und fuhr davon.« Ängstlich sah sie mich an. »Werden Sie es der Polizei erzählen?«

»Sie wissen, dass ich das muss, Mrs. Noonan, aber ich werde mich dafür einsetzen, dass Ihnen durch Ihre Aussage kein Nachteil entsteht.«

»Danke, Ma'am.«

»Sind Sie dann sofort nach Hause zurückgekehrt?«

»Zuvor habe ich Mr. Toms Frau gesehen.«

»Wie bitte?« Ich war verwirrt. »Sie haben Sarah Transome gesehen?«

»Sie stand in der Menge vor dem Theater, einige Meter von mir entfernt.«

»Und das war nach elf Uhr?«

»Ja ... oder fast schon Mitternacht – nachdem Constance gefahren war. Ich glaube nicht, dass sie mich gesehen hat.«

Ich ließ mir nichts anmerken, aber mein Herz schlug vor Aufregung schneller; ich war davon ausgegangen, dass Mrs. Sarah das Theater bereits Stunden zuvor verlassen hatte. Nun hatten wir also jemanden mit einem Motiv – und eine andere Person, die sie in der Nähe des Tatorts gesehen hatte. »Sind Sie sicher, dass es Mrs. Transome war?«

»O ja.«

»Wären Sie bereit, es vor Gericht zu beschwören?«

Bei dem Wort »Gericht« zuckte sie zusammen. »Wenn es sein muss.«

»Danke, Mrs. Noonan. Ich werde es an Mr. Blackbeard weitergeben.«

»Ich ... ich will keine Schwierigkeiten.«

»Die Wahrheit zu sagen, sollte niemanden in Schwierigkeiten bringen. Er wird Ihnen sehr dankbar sein, dass Sie diese Informationen mit uns geteilt haben.« Ich versuchte, möglichst viel Überzeugung in meine Worte zu legen, während meine Gedanken Purzelbäume schlugen. »Wohnen Sie noch immer in dem Haus in Pentonville? Ich meine ... ich weiß um Mr. Transomes finanzielle Probleme ...«

»Tom hatte die Miete nur für die ersten Monate übernommen.« Mrs. Noonan verzog den Mund zu einem schiefen Lächeln. »Danach zahlte sie meine Tochter. Sie ist sehr geschäftstüchtig – Sie müssen sich keine Sorgen machen, dass man uns auf die Straße setzt.«

»Das freut mich zu hören. Mr. Transome lebte und gebärdete sich wie ein wohlhabender Mann, aber das fußte auf nichts weiter als seiner eigenen Vorstellung von sich selbst – er spielte diese Rolle nur.« Wir sprachen über einen Mann, der sein eigenes Wappen erfunden und es auf seine Kutschentür hatte malen lassen. »Sein Tod hat seine pekuniäre Unfähigkeit entlarvt.«

»Für ihn war alles ein Spiel«, sagte Mrs. Noonan traurig. »Sowohl die Liebe als auch das Geld. Wenn er nicht auf der Bühne stand, hat er nicht richtig gelebt.«

Achtzehn

Auch wenn Mrs. Noonan die Einzige war, die Sarah Transome »zur rechten Zeit am rechten Ort« gesehen hatte, reichte es aus, um die Maschinerie in Gang zu setzen. Noch am selben Nachmittag schrieb ich eine Nachricht an Inspector Blackbeard und befand sie als wichtig genug, um sie persönlich bei Scotland Yard abzuliefern.

Ich hatte Mrs. Sarah kennengelernt und konnte sie sogar gut leiden. Das änderte jedoch nichts an der Tatsache, dass sie mit hoher Wahrscheinlichkeit ihren eigenen Mann umgebracht hatte, und so stellte ich mich bereits darauf ein, bald die Nachricht ihrer Verhaftung zu erhalten.

Mitteilungen verbreiteten sich damals langsamer als heute, und zwei Tage später erhielt ich einen höchst außergewöhnlichen Brief. Er trug weder Adresse noch Datum und war in unsauberer Handschrift verfasst, die ich jedoch eindeutig als die von Sarah Transome identifizieren konnte.

Liebe Mrs. Rodd,
ich schreibe Ihnen – zum einen, weil Sie ohnehin schon so viel über mein Leben wissen, und zum anderen, weil ich Sie für einen gütigen und mitfühlenden Menschen halte. Nun, da ich der Ewigkeit ins Angesicht sehe, stelle ich fest, dass ich doch keine gottlose Frau bin, und die Aussicht auf das himmlische Gericht erfüllt mich mit großer Furcht. Mir bleibt lediglich, meine Sünden zu bekennen und auf Gnade zu hoffen.

Ich habe meinen Mann getötet, und vor zehn Jahren tötete ich Frank, Francis Fitzwarren. Ich liebte beide von ganzem Herzen, aber mit meiner Art zu lieben, stimmt offenbar etwas nicht. Ich bin von Natur aus eifersüchtig, und wenn ich das Gefühl habe, beleidigt oder betrogen zu werden, nimmt eine fürchterliche Wut von mir Besitz, die jenseits aller Vernunft und Kontrolle waltet.

Zehn Jahre lang hat mich die Reue wegen Frank wie ein Bleimantel niedergedrückt, und gleichzeitig ist es erstaunlich, woran ein Mensch sich gewöhnen kann – ich lernte, die Tat tief in meiner Seele zu vergraben. Ich redete mir fest ein, dass seine Leiche sicher versteckt ist und nie gefunden werden würde – selbst als Maria und ihr Ehemann das Theater übernahmen.

In der Nacht des Feuers suchte ich die Unterkunft am Manchester Square in der Erwartung auf, Frank dort zu treffen. Mein Mann wusste von unserer Liebe und nahm sie stillschweigend zur Kenntnis – er hätte auch kaum etwas anderes tun können, denn sein eigenes Verhalten zu jener Zeit war ganz und gar schamlos.

Seit ich herausgefunden hatte, dass Frank noch immer mit meiner Tochter herumpoussierte, kochte ich innerlich vor Wut – beide hatten geschworen, es sei vorüber! Ich hatte eine Pistole, die mir mein Mann einige Zeit zuvor gegeben hatte. Es ist seltsam, mich jetzt an meine heftigen Gefühle in jener Nacht zu erinnern. Ich glaube nicht, dass ich ihn umbringen wollte, aber ich wünschte, dass er ebenso litte, wie ich es tat.

Frank kam nicht zum Manchester Square. Und ich wartete nicht bis zwei Uhr, wie ich es der Polizei erzählt habe. Ich fuhr zum Theater zurück; zu welcher Uhrzeit dies war, weiß ich nicht mehr. Die Bühne war dunkel und das Theater so gut wie leer. Ich fand Frank hinter den Kulissen – er trug noch sein Kostüm und war sehr betrunken. Die Männer im Ensemble hatten ihn nach seinem ersten Einsatz als Zweitbesetzung derart »hochleben lassen«, dass er kaum noch gerade stehen konnte. Wütende Worte wurden gewechselt. Er wandte sich ab, und ich schoss ihm in den Hinterkopf.

Mein Mann hörte den Schuss, und er war es auch, der mir

dabei half, die Leiche in der alten Zisterne unter der Bühne zu verstecken. Er drängte mich, nach Hause zu fahren, und sagte, er werde unsere Spuren verwischen. Dann steckte er das Theater in Brand, verkalkulierte sich jedoch und wäre dabei beinahe selbst umgekommen, hätte Ben Tully nicht sein eigenes Leben riskiert und ihn gerettet.

Nachdem Tom sich von seinen Verletzungen erholt hatte, wurde es anders zwischen uns. Er sagte, er könne nicht länger den »Liebhaber an meiner Seite spielen«, weil ihm mein Verbrechen vor Augen stünde, wann immer er mich ansehe. Das war der vornehmliche Grund dafür, warum er mich auf der Bühne durch Maria ersetzte.

Er bewahrte mein Geheimnis, doch für sein Schweigen zahlte ich einen hohen Preis. Er behandelte mich voller Verachtung und stiftete unsere Töchter zu ähnlichem Verhalten an, bis ich in meinem eigenen Haus so unbedeutend wie Staub war. Sein Verhalten wurde immer liederlicher, seine Verschwendungssucht immer extremer.

Die Entdeckung, dass er mich hinsichtlich Pericles Cottage angelogen hatte, brachte das Fass schließlich zum Überlaufen. Ich war davon ausgegangen, es gehöre ihm – bis ich erfuhr, dass er es hinter meinem Rücken verkauft hatte. Da wurde mir bewusst, dass jegliches »Abkommen«, auf das wir uns bis dahin geeinigt hatten, ebenso wertlos war wie alle anderen Versprechen, die er mir je gegeben hatte. Ich sollte ein Nichts und Niemand sein und am besten nirgends wohnen.

In der Nacht, in der mein Mann starb, wartete ich, bis das Theater leer war. Dann ging ich in seine Garderobe und erstach ihn mit dem antiken Dolch, den er immer als Romeo trug.

Meine Reue wird mich bis zum Ende meines Lebens quälen. Ich ertrage sie nicht mehr, und so wird mein Leben bald ein Ende haben – auf die eine oder andere Weise. Meine Sünden sind so groß, dass eine weitere keinen Unterschied mehr machen wird. Wie sagt man im Volksmund: Man wird mich für ein Schaf ebenso hängen wie für ein Lamm. Aber die Wahrheit ist, dass ich gar nicht hängen will, und daher beschlossen habe, meinen Tod selbst herbeizuführen. Ich schreibe diese Zeilen in einer unbekannten Gaststätte an einer unbekannten Straße außerhalb der Stadt. Bitte richten Sie Mr. Blackbeard aus, er brauche seine Zeit nicht mit der Suche nach mir zu verschwenden. Er wird mich nicht finden.

Ich war meinen drei Mädchen keine gute Mutter. Aber ich habe sie immer geliebt, und meine letzten Gedanken und Gebete gelten ihnen. Ich weiß, dass ich ihre Vergebung nicht verdiene.
Sarah Transome

Ich las den Brief zwei Mal und sprach ein stilles Gebet für Mrs. Sarah – in der düsteren Gewissheit, dass sie inzwischen tot war. Dann schlang ich mir ein Tuch um den Kopf und eilte die Straße hinunter zum Haus von Mr. Tully.

Er öffnete auf mein Klopfen hin und versuchte gar nicht erst, die Tränen zu verbergen, die ihm über das bleiche Gesicht strömten.

»Ich weiß, warum Sie hier sind, Mrs. Rodd ... aber ich habe ihr nicht geholfen ... Ich wünschte, ich hätte es getan!« Er hielt ein einzelnes Blatt Papier umklammert, das er mir nun reichte.

Mein lieber Ben,
ich habe alles gestanden und gehe nun fort. Ich bitte Sie, mir weder zu folgen, noch zu versuchen, mich zu finden. Sie waren mir ein hoch geschätzter, treuer Freund. Gott segne Sie.
Sarah

»Ich muss zugeben, dass mich das nun doch überrascht«, sagte Mr. Blackbeard, »aber es macht keinen Unterschied. Meine Aufgabe ist es, diese Frau der Gerechtigkeit zuzuführen.«

»Dafür könnte es nun zu spät sein«, sagte ich. »Sie äußert hier ganz klar die Absicht, sich das Leben zu nehmen.«

»Lebendig oder tot, Ma'am – das ist gehupft wie gesprungen. Ich kann den Fall erst dann endgültig abschließen, wenn ich entweder Mrs. Transome oder ihre Leiche gefunden habe.«

»Halten Sie ihr Geständnis für glaubwürdig?«

»Auf mich wirkt es schlüssig.« Blackbeard hatte nach dem Abendessen vor meiner Tür gestanden, und nun saß er in unserer Küche neben dem Herd. Ich hatte ihm erlaubt, seine Pfeife anzuzünden (ich verabscheue das Rauchen, wusste aber, dass es ihm beim Nachdenken hilft; und tatsächlich fand ich seinen groben Pfeifentabak weniger aufdringlich als die Zigarillos meines Bruders). »Sie hatte ein Motiv und die Mittel, Mrs. Rodd, und hat alles fein säuberlich aufgeschrieben. Meine Vorgesetzten sind damit sehr zufrieden.«

»Ich bin nicht sicher, ob ich ihr tatsächlich beide Morde abnehme. Ich bin nicht einmal überzeugt, dass sie überhaupt jemanden umgebracht hat. Diesen ganzen Fall über habe ich das Gefühl, dass mir Sand in die Augen gestreut wird und ich dadurch etwas sehr Wichtiges übersehe.«

»Sie könnte jemanden decken«, meinte Mrs. Bentley. »Ein Mord reicht, um sie zu hängen – da hat sie noch einen zweiten dazugeworfen, weil es keinen Unterschied macht.«

»Mrs. Sarah behauptete, sie habe bei beiden Morden unkontrollierbare Wutanfälle gehabt ... das kann ich ihr schlicht nicht glauben. Eine Frau, die fähig ist, zwei Männer umzubringen, würde auch in ihrem Alltag Anzeichen von Gewalt durchscheinen lassen – sie könnte das einfach nicht unterdrücken. Jedoch habe ich noch nie eine Frau mit einer solchen Selbstkontrolle erlebt. Ich kann mir nicht im Mindesten vorstellen, dass sie jemanden erschießt oder ersticht.«

»Ob Sie sich das nun vorstellen können oder nicht, Ma'am«, sagte Blackbeard, »es ist dennoch klar ersichtlich, dass sie schuldig ist, und ich gehe davon aus, dass ich sie bis spätestens morgen früh festgenommen haben werde.«

»Hat jemand sie gesehen?«

»Bisher noch nicht; ich lasse alle größeren Straßen, Eisenbahnlinien und dergleichen von meinen Männern überwachen.«

»Mr. Tully beharrte felsenfest darauf, er habe keine Ahnung, wo sie sein könnte, und ich bin sicher, er sagt die Wahrheit. Haben Sie mit Murphy gesprochen?«

»Hm«, brummte Blackbeard. »Murphy war betäubt.«

»Betäubt?«

Er nahm die Pfeife aus dem Mund. »Meine Männer fuhren nach Richmond, um Mrs. Transome zum Verhör abzuholen, doch der Vogel war schon ausgeflogen. Sie durchsuchten das Haus und fanden Mrs. Murphy in ihrem Bett; die gute Frau schlief wie eine Tote. Mrs. T hat sie betäubt, um sicherzugehen, dass sie ihr nicht folgt. Der ansässige Arzt hat sie einigermaßen wieder zu Bewusstsein gebracht, aber sie war noch zu benommen, um irgendetwas Nützliches zu erzählen.«

»Ach herrje! Das ist für mich der deutlichste Hinweis darauf, dass Mrs. Sarah sich das Leben nehmen wollte. Dabei sind doch noch so viele Punkte offen ...«

»Ich hätte es wissen müssen!«, rief Blackbeard und gab diesen schnarrenden Ton von sich, der seine Version eines Lachens ist. »Nun, wo ich endlich meine Mörderin habe, werden Sie mir sagen, dass sie unschuldig ist!«

»Nein – es ist nur so, dass ich nicht zufrieden bin. Die Lösung ist zu einfach, und es bleiben noch zu viele Fragen unbeantwortet. Das Feuer, zum Beispiel ... Glauben Sie wirklich, Transome hätte sein eigenes Theater niedergebrannt? Wenn die arme Frau sich nun umbringt, wird der Fall geschlossen und abgelegt, und wir werden die Wahrheit nie erfahren.«

»Wir bekommen sie lebend, Ma'am, und überlassen die Einzelheiten dem Gericht.«

»Ich bete, dass Sie recht haben, Inspector.«

»Hm.« Er betrachtete mich mit zusammengekniffenen Augen durch den Vorhang aus Rauch. »Wenn es nicht Mrs. Transome war, wer war es dann? Ich hatte ja ihren windigen Ehemann im Visier – bis er selbst ermordet wurde. Sie würde den Mann doch nicht schützen wollen, wenn er bereits tot ist, oder?«

Blackbeard hatte sein Urteil gefällt; ich wusste, er würde jetzt keine »Phantastereien« hören wollen, wie er es nannte, und behielt meine Einwände für mich.

Die Älteren unter meinen Leserinnen und Lesern werden sich an die dramatische Suche der Polizei nach Mrs. Sarah Transome erinnern. Es gab zahlreiche falsche Hinweise, die zu den seltsamsten Aufenthaltsorten führten, doch die Wochen vergingen und wurden zu Monaten, ohne dass es eine Spur von ihr gab.

Und wie immer geht das Leben weiter, und neue Sensationen fegen die alten Skandale vom Tisch.

Im November fand die Neueröffnung des *King's Theatre* von Maria Betterton und ihrem Ehemann mit einer äußerst erfolgreichen Produktion von »Macbeth« statt. Ich habe sie nicht gesehen (betrachtete ich das Stück doch immer als gewalttätige Tragödie ohne jeden Hinweis auf Erlösung), aber mein Bruder war dort und versicherte mir, es sei »superb« gewesen.

»Edgar Betterton gab einen passablen schottischen Kriegsherrn ab«, sagte er, »aber das war nebensächlich, denn meine ganze Bewunderung galt Maria. Oh, wie gern würde ich ihre Lady Macbeth verteidigen! Welches Geschworenengericht könnte einer solch betörenden Teufelin widerstehen? ›Hätt er nicht geglichen meinem Vater, wenn er schlief, so hätt ich's selbst getan‹ ... Grundgütiger – welch eine Energie die Frau besitzt!«

»Die Wahl des Stücks ist recht makaber«, sagte ich, »wenn man bedenkt, was mit ihrem echten Vater geschah.«

»Meine liebe Letty, gerade das war ja das Salz in der Suppe – und Gold für die Kassen.«

Die nächste Theatersensation sollte diese sogar noch übertreffen. Mr. James Betterton wartete mit einer neuen Produktion von »Viel Lärm um nichts« auf, in der er den Benedick an der Seite einer Beatrice spielte, der schon bald die ganze Stadt zu Füßen lag: Keine andere als Constance Noonan spielte die Rolle – die nun allerdings Mrs. Betterton hieß, denn zur allgemeinen Überraschung hatte er sie geheiratet.

Nun wurde offensichtlich, was die junge Dame in den letzten Wochen vor Thomas Transomes Tod im Schilde geführt hatte. Ich wusste nicht, ob ich ihre Hartherzigkeit verurteilen oder ihre Vernunft loben sollte. Sie hatte den Skandal um ihre Affäre mit Transome auf derart geschickte Weise hinter sich gelassen, dass sie nun sogar zu einer Sondervorstellung für die Königin und ihren Prinzgemahl in den Buckingham Palace eingeladen wurde. Für Mrs. Noonan freute es mich, und ich war neugierig, was Maria wohl von der Sache hielt: Konnte sie sich damit arrangieren, dass ihre größte berufliche Rivalin nun ihre Schwiegermutter war?

Einige Wochen vor Jahresende bekam ich die Gelegenheit, es herauszufinden. Es war ein milder, strahlender Morgen Anfang Dezember, und ich war im Hampstead Heath unterwegs, wo nicht wenige Leute das ungewöhnlich schöne Wetter für einen Spaziergang nutzten. Ich trat zur Seite, um einem Rollstuhl Platz zu machen – und war überrascht, von der Frau, die ihn schob, gegrüßt zu werden.

»Mrs. Rodd!«

Bei genauerem Hinsehen erkannte ich sie. »Mrs. Murphy!«

Bei der Invalidin in dem eigentümlichen Gefährt handelte es sich um Miss Cordelia Transome. Sie war sehr dünn geworden, und ihre von Natur aus blasse Haut schien fast durchsichtig. Obwohl sie offensichtlich wach war, sah sie mich nicht an, sondern blickte teilnahmslos zum nahe gelegenen Teich.

»Guten Morgen, Miss Cordelia.«

Nun richtete sie ihre schönen, traurigen Augen auf mich, sprach jedoch kein Wort; ich hätte genauso gut ein Schatten sein können.

»Wir bringen sie, sooft es geht, an die frische Luft«, sagte Murphy. »Das tut ihr mächtig gut. Bitte erwarten Sie nicht, dass sie mit Ihnen redet, Ma'am; hin und wieder spricht sie ein paar Worte, aber das ist auch schon alles. Sie kann sehen und hören und sich bewegen, auch wenn sie recht dünn und schwach ist, aber sie verbringt die Tage in ihrer eigenen kleinen Welt.«

»Es tut mir leid, dass sie schon so lange krank ist; ich war überzeugt, sie wäre mittlerweile wieder vollständig genesen.« Ich ging neben Murphy her (und dadurch hinter der Erkrankten, so dass ich ihr Gesicht nicht sehen konnte). »Was sagen die Ärzte?«

»Ärzte! Dutzende davon sind bei uns schon ein und aus

gegangen, und jeder von ihnen empfiehlt etwas anderes. Das arme Ding wurde in kaltes Wasser getaucht und mit Gott weiß was allem behandelt, aber bisher hat nichts geholfen; ich habe Miss Maria ins Gesicht gesagt, dass sie ihr Geld verschwendet. Wenigstens gibt es dank des neuen Stücks genug davon!«

»Ich bin ja eher altmodisch, Mrs. Murphy, und meiner Meinung nach wäre ein wenig Landluft für die junge Dame gewiss besser als einhundert Ärzte. Kann man sie nicht an einen beschaulichen Ort schicken, an dem sie sich in Ruhe erholen kann?«

»Mr. Edgar wollte sie zu seiner Tante im Westen bringen lassen, aber Miss Maria konnte sich nicht mit dem Gedanken anfreunden, dass ihre Schwester dann so weit entfernt wäre. Seit ihre Mutter uns verlassen hat, ist sie fürchterlich nervös.«

Das Thema »Mrs. Sarah« wollte ich ohnehin gern ansprechen und war dankbar für diese Möglichkeit zur Überleitung. »Ich habe die Ereignisse nicht so verfolgt, wie ich es hätte tun sollen – gibt es irgendwelche Neuigkeiten?«

»Nein.« Ihr war bewusst, dass ich sie beobachtete und nach Zeichen Ausschau hielt, dass sie mehr wissen könnte, als sie sagte. »Sie ist von uns gegangen – möge ihre Seele in Frieden ruhen.«

»Glauben Sie wirklich, dass sie tot ist?«

»Sie wissen, wie sie mich verlassen hat.« Murphys Stimme klang belegt. »Sie hat mir ein Schlafmittel eingeflößt, damit ich ihr nicht nachlaufe, denn sie wusste, ich wäre ihr bis ans Ende der Welt gefolgt.«

»Und glauben Sie, sie hat diese Morde begangen?«

»Ich weiß es nicht – und es ist mir auch egal! Tom Transome hat nur bekommen, was er verdient hat.«

»Wie geht es Miss Olivia, wo nun ihre beiden Eltern tot sind?«

»Ach, herrje!« Murphy seufzte schwer. »Sie hatte sich bei der letzten Begegnung noch mit ihrer Mutter versöhnt, und dafür bin ich sehr dankbar; sie war diejenige, um die Mrs. Sarah sich die meisten Sorgen gemacht hat.« Für den Bruchteil einer Sekunde lag eine gewisse Berechnung in ihrem Blick. »Maria hatte angeboten, sie in ihr Haus in Holloway aufzunehmen, aber sie beschloss, ihren eigenen Weg zu gehen, und wohnt nun bei einer Freundin.«

»Gab es eine Auseinandersetzung?«

»Nun ja ...« Murphy dachte einen Augenblick nach und entschied dann wohl, ihrem Mitteilungsbedürfnis nachzugeben. »Das Problem ist, dass Miss Olivia sich zu sehr daran gewöhnt hat, im Ensemble ihres Vaters eine besondere Stellung zu haben. Sie konnte es nicht ertragen, in Mr. Edgars neuer Truppe nur kleinere Rollen zu übernehmen, aber etwas anderes bot man ihr nicht an.«

»Das ist schade. Es muss schwer für sie sein, im Schatten ihrer erfolgreichen Schwester zu stehen.«

»Das stimmt, Ma'am – und Sie dürfen den Erfolg der anderen Mrs. Betterton noch hinzurechnen, die frühere Miss Constance Noonan. Plötzlich sind die Bettertons in aller Munde, und die Transomes sind vergessen. Miss Olivia ist die Letzte von ihnen, und es gab einen Disput, als sie das Angebot von Mr. Edgar ablehnte. Jetzt spielt sie in einem eher heruntergekommenen Etablissement in Charing Cross.«

»Das Theater scheint mir ein grausames Geschäft zu sein, Mrs. Murphy.«

»Da stimme ich Ihnen zu, Ma'am.«

Wir hatten das Ende der Millfield Lane erreicht, wo eine große, glänzende Kutsche wartete. Ein junger Mann mit tief ins Gesicht gezogenem Hut marschierte neben den zwei prächtigen Pferden auf und ab und paffte dabei an einer Zigarre. Dann trat er sie aus, und als er seinen Hut abnahm, erkannte ich ihn.

»Guten Morgen, Mr. Betterton.«

Edgar Betterton gab mir die Hand und lächelte charmant. »Mrs. Rodd! Wie schön, Sie zu sehen!«

»Ich bin zufällig Mrs. Murphy über den Weg gelaufen, und sie hat mir die neuesten Nachrichten aus Ihrer Familie erzählt. Bitte richten Sie Ihrer Frau meine herzlichen Grüße aus.«

»Danke, das werde ich.«

»Es tut mir leid, Miss Cordelia in solch einem traurigen Zustand zu sehen.«

»Wir hatten gehofft, es würde ihr jetzt schon besser gehen; Maria macht sich schreckliche Sorgen.«

Ich beobachtete, wie er das zerbrechliche Mädchen wie eine welke Lilie hochhob und in die Kutsche setzte. Obwohl ich keine besonders hohe Meinung von Schauspielern hatte, beeindruckte mich die Fürsorge gegenüber seiner Schwägerin. Zusammen mit dem Kutscher hievte er den Rollstuhl auf ein Gestell, das an der Rückwand der Kutsche befestigt war.

»Das war meine Erfindung«, erklärte er stolz. »Sehen Sie, wie gut es passt?«

»Das ist sehr praktisch, denn so können Sie sie überall hinbringen.«

»Genau! Sogar mein Vater war beeindruckt.«

»Oh, Ihrem Vater muss man ja wohl gratulieren, Mr. Betterton; ich wünsche ihm und seiner Frau von Herzen alles Gute.«

»Danke, Ma'am; Maria hat sich am Anfang ein wenig schwergetan, müssen Sie wissen, aber ich komme mittlerweile gut mit meiner neuen Stiefmutter zurecht. Sie ist wahrlich kein schlechter Mensch.«

Wir wünschten einander frohe Festtage, und ich sah der davonfahrenden Kutsche hinterher. Was mich betraf, war diese ganze unglückselige Geschichte nun geklärt und beendet.

Neunzehn

Sie mögen es Zufall nennen – ich bevorzuge den Ausdruck »göttliche Fügung«.

Eine beiläufige Bemerkung bei einer unvorhergesehenen Begegnung schubste mich plötzlich in eine neue – und äußerst unerwartete – Richtung.

Es war März, fast genau ein Jahr nach meiner ersten Begegnung mit den Transomes. Ich hatte in der Zwischenzeit einen neuen Fall bearbeitet (über den ich, wenn es mir vergönnt ist, vielleicht zu einem späteren Zeitpunkt schreiben werde) und ad acta gelegt und seitdem nicht mehr an diese unglückselige Familie gedacht. Dann war ich zu einem Teekränzchen beim Bischof von London geladen.

Mein geliebter Matt hätte es als »Gewimmel« bezeichnet – eine zahlreiche Zusammenkunft von Damen und Geistlichen, die sich in einer riesigen Halle in der Innenstadt umeinander drängten. Ich trug mein neuestes schwarzes Seidenkleid und die gute Haube, lauschte einigen langweiligen Ansprachen und kaufte an einem der Stände eine hässliche bemalte Vase. Im Saal war es heiß, der Tee war kalt, und der Lärm war ungeheuerlich und kaum zu ertragen. Nach zwei Stunden taten mir die Füße entsetzlich weh, und ich suchte mir in einer abgelegenen Ecke einen Stuhl.

Dort grüßte mich unerwartet ein alter Freund. »Mrs. Rodd – ich hatte gehofft, Sie hier zu treffen.«

Ich freute mich sehr, Mr. Roland Pugh zu sehen, der zu unserer Zeit in Herefordshire einer unserer Hilfsprediger gewesen war: ein unbekümmerter Mann Mitte dreißig. Matt hatte ihn »Esau« genannt, weil er so behaart war; die Haare wuchsen ihm büschelweise aus den Ohren und auf den Fingerrücken, und das hellbraune Dickicht auf seinem Kopf widersetzte sich jeglichen Versuchen, eine ordentliche Frisur herzurichten. Er war keiner der intellektuellen Sorte, in der Gemeinde jedoch sehr beliebt gewesen und hatte (wie die meisten unserer Hilfsprediger) eine Ortsansässige geheiratet.

»Mein lieber Roly, welch Trost für meine müden Augen – und Füße, wenn ich das sagen darf. Setzen Sie sich zu mir und erzählen Sie mir alles, was bei Ihnen passiert ist. Wie geht es Dinah? Und den Kindern?«

»Alle sind wohlauf und gedeihen prächtig, Mrs. Rodd, dem Himmel sei Dank!«

»Sind es vier oder fünf? Ich bitte um Verzeihung, dass ich mich so lange nicht gemeldet habe.«

»Fünf sind es«, sagte Mr. Pugh mit einem Lächeln. »Aber grämen Sie sich bitte nicht, ich verliere manchmal selbst den Überblick. Darf ich Ihnen etwas Tee und Kekse bringen?«

»Tee wäre fabelhaft, und es ist mir egal, wie kalt er ist. Ich wünschte, ich wüsste, warum mich solche Veranstaltungen immer so ermüden.«

Mr. Pugh verschwand in der Menge um einen der Serviertische und kehrte mit einer Tasse heißem Tee zurück. Dann setzte er sich zu mir und ließ geduldig meine Fragen zu den letzten Ereignissen in Herefordshire über sich ergehen.

»Ah, und das wird Sie interessieren, Mrs. Rodd: Sie erinnern sich doch gewiss an Titus Mallard?«

»Ja – der arme Mann.«

»Ob Sie es glauben oder nicht: Er hat wieder geheiratet.«

»Nein!«

»Ich wusste, es würde Sie überraschen. Es ist das Gesprächsthema jedes Teekränzchens im Umkreis von Meilen.«

Mr. Mallard, der Pfarrer von Newley Castle bei Ross-on-

Wyre, hatte vor etwa zwanzig Jahren während einer Typhusepidemie seine erste Frau verloren, wie auch seine Tochter, die noch im Säuglingsalter war. Dieser Schicksalsschlag hatte ihn zutiefst erschüttert; obwohl er seinen Pflichten als Geistlicher gewissenhaft nachkam, hatten Schmerz und Trauer sein weiteres Leben verhärtet. Mit der Zeit wünschten ihm viele Leute, er möge wieder heiraten, doch er blickte nie über den weißen Grabstein in seinem Kirchfriedhof hinaus. Nun war ich tatsächlich sehr überrascht, denn ich hatte ihn im Geiste längst als ewigen Witwer gesehen.

»Wer ist die Dame? Haben Sie sie kennengelernt? Wo kommt sie ... ach, du meine Güte, jetzt bombardiere ich Sie mit Fragen, meine Neugier kennt schlicht keine Grenzen.«

Mr. Pugh lächelte. »Niemand kennt sie. Sie kam aus dem Nichts, und Mallard verliebte sich in sie, als er ihr das Leben rettete; Sie werden Dinah nach den Einzelheiten fragen müssen. Aber, so viel kann ich verraten: Es gleicht einer ritterlichen Abenteuergeschichte. Ich hätte nicht gedacht, dass der alte Zausel noch einmal solche Energie aufbringen würde.«

»Ich freue mich sehr für ihn; ich habe früher oft gedacht, dass eine neue Frau ihm guttun würde. Wenn Sie ihm wieder über den Weg laufen, mein lieber Roly, dann wünschen Sie ihm in meinem Namen bitte alles Gute.«

Mr. Pugh und ich verabschiedeten uns, und ich vergaß die Sache mit Mr. Mallard ... bis ich durch einen weiteren »Zufall« erneut auf ihn aufmerksam wurde.

Mr. Tully bat Hannah, in den nächsten vierzehn Tagen seine drei Katzen zu füttern, weil er verreisen und jemanden besuchen wollte.

»Er behandelt sie wie Prinzessinnen«, erzählte Hannah uns kichernd. »Sie essen besser als wir! Mr. Tully ließ mich ins Haus kommen, um mir zu zeigen, wo sie gern schlafen, wo ihre speziellen kleinen Porzellanschüsseln stehen und so weiter. Ich hätte fast gelacht, tat es aber nicht, weil er ein so freundlicher Herr ist – und er hat mir eine halbe Krone für den Dienst gegeben.«

»Ich weiß ja nicht«, meinte Mrs. B und schüttelte den Kopf über solchen Luxus, »eine halbe Krone – dabei könnte man alle drei Katzen für nur sechs Penny kaufen!«

»Mr. Tully ist schon seit Monaten nicht mehr aus dem Haus gegangen«, sagte ich (es war kalt in jenen Tagen, und wir kauerten alle drei gemütlich um den Küchenherd). »Hat er gesagt, wo er hinfährt?«

»Ich habe es auf seinem Gepäck gelesen«, antwortete Hannah prompt (sie hatte die Beobachtungsgabe ihrer Großmutter geerbt). »Tully, *The Red Lion*, Newley Castle.«

»Newley Castle?« Sofort wurde ich hellhörig. »Bist du sicher?«

»Ja, Ma'am.«

Es mochte nichts weiter als ein seltsamer Zufall sein, aber wie ich bereits sagte, glaube ich nicht an Zufälle. Noch am selben Abend schrieb ich Mr. Pugh einen Brief und erhielt einige Tage später Antwort – nicht von ihm, sondern von seiner Frau.

Pfarrhaus
Holyard
Herefordshire
14. März 1854

Liebe Mrs. Rodd!
Mein lieber Roly erzählte mir, dass er Sie in London traf und Sie beide über Mr. Titus Mallard sprachen. Er wollte Ihnen die ganze Geschichte aufschreiben, musste aber immer wieder nachfragen

und kam ganz durcheinander, so dass ich beschloss, sie gleich selbst zu Papier zu bringen. Meine Schrift ist zwar nicht so elegant wie Rolys, doch weiß ich besser über das Bescheid, was er »Klatsch und Tratsch« nennt und ich »Neuigkeiten«.

Mr. Mallard lernte seine neue Frau gegen Ende des letzten Jahres kennen, und wie Sie sich vorstellen können, war seine darauffolgende Hochzeit eine große Sensation. Ich konnte es kaum glauben, bis wir ihn im Oktober dann mit eigenen Augen sahen; seine Veränderung war offensichtlich: Er wirkte sehr viel jünger und frischer.

Ich weiß ja nicht, ob Sie ihn je in Newley besucht haben – es ist ein wahrhaft trübseliger Ort, meilenweit von allem entfernt und von dunklen Bäumen umgeben. Er ging eines Tages am Fluss spazieren, und sein Hund schlug an, weil er etwas im Schilf entdeckt hatte. Mr. Mallard fand eine leblos wirkende Frau, und zunächst dachte er, sie sei tot. Doch als er sie dann ans Ufer zog, konnte er Lebenszeichen ausmachen, woraufhin er sie in sein Haus trug und den Arzt kommen ließ. Einige Tage lang hing das Leben der armen Frau am seidenen Faden, und Mr. Mallard kümmerte sich aufopferungsvoll um sie. Natürlich gab es Gerede, wie sie wohl in den Fluss gekommen war – war es ein Unfall gewesen, oder hatte sie versucht, sich das Leben zu nehmen? Bald darauf hörten wir von ihrer Hochzeit.

Ich habe Mrs. Mallard nie gesehen. Sie geht in den Gottesdienst, bleibt ansonsten aber für sich. Meine Schwester Catherine, die mit John Willards von der Knots Farm verheiratet ist, hat sie zu Weihnachten kurz gesehen und erzählt, sie sei ziemlich alt und mager und sehe eher ungewöhnlich aus als hübsch. Man munkelt, sie war eine verarmte Witwe. Das ist alles, was ich Ihnen sagen kann, und es ist leider wenig. Nicht einmal den Vornamen der Frau kenne ich.

Uns geht es sehr gut, und ich denke oft an Sie. Wie schnell doch die Zeit vergeht! Die Kleine fängt schon an zu laufen, und ich werde ab September wieder einen Säugling zu versorgen haben.

Mit herzlichen Grüßen,
Ihre Dinah Pugh

»Das könnte tatsächlich eine Spur sein, Mrs. Rodd«, sagte Blackbeard, »Andererseits vielleicht auch nicht. Die Dame könnte irgendwer sein und Ihr Nachbar alle möglichen Gründe haben, an diesen speziellen Ort zu reisen.«

»Mr. Tully fährt nie irgendwo hin, Inspector. Deshalb finde ich es ja so verdächtig. Ich habe ihn in den letzten Monaten beobachtet, und das ist jetzt das erste Mal seit Mrs. Transomes Verschwinden, dass er Hampstead verlässt.«

Es war ein windstiller, wolkiger Tag, und wir spazierten im Hampstead Heath in Richtung Highgate an den Teichen entlang. Mr. Blackbeards abgetragener, schlammfarbener Mantel war kaum mehr vorzeigbar, doch das tat der Autorität, die er durch seine soldatisch aufrechte Haltung ausstrahlte, keinen Abbruch. Er war meiner Bitte, mich zu besuchen, gefolgt, hatte Dinahs Brief gelesen und schien die neuen Hinweise in seine Überlegungen miteinzubeziehen.

»Ich stimme Ihnen zu, dass es seltsam ist, Ma'am, aber ich kann auf Grundlage eines Gerüchts, das Sie beim Teekränzchen eines Bischofs gehört haben, keine neuen Ermittlungen einleiten.« Er zählte es an seinen Fingern ab: »Irgendein Pfarrer, den Sie kennen, hat geheiratet, Mr. Tully besucht jemanden in genau diesem Landstrich, und das bringt Sie zu der Überzeugung, dass die Frau dieses Pfarrers eine bekannte und wegen Mordes gesuchte Schauspielerin sein müsse.«

»Ach je, wenn Sie es auf diese Fakten reduzieren, klingt es tatsächlich recht weit hergeholt!« Ich spürte aber, dass hinter seiner Skepsis auch ein Funken Interesse glomm. »Es geht hier jedoch nicht nur um meinen ›Instinkt‹; Mr. Tully vergötterte Sarah Transome, und sie vertraute ihm in hohem Maße. Falls sie tatsächlich noch lebt, wäre er wohl der Einzige, mit dem sie Kontakt aufnehmen würde.«

»Hm«, brummte Blackbeard. »Nicht mit ihren Töchtern?«

»Ich bin sicher, sie würde ihre Töchter gern treffen, aber ich denke, sie hätte Angst, dass ihre ›Tarnung‹ auffliegt, wie meine Neffen sagen würden.« Ich wurde immer zuversichtlicher. »Ich glaube, Mr. Tully ist die einzige Verbindung zu ihrem alten Leben. Es würde auf jeden Fall Sinn ergeben; ich konnte nie recht glauben, dass sie tot sein soll. Man hat ihre Leiche nie gefunden. Mrs. Transome war Schauspielerin und ist auf jeden Fall in der Lage, sich zu verstellen, eine neue Rolle einzunehmen.«

»Nun, Mrs. Rodd ... Ich kann nicht einfach irgendeine Pfarrersfrau wegen Mordes verhaften – nicht, ohne sie vorher eindeutig identifiziert zu haben. Meine Vorgesetzten haben den Fall Transome zu den Akten gelegt und sicher keine Lust, sich etwas über Priester auf Freiersfüßen anzuhören. Andererseits denke ich, dass es tatsächlich eine Spur sein könnte.«

»Danke, Inspector!« Das war alles, was ich hatte hören wollen. »Darf ich dann vielleicht vorschlagen, wie wir weiter vorgehen könnten?«

»Bitte sehr.«

»Wenn ich recht habe und diese Dame Mrs. Transome ist, wird sie der kleinste Hinweis, dass sie enttarnt wurde, in die Flucht schlagen. Wenn ich allerdings aus reinem Privatvergnügen dort hinfahre, wird niemand großartig Notiz davon nehmen – und ich habe den Vorteil, die Dame zu kennen.

Ich kann sie also identifizieren und Sie umgehend benachrichtigen.«

»Unter diesen Umständen, Ma'am«, sagte Blackbeard, »halte ich mich hier gern für Sie zur Verfügung.«

Zwanzig

In Herefordshire verbrachte ich einige der glücklichsten Jahre meines Lebens. Die Gemeinde meines Mannes lag in einem der hübschen Dörfer, die sich an die Hügel zwischen Hereford und Ledbury schmiegen. In jenen friedlichen Tagen vor der Eisenbahn war das Land wilder und ursprünglicher als heute; aber die Ortschaften waren auch abgelegener, ein heftiger Schneesturm konnte uns durchaus wochenlang von der Außenwelt abschneiden.

Ich war seit Jahren nicht mehr dort gewesen und stellte mich darauf ein, dieselben traurigen Veränderungen vorzufinden, die im Namen des »Fortschritts« an so vielen Orten stattgefunden hatten. Sobald ich die Bahnstrecke jedoch hinter mir gelassen hatte, war es ebenso erfreulich wie auch schmerzhaft zu sehen, dass dieser wunderschöne Landstrich sich fast überhaupt nicht verändert hatte. Ich verbrachte den letzten Abschnitt meiner Reise in einer Abfolge altmodischer Kutschen und Karren und lenkte mich ab mit dem Anblick der steilen, mit Schafen besiedelten Hänge, der rauschenden Flüsschen und schwarz-weißen Häuser, die allesamt älter waren als das Gebetbuch der anglikanischen Kirche.

Ich wusste, dass Diskretion in diesem Fall von größter Bedeutung war, und hatte deshalb keinem von meinem Besuch erzählt. Glücklicherweise lag der kleine Marktflecken Newley Castle viele Meilen von meiner alten Gemeinde entfernt, und so bestand wenig Gefahr, dass eine meiner alten Nachbarinnen mich erkannte. Zudem war mir schon vor einiger Zeit aufgefallen, dass kaum jemand eine allein reisende Frau mittleren Alters beachtete, und mein einfaches schwarzes Kleid und die Haube waren fast so etwas wie Tarnkleidung, die mich unsichtbar machte.

Der einzige Mensch, dem ich auf keinen Fall begegnen durfte, war Mr. Tully, weil er Mrs. Mallard warnen könnte, bevor ich »zuschlug«. Er wohnte im *Red Lion*, einem Gasthof in einem windschiefen Fachwerkhäuschen am Marktplatz. Meine Unterkunft war *The Copplestone Arms* auf der gegenüberliegenden Seite des Platzes. Als ich ankam, war es bereits dunkel, so dass ich die Unterkunft unbemerkt und ohne großes Aufheben beziehen konnte. Das *Copplestone Arms* war etwas vornehmer als das *Red Lion*; ein längliches Backsteingebäude aus dem letzten Jahrhundert mit flacher Front und geschäftigem Pferdestall. Mein Zimmer war ein wenig verwohnt, aber gemütlich; das Muster der ausgeblichenen Chintz-Vorhänge versetzte mir einen nostalgischen Stich, weil sie mich an die Vorhänge im Wohnzimmer meiner Mutter erinnerten.

Mr. Mallards Gemeinde lag nicht in Newley Castle selbst, sondern in einem Dorf namens Newley Bridge, vier oder fünf Meilen außerhalb der Stadt. Der nächste Morgen war klar und kühl; es war Markttag, und der Lärm und die Geschäftigkeit auf Platz und Straßen kamen mir gut zupass.

Ich verließ das Gasthaus so früh wie möglich, schlängelte mich durch das Getümmel zwischen den Verkaufsständen und bog in die Straße Richtung Newley Bridge ein, während ich beständig nach Mr. Tully Ausschau hielt. Ich sah ihn nicht. Nach etwa einer Meile war die Straße frei (und glücklicherweise trocken), und ich fing an, mir über mein Vorhaben Sorge zu machen. Wenn ich Mrs. Sarah tatsächlich finden würde – wie viel wusste ihr Ehemann über ihre Vergangenheit? Ich mochte und respektierte Titus Mallard, und hier kam ich nun, um sein neu gefundenes Glück zu zerstören.

Die Straße führte zwischen hohen Hecken entlang, die unvermittelt den Blick auf die Brücke freigaben, die dem Ort seinen Namen gegeben hatte; eine breite, grobe alte Steinbrücke über den rauschenden Severn. Der quadratische Turm von Mr. Mallards Kirche, St. Michael and All Angels, ragte hinter einem hohen Gebüsch aus Stechpalmen auf. Das Pfarrhaus daneben war groß, weiß getüncht und von Rasen und Buschwerk umgeben. Wie Mrs. Pugh geschrieben hatte, wirkte es recht »düster« – wann immer eine Wolke die Sonne verdunkelte, schienen sich die Schatten um das Anwesen aufzutürmen, um es zu verhüllen.

Das Hausmädchen, das mir die Tür öffnete, trug noch seinen Morgenrock und war sichtlich überrascht, so frühen Besuch zu sehen.

»Ich möchte Mr. und Mrs. Mallard sprechen«, sagte ich. »In einer dringenden Angelegenheit.«

»Wen soll ich melden, Ma'am?«

»Mrs. Rodd.« Mein Herz klopfte nun unangenehm heftig. Ich wartete, während das Mädchen in einen Raum verschwand, und dachte derweil, dass dies doch eine sehr unpassende Umgebung für Sarah Transome war – ein dunkles, trübseliges Haus mitten im Nichts.

Die nachfolgende Stille, als ich das Mädchen meinen Namen nennen hörte, ließ erahnen, dass ich am richtigen Ort war. Die Bedienstete kam zurück und führte mich in das Esszimmer, in dem Mrs. Sarah und Mr. Tully beim Frühstück saßen – den Ausdruck in ihren Gesichtern werde ich nie vergessen.

Mr. Tully wirkte schmerzerfüllt und knetete die Serviette in seinen Händen.

Mrs. Sarah – todesbleich, aber gefasst – erhob sich stolz und sah mir unverwandt in die Augen. Sie beauftragte das Mädchen, eine Kanne frischen Tee und eine weitere Tasse zu bringen, und senkte den Blick auch nicht, als wir drei allein waren.

»Sie sind meine Nemesis, Mrs. Rodd. Ich hätte wissen müssen, dass Sie mich finden würden – und ich werde nicht fragen, wie.«

»Es war meine Schuld«, sagte Mr. Tully gequält. »Das muss es sein – auch wenn ich dachte, ich hätte mich so sehr vorgesehen.«

»Machen Sie sich keine Vorwürfe, mein Lieber«, sagte Mrs. Sarah. »Ich bin sicher, Sie haben von meiner Heirat gehört, Mrs. Rodd. Mein Mann ist im Moment nicht zu Hause.«

»Ich kenne Mr. Mallard«, sagte ich. »Wie viel ist ihm von Ihrer Geschichte bekannt?«

»Nichts! Der arme Mann hat keine Ahnung, dass seine Frau eine Mörderin ist, und Sie müssen dafür sorgen, dass er nicht dafür bestraft wird, dass er mir geholfen hat.«

Sie hatte weder ihre Selbstsicherheit, noch ihre jugendliche Ausstrahlung verloren; nun, da sie den ersten Schock über mein Erscheinen verwunden hatte, brachte sie sogar ein schwaches Lächeln zustande.

»Ich bin beinahe erleichtert, dass alles vorbei ist; Sie brauchen nicht zu befürchten, dass ich wieder davonlaufe.«

»Ich vertraue Ihnen«, sagte ich. »Und es hätte auch keinen Sinn, wenn Sie davonliefen.«

»Wie haben Sie uns gefunden?«, fragte Mr. Tully aufgebracht. »Sie müssen mir hinterherspioniert haben.«

»Hannah Bentley hat die Adresse auf Ihrem Gepäck gesehen.« Ich wollte ihm die Last abnehmen; der Gedanke, dass er Mrs. Sarah verraten haben könnte, ließ sein Gesicht wächsern erscheinen. »Und ich hätte nichts damit anfangen können, hätte ich nicht vor kurzem von Mr. Mallards plötzlicher Heirat erfahren – und eins und eins zusammengezählt.«

»Ich habe es ja gesagt«, meinte Mrs. Sarah fast zärtlich, »Sie dürfen sich keine Vorwürfe machen. Es war reiner Zufall.«

»Aber wäre ich nur nicht ...« Mr. Tully brach ab, als das Mädchen mit einer Kanne Tee sowie einem weiteren Gedeck mit Weidenmuster zurückkehrte.

Mrs. Sarah schenkte mir ein und bat Mr. Tully, uns allein zu lassen.

Ich hatte den ersten Schreck über die Entdeckung von Mrs. Sarah nun verwunden und nicht mehr das Gefühl, mit einem Gespenst am Tisch zu sitzen. Sie lehnte sich zurück und wartete – außerordentlich gefasst – auf meine nächsten Worte.

»Sie haben sich nicht nach Ihren Töchtern erkundigt. Ich nehme an, dass Mr. Tully Sie auf dem Laufenden gehalten hat.«

»Ja, er schickt mir regelmäßig Nachrichten, daher bin ich gut informiert. Er weiß, wie sehr ich mich um Cordelia sorge – ich kann Ihnen nicht sagen, wie oft ich bereits versucht war, mich zu stellen, nur um sie noch ein Mal sehen zu können!«

»Halten die Mädchen Sie wirklich für tot?«

»Warum nicht? Das taten Sie doch auch.«

»Sie hatten also keinen Kontakt zu ihnen?«

»Nein. Das Risiko war zu hoch, und ich wollte nicht gehängt werden. Außerdem musste ich an mein neues Leben denken.«

»Ihr neuer Ehemann ... Bitte sagen Sie mir aufrichtig, was er über Ihre Vergangenheit weiß.«

»Ich dachte, Sie kennen ihn«, erwiderte Mrs. Sarah. »Titus ist der aufrichtigste Mensch auf Erden und der unbeugsamste Moralist. Von den Morden abgesehen, weiß er noch nicht einmal, dass ich eine Mutter bin, und von meiner Liaison mit Frank schon gar nicht. Ich erzählte ihm, ich sei die Witwe eines Marineoffiziers und dass ich in meiner Jugend geschauspielert hätte. Ich sagte, mein Name sei Sarah Clifton – das war der Name meines Vaters.«

»Er wird einen gehörigen Schock bekommen.«

Sie seufzte. »Der arme Mann! Ich wünschte, ich könnte es ihm ersparen. Es schockiert mich selbst, dass ich ihm diese Lügen aufgetischt habe, aber damals fühlte es sich nicht wie lügen an. Ich hatte das Gefühl, ich sei neu geboren worden und hätte die Chance auf ein neues Leben erhalten. Mrs. Rodd, ich bitte Sie sehr herzlich, es mir zu überlassen, ihm die Wahrheit zu sagen.«

»Ja, natürlich – wenn das möglich ist.«

»Und dennoch fühle ich mich in gewisser Weise erleichtert – als wäre eine schwere Last von mir genommen. Je glücklicher ich mit Titus war, desto mehr habe ich mich vor meiner Entdeckung gefürchtet. Jetzt hasse ich mich dafür, dass ich ihm das Herz brechen werde. Und ich gestehe, dass ich ihn am Anfang, als ich ihn heiratete, gar nicht liebte. Ich dachte nur an mich und meine eigene Sicherheit. Aber dann habe ich mich tatsächlich verliebt – es ist einfach passiert.«

»Es heißt, er habe Ihnen das Leben gerettet.«

»Ich hatte versucht, mich zu ertränken, und hätte beinahe Erfolg damit gehabt. In diese Ecke des Landes hat es mich rein zufällig verschlagen, weil es weitab von allem liegt, das ich kenne. Ich kann mich erinnern, dass ich lange Zeit vor einer tiefen Stelle am Flussufer stand und mich innerlich von der Welt verabschiedete. Ich kann mich an den Moment erinnern, in dem ich mich in die Fluten stürzte. Und dann erwachte ich aus tiefer Dunkelheit in diesem Haus – das war der Moment, in dem ich mich der Polizei hätte stellen müssen. Ich habe versucht, meiner Hinrichtung zu entkommen, aber Gott hat es nicht zugelassen.«

Wir hörten, wie die Haustür geöffnet wurde, und aus der Eingangshalle ertönten Schritte.

»Da kommt Titus«, sagte Mrs. Sarah leise.

Mr. Mallard betrat das Esszimmer. Ich hatte ihn schon viele Jahre nicht mehr gesehen und staunte sehr über seine Veränderung. Er war ein hagerer Mann um die fünfzig gewesen, mit schmalen Lippen, beginnender Glatze und einem von Kummer und Gram zerfurchten Gesicht – entsprach also nicht dem Bild eines edlen Ritters –, doch als er nun mit liebevollem Blick seine Frau betrachtete, waren alle Sorgenfalten verschwunden.

»Mein Lieber«, sagte Mrs. Sarah, »Mrs. Rodd kennst du ja wohl.«

»Nun, also ... ja ...« Irritiert sah er von ihr zu mir und erkannte mich. »Mrs. Rodd ... eine Freundin aus alten Tagen! Was für eine schöne Überraschung ...«

Die Worte erstarben auf seinen Lippen, als er den Ausdruck auf unseren Gesichtern wahrnahm. Für einen Moment herrschte Schweigen.

Dann legte mir Mrs. Sarah mit beeindruckender Ruhe und Gefasstheit kurz ihre Hand auf den Arm. »Sie wissen, was ich zu tun habe; es wird nicht lange dauern. Ich würde es sehr schätzen, wenn Sie uns einen Augenblick allein ließen. Sie brauchen keine Angst zu haben, dass ich aus dem Fenster springe.«

»Sarah?«

Ich konnte es nicht ertragen, Mr. Mallard ins Gesicht zu sehen, und verließ eilig das Zimmer.

Gegenüber lag das Wohnzimmer, in dem ich neben dem kalten Kamin einen weinenden Mr. Tully vorfand. Er tat mir sehr leid, und ich hoffte, er würde keine Schwierigkeiten bekommen, weil er seiner guten Freundin beigestanden hatte.

»Nun ist alles vorbei«, sagte er.

»Ja. Nun ist alles vorbei.«

»Was wird jetzt mit ihr geschehen?«

»Sie bleibt in meinem Gewahrsam, bis ich sie der Polizei übergeben kann. Danach wird sie sich in London vor dem Gericht verantworten müssen.«

»Und dann werden sie sie hängen.«

»Es tut mir sehr leid, Mr. Tully.«

Er wischte sich mit seinem Taschentuch über die tränennassen Augen. »Ich dachte, wie jeder andere, sie wäre tot. Ich war so glücklich, als ich Nachricht von ihr erhielt und erfuhr, dass sie noch lebte. Sie hat darauf vertraut, dass ich ihr Geheimnis bewahre.«

»Sie sind ein treuer Freund, und ich weiß, dass Sie nur aus besten Beweggründen handelten. Aber unser Recht gilt für Mrs. Sarah, wie für jeden anderen, und sie hat nun mal gestanden, zwei Männer getötet zu haben.«

»Das glaube ich einfach nicht – ich habe es nie geglaubt! Ich kenne Sarah und all ihre intimsten Geheimnisse, seit sie sich in den armen Tom verliebte. Sie hat diesen Mann vergöttert, Mrs. Rodd, und ihm seine Turteleien mit anderen Frauen vergeben – immer und immer wieder. Sie kannte sein Wesen und sagte mir oft, es sei ihr egal, was er treibe, weil sie wisse, er würde immer wieder zu ihr zurückkehren. Sie erlaubte sich nicht, mit anderen Männern anzubandeln – bis der arme Tom ihr seine Liebe entzog.«

»Andere Männer? Gab es außer Fitzwarren noch weitere Anwärter?«

»Ich meinte natürlich Fitzwarren.« Mr. Tully verlor einen Moment lang den Faden und fuhr übereilt fort: »Nach Marias

Geburt hatten sich die beiden entfremdet, aber dann fuhren sie zusammen nach Amerika und feierten dort große Erfolge. Kurz nach ihrer Rückkehr wurde Olivia geboren. Er nannte sie Olivia, weil sie sozusagen ihr Olivenzweig, ihr Friedenszeichen, war, und Cordelia kam dann einige Jahre später – o ja, es lief sehr gut für die beiden in jener Zeit! Und wenn ich daran denke, was Sarah alles ertragen musste … ihre Geduld, ihre Nachsicht … Ich kann mir einfach nicht vorstellen, dass sie jemanden verletzt, geschweige denn getötet haben soll!«

»Ich stimme Ihnen zu, dass es schwer vorstellbar ist«, erwiderte ich. »Und doch habe ich erlebt, dass Menschen nach vielen Jahren der Sanftmut plötzlich gewalttätig werden können. Sie bezeichnet sich selbst als schuldig; vielleicht sollten wir sie bei ihrem Wort nehmen.«

»Es fällt nur so schwer«, schluchzte Mr. Tully.

Er begann wieder zu weinen und tupfte sich über die Augen. Wir saßen schweigend da, bis Mr. Mallard ins Zimmer kam. Ich hatte erwartet, er würde wieder so elend und gebrochen aussehen wie früher, doch obwohl ihm sein Schmerz anzumerken war, hatten seine Augen diesen neuen strahlenden Glanz nicht verloren.

»Ich habe meine Kutsche bestellt, Mrs. Rodd; meine Frau und ich werden Sie begleiten, wohin auch immer Sie sie bringen müssen.«

Einundzwanzig

Mrs. Sarah wurde nach London gebracht und im Newgate Gefängnis verwahrt. Mr. Mallard folgte ihr, und seine Haltung in dieser schlimmen Zeit beeindruckte mich sehr. Er war bewundernswert ruhig und stark und schwankte keine Sekunde in seiner Hingabe und Treue gegenüber seiner Ehefrau. Immer wieder kämpfte er sich durch die Meute an Reportern vor dem Gefängnis, um sie so oft wie möglich zu besuchen, und doch bezweifelte er nicht die Wahrhaftigkeit ihres Geständnisses.

»Sie bereut, und ich habe ihr vergeben«, erzählte er mir stolz. »Als Christ ist es nurmehr meine Pflicht. Wenn ich meine Frau bedingungslos liebe, muss ich ihr auch bedingungslos vergeben – also das, worin sie sich mir gegenüber versündigt hat, meine ich, denn es ist nicht an mir, ihr die Sünden gegenüber anderen zu vergeben. Das kann nur Gott.«

Wir standen gerade in einem geweißelten Gefängniskorridor, und ich konnte mir meine Frage nicht verkneifen. »Halten Sie sie wirklich für schuldig?«

»Ich muss meiner Frau glauben, Mrs. Rodd – wie könnte ich ihr sonst helfen? Gott hat uns aus nur einem bestimmten Grund zusammengebracht ... um ihre unsterbliche Seele zu retten.«

Gegen eine solch eiserne Gewissheit konnte ich schlecht anreden; sein Glauben war das Einzige, das diesen armen Mann zusammenhielt. Ich selbst besuchte Mrs. Sarah, sooft es mir erlaubt war; ich konnte nur schwer ertragen, wie sie sich in ihr Schicksal fügte. Sie wirkte gelassen und beinahe distanziert, wie sie im »Schatten des Galgens« ausharrte als würde sie »auf den Omnibus warten«, wie Blackbeard befand. Wenn ich sie besuchte, empfing sie mich mit fast übertriebener Herzlichkeit und gelegentlichen Anwandlungen von Humor, die mich sehr verwirrten.

»Sie sollten mal ein Glas Portwein trinken, Mrs. Rodd, oder Gin«, sagte sie bei einem meiner Besuche. »Nein, Sie sollten besser mehrere Gläser trinken. Es würde Ihnen mächtig guttun, einmal einen gehörigen Schwips zu haben – und ich ertrinke hier geradezu in Spirituosen! Jeder Schauspieler, der meinen Ehemann nicht ausstehen konnte, hat mir eine Flasche Alkohol geschickt – als Dankeschön.«

Ich hätte beinahe laut aufgelacht, doch das wäre unter den gegebenen Umständen sehr unangebracht gewesen. »Vielen Dank, aber ich habe kein Interesse an einem Schwips.«

Ich mochte Mrs. Sarah immer mehr, und ich glaube, auch sie unterhielt sich sehr gern mit mir. Dennoch war immer auch eine gewisse Distanz zu spüren, und ich hatte das Gefühl, dass sie mir etwas verschwieg. Keine ihrer Töchter war bisher zu Besuch gekommen. Ich wusste, dass sie das sehr betrübte, auch wenn sie immer liebevoll von ihnen sprach und ihnen nichts vorwarf. Cordelia war immer noch zu krank, um hergebracht zu werden, und es war fraglich, ob sie ihre Mutter überhaupt erkannt hätte. Maria und ihr Mann hatten das Theater geschlossen und taten ihr Bestes, sich von der Öffentlichkeit fernzuhalten.

Miss Olivia hingegen schien sich nach Aufmerksamkeit zu sehnen. Sie prangerte ihre Mutter in den Zeitungen an und machte generell solch ein Aufhebens, dass man ihr in einem fragwürdigen Theater in Charing Cross größere Rollen zuteilte. Zudem sammelte sie fleißig Geld für einen riesigen Grabstein für ihren Vater. Ich fand ihr Verhalten unsäglich schamlos, doch Mrs. Sarah verlor kein einziges kritisches

Wort und zeigte auch weiterhin keinerlei Anzeichen unkontrollierbarer Erregung, die sie ja vorgeblich zu den Morden getrieben hatte. In meinen trübseligsten Momenten begann ich mich zunehmend zu sorgen, dass hier ein ganz fürchterlicher Fehler begangen wurde.

⚜

»Vielleicht hat es nichts weiter zu bedeuten, Mrs. Rodd«, sagte Mr. Blackbeard, »und ein wenig hoffe ich auch, dass nichts dahintersteckt, denn ich mag in diesem Stadium der Ermittlung nicht noch einmal alles auf den Kopf stellen; das würde meinen Vorgesetzten nicht im Mindesten gefallen. Aber ich muss der Sache nachgehen und würde dazu gern Ihre Meinung hören.«

Er hatte mir am frühen Morgen die Polizeikutsche in den Well Walk geschickt (wie üblich ohne weitere Erklärung) und wartete am Golden Square vor dem Haus, in dem Miss Paulina LaFaye logierte.

»Ich dachte, Miss LaFaye hätte bei der Polizei bereits ausgesagt«, meinte ich. »Darf ich annehmen, dass sie ihre Meinung geändert hat?«

»Sie deutete an, sie habe Kenntnis von einem wichtigen Detail«, sagte Blackbeard. »Gestern Abend erhielt ich eine Nachricht von ihr.«

»Dann muss es etwas sein, dass Mrs. Sarah helfen könnte – sie würde sich ja wohl kaum die Mühe machen, noch mehr Beweise *gegen* sie anzuführen.«

»Hm. Genau das dachte ich auch, Ma'am, aber lassen Sie uns den Dingen nicht vorgreifen.«

»Nein, natürlich nicht.« Ich bemühte mich, meine Aufregung zu verbergen, doch meine Phantasie schlug Kapriolen.

Blackbeard läutete die Glocke; wir warteten einige Minuten und lauschten den Klängen eines nahen Klaviers und den Tonleitern einer Frau mit durchdringendem Sopran.

Ein kleines, etwas schmuddeliges Hausmädchen öffnete uns schließlich die Tür, und wir trafen Miss LaFaye im oberen Wohnzimmer an. Sie trug einen gerüschten Morgenmantel und hatte ihre Ringellocken frisch ausgekämmt.

»Nun«, sagte Blackbeard, der vor dem ungesäuberten Kamin Position bezog. »Was haben Sie für uns?«

»Ich hoffe, das bringt mich nicht in Schwierigkeiten«, sagte Miss LaFaye. »Deshalb habe ich zuvor auch nichts gesagt.«

»Sind Sie allein hier, Miss LaFaye?«, erkundigte ich mich.

Sie verstand sofort, worauf ich hinauswollte. »Wegen Olivia Transome brauchen Sie sich keine Gedanken zu machen – sie wohnt im Moment nicht hier. Wir hatten eine Meinungsverschiedenheit.«

Ich setzte mich neben sie auf das Sofa. »Haben Sie neue Hinweise bezüglich des Mordes?«

»Ich habe Mrs. Sarahs Geständnis in der Zeitung gelesen und wusste, dass ich nun etwas sagen muss. Sie kann in der Nacht, in der Mr. Tom umgebracht wurde, gar nicht im Theater gewesen sein – das weiß ich, weil ich sie anderswo gesehen habe.«

Mein Herz machte einen Satz, denn wenn Mrs. Sarah in jener Nacht eindeutig an einem anderen Ort gesehen worden war, machte dies alle weiteren Hinweise zunichte. »Sind Sie sicher, dass es Mrs. Sarah war?«

»Ja, ganz bestimmt.«

»Hat sie Sie ebenfalls gesehen?«

»Das bezweifle ich«, sagte Miss LaFaye. »Dafür war sie zu beschäftigt.«

»Als Sie bei der Polizei Ihre Aussage machten«, sagte

Blackbeard streng, »gaben Sie an, Sie seien nach dem Stück geradewegs nach Hause gefahren.«

»O ja, ich weiß, dass ich das sagte. Aber es entsprach nicht der Wahrheit.«

»Die Polizei anzulügen ist ein ernsthaftes Vergehen, Miss.«

»Ich weiß, aber ich musste lügen! Alle hörten zu, und ich wollte nicht, dass die anderen es erfahren. Nach dem Theater war ich bei einer geschlossenen Gesellschaft in den *Cremorne Gardens*.«

Dies war ein sogenannter »Lustgarten« an der Themse in Chelsea – ein Etablissement mit Musik, Tanz und zweifelhafter Moral. Es überraschte mich nicht, dass Miss LaFaye ihren dortigen Aufenthalt bislang verschwiegen hatte.

»War es eine große Gesellschaft, Miss LaFaye?«, fragte ich nach.

»Nein.« Sie errötete und reckte dann trotzig das Kinn. »Wir waren nur zu zweit … ich und ein gewisser Gentleman, ein Bekannter von mir … und es war ziemlich unschuldig, das versichere ich Ihnen.«

»Ich brauche seinen Namen«, sagte Blackbeard.

»Wozu? Er hat nichts gesehen!« Sie wurde nervös. »Und wenn Sie ihn nach mir fragen, wird er leugnen, mich zu kennen … auch wenn wir nichts Schlimmes getan haben.«

»Dessen bin ich sicher«, beeilte ich mich zu sagen, denn ich hatte Angst, dass Blackbeard sie zu sehr einschüchtern würde, noch bevor sie uns irgendetwas Nützliches erzählt hätte. »Wo genau haben Sie Mrs. Sarah gesehen?«

Miss LaFaye sah einige Male zwischen Blackbeard und mir hin und her, dann zuckte sie resigniert die Schultern. »Sie haben diese abgetrennten Kabinen, müssen Sie wissen, wie einzelne kleine Zimmer, aber die Wände bestehen aus Spalieren und sind mit Blumen berankt, so dass niemand hineinsehen kann. Und die Kellner kommen nur, wenn man nach ihnen läutet. Mein Freund und ich wollten uns in Ruhe unterhalten, deshalb haben wir unser Abendessen in solch einem Séparée eingenommen.«

»Wie konnten Sie dann Mrs. Transome sehen?«, fragte Blackbeard.

»Durch die Blätter hindurch. Da gibt es immer vereinzelte Lücken. Sie ging in das Séparée nebenan und setzte sich an den Tisch.«

»War sie allein?«, erkundigte ich mich.

»Sie kam allein und blieb es für eine gute halbe Stunde. Dann kam ein Mann dazu, und sie haben sich eine lange Zeit unterhalten.«

»Kannten Sie ihn?«

»Nein. Ich hatte ihn noch nie zuvor gesehen. Er war groß, mit schwarzem Haar und Koteletten, und sah wie ein Gentleman aus. Mrs. Sarah gab ihm ein kleines Päckchen, das er in seine Manteltasche steckte. Dann aßen sie zu Abend, und als mein Freund und ich das Lokal verließen, war sie noch immer da.«

Blackbeard und ich tauschten Blicke, und obwohl er äußerlich keine Regung zeigte, kannte ich ihn gut genug, um zu wissen, dass er ebenso aufgewühlt war wie ich.

»Ich weiß, dass ich es Ihnen schon vorher hätte sagen sollen«, druckste Miss LaFaye, »und es tut mir sehr leid. Aber ich hatte, ich habe solche Angst, Ärger zu bekommen.«

»Es war gut, dass Sie sich jetzt gemeldet haben«, versicherte ich. »Ich bin überzeugt, Mr. Blackbeard tut, was er kann, damit Ihnen keine Unannehmlichkeiten entstehen.«

»Ich hoffe, meine Aussage hilft! Ich will nicht, dass Mrs. Sarah hingerichtet wird.«

»Das hängt davon ab, wann Sie die *Cremorne Gardens* verlassen haben, Miss«, sagte Blackbeard. »Um wie viel Uhr war das?«

»Ach, herrje – Sie werden mich für einen schlechten Menschen halten! Ich fürchte, es war ganz schrecklich spät.«

»Miss LaFaye«, beruhigte ich sie, »wir sind nicht hier, um ein Urteil über Ihren Charakter zu fällen. Denken Sie daran: Sie können das Leben einer Frau retten!«

»Nun gut … aber bitte erzählen Sie es nicht weiter, sonst verliere ich auch noch den letzten Rest meines guten Rufes. Mein Freund und ich sind nach dem Essen … bedauerlicherweise eingeschlafen.« Sie wurde puterrot. »Als wir aufwachten, war es bereits Tag, und im Séparée nebenan unterhielten sich die beiden noch immer. Und ich kann Ihnen die exakte Zeit nennen, weil mein Freund auf seine Taschenuhr sah und sagte: ›Oh, verd… verflixt noch mal, warum hast du mich schlafen lassen? Es ist *halb sieben*!‹«

Wiederum hüpfte mein Herz; dies würde doch bestimmt genügen, um Mrs. Sarahs Schuld in Frage zu stellen.

»Danke, Miss«, sagte Blackbeard. »Das ist sehr interessant, und ich bin Ihnen sehr verbunden.«

»Sie verstehen doch, warum ich es nicht sagen wollte, oder? Ich hatte Angst, die Leute würden auf falsche Ideen kommen, dabei war es doch nur ein kleines Abendessen mit einem Freund.«

»Das verstehe ich sehr wohl, Miss LaFaye, und ich bin sicher, der Inspector wird mit dieser Information diskret umgehen.«

Wir verabschiedeten uns, und ich war sehr neugierig zu hören, was Blackbeard von der Sache hielt. Anstatt in die noch wartende Kutsche zu steigen, blieb er stocksteif und mit versteinert wirkendem Gesicht mitten auf dem Gehweg stehen. Ich wusste, dass dies bei ihm die äußeren Anzeichen höchster innerer Unruhe waren und wartete ab.

Schließlich sagte er: »Mrs. Sarah könnte sich ohne weiteres davongeschlichen und den Mord verübt haben, während die beiden schliefen. Jedoch bleibt die Tatsache bestehen, dass unsere bisherigen Erkenntnisse zu wanken beginnen – falls Miss LaFaye die Wahrheit gesagt hat.«

»Ich glaube ihr; das arme Ding war rot bis unter die Haarwurzeln.«

»Hm«, brummte Blackbeard. »Ich wette, das geschieht nicht allzu oft.«

»Sie werden doch wohl einsehen, dass ihre Aussage alles verändert – zum Beispiel kann Mrs. Noonan Mrs. Sarah in jener Nacht nicht am Theater gesehen haben. Und wenn Mrs. Sarah ihren Besuch in den *Cremorne Gardens* verschwiegen hat, macht das ihr ganzes Geständnis hinfällig.«

»Aber warum sollte eine Frau einen Mord gestehen, den sie nicht begangen hat?«

»Ich weiß es nicht – aber das ist im Moment auch nebensächlich. Meiner Meinung nach ist Mrs. Sarah unschuldig, und es ist unsere Pflicht, eine unschuldige Frau davor zu bewahren, gehängt zu werden.«

»Hm.« Er verfiel erneut in Schweigen und zog die Brauen dicht zusammen. »Lügen über Lügen, Mrs. Rodd – so etwas habe ich noch nie erlebt. Aber ich gebe zu, dass ich Sie mitgenommen habe, weil auch ich nicht überzeugt von der Sache war; aber ich bin mir bewusst, dass meine Vorgesetzten nicht auf mich hören werden. Nicht, bevor sie ihr Geständnis nicht widerruft.«

»Ich bin sehr erleichtert, das zu hören«, sagte ich. »Mich haben von Anfang an Zweifel gequält … und noch etwas anderes – ein seltsames Gefühl, das sich nicht abschütteln lässt, nämlich dass die Wahrheit im Grunde offen vor mir liegt – und ich sie nur noch nicht sehen kann.«

Zweiundzwanzig

Die Tür zu Mrs. Sarahs Zelle stand offen, und wir hörten, wie Mr. Mallard mit seiner tiefen Stimme leise den 91. Psalm sprach.

»Wer unter dem Schirm des Höchsten sitzt, der bleibt unter dem Schatten des Allmächtigen. Ich sage zum Herrn, Er ist meine Zuflucht und meine Burg: mein Gott, auf den ich traue. Denn er errettet dich vor dem Strick des Jägers ...«

Ich blieb im Korridor stehen, doch Mr. Blackbeard war weniger feinfühlig und trat ohne Klopfen ein.

»Mrs. Mallard – auf ein Wort, bitte.«

Ich sehe sie noch immer vor mir, dieser Moment hat sich fest in mein Gedächtnis eingebrannt: zwei hagere Gestalten in schwarzer Kleidung, die auf zwei harten Stühlen dicht nebeneinandersitzen und uns mit großen Augen ansehen.

»Hören Sie nicht, dass ich aus der Bibel lese?«, fragte Mr. Mallard indigniert. »Ist uns denn gar keine Privatsphäre erlaubt?«

»Wir haben gerade eine Aussage gehört, die Ihrem Geständnis widerspricht, Ma'am.« Blackbeard ignorierte ihn und richtete seinen Blick direkt auf Mrs. Sarah. »Es gibt da ein paar Punkte, die ich gern mit Ihnen klären würde.«

»Darüber wurde ich nicht informiert; mit welchem Recht poltern Sie ohne Vorwarnung in das Zimmer meiner Frau?«

»Bitte vergeben Sie uns, Mr. Mallard«, sagte ich. »Aber wenn die Angelegenheit so dringend ist, wie wir denken, gibt es keine Zeit zu verlieren.«

»Erzählen Sie mir, was Sie erfahren haben«, bat Mrs. Sarah mit Blick auf mich.

»Nur zwei Worte: *Cremorne Gardens*.«

»Ah.« Sie verzog erst schmerzvoll das Gesicht, dann hob sie beinahe amüsiert die Augenbrauen. »Ich hätte wissen müssen, dass es irgendwann herauskommt.«

»Liebes?« Erschrocken griff Mr. Mallard nach ihrer Hand, als wollte er sie daran hindern, davonzufliegen. »Was heißt das? Du hast mir doch alles gesagt!«

»Nein, das habe ich leider nicht«, entgegnete Mrs. Sarah zärtlich. »Es tut mir so leid, Titus. Du hast eine niederträchtige Frau geheiratet. Ich habe dir einen Haufen Lügen aufgetischt, weil die volle Wahrheit zu beschämend ist. Du kannst jetzt gehen, wenn du magst, aber wenn du bleiben willst, muss ich dich warnen: Nun werde ich die Wahrheit sagen.«

»Ich verstehe nicht«, sagte Mr. Mallard. »Die Verbrechen, die du mir gestanden hast, waren unsäglich – was könnte denn nun noch schlimmer sein?«

»Es wird dir nicht gefallen, wenn ich über mein früheres Leben spreche.«

»Ich habe versprochen, mit dir durch das Tal des Todes zu gehen.«

»Nun gut. Vielleicht mögen Sie zu ihrem Besuch in den *Cremorne Gardens* noch mehr sagen, Mrs. Rodd?«

»Sie waren nach der Vorstellung dort, offensichtlich die ganze Nacht.«

»Sie sind gesehen worden, Ma'am«, ergänzte Mr. Blackbeard.

»Oh – von wem?«

»Von den beiden Turteltauben im Séparée nebenan.«

»Tatsächlich? Herrje! Ja, ich war in den *Cremorne Gardens*, und ich erinnere mich, dass nebenan ein Pärchen poussierte; irgendein Lebensmittelgroßhändler und sein Schmetterling.«

»Dieser ›Schmetterling‹ war Miss Paulina LaFaye«, sagte

ich.« Sie haben sie vermutlich nicht gesehen, aber Miss LaFaye hat Sie erkannt.«

»LaFaye ... dieses vorlaute kleine Püppchen! Das ist dann wohl meine Strafe dafür, dass ich diskret vorgehen wollte.« Ein Schmunzeln zuckte um ihre Mundwinkel. »Der Name des Mannes lautet übrigens Parkinson; ich erinnere mich, weil sie immer wieder ›Oh, Mr. Parkinson, nun lassen Sie das doch‹ quietschte.«

Beinahe hätte ich laut aufgelacht und schämte mich sofort, denn der arme Mr. Mallard war bleich vor Entsetzen; so hatte er seine Frau vermutlich noch nie sprechen gehört.

»Sie waren nicht allein«, sagte ich.

»Nein, das stimmt. Ich war dort mit einem Gentleman verabredet. Sein Name ist Jonathan Parrish; er hat rein gar nichts mit dem Tod meines Mannes zu tun. Er schreibt Theaterstücke und ist verheiratet; seine Frau neigt sehr zur Eifersucht, weshalb wir uns im Geheimen trafen. Ich kenne ihn seit vielen Jahren, und wir waren früher einmal eng befreundet.«

»Miss LaFaye behauptete, sie hätten ihm ein Päckchen zugesteckt.«

»Wenn Sie denken, ich hätte ihm Geld gegeben, Mrs. Rodd, dann möchte ich Sie an meine finanzielle Lage erinnern, die Sie besser kennen als irgendjemand sonst. Die Wahrheit ist, dass wir uns gegenseitig unsere Briefe zurückgegeben haben.« Sie blickte in das gequälte Gesicht ihres Mannes, und ihre Stimme wurde weicher. »Ich würde sie nicht gerade als kompromittierend bezeichnen, es sind aber doch Briefe zwischen Liebenden.«

»Wann?«, fragte Mr. Mallard gepresst. »Warum hast du mir nie von ihm erzählt?«

»Es ist schon so viele Jahre her, mein Liebster. Er leitete unsere Tournee, als wir damals durch Amerika reisten.«

»Wenn Sie das bitte für einen Moment beiseitelassen könnten ...«, bat Blackbeard. »Haben Sie und Mr. Parrish die ganze Nacht in dem Séparée verbracht, Ma'am?«

»Ja«, antwortete Mrs. Sarah. (Sie war gefasst und ihre Stimme klar, dennoch konnte ich fast hören, wie sich die Rädchen in ihrem Kopf drehten – sie überlegte fieberhaft, was sie uns wie erzählen wollte.) »Wir hatten viel zu besprechen.«

»Und um welche Uhrzeit verließen Sie die *Cremorne Gardens*?«

»Ich erinnere mich nicht mehr – wann immer LaFaye sagte, dass wir es taten.«

»Ich würde es gern von Ihnen hören, Ma'am.«

»Die genaue Zeit weiß ich nicht. Es war sehr früh am Morgen.«

»Und wohin gingen Sie dann?«

»Mr. Parrish kehrte zu seiner Frau zurück.« Mrs. Sarah beobachtete unsere Mienen. »Ich fuhr ins *Duke of Cumberland's Theatre* und tötete meinen Mann.«

»Aber das passt nicht zusammen!«, entfuhr es mir. »Der Gerichtsmediziner hat festgestellt, dass er wenige Stunden nach Mitternacht starb, und dafür waren Sie eindeutig zu spät!«

Die Erkenntnis machte mir schwer zu schaffen; ich konnte die Ahnung, die seit Wochen in mir gearbeitet hatte, nicht länger ignorieren.

»Dazu kann ich nichts mehr sagen ... Vielleicht habe ich ein, zwei Einzelheiten durcheinandergebracht – aber was macht das schon? Ich werde mich vor Gericht schuldig bekennen. Der Fall ist gelöst, es sei denn, Sie wollen mich dafür anklagen, dass ich unschuldig bin.«

»Mrs. Rodd ... Inspector ...« Mr. Mallard war todesbleich,

hatte sich aber wieder gefasst. »Ich wäre Ihnen sehr verbunden, wenn Sie uns allein lassen könnten. Das wäre wirklich überaus freundlich von Ihnen.«

»Sie brauchen mir keine weiteren Fragen zu stellen«, sagte Mrs. Sarah. »Ich habe Ihnen nichts mehr zu sagen.« Sie ergriff die Hand ihres Mannes und umschloss sie mit ihren Händen. Der liebevolle Blick, den sie ihm zuwarf, ließ sie innerlich geradezu aufleuchten.

Ich verstand, dass sie ihrem Mann nun ohne unser Beisein gewisse Dinge erzählten wollte, die sie ihm bislang vorenthalten hatte, und mir schien, dass Titus Mallard weitaus schockierter über das Auftauchen von Jonathan Parrish war als über ihr Mordgeständnis.

❦

»Ein seltsamer Bursche«, meinte Blackbeard, als wir vor dem Gefängnis standen. »Man sollte meinen, er würde sich über jeden Hinweis freuen, der die Unschuld seiner Frau belegt – stattdessen reagiert er, als wären es schlechte Nachrichten.«

»Mr. Blackbeard«, sagte ich, »sie hat es nicht getan.«

»Das verrät Ihnen wieder Ihr Instinkt, Ma'am, nicht wahr?«

»Ich weiß nicht, was sie im Schilde führt – warum sie freiwillig in den Tod geht –, aber ich weiß, dass sie lügt.«

Auf dem Gehweg waren viele Menschen unterwegs, und Blackbeard zog mich mit sich in den Schatten der Gefängnismauer. »Das reicht nicht, Ma'am. Miss LaFayes Geschichte hat nicht viel Gewicht, wenn man bedenkt, dass sie die meiste Zeit über geschlafen hat. Mrs. Mallard und ihr Freund hätten weggehen und wiederkommen können. Sie müssten mir mehr liefern, Mrs. Rodd.«

»Der Prozess findet in zwei Wochen statt«, sagte ich.

»Wenn Mrs. Sarah sich schuldig bekennt, wird sie gehängt – und der wahre Mörder wird immer noch frei herumlaufen.«

»Ich sage Ihnen etwas: Ganz unabhängig von meiner persönlichen Meinung werde ich mit den beiden Gentlemen Parrish und Parkinson sprechen – auch wenn ich beileibe nicht weiß, was ich machen soll, wenn beide schwören, Mrs. Sarah sei die ganze Nacht in den *Cremorne Gardens* gewesen. Aber vorher würde ich gern wissen, was Mrs. Margaret Noonan zu der Sache zu sagen hat.«

Dreiundzwanzig

Mrs. Noonan wohnte noch immer an dem recht tristen Platz in Pentonville und war nicht gerade erfreut, uns vor ihrer Tür stehen zu sehen.

»Was wollen Sie von mir? Ich habe Ihnen alles erzählt, was ich weiß, und wünschte, Sie würden mich jetzt in Ruhe lassen.«

»Sie haben uns *Ihre* Geschichte erzählt, Ma'am«, sagte Blackbeard, »und es war eine recht hübsche Geschichte – abgesehen davon, dass sie nicht ganz der Wahrheit entsprach.«

»Ich weiß nicht, was Sie meinen.«

»Nun kommen Sie, Mrs. Noonan – die Polizei anzulügen ist eine ernste Angelegenheit!«

»Ich ... ich ... das habe ich nicht!« Sie wirkte verschreckt und versuchte, schnellstmöglich die Tür zu schließen, doch der Inspector hatte seinen Fuß bereits dazwischen gestellt; sie besaß nicht die Kraft, ihm den Zugang zu verwehren.

»Bitte beruhigen Sie sich«, sagte ich, so freundlich ich konnte. »Wir sind nicht hier, um Ihnen Ihre Falschaussage vorzuwerfen. Es ist nur so, dass sich eine neue Zeugin gemeldet hat, und wenn sie die Wahrheit sagt, dann können Sie Mrs. Sarah nicht zur angegebenen Zeit am Theater gesehen haben.«

»Oh, aber ...« Sie verlor die Fassung und brach in Tränen aus. »Ich wollte niemandem schaden!«

Das arme Geschöpf weinte, als sei ihr eine Last von den Schultern genommen worden. Ihr hagerer Körper wurde von Schluchzern geschüttelt, und sie schlug die Hände vor das blasse Gesicht. Sie dauerte mich.

»Sind Sie allein, Mrs. Noonan? Ist jemand da, der Ihnen eine Tasse Tee kochen könnte?«

»Nein, niemand ist da. Ich bin ganz allein.«

Sie führte uns durch den Flur und über eine Treppe hinunter in die Küche, in der sie offenkundig gesessen hatte; das Haus und die gemieteten Möbel waren zwar betagt, aber derart penibel gesäubert, dass der Eindruck entstand, Mrs. Noonan würde nicht selbst hier leben, sondern wäre nur eine Bedienstete. Ich spürte ihre große Einsamkeit und fragte mich, weshalb sie nicht bei ihrer Tochter lebte.

Ich machte mich daran, Tee zu kochen, was ausreichte, um ihre Tränen zum Versiegen zu bringen; fast riss sie mir den Kessel aus der Hand, so eifrig verteidigte sie ihr Revier! Als sie sich schließlich zu uns an den Tisch setzte, hatte sie ihren gewohnten Zustand gefasster Ruhe wiedererlangt.

Mr. Blackbeard verharrte in eisigem Schweigen (abgesehen vom schlürfenden Geräusch, mit dem er wie üblich seinen Tee trank), wofür ich ihm sehr dankbar war, denn Mrs. Noonan brauchte nun eine einfühlsame Ermunterung, um uns die Wahrheit anzuvertrauen.

»Sie müssen sehr glücklich gewesen sein, als Ihre Tochter geheiratet hat«, begann ich.

»O ja!«

»Ich habe Mr. Betterton kennengelernt und mag ihn sehr.«

»Er ist ein guter Mann und betet Constance geradezu an.«

»Es überrascht mich, dass Sie nicht bei ihrer Tochter und deren Mann wohnen.«

»Sie ist jetzt eine große Dame.« Mrs. Noonan sagte es ohne Bitterkeit. »Und sie sorgt dafür, dass es mir an nichts mangelt.«

»Sie sprachen von Ihrem Verdacht, dass sie regelmäßig einen Mann traf – ich nehme an, dabei handelte es sich um Mr. Betterton?«

»O ... ja, ja ... ja!« Sie schien ihre Vorbehalte nun aufgegeben zu haben. »Constance und Tom stritten sich immer öfter und heftiger, und es ging zunehmend um Geld. Miss Olivia hatte ihr ein paar Dinge über Toms finanzielle Umstände offenbart, und Constance begann zu drohen, sie würde das Theater wechseln. Mir gegenüber sagte sie nichts davon; das habe ich alles durch die Wand gehört, wenn Tom zu Besuch war. Ich wusste nicht, dass sie Mr. Betterton traf – oder dass er sich in sie verliebt hatte. Wie ich Ihnen bei Ihrem Besuch sagte, Ma'am, war ich krank vor Sorge, dass Tom sie verlassen und damit unseren Untergang heraufbeschwören könnte. Dass ich an jenem Abend zum Theater gefahren bin, ist die Wahrheit – ich wollte sie damit konfrontieren. Ich wartete draußen auf sie – genau, wie ich es Ihnen sagte –, und wir stritten uns, bevor sie mit ihrer Kutsche davonfuhr.«

Mrs. Noonan brach ab und hob die Hände vor den Mund.

»Haben sie Sarah Transome gesehen, so wie Sie behauptet haben?«, fragte der Inspector.

»Nein.« Sie ließ die Hände wieder in den Schoß fallen. »Das habe ich erfunden.«

»Aber warum?«, wollte ich wissen.

»Ich weiß, dass es falsch war. Zudem kam Constance viel später aus dem Theater, als ich angegeben habe.« Erneut stiegen ihr Tränen in die Augen und rannen über ihre eingefallenen Wangen. »Sie war so wütend auf Tom, dass ... Gott möge mir vergeben ... ich dachte ...«

»Sie dachten, sie hätte ihn umgebracht«, beendete ich den Satz für sie.

»Ja.« Sie zog ein Taschentuch aus dem Ärmel und tupfte damit über ihr Gesicht. »Ich habe nur versucht, sie zu schützen – so wie jede Mutter es getan hätte.«

»Glauben Sie immer noch, dass sie ihn umgebracht hat?«, fragte Blackbeard.

»Nein!«

»Und wann wollten Sie die Wahrheit sagen, Ma'am? Wollten Sie vor Gericht lügen? Wollten Sie zusehen, wie eine Frau auf Ihre Falschaussage hin gehängt wird?«

Er sprach ganz ruhig, aber mit drohendem Unterton, so dass die arme Frau aufschluchzte: »Ach, ich weiß nicht, was ich wollte ... Ich hatte solche Angst! Sie ist doch alles, was ich habe!«

»Ich bin überrascht, dass Sie Ihre Tochter für fähig halten, ein so abscheuliches Verbrechen zu begehen«, sagte ich.

»Das war, bevor sie mir alles über ihre Abmachung mit Mr. Betterton gesagt hatte. Und sie war so wütend auf Tom!«

Es war das zweite Mal, dass sie die »Wut« ihrer Tochter erwähnte; ich erinnerte mich an Mr. Transomes Wutanfall und fragte mich, ob Schauspieler eher zu Zornesausbrüchen neigen als andere Menschen. »Wissen Sie, worüber genau sie mit Mr. Tom gestritten hat?«

»Nein.« Die Antwort kam ein wenig zu schnell. »Sie vertraute sich mir nicht mehr an – das hörte auf, als sie nach London zog. Es ging ums Theater ... und um Miss Olivia ... und um das Haus in Herne Hill. Ich wusste nichts Genaues, und deshalb habe ich den Kopf verloren. Ich hätte keine Lüge über Mrs. Sarah erzählt, hätte mein Kind mich nicht so im Dunkeln gelassen.« Sie presste die zitternden Hände aneinander. »Sie wird doch jetzt keine Schwierigkeiten bekommen, oder? Was Sie mit mir machen, ist mir egal.«

Ich war nicht endgültig zufrieden, spürte jedoch, dass Mrs. Noonan uns – zumindest im Moment – nichts weiter sagen würde, und war froh, dass Mr. Blackbeard offenbar derselben Meinung war. Er hielt ihr noch einen kurzen strengen

Vortrag über die Schändlichkeit, die Polizei zu belügen, dann verabschiedeten wir uns.

Auf der Straße verfiel der Inspector in Schweigen, diesmal in ein längeres. Dann brachte er sein Urteil in drei Worten auf den Punkt:

»Sie verschweigt etwas.«

⁂

Der Tag schleppte sich dahin; ich hatte seit dem Frühstück nichts mehr gegessen und merkte, dass ich vor Hunger unruhig wurde. Ehe ich darüber nachdenken konnte, was nun am besten zu tun sei, überraschte mich Mr. Blackbeard mit einem ungewöhnlichen Anfall von Feingefühl und fragte, ob ich Lust auf »eine Pastete aus dem Straßenverkauf« habe. Äußerst dankbar nahm ich das Angebot an, und er ließ die Kutsche halten, um an einem Stand heiße Hammelpasteten zu holen.

»Für mich hat es ein wenig den Anschein eines Nebenschauspiels, Mrs. Rodd.«

»Wie meinen Sie das?«

»Wenn man es genau betrachtet, hatte Mrs. Sarah ausreichend Zeit, um ein Dutzend Leute umzubringen.«

»Möchten Sie nicht wissen, was sie wirklich tat, während Miss LaFaye schlief?«

»Nein. Was spielt es schon für eine Rolle? Sie hat gestanden, und für gewöhnlich streitet das Gericht nicht mit Leuten, die gestanden haben. Ich gebe allerdings zu, dass ich neugierig bin, was die neue Mrs. Betterton betrifft … was sie wohl zu alldem zu sagen hat.«

»In der Tat«, stimmte ich zu (während ich mich von den Krümeln der »Straßenpastete« befreite). »Ganz abgesehen von dem Mord, passiert es nicht alle Tage, dass jemand seinen schlechten Ruf so gründlich ins Gegenteil verkehren kann.«

»Das muss wohl mit dem Ehering zusammenhängen.«

»Ja, da haben Sie sicher recht, Inspector; eine Eheschließung ist ein so konkretes und fundamentales Ereignis, dass es die Leute unerfreulichen Tratsch oft schnell vergessen lässt.«

Die Bettertons wohnten am Bedford Square im Stadtteil Bloomsbury, in einem der ehrwürdigen, stattlichen Häuser, die auf den hübschen kleinen Park blickten. Es war eine eher noble denn begehrte Wohngegend; während wir auf den makellos sauberen Eingangsstufen warteten, konnte ich im Park ein Kindermädchen mit seinen Schutzbefohlenen beobachten und dachte bei mir, dass es für die frühere Miss Constance Noonan eine doch recht unpassende Umgebung war.

Ein hübsches junges Hausmädchen ließ uns ein, und ich überreichte ihr meine Visitenkarte, mit der sie nach oben eilte. Wir warteten in der Eingangshalle (wiederum makellos sauber und schwarz-weiß gefliest); wenige Minuten später kehrte sie zurück und führte uns in ein Wohnzimmer im ersten Stock.

»Mrs. Rodd ... Inspector Blackbeard.« Mr. James Betterton stand vor einem imposanten marmornen Kamin, in dem ein munteres Kohlenfeuer brannte. »Meine Frau kennen Sie ja.«

»Mrs. Betterton.« Ich verneigte mich, und sie nickte mir zu – und sah dann ein wenig angespannt zu ihrem Mann. »Ich hoffe, Sie können uns die Störung verzeihen.«

Mrs. Constance – mit offenem Haar und einem langen Kleid aus blassgrüner Seide – setzte sich in einen Sessel neben dem Teetischchen. Sie sah wunderschön aus, und doch interessierte ich mich mehr für ihren Ehemann. Mr. Betterton hatte sich seit unserer letzten Begegnung sehr verändert:

Aus ihm schien das Glück zu strahlen, und er wirkte mindestens zwanzig Jahre jünger, was ihn seinem Sohn, dem liebenswürdigen Mr. Edgar, irritierend ähnlich sehen ließ.

»Bitte nehmen Sie doch Platz; Sie finden uns gerade bei einem Tee und stärkenden Sandwiches; wir haben heute Abend Vorstellung, und so bereiten wir uns darauf vor.« Er wies das Mädchen an, uns Teller und Tassen zu bringen, und ließ ein »Nein« nicht gelten (ich registrierte den deutlichen Unterschied zwischen dieser kräftigenden Mahlzeit und den unzähligen Alkoholika, die ich in Mr. Transomes Garderobe gesehen hatte).

»Sie waren sicher überrascht, als Sie von unserer Hochzeit erfuhren.« Mr. Betterton lächelte stolz. »Da waren Sie nicht die Einzigen; niemand konnte es glauben, und am wenigsten ich selbst. Ich hatte mich schon mit meinem Dasein als Witwer abgefunden und in einen verschrobenen alten Zausel verwandelt, als Constance mir meine Jugend wiedergab.«

»Aber du hast mir noch viel mehr gegeben, mein Liebster.« Sie lächelte ebenfalls, und man sah sogleich, dass sie Mr. Betterton wahrhaft liebte; es war, als würde hinter einem opulenten Buntglasfenster die Sonne aufleuchten (natürlich erinnerte ich mich auch daran, wie sie Transome angesehen hatte, und überlegte, wie ich seinen Namen in unser Gespräch einfließen lassen könnte).

»Wir haben gerade mit Ihrer Mutter gesprochen«, sagte Blackbeard.

»Ach ja?« Beunruhigt sah sie ihren Mann an.

»Sie hat ihre Aussage geändert, müssen Sie wissen. Jetzt sagt sie, sie habe Mrs. Transome in der Mordnacht nie gesehen und nur gelogen, um Sie zu schützen – weil sie dachte, Sie hätten es getan.«

»Das ist absurd«, sagte Betterton sofort.

»Meine Mutter hat aus Angst gelogen«, sagte Miss Constance. »Sie hatte zufällig einen heftigen Streit zwischen Tom und mir mitangehört.« Sie sprach seinen Namen leichthin aus, ohne zu stocken oder zu erröten. »Wie Sie ja wissen – und auch selbst erlebt haben –, hatten wir etliche Meinungsverschiedenheiten, die vor allem in Olivia und ihrer Eifersucht begründet lagen.«

Sie hielt abrupt inne, als das Mädchen mit den Gedecken für Mr. Blackbeard und mich zurückkehrte, und schwieg auch, während Mr. Betterton den Tee einschenkte (ich fragte mich, warum Mrs. Constance dies nicht selbst tat, sondern ihre Pflichten dem eigenen Ehemann überließ).

Blackbeard trank hörbar einen Schluck und fragte: »Ging es in dem Streit ebenfalls um Miss Olivia?«

»Nein.« Mrs. Constance sah uns unverwandt an. »Es war etwas Privates und betraf nur uns beide. Mit meiner Mutter habe ich ebenfalls gestritten, als sie mir nach der Vorstellung auf der Straße auflauerte.«

»Und dann fuhren Sie mit der Droschke davon«, sagte Blackbeard.

»Lassen Sie mich den Rest erzählen, denn er betrifft mich«, sagte Mr. Betterton. »Einige Wochen, bevor Transome starb, kam Constance zu mir und fragte, ob sie unserem Ensemble beitreten könne. Wir trafen uns einige Male, aber die endgültige Entscheidung fiel erst in jener Nacht. Mrs. Noonan hat Ihnen zweifellos erzählt, dass unsere Treffen immer häufiger stattfanden und immer länger dauerten. Ich möchte deutlich hervorheben, dass in den Stunden, die Constance und ich zusammen verbrachten, nichts Ungebührliches passierte. Wir gingen nur spazieren oder fuhren mit der Kutsche durch leere Straßen – bis wir erkannten, dass wir einander liebten und uns lieber in privaten Räumlichkeiten treffen würden.«

»Er kennt meine Vergangenheit«, sagte Mrs. Constance mit engelsgleichem Lächeln. »Ich habe ihm alles erzählt, und er hat mir vergeben.«

»Da war nichts zu vergeben, meine Teure; ich mag nicht schlecht über Tote sprechen, aber Transome hat deine jugendliche Arglosigkeit ausgenutzt.« Die Uhr auf dem Kaminsims schlug zur vollen Stunde. »Oh, ich hätte nicht gedacht, dass es schon so spät ist; du gehst besser und ziehst dich um.«

»Natürlich.« Voll Energie sprang sie auf. »Ich bitte um Verzeihung, Mrs. Rodd, aber vor einer Aufführung ist eine Menge an Vorbereitung nötig.«

»Es würde mir nicht im Traum einfallen, Sie aufzuhalten, Mrs. Betterton«, erwiderte ich. »Danke, dass Sie uns empfangen haben.«

Ihr Ehemann sah ihr zärtlich nach, während sie den Raum verließ. »Sehen Sie nur, wie sie zum Leben erwacht, bevor sie eine Bühne betritt! Ihre Schauspielkunst ist ein Wunder – ich staune jedes Mal.«

Ich wollte mich gerade höflich verabschieden, als Blackbeard sagte:

»Jetzt dürfen Sie gern schlecht von Toten sprechen, Sir – ich bitte sogar darum.«

Mr. Betterton zuckte zusammen. »Verzeihung, Sir?«

»Sie konnten Transome nicht leiden, oder?«

»Um offen zu sein ...«, Mr. Betterton versteifte sich ein wenig, »nein, das konnte ich nicht. Es war in erster Linie eine berufliche Angelegenheit. Er war ein sehr guter Schauspieler, orientierte sich meiner Meinung nach aber zu sehr an der Tradition der ›Wanderschauspieler‹: Er hatte zu wenig Respekt vor dem Text – und führte ›Julius Cäsar‹ mit grässlichen Liedern und Reihen von Ballettmädchen auf ...«

»In Ihren Augen besaß er keine Moral«, sagte Blackbeard.

»Ja, seine Unmoral war abstoßend – genau diese Art von schamlosem Verhalten ist es, die meinem Berufsstand einen so schlechten Ruf einbringt. Meine Eltern waren Schauspieler, aber sie waren auch Christen und hielten beides keineswegs für unvereinbar.«

»Ich habe erlebt, wie Sie Ihr Theater führen«, sagte ich. »Der Unterschied zu Mr. Transome ist offensichtlich.«

»Ich denke, ich kann es auf einen ganz einfachen Nenner bringen, Mrs. Rodd: Thomas Transome war kein guter Mensch. Sein Verhalten Constance gegenüber war durch und durch verwerflich. Aber nun steht er vor dem Großen Richter, und ich werde nichts mehr dazu sagen.«

»Danke, Mr. Betterton«, sagte ich. »Wir wollen Sie nun nicht länger aufhalten, nur eine Frage habe ich noch: Was war der Grund für diese berüchtigte Fehde zwischen Ihren Familien?«

»Ah, die Montagues und die Capulets ...« Er wirkte auf bittere Weise amüsiert. »Es begann vor dreißig Jahren und wirft auf keine unserer Familien ein gutes Licht. Mein Vater leitete ein Theater in Exeter; Tom Transome gehörte damals zu einem konkurrierenden Ensemble. Beide Theater inszenierten dasselbe Stück, und mein Vater hatte den größeren Erfolg – bis Transome die Kulissen in Brand steckte und beinahe das ganze Theater niedergebrannt hätte.«

»Sind Sie sicher, dass er es war?«

»O ja! Alle wussten es, auch wenn man nichts beweisen konnte.«

»Das passt zu dem Geständnis seiner Frau«, sagte Blackbeard. »Sie geht davon aus, dass er auch das Feuer im *King's Theatre* gelegt hat.«

»Ich bin nicht sicher, ob ich so weit gehen würde, ihm das anzulasten«, sagte Mr. Betterton. »Für gewöhnlich setzen

Schauspieler nicht ihr eigenes Theater in Brand. Als sich die Geschichte mit meinem Vater ereignete, war Transome ein junger, rücksichtsloser Bursche und betrachtete die Brandstiftung möglicherweise als Streich, welcher ungewollt außer Kontrolle geriet. Rückblickend meine ich sogar, dass die Vergeltung meines Vaters zu heftig ausfiel. Ich muss leider gestehen, dass er Transome den Arm brach.«

»Gütiger Gott!« Ich war schockiert, dass eine solche Gewalttat mit dem Namen Betterton in Verbindung stand.

»Ein hitzköpfiger Ire.« Mr. Betterton lächelte reumütig. »Er begann seine Karriere als Preisboxer, und dieser Teil seines Wesens brach von Zeit zu Zeit wieder hervor. Er bereute es sehr bald – aber zu spät. Da haben Sie Ihren Grund für die berühmte Fehde.«

»Trotzdem wundere ich mich, dass Mr. Transome sie über so lange Zeit aufrechterhielt«, sagte ich. »Selbst nachdem seine Tochter Ihren Sohn geheiratet hatte.«

»Ah, aber da ging es um Maria«, sagte Mr. Betterton. »Und das konnte er nie vergeben – bei jeder anderen, aber nicht bei Maria.«

Vierundzwanzig

»Mrs. Rodd ... Hallo, Mrs. Rodd!«

Es war der folgende Morgen, und ich hörte die Stimme, als ich die Wimpole Street hinunterging. Ich kam gerade von der Verabredung mit einer wohlhabenden Dame, die zuvor vage angedeutet hatte, etwas für den Fonds zur Unterstützung des Armenviertels um die Seven Dials spenden zu wollen. Nach einer Stunde harter Arbeit hatte ich es geschafft, ihr die schriftliche Bestätigung einer Zuwendung von fünfzig Pfund abzuringen, und fühlte mich erschöpft, aber siegreich (und ich wünschte, ich könnte Matt davon erzählen, der sich immer sehr über mein Talent amüsiert hatte, knauserigen Leuten Geld »abzuluchsen«). Das Wetter war herrlich, es war warm und windstill, ohne eine einzige Wolke am strahlend blauen Himmel. Ich hatte beschlossen, mich mit einem Spaziergang durch den Regent's Park zu belohnen und war gerade auf dem Weg dorthin, als ich meinen Namen hörte.

»Guten Morgen, Ma'am.«

»Mr. Betterton!«

Der Anblick von Edgar Betterton weckte in mir erneut die große Sorge um Mrs. Sarah, die mich in der vorigen Nacht nur sehr unruhig hatte schlafen lassen.

Er stand auf dem Gehsteig gegenüber, neben einer geöffneten Kutsche, und ich überquerte die Straße, um mich mit ihm zu unterhalten. Erst dann sah ich, dass in der Kutsche jemand saß: eine schlanke junge Dame in hellblauem Kleid, die ich zunächst nicht erkannte. Dann jedoch wandte sie den Kopf, und unter der Krempe ihrer Haube kamen das blasse Gesicht und die dunklen Haare zum Vorschein.

»Guten Morgen, Miss Cordelia. Wie schön zu sehen, dass es Ihnen besser geht! Aber ich fürchte, Sie werden sich gar nicht mehr an mich erinnern.«

»Sie sind Mrs. Rodd, nicht wahr?« Sie sprach mit schwacher Stimme, sah mich aber fest aus ihren dunklen Augen an, die denen ihres Vaters so sehr ähnelten, dass sie in dem kleinen, fahlen Gesicht beinahe verstörend wirkten. »Es geht mir sehr viel besser, vielen Dank.«

»Ihre Gesundheit hat sich sprunghaft verbessert«, erklärte Mr. Edgar (mit einem Lächeln, als hätte er keine einzige Sorge auf dieser Welt und als säße seine Schwiegermutter nicht wegen Mordes im Gefängnis). »Sie wird bald auf die Bühne zurückkehren; meine Frau will unbedingt wieder die Rosalind in ›Wie es euch gefällt‹ geben, mit Cordelia als Celia.«

»Was für eine charmante Idee«, sagte ich. »Ihrer Frau geht es gut, hoffe ich.«

»Danke, es geht ihr ausgezeichnet.« Plötzlich wirkte er doch etwas betreten. »Nun, den Umständen entsprechend ... Sie wissen schon ...«

»Natürlich, ich verstehe. Für Ihre Familie ist es eine furchtbare Zeit.«

»Maria lenkt sich mit beruflichen Dingen ab. Soweit es ihr möglich ist ... Also, wir warten gerade auf sie, und falls sie gleich kommt, wäre ich Ihnen sehr verbunden, wenn Sie nichts von dem Prozess erwähnen würden. Sie ist bei ihrem Arzt.«

»Geht es ihr nicht gut?«

»Doch ... das heißt ... Sie ist bei Sir Geoffrey Crabbe in Behandlung.«

»Sie will ein Baby«, warf Miss Cordelia ein.

»Sir Geoffrey hat einen guten Ruf bei der Unterstützung kinderloser Eltern«, sagte ich (durch ihre Offenheit ein wenig brüskiert). »Ich bin sicher, sie könnte in keinen besseren Händen sein.«

»Er macht uns große Hoffnung«, sagte Mr. Edgar. »Er meint, ihre Gesundheit werde sich bessern, sobald die aktuelle Misere überstanden ist. Die momentanen Umstände machen Maria zu schaffen und stimmen sie sehr trübsinnig.«

»Das ist natürlich nicht verwunderlich.« Das Thema war schmerzhaft, und ich hatte größtes Mitgefühl; ich war sehr traurig über meine eigene Kinderlosigkeit, und Maria musste zusätzlich den Schmerz wegen des bevorstehenden Verfahrens gegen ihre Mutter ertragen. »Gestern habe ich Ihren Vater mit seiner neuen Frau getroffen.«

»Das ist auch etwas, das Sie besser nicht erwähnen sollten.« Mr. Edgar wurde rot. »Maria ist noch sehr empfindlich, was die andere Mrs. Betterton betrifft. Es ist umso schlimmer, weil mein Vater es einfach nicht nachvollziehen kann; er sagt, zwischen Familienmitgliedern dürfe es keine Feindseligkeiten geben.«

Was sollte ich darauf erwidern? Hatte der Mann nie von Kain und Abel gehört? Während ich gedanklich nach einem Themawechsel suchte, fragte Miss Cordelia plötzlich:

»Werden Sie meine Mutter besuchen, Mrs. Rodd?«

»Ja ...«, begann ich.

»Achtung!« Die Haustür wurde geöffnet, und Mr. Edgar hielt sich ein Stück gerader, als seine Frau auf den Treppenabsatz hinaus trat.

Maria Betterton trug ein schlichtes Kleid und eine Haube in Taubengrau, und dieser quäkerisch anmutende Aufzug betonte ihre Schönheit nur noch mehr. Sie reichte mir die Hand mit königlich distanzierter Höflichkeit.

»Guten Morgen, Mrs. Rodd; können wir Sie irgendwo absetzen?«

»Nein, danke, Mrs. Betterton. Ich habe Ihren Mann und Ihre Schwester nur ganz zufällig getroffen und wollte ein paar Worte wechseln. Es ist schön, Miss Cordelia wieder so wohlauf zu sehen.«

Ihre kühle Distanziertheit ließ nach, als sie ihre Schwester ansah. »Ihre Genesung – erst über die letzten Wochen – war wie ein kleines Wunder und ein großer Trost für uns, wo doch gerade alles andere so schrecklich ist.«

»Da fällt mir ein, meine Liebe ...«, begann Mr. Edgar, »du könntest Mrs. Rodd bitten, etwas wegen Cooper zu unternehmen.«

»Der frühere Garderobier Ihres Vaters?«, fragte ich. »Was ist mit ihm?«

»Wir haben ihn verloren.«

»Verzeihen Sie?«

»Cooper wurde aus seiner Unterkunft geworfen, niemand weiß, wo er ist, und meine Frau macht sich Sorgen.«

»Er könnte auf der Straße hausen oder krank sein oder in Gefahr ...«, warf Mrs. Maria ein. »Natürlich mache ich mir Sorgen! Er hat meinen Vater geliebt, Mrs. Rodd, und war, seit ich denken kann, Teil unserer Familie. Ich kann die Vorstellung nicht ertragen, dass er irgendwo in der Gosse liegt und vielleicht stirbt.«

»Ich ziehe gern Erkundigungen für Sie ein«, erwiderte ich. »Aber hier auf offener Straße ist nicht der rechte Ort, um darüber zu verhandeln. Soll ich morgen einmal bei Ihnen vorbeikommen?«

»Danke – irgendwann nach zwei Uhr würde passen.«

»Selbstverständlich zum üblichen Honorar«, fügte Mr. Edgar hinzu.

»Ich werde kein Honorar dafür nehmen, Mr. Betterton; das wäre unter den gegebenen Umständen nicht angemessen.«

»Oh – Verzeihung! Geld war das andere Thema, das ich nicht hätte ansprechen dürfen ...«

Mrs. Maria lächelte zögernd. »Hör auf, mich aufzuziehen, und hilf mir in die Kutsche.«

Während Mr. Edgar seiner Frau assistierte, lag meine Hand zufällig auf dem oberen Rand der Kutsche, gleich neben jener von Miss Cordelia.

Sie ergriff sie, küsste sie voller Inbrunst und flüsterte »Für Mamma!«

⁂

Das Haus in Holloway hatte einen hübschen Garten; dort empfing mich Mrs. Maria im Schatten eines großen Apfelbaumes (in der Mitte des Jahrhunderts hatte es in London noch viele Obstgärten gegeben). Es war ein sonniger Tag, unverhältnismäßig warm und schwül, der eher an das Ende eines Sommers erinnerte als an seinen Beginn. Mrs. Maria war allein und saß lesend in einem Korbstuhl. Als ich kam, legte sie das Buch auf dem kleinen Beistelltisch ab und bedeutete mir, in dem anderen Stuhl Platz zu nehmen.

»Hier wird man uns nicht stören; Edgar ist irgendwo in der Stadt und Murphy mit meiner Schwester im Park spazieren.«

»Ich habe mich wirklich sehr gefreut, Miss Cordelia bei besserer Gesundheit zu sehen.«

»Das ist mir in dieser Zeit mein einziger Trost, Mrs. Rodd.«

Sie trug dasselbe schlichte Kleid wie gestern und ihr Haar in einfacher Weise zurückgesteckt; dennoch verlieh ihre außergewöhnliche Schönheit schlicht allem, was sie tat, einen Hauch von Theatralik, ob sie nun wollte oder nicht.

»Ich weiß nicht, ob Sie davon gehört haben, aber Ihre Mutter hat einige Teile ihres Geständnisses revidiert und gibt nun zu, sich zur Zeit des Mordes woanders aufgehalten zu haben. Sie sagt, sie habe einen Mann namens Jonathan Parrish getroffen.«

»Parrish?«

»Ich habe mich gefragt, ob Sie ihn wohl kennen; er hat während der Tournee Ihrer Eltern durch Amerika für sie gearbeitet. Aber da waren Sie möglicherweise noch zu jung.«

»Ich habe Sie nicht hergebeten, um mit Ihnen über meine Mutter zu sprechen. Ich ertrage es nicht, Nachrichten über sie zu hören. Und ich habe auch kein Bedürfnis, ihren neuen Ehemann kennenzulernen. Was mich betrifft, ist meine Mutter gestorben.«

»Ich verstehe, Mrs. Betterton. Sie haben gestern von Mr. Cooper gesprochen.«

»Ich bin bald krank vor Sorge. Wir hatten gehört, er sei in große finanzielle Not geraten und würde sich zu Tode trinken; also schickte ich Edgar mit etwas Geld zu seiner Unterkunft – nur um zu erfahren, dass man ihn dort hinausgeworfen hatte. Und nun ist er offenbar verschwunden.«

»Die meisten Menschen verschwinden nicht einfach so«, sagte ich. »Sie versuchen es, aber irgendwer weiß immer, wo sie sich verstecken. Ich glaube nicht, dass Mr. Cooper schwer zu finden sein wird.«

»Ich hoffe bei Gott, Sie haben recht! In den schlimmsten Augenblicken fürchte ich, er hat sich in den Fluss geworfen! Als mein Vater starb, sprach er davon, alles zu beenden … Wenn ihm irgendetwas zugestoßen ist, könnte ich mir das nie verzeihen.«

»Wenn ich ihn finde … Was wünschen Sie, dass ich tue?«

»Er soll herkommen«, sagte Mrs. Maria. »Hier im Haus ist zwar kein Platz für ihn, aber Edgar wird in der Nähe etwas Passendes für ihn finden.«

»Ihre Sorge um den Mann ist bewundernswert. Ich wusste nicht, dass er Ihnen so viel bedeutet.«

»Das ist keine Frage der ›Bedeutung‹; ich versuche, meine zerbrochene Familie wieder zusammenzubringen, und Cooper ist ein Teil davon. Als meine Schwestern und ich klein waren, war er praktisch unser Kindermädchen. Er hat uns das Gesicht gewaschen, unsere aufgeschürften Knie versorgt und die zerrissenen Kleider genäht. Meine früheste Erinnerung ist die, dass Cooper mich in einem Korb unter dem Schminktisch meines Vaters zu Bett legt.« Ihre Stimme klang weich und wehmütig, und ein feines Lächeln umspielte ihre Lippen. »Solange ich denken kann, war das Theater mein wahres Zuhause; es war ganz normal für mich, hinter der Bühne umherzulaufen, auch als ich noch nicht selbst auftrat.«

»Wie stand Cooper zu Ihrer Hochzeit?«

»Er schlug sich auf die Seite meines Vaters; wir haben seither nicht mehr miteinander gesprochen.« Mrs. Marias Stimme klang nun kalt und verbittert, und sie erinnerte mich stark an ihre Mutter. »Papa hätte es als Betrug erachtet.«

»Ich habe gehört, wie Ihr Vater auf die Nachricht reagiert haben soll.«

»Ich war nicht anwesend«, sagte Mrs. Maria. »aber Olivia war dort und hat mir erzählt, was für ein schreckliches Theater er gemacht hat.« Sie sah mich eine Weile schweigend an; aus ihrem Blick sprach unbeschreiblicher Schmerz. »Er hat mich geliebt – natürlich; ich hätte ihn nicht verletzen dürfen.«

»Mrs. Betterton, können Sie mir mehr über Mr. Coopers möglichen Verbleib erzählen?«

»Ich kann Ihnen die Adresse seiner letzten Unterkunft geben und die der Wirtschaft, in die er bekanntermaßen zum Trinken ging. Und …«, (ihr Innehalten war eher berechnend denn theatralisch), »Sie sollten mit Olivia sprechen.«

»Aha?«

»Sie hat dafür gesorgt, dass Cooper eine Anstellung in diesem grässlichen Theater bekommt, in dem sie auftritt. Wegen seiner Trinkerei hat er die Stelle schließlich verloren. Vielleicht weiß Olivia, wo er ist.«

»Bitte verzeihen Sie, aber ... wäre es nicht einfacher, wenn Sie sie einfach selbst fragten?«

»Sie weigert sich, mit mir zu sprechen. Ich liege mit meiner Schwester nicht im Streit, Mrs. Rodd. Wir hatten angeboten, sie in unser neues Ensemble aufzunehmen, aber die Rollen waren ihr nicht gut genug; sie betrachtet sich als die einzig wahre Nachfolgerin unseres Vaters und gibt sich mit nichts weniger als Kleopatra zufrieden. Zurzeit tritt sie im *Britannia Theatre* in Charing Cross auf – ein Etablissement von zweifelhafter Qualität, von dessen Besuch ich Ihnen abraten würde.«

»Ich verstehe wenig von der Welt des Theaters ... Ist ihre Schauspielerei tatsächlich so schlecht?«

»Sie tut Ihnen leid.« Mrs. Maria seufzte. »Sie halten unser Handeln für ungerecht und bösartig und denken, dass wir sie absichtlich in den Hintergrund drängen wollen.«

»Aber nein ...«

»Aber Olivia denkt das. Sie ist überzeugt, wir seien alle gegen sie. Die Wahrheit ist weitaus weniger dramatisch: Sie sieht passabel aus, sie spielt passabel, aber ihr fehlt der gewisse Funke, der eine großartige Schauspielerin ausmacht.«

»Funke?«

»Ich meine dieses undefinierbare Etwas, das das Publikum in den Bann zieht. Papa sagte immer, man sei damit geboren – oder eben nicht. Ihm tat sie auch leid.«

»Es muss schwer für sie sein, sich damit abzufinden – wenn man zu einer derart gefeierten Familie gehört.«

»Sie findet sich nicht damit ab«, sagte Mrs. Maria. »Sie

könnte hier leben, in einem angesehenen Haus, und ganz und gar akzeptable Rollen in einem erfolgreichen Theater spielen, stattdessen stolziert sie in irgendwelchen albernen Stücken im *Britannia Theatre* herum. Ich wünschte, wir könnten uns vertragen, denn als Kinder standen wir uns alle sehr nahe. Und die arme Cordelia war ihr größter Liebling.«

»Ich werde zusehen, dass ich ein paar versöhnliche Worte zu Ihren Gunsten einflechten kann – es ist sehr bedauerlich, wenn Geschwister sich entzweien. Haben Sie eine Adresse von ihr, abgesehen vom *Britannia Theatre?*«

»Nein. Am besten Sie hinterlassen ihr am Bühneneingang eine Nachricht.«

»Nun gut«, sagte ich. »Ich hoffe, ich kann Ihnen bald positive Neuigkeiten überbringen.«

»Danke«, erwiderte sie leise und sehr ernst. »Nach allem, was passiert ist, möchte ich diejenigen, die ich liebe, nach Möglichkeit in meiner Nähe wissen.«

Fünfundzwanzig

Am frühen Abend des nächsten Tages saß ich gemütlich im Arbeitszimmer meines Bruders in Highgate. Ich hatte mein Strickzeug in den Händen, Fred einen Sherry und eine Zigarre, und wir verschwendeten keinen Gedanken an die Familien Transome und Betterton. Meine Schwägerin fühlte sich unwohl (aus den üblichen Gründen; die Ärmste erwartete ihr zwölftes Kind) und hatte sich zu Bett gelegt. Ich war gekommen, um der Gouvernante und dem Kindermädchen beim Zubettbringen der Kleinen zur Hand zu gehen, so dass Tishy sich ganz ihrer Mutter widmen konnte. Inzwischen war alles ruhig, zumindest im Haus selbst; das drückende Wetter entlud sich draußen in einem prasselnden Dauerregen mit gelegentlichem Donnergrollen.

»Ich danke dir, meine Liebe«, sagte Fred. »Du bist unser Fels in der Brandung; ich habe Gibson schon gesagt, dass du zum Essen bleibst. Bei diesem fürchterlichen Wetter kann ich dich ja unmöglich nach Hampstead zurücklaufen lassen.«

»Ich werde mich darum kümmern, dass Fanny ihr Essen ans Bett gebracht bekommt – wirklich, Fred, du darfst nicht zulassen, dass sie sich so überanstrengt. Sie mutet sich zu viel zu, und das ist weder für sie noch für das Baby gut.«

»Deine Gardinenpredigt hältst du ihr besser selbst – auf mich hört sie nämlich nicht.«

»Sie sollte jeden Nachmittag ruhen«, fuhr ich fort (nachdem ich entschieden hatte, den Seitenhieb mit der »Gardinenpredigt« zu überhören). »Und ich wünschte, sie würde ihre gesellschaftlichen Verpflichtungen ebenfalls ruhen lassen; all die Teekränzchen und Tanzabende und Konzerte zehren an ihren Kräften.«

»Ach, du kennst Fanny doch«, meinte Fred leichthin und blies einen Rauchring in die Luft. »Ab der zweiten Hälfte der Schwangerschaft wird sie immer deutlich ruhiger und häuslicher.«

»Du nimmst ihre Gesundheit als viel zu selbstverständlich hin; du darfst nicht einfach von einer problemlosen Geburt ausgehen, nur weil sie schon so viele hinter sich gebracht hat.«

Es regnete jetzt stärker, und mein Vortrag wurde von einem derart krachenden Donner unterbrochen, dass man meinen konnte, der Himmel breche entzwei. Während der Klang nachhallte, hörten wir, dass jemand heftig an die Haustür klopfte.

Kurz darauf brachte Mrs. Gibson meinem Bruder eine Visitenkarte.

»Mr. Mallard wünscht Sie zu sehen, Sir; möchten Sie ihn empfangen?«

»Mallard? O ja, er soll reinkommen.« Augenblicklich wirkte mein Bruder aufmerksam und wach. Er nahm die Füße vom Schreibtisch, tupfte seine Zigarre aus und erhob sich. »Ich hatte gleich das Gefühl, dass wir erneut von ihm hören werden.«

Mr. Mallard schubste Mrs. Gibson beinahe beiseite, so eilig war es ihm, den Raum zu betreten. Er war klitschnass und hielt seinen tropfenden Hut in der Hand.

»Mr. Tyson, Mrs. Rodd – ich muss auf der Stelle mit Ihnen sprechen. Es kann nicht warten.«

»Mein lieber Mr. Mallard, kommen Sie zu uns und nehmen Sie Platz.« Mein Bruder nahm ihm den durchweichten Mantel ab. »Lassen Sie mich Ihnen ein Glas Sherry einschenken.«

»Nein, danke.« Er war ganz außer sich vor Aufregung und schien seine Umgebung kaum wahrzunehmen; er stieß an Tisch und Stühle und musste zu einem Sessel geführt werden. Ich bat Mrs. Gibson, uns Tee zu bringen, und löste vorsichtig den Hut aus Mr. Mallards verkrampften Fingern.

»Wie können wir Ihnen helfen, Mr. Mallard?«

»Mr. Tyson, Sie müssen meine Frau verteidigen.«

»Muss ich das? Ich dachte, es wäre alles geregelt. George Pilton führt doch die Verteidigung.«

»Pilton ist der Falsche.«

»Wieso? Was um alles in der Welt ist verkehrt an ihm?«

»Er hält sie für schuldig.«

»Oho!«, rief Fred mit völlig unangebrachtem Amüsement. »Wollen Sie damit sagen, sie hat ihre Aussage geändert?«

»Nein«, entgegnete Mr. Mallard. »Meine eigene Haltung zu ihrer Geschichte hat sich geändert. Ich musste mir eingestehen, dass ich ihr nicht glaube.« Er wirkte gequält. »Ich habe es Pilton heute Morgen gesagt, und der Mann hat mir fast ins Gesicht gelacht. Er sagte, ihm seien die Hände gebunden, solange Sarah auf ihrer Schuld beharrt – und er ließ keinen Zweifel an seiner eigenen Meinung zu dieser Sache.«

»Nun, ich muss gestehen, dass ich es ihm nicht verübeln kann«, sagte Fred. »Ihr Geständnis wirkt allmählich zwar recht dünn, aber es macht keinen Sinn, es anzuzweifeln. Ihre Frau besteht darauf, die zwei Morde begangen zu haben, und etwas anderes kümmert das Gericht nicht.«

»Es sollte sich um die Wahrheit kümmern.«

»Mr. Mallard«, sagte ich. »Weiß Ihre Frau, dass Sie hier sind?«

»Sie … Sie hat mich angelogen!« Mit fassungslosem Gesichtsausdruck sah er mich an. »Sie … lügt immer weiter, und das mit einer geradezu schamlosen Unverfrorenheit. Warum ist sie so versessen darauf, gehängt zu werden? Das ist die größte Lüge von allen – das kann ich ihr einfach nicht vergeben.«

»Nun, das ist ja mal etwas Neues!«, rief Fred. »Lassen Sie mich das noch einmal zusammenfassen: Ihre Frau behauptet, sie sei schuldig, aber Sie verdächtigen sie der Unschuld?«

»Ja.«

»Haben Sie sie mit diesem Verdacht konfrontiert?«

»Nein; ich fürchte, dass sie wieder lügen wird, und ich kann es nicht länger ertragen.«

»Die meisten Männer wären glücklich, wenn sie herausbekämen, dass ihre Frauen keine Mörderinnen sind.«

»Sie finden mich wahrscheinlich lächerlich«, sagte Mallard leicht erbost. »Ich weiß ja, wie das aussieht – sie hat mich zum Narren gehalten, aber das ist mir egal. Ich hatte ihr versichert, sie dürfe mir alles beichten. Dies war eine großes Zugeständnis – und Gott hat mich beim Wort genommen und will mich jetzt prüfen.«

Der arme Mann zitterte, seine wenigen verbliebenen Haare klebten ihm in Strähnen über dem kahlen Schädel, doch inmitten der Trümmer seines gebrochenen Herzens klammerte er sich weiter an seine Würde.

Fred erkannte dies, ließ von seinem »Gerichtstonfall« ab und bestand darauf, dass Mr. Mallard einen Brandy trinke. Er entzündete im Kamin ein Feuer, und Mrs. Gibson kam mit dem Teetablett. Das Feuer begann zu wärmen, ich schenkte Tee ein und zog die schweren Samtvorhänge vor die regennassen Fenster.

Kurz darauf hatte Mr. Mallard seine Fassung wiedererlangt und nahm folgsam einen Teller mit Butterbroten entgegen, den ich ihm in die zitternden Hände drückte. »Vielen Dank; ich vergesse manchmal tatsächlich zu essen.«

»Wo sind Sie untergebracht, Mr. Mallard?«, erkundigte ich mich (ein wenig beschämt, dass ich das nicht wusste).

»Ich habe ein Zimmer in der Paternoster Row – ich wollte ihr so nahe wie möglich sein.«

»Das ist nur verständlich.«

»Es ist recht kahl und spartanisch, aber das passt mir gut. Ich gehe nur zum Schlafen dorthin. Obwohl ich dann meist wachliege und an die Decke starre – wie ein liebeskranker Narr.«

Diese letzte bittere Bemerkung schien mir nicht so recht zu ihm zu passen, und ich dachte darüber nach, wie heftig sein Leben seit der Begegnung mit Sarah Transome durcheinandergeraten war.

»Sie sind zu hart gegen sich selbst«, begann ich.

Sogleich unterbrach er mich. »Ich weiß, was die Leute sagen, Mrs. Rodd. Ich habe versucht, die Zeitungen, Handzettel und Karikaturen zu ignorieren, aber es ist unmöglich. Ich bin zur nationalen Lachnummer geworden.«

»Ich bin seit Jahren eine nationale Lachnummer, mein Freund«, meinte Fred gutmütig. »Sie werden sich bald daran gewöhnen.« Dann sah er Mr. Mallards gequälten Blick, erinnerte sich daran, dass dem Mann im Moment nicht der Sinn nach Humor stand, und fügte hinzu: »Diese Art der Berichterstattung lässt ebenso schnell nach, wie sie begonnen hat – versuchen Sie, sich nicht davon niederdrücken zu lassen.«

»Wie auch immer die Sache ausgeht«, fuhr Mr. Mallard fort, »es wird die Zeit kommen, da ich meine Pflichten als Geistlicher wiederaufnehmen muss; ich weiß nicht, wie das geschehen soll – ich bin nicht einmal sicher, ob ich weiterhin Priester bleiben kann. Viele Jahre lang habe ich meiner Gemeinde treu gedient, und nun schreibt mir mein Hilfsprediger, dass die Leute sich gegen mich wenden und mich fortwünschen – und ich kann nicht erkennen, inwieweit diese Misere Gottes Wille sein soll. Ich habe aufrichtig geglaubt, er habe mir Sarah als einen Segen geschickt. Ich vertraute darauf, dass es sein Wille sei, dass ich glücklich bin – und dann glaubte ich, er wolle, dass ich dem schweren Ziel diene, einer Mörderin zur Reue zu verhelfen.«

»Es sieht Ihnen nicht ähnlich, den Willen Gottes anzuzweifeln, Mr. Mallard; Ihr fester Glaube hat Sie durch schwerere Zeiten als diese getragen.«

»Sie erinnern sich gewiss an meine Frau – meine erste Frau, sollte ich hinzufügen.«

»Aber natürlich.« (Ich hatte eine vage Erinnerung an eine liebenswerte, unauffällige junge Frau vor Augen.)

»Als Harriet starb – und unser armes kleines Mädchen –, dachte ich, ich müsse vor Kummer sterben. Und doch akzeptierte ich Gottes Willen; das Fundament meines Glaubens wurde nicht erschüttert. Nun aber quälen mich Zweifel.«

»Wie kamen Sie darauf, dass Mrs. Sarah Sie angelogen hat?«, wollte mein Bruder wissen.

»Ich bat sie – flehte sie regelrecht an –, mir die ganze Wahrheit über jene Nacht zu sagen, in der Transome ermordet wurde. Ihre neue Version der Ereignisse war ein schrecklicher Schock für mich. Zum ersten Mal hörte ich von diesem Mann, Jonathan Parrish. Sie gestand mir, ihn einmal geliebt zu haben – und schien sich dafür nicht einmal zu schämen! Ich wusste, dass sie mit Francis Fitzwarren die Sünde des Ehebruchs begangen hatte, das war schon schlimm genug. Zu hören, dass sie es erneut getan – und mir verschwiegen – hatte, war die reinste Qual. Noch schlimmer war jedoch, dass sie sich weigerte, mir eine zufriedenstellende Schilderung der Ereignisse jener Nacht zu liefern.« Seine Augen füllten sich mit Tränen. »Ich bin ihr Ehemann; ich dachte, wir seien eins im Geiste, und doch kann sie mir nicht vertrauen. Obwohl ich keinen Beweis habe, bin ich mir jetzt ganz sicher, dass sie Transome nicht getötet hat. Meine Frau ist unschuldig, Mr. Tyson. Sie muss gerettet werden.«

»Irgendjemand *hat* ihn getötet, und Ihre Frau hatte sowohl ein Motiv als auch die Mittel und Möglichkeiten«, sagte Fred. »Wenn sie es nicht getan hat, wer dann?«

»Es kann nur jemand sein, für dessen Schutz sie sterben würde«, sagte Mr. Mallard.

»Ihre Kinder!«, entfuhr es mir ohne großes Nachdenken.

»Ach ja, die Töchter. Hm.« Fred horchte auf. »Ich hatte verstanden, dass sie auf keinen Fall in Frage kommen. Sie alle hatten ein passables Alibi für die Nacht, in der ihr Vater umgebracht wurde. Und was Fitzwarren betrifft, waren sie zu dieser Zeit noch kleine Mädchen.«

»Maria war kein kleines Mädchen mehr.« Mein Herz schlug auf einmal sehr schnell, dennoch bemühte ich mich um äußere Gelassenheit. »Aber sie war nicht einmal in der Nähe des Tatorts – in keinem der beiden Fälle, möchte ich hinzufügen.«

»Und welches Motiv hätte sie außerdem gehabt?«, überlegte Fred weiter. »Zumindest, was Transome betrifft. Alle Mädchen hatten wiederholt Streit mit ihrem Vater, versöhnten sich aber immer wieder mit ihm. Nehmen Sie Miss Olivia: Sie betete den Mann geradezu an, war aber, was ihr Schauspiel betraf, von ihm abhängig.«

»Und Miss Cordelia war zum Zeitpunkt des ersten Mordes neun Jahre alt und beim zweiten schwer krank.«

»Am Morgen, als Sie nach Newley kamen, Mrs. Rodd«, sagte Mallard, »hat Sarah mir zum ersten Mal von ihren Töchtern erzählt – noch dazu, dass sie alle Schauspielerinnen von Beruf sind! Ich war sehr schockiert und konnte ihre Distanziertheit nicht verstehen. Auch ich hatte einmal eine Tochter. Sie liegt auf dem Kirchfriedhof, und es fällt mir schon schwer, ihr Grab zu verlassen.«

Der Kummer in seiner Stimme ging mir sehr zu Herzen, und auch Fred fischte ein weißes Taschentuch heraus, um sich die Nase zu putzen.

»In dem Moment, da ich begriff, mit welcher Entschlossenheit sie ihre Töchter zu schützen gewillt ist, wurde mir alles klar«, sagte Mr. Mallard. »Sie liebt sie mehr als ihr eigenes Leben und würde sich unschuldig für sie hängen lassen – aber das dürfen Sie nicht zulassen.«

Mein Bruder sah Mr. Mallard durchdringend an. Dann fragte er mich: »Nun, Letty ... Was denkst du?«

Und jetzt – endlich – war mein berüchtigter Instinkt in vollem Ausmaß wiederbelebt und hellwach. »So ganz konnte ich mich nie damit zufriedengeben, dass Mrs. Sarah eine brutale Mörderin sein soll. Ihr Verhalten erschien mir von Anfang an eigentümlich. Sie gab vor, sich nicht übermäßig um ihre Töchter zu sorgen, und doch habe ich immer eine besondere Zärtlichkeit ihnen gegenüber bemerkt – selbst wenn sie ihr die kalte Schulter zeigten. Wenn sie eine von ihnen vor dem Galgen bewahren will, ergibt das alles plötzlich Sinn.«

»Da stimme ich zu«, sagte Fred. »Ich sage Ihnen etwas, Mallard: Ich würde Ihre Frau sehr gern verteidigen – ob sie ihre Aussage nun ändert oder nicht, denn ich hätte nichts dagegen, sie mit ihrer Unschuld zu konfrontieren. Außerdem hätte ich meine Freude daran, das Gericht davon zu überzeugen, dass sie als Mutter durchaus gewillt ist, zum Schutz ihres Kindes unschuldig in den Tod zu gehen. Aber auch ich kann kein Stroh zu Gold spinnen – ich übernehme den Fall nur, wenn meine Schwester überzeugende Hinweise auf den wahren Mörder findet.«

Sechsundzwanzig

»Je länger ich darüber nachdenke, desto plausibler klingt es«, sagte Mrs. Bentley. »Die meisten Mütter würden sich hängen lassen, um eines ihrer Kinder zu retten – ich würde es auf jeden Fall tun. Aber welche Tochter schützt sie? Für den ersten Mord war Cordelia zu jung und für den zweiten zu schwach. Damit bleiben Maria und Olivia.«

»Nur, wenn wir davon ausgehen, dass beide Morde von nur einer Täterin begangen wurden«, erwiderte ich. »Cordelia kann Fitzwarren nicht umgebracht haben; wir wissen aber nicht genug, um sie auch für den Mord an ihrem Vater vollkommen ausschließen zu können. Ich glaube nicht, dass irgendjemand sich die Mühe gemacht hat, diejenigen zu befragen, die damals mit ihr im Haus waren.«

Es war bereits nach Mitternacht, und wir saßen zu zweit mit unserem Brandy, den wir wie üblich mit heißem Wasser verdünnt hatten, am Küchenherd. Obwohl ich Mrs. B gebeten hatte, nicht auf mich zu warten, war ich froh gewesen, sie noch wach und munter vorzufinden als Freds Kutsche mich nach dem Essen im Well Walk absetzte. Ich wusste, ich würde ohnehin nicht schlafen können, ehe sich mein geistiger Aufruhr nicht gelegt hätte (zu solchen Zeiten vermisse ich meinen Mann am dringlichsten; er war immer gut darin gewesen, meine konfusen Gedanken zu ordnen).

»Ich glaube, dass es nur einen Mörder gibt, Ma'am.« Mrs. B füllte unsere Gläser aus dem Kupferkessel nach, der auf der Herdplatte warmstand. »Wie der Inspector immer sagt, es ist kein gewöhnliches Verbrechen. Was sagt Mr. Mallard denn dazu?«

»Er hat die Töchter seiner Frau nie kennengelernt – und hat ohnehin keine sonderlich hohe Meinung von ihnen, weil sie Schauspielerinnen sind. Überhaupt, der arme Mann hat sich über sein Abendessen hergemacht, als hätte er seit Monaten keine anständige Mahlzeit mehr gegessen! Er dauert mich sehr, wie er da in seinem kargen Zimmer über den Zusammenbruch seines einst so unbefleckten Lebens nachgrübelt.«

»Er wäre nicht der erste Mann, der sich wegen einer Frau zum Narren macht«, sagte Mrs. Bentley. »Und ganz gewiss nicht der letzte.«

»Wer so aufrichtig liebt wie er, kann fürwahr nicht als ›Narr‹ bezeichnet werden. Auch wenn ich sehe, dass er über seine Liebe für Sarah Transome etwas von seinem klaren Verstand eingebüßt haben muss. Die Menschen in seiner Gemeinde haben sich gegen ihn gestellt und wollen ihn nicht wieder sehen – ob nun mit oder ohne seine Frau.«

»So sollten sich wahre Christen aber nicht verhalten.« Missbilligend schüttelte Mrs. B den Kopf. »Mit wem wollen Sie als Nächstes sprechen?«

»Mit Miss Olivia; ihre Schwester ist der Meinung, sie wisse, wo Cooper abgeblieben ist. Aber Sie können auch einen Beitrag leisten, liebe Mary – ich nehme an, Mr. Tully weiß auch mehr, als er zugibt, doch nach meinem Besuch in Newley ist er mir gegenüber sehr misstrauisch geworden. Ich weiß, dass er Sie regelmäßig besucht, und es wäre hilfreich, wenn Sie ihm ein paar Ihrer findigen Fragen stellen könnten.«

»Findig – das gefällt mir!« Mrs. Bentley gab ein heiseres Lachen von sich. »Ich bin nur ein unbedeutendes altes Weiblein, dem die Leute bedenkenlos alles Mögliche erzählen. Überlassen Sie es ruhig mir, ihm bei seinem nächsten Kuchenbesuch die Daumenschrauben anzusetzen, Ma'am.«

※

In jener Zeit vor der Befestigung des Themse-Ufers bestand das Gebiet um Charing Cross aus einer Ansammlung krummer und schmutziger Straßen, die von der Hauptstraße aus zum Fluss führten. Bei Ebbe stank der schlammige Untergrund erbärmlich – ganz und gar passend zu einem für seine Unmoral berüchtigten Viertel.

Die Straße Great Scotland Yard, in der sich der Eingang zum Polizeihauptquartier befand, lag ganz in der Nähe. (»Hier findet man die eher dümmlichen Schurken«, hatte Blackbeard einmal gesagt, »sonst würden sie ihre Geschäfte nicht direkt vor der Tür der Metropolitan Police betreiben.«) Ich hinterließ dem Inspector eine Nachricht, in der ich um die Adressen von Parrish und Parkinson bat.

Dann begab ich mich auf die Suche nach dem *Britannia Theatre*, das am Ende einer der verwahrlosten Straße liegen sollte. Als ich es gefunden hatte, wurde mir deutlich, wie tief Miss Olivia gesunken war. Der windschiefe hölzerne Bau, der bereits anfing, im Schlamm des Flussufers zu versinken, unterschied sich grundlegend vom pompösen Theater ihres Vaters am Haymarket. Rechts und links davon standen Schankwirtschaften der übelsten Sorte, und die vielschichtig übereinander geklebten alten Plakate waren von der Witterung zerfranst und flatterten im Wind. Eines der obersten Plakate, das bereits ausgebleicht war, zeigte das derbe Abbild einer Frau, die außer einer Krone nicht viel am Leibe trug, darüber stand: »Miss Transome spielt Königin Kleopatra«.

Bei Tag lag das Etablissement verlassen und mit verriegelten Türen. Ich sah mich einige Minuten lang um und dachte, wie unpassend ich in meinem schlichten schwarzen Kleid und der Haube an diesem Ort erscheinen musste. Zwischen dem Theater und einer der Kneipen befand sich ein schmaler Durchgang; ich zwängte mich hindurch, um zu einer ramponierten Tür zu gelangen, die durch einen Stuhl offen gehalten wurde.

Das Innere des *Britannia Theatre* war gleichermaßen leer wie schmutzig. Ich folgte dem unmelodischen Klang einer einsamen Flöte und gelangte in einen winzigen, fensterlosen Raum. Dort stand ein alter Mann mit weißem Haar, der sein Spiel unterbrach, als er mich erblickte.

»Ich suche Miss Transome«, sagte ich.

»Die ist nicht da.«

»Könnten Sie mir wohl sagen, wo ich sie finde?«

»*Crown and Sceptre.*«

»Wie bitte?«

»Anfang der Venn Street.«

»Vielen Dank.«

Ich verließ das Theater und eilte zur – wenn auch nur geringfügig – zivilisierteren Hauptstraße zurück. Das *Crown and Sceptre* war ein großes Gasthaus, sauber und anständig, aber keine Unterkunft, die ich mit der stolzen Miss Olivia in Verbindung gebracht hätte.

»Ist Miss Transome in ihrem Zimmer?«, fragte ich die Frau hinter der Empfangstheke.

»Das weiß ich noch nicht, Ma'am.« Sie beäugte mich kritisch. »Wen soll ich melden?«

»Mrs. Rodd.« Ich gab ihr eine meiner Karten.

Sie starrte auf das kleine Stück Pappe und drehte es in ihren Händen. »Tschuldigen Sie, Ma'am, aber wollen Sie Geld?«

»Gewiss nicht; dies ist ein rein privater Besuch.«

»Einen Moment, bitte.« Sie huschte durch eine Tür, die zu einer steilen Treppe führte, und kehrte wenige Minuten später zurück, um mich zu Miss Olivia zu bringen.

»Mrs. Rodd – Sie haben ja wirklich eine Art, immer dann aufzutauchen, wenn man Sie am wenigsten erwartet!« Die junge Frau stand stolz und sehr gerade in der Mitte ihres Zimmers und hielt meine Karte in der Hand. »Ich warne Sie aber: Falls Sie wegen meiner Mutter hier sind, können Sie sich Ihre Worte sparen.«

Ihr Haar, das eine Spur heller war als das ihrer Schwestern, hing ihr lose über den Rücken, und sie trug einen Morgenmantel mit aufwändigen Rüschen, der jedoch nicht allzu sauber wirkte.

»Ich bin aus ganz anderem Grunde hier«, versicherte ich. »Es geht um einen Akt der Gnade.«

»Oh?«

»Ihre Schwestern sind dringend auf der Suche nach Cooper, dem ehemaligen Garderobier Ihres Vaters. Sie haben gehört, es gehe ihm mittlerweile sehr schlecht, und sie wollen ihm helfen.«

»Aha, ich verstehe … Bitte setzen Sie sich doch.«

Der einzige Stuhl im Raum war unter einem unordentlichen Haufen Kleider begraben, den Miss Olivia nun zu Boden warf. Sie selbst setzte sich auf eine Couch, die noch nicht für den Tag hergerichtet war und daher noch als Bett fungierte.

»Sie sehen, wie ich dieser Tage lebe.« Sie versuchte erneut, einen Anflug von Stolz hervorzukehren, wirkte jedoch vor allem traurig. »Ich bin sicher, Sie werden Maria einen ausführlichen Bericht abstatten.«

»Möchten Sie nicht, dass sie Ihre Adresse kennt?«

»Sie können sie ihr ruhig nennen, wenn Sie möchten. Was sie von mir denkt, ist ihre eigene Angelegenheit.«

»Mrs. Betterton erzählte mir, Sie hätten eine Anstellung für Mr. Cooper gefunden – im *Britannia Theatre*?«

»Ja, das stimmt. Wegen seiner Trinkerei wollte ihn niemand einstellen, aber ich konnte einfach nicht mitansehen, wie er zunehmend verarmte, wo Papa ihn doch so geschätzt hatte.« Beim Wort »Papa« brach ihre Stimme ein wenig. »Aber auch im *Britannia Theatre* ging es nur eine Woche lang gut.«

»Ich hörte, man habe ihm auch die Unterkunft gekündigt.«

»Das stimmt.«

»Wissen Sie, wohin er dann gegangen ist?«

»Er kam zu mir, Mrs. Rodd, und ich besorgte ihm hier eine Unterkunft, über dem Stall. Es ist einigermaßen sauber, mehr lässt sich dazu nicht sagen – aber es ist das Beste, das ich mir leisten kann.«

»Sie sind ihm eine gute Freundin gewesen.« Ich spürte, dass ich die sonst so stachlige junge Dame ins Herz schloss. »Ihr Vater wäre sicher sehr glücklich darüber.«

»Das hoffe ich. Den armen Cooper hat sein Tod schwer getroffen – immer wieder sagte er, er könne ohne ihn nicht leben. Sie lernten sich kennen, als sie beide noch sehr jung waren, Papa war damals noch kein bisschen berühmt. Er erzählte mir einmal, Cooper habe den Platz seiner Schwester eingenommen, meiner Tante Eliza, die kurz zuvor gestorben war.«

»Als ich zum letzten Mal mit Ihrem Vater sprach, sagte er, ich erinnere ihn an seine Schwester.«

»Das war ein sehr großes Kompliment.« Sie lächelte schwach und sah schlagartig jung und hübsch aus und nicht länger wie eine grimmige Wachsfigur. »Er hat in ihr fast so etwas wie eine Mutter gesehen; als sie starb, fehlte Papa jemand, der sich ebenso aufopfernd um ihn kümmerte – Sie haben ja selbst erlebt, wie hingebungsvoll Cooper ihn umsorgte.«

»Ihre Schwester hat Cooper als Ihr ›Kindermädchen‹ bezeichnet.«

»Nun, das ist wieder einmal eine typische Übertreibung – aber es stimmt, dass Cooper auf uns aufgepasst hat, als wir klein waren. Wir mochten ihn sehr gern.«

»Ist er jetzt hier, Miss Transome? Glauben Sie, er würde mit mir sprechen?«

»Ich bin sicher, das würde er, aber Sie sollten nicht zu viel erwarten. Um diese Tageszeit sitzt er meist in einer der schmierigen Kneipen und tauscht Geschichten über unsere Familie gegen Gin. Er wird hier bald zu einer festen Instanz.«

»Mrs. Betterton möchte gern für Cooper sorgen«, sagte ich. »Hätten Sie etwas dagegen einzuwenden?«

»Nicht im Geringsten! Um ehrlich zu sein, wäre ich froh, die Verantwortung an jemand anderen abzugeben. Ich habe einfach nicht genug Geld, um eine weitere Person unterstützen zu können. Ich muss schon kämpfen, um für meine eigene Miete und meine Mahlzeiten aufzukommen.«

»Haben Sie von Ihrem Vater nichts bekommen?«

Sie seufzte. »Sein Testament wird noch begutachtet – oder geprüft oder etwas in der Art –, aber ich habe keine großen Hoffnungen. Außer Schulden hat er uns nichts hinterlassen. Ich habe das Chaos ja selbst gesehen, als ich versuchte, mich um seine Finanzen zu kümmern. Manche Menschen reißen ja hier Löcher auf, um anderswo welche zu stopfen – er hat nur mehr und mehr Löcher aufgerissen.«

»Ach, du meine Güte! Aber ich nehme doch an, dass das *Britannia Theatre* Ihnen eine Gage zahlt.«

»Ha!« Miss Olivia lachte bitter auf. »›Gage‹ ist ein zu hochtrabendes Wort; ich bekomme einen kleinen Anteil der Einnahmen.«

»Oh ...«

»Wissen Sie, was das bedeutet? Ihr Mann war Geistlicher – stellen sie sich vor, Sie müssten von den Einnahmen aus dem Klingelbeutel leben! Manchmal ist es nur ein Häuflein Kupfergeld mit wenigen Silbermünzen darin, wie Rosinen in einem Pudding. Ich kann kaum Leib und Seele zusammenhalten.«

»Meine liebe Miss Transome, es besteht keine Notwendigkeit, dass Sie derart leben! Ihre Schwester würde Sie nur allzu gern bei sich aufnehmen.«

»Ja, ja ... dazu noch eine Anstellung in Edgars neuem Theater ...« Miss Olivia reckte stolz das Kinn, während sich ihre Augen mit Tränen füllten. »Maria hat mir nie eine Chance gegeben, Mrs. Rodd. Sie wollte, dass ich meine Zeit – und meine Ausbildung durch Papa – mit unbedeutenden Rollen vergeude.«

»Ich weiß, dass er sich viel Zeit für die Ausbildung Ihrer Schwestern nahm. Hat er Sie gleichzeitig unterrichtet?«

»Nein – ich bekam immer nur die Brosamen ab. Maria beanspruchte seine ganze Aufmerksamkeit, und ich glaube, sie hat seine Liebe zu mir mit ihrer Eifersucht vergiftet. Nachdem sie mit Edgar durchgebrannt war, wurde es ein wenig besser – also für mich, meine ich. Papa selbst war durch ihren Verrat am Boden zerstört. Es dauerte Monate, bis er ihren Namen aussprechen konnte, ohne zu weinen.«

»Die Zuneigung Ihrer Schwester Ihnen gegenüber ist vollkommen aufrichtig«, sagte ich sanft. »Darf ich ihr zumindest mitteilen, dass Sie es in Erwägung ziehen?«

»Nun ja ... Ich denke schon.« Miss Olivia tupfte sich mit

einem schmutzigen Taschentuch die Augen. »Es besteht eigentlich kein Grund, dass wir streiten. Letztlich hat Papa mich viel mehr verletzt, als sie es tat. Ich hätte ihm alles gegeben, Leib und Seele, doch er hat mich immer abgelehnt.«

»Das muss Sie sehr mitgenommen haben. Vielleicht haben Sie seine berufliche Kritik zu persönlich genommen?«

»Was meinen Vater betraf, gab es zwischen beidem keinen Unterschied. Er verhielt sich mir gegenüber eine Zeitlang sehr freundlich – bis dann Constance Noonan auf der Bildfläche erschien.«

»Ah, ja ... Ihre Heirat mit Mr. Betterton muss Sie sehr überrascht haben.«

»Im Grunde nicht. Sie hatte den Blick schon immer ausschließlich auf ihren eigenen Vorteil gerichtet; ich glaube, sie hat Papa nicht im Mindesten geliebt.« Miss Olivia schürzte die Lippen und wirkte wieder abweisend und hart.

Wir verfielen in Schweigen, und ich überlegte, was man tun könnte, um diese junge Frau vor den selbst hervorgerufenen Konsequenzen ihres eigenen Stolzes zu bewahren.

»Miss Transome, ich weiß, Sie möchten nicht über Ihre Mutter sprechen, aber aus meiner Sicht führt kein Weg daran vorbei. Darf ich ihr nicht irgendetwas von Ihnen ausrichten?«

»Sie hat meinen Vater getötet. Es gibt rein gar nichts, das ich ihr sagen will. Sie hätte gleich auch *mich* töten können, wo sie schon einmal dabei war. Mein eigenes Leben endete, als er starb. Meine Schwestern empfinden das vielleicht anders, was für mich nur noch schrecklicher ist. Es ist so unfassbar ungerecht, denn ich war die Einzige, die ihn nicht verraten hat. Maria und Cordelia hatten beide nebenbei ihre Liebschaften, ich dagegen war ihm immer treu ergeben.«

»Sie hatten angedeutet, Miss Cordelias ›Liebschaft‹ mit Joseph Barber sei nichts Ernstes gewesen.«

Miss Olivia zuckte die Achseln und verzog das Gesicht. »Das war in der Tat nichts Ernstes – nur ein paar leidenschaftliche Briefe. Papa fing einmal einen ab, und seine Reaktion können Sie sich wohl vorstellen.«

»Ein Wutausbruch«, vermutete ich.

»Er war wie ein Derwisch – so rasend hatte ich ihn noch nie erlebt. Er las Barber vor der versammelten Truppe die Leviten. Cordelia war sehr aufgebracht, und das war auch der Grund für ihr Zerwürfnis.«

»Vielleicht liebte sie Barber doch mehr, als Sie annahmen?«

»Es könnte durchaus sein, dass er für ihren Zustand verantwortlich war ... Aber wenn ich ernsthaft darüber nachdenke, kann ich mir nicht vorstellen, dass sie sich so einem Mann hinzugeben bereit war – einem gewöhnlichen Fiedler! Ich kann mich noch nicht einmal genau erinnern, wie er ausgesehen hat; abgesehen von schwarzen Haaren und leicht dunkler Haut, wie ein italienischer Leierkastenmann. Sein richtiger Name lautet Giuseppe Barbarino.«

»Wissen Sie, ob Ihre Schwester und Joseph Barber in Kontakt blieben, nachdem sie das Theater verlassen hatte?«

»Seit ihrer Krankheit ist es ihr sicher nicht möglich gewesen, zu irgendjemandem Kontakt aufzunehmen.«

»Und gab es vielleicht noch einen anderen Mann?«

»So, wie ich Cordelia kenne, könnte das durchaus gewesen sein; in Sachen Betrug sind wir Schwestern ja alle Experten. Denken Sie nur an Maria und wie sie direkt vor Papas Nase mit Edgar angebandelt hat!« Sie schwieg einen Moment. »Aber Cordelia ist immer noch die Beste von uns allen, und ich kann nur schwer glauben, dass sie eine so schreckliche Sünde begangen hat. Und den Gedanken, dass wir sie fast verloren hätten, kann ich bis heute kaum ertragen!«

»Ihr geht es inzwischen schon viel besser«, sagte ich.

»Das freut mich sehr.« Ihre Gesichtszüge wurden weicher. »Haben Sie sie gesprochen?«

»Ich würde es nicht als Gespräch bezeichnen, aber als wir uns das letzte Mal sahen, erkannte ich sofort, dass sie wieder alle Sinne beisammenhatte.«

»Weiß sie von Mamma? Fragt sie nach ihr?«, platzte Miss Olivia geradezu heraus.

»Das weiß ich leider nicht.« Sie redete mit mir, weil sie einsam war und froh, mit irgendjemandem sprechen zu können. Sie tat mir von ganzem Herzen leid. »Miss Transome, ich wünschte, Sie würden zumindest Kontakt mit Ihren Schwestern aufnehmen – dies ist kein Ort für Sie!«

»Es ist ein abscheulicher Ort. Alles in meinem Leben ist abscheulich. Sie sehen ja, dass ich im Elend versinke. Ich habe Schulden und kein Geld, sie abzubezahlen – und ich nehme an, Ihnen ist das übliche Schicksal einsamer mittelloser Frauen bekannt. Ich habe es bisher vermeiden können, aber vermutlich ist es nur eine Frage der Zeit, bis ich mich um einen ›Beschützer‹ bemühen muss.«

»Ziehen Sie sich an und kommen Sie auf der Stelle mit mir mit«, entfuhr es mir. »Kümmern Sie sich nicht weiter um Ihr Gepäck – ich bin sicher, Mr. Edgar wird es für Sie holen lassen und die ausstehenden Rechnungen begleichen. Und dann können Sie ihm auch gleich sagen, wo Cooper zu finden ist.«

»Aber was ist mit dem *Britannia Theatre*? Ich bin heute Abend für zwei Vorstellungen eingeteilt.«

»Ich habe dieses Etablissement gesehen, Miss Transome; es ist kein rechter Ort für eine Tochter Ihres Vaters und ganz gewiss kein Ort für irgendeine junge Dame.«

Ihr Protest war so schwach, dass ich zu erkennen meinte, dass sie tatsächlich dazu gedrängt werden wollte, diese Unterkunft zu verlassen. Ich ließ nicht eher locker, bis sie die Haare hochgesteckt und ein Kleid und eine Haube aus dem Stapel hervorgesucht und angezogen hatte. Mehr als eine kleine Tasche mit ihrem wenigen Bargeld und Schmuck ließ ich sie nicht mitnehmen.

Sobald ich sie in eine Kutsche verfrachtet hatte, ließ sie ihre stolze Fassade fallen; sie vergrub das Gesicht in ihrem Taschentuch und weinte heiße Tränen.

»Ich weiß nicht, wie ich ihnen gegenübertreten soll. Ich habe schrecklich versagt!«

»Das war kein Versagen, Miss Transome«, versicherte ich ihr. »Ihre Familie wird Sie ganz gewiss mit Freuden wieder aufnehmen.« (Ich hoffte, dies stimmte.) »Sie haben sich zu viel aufgebürdet, das Sie allein schaffen wollten; jetzt werden Sie alle Hilfe und allen Schutz erhalten, den sie benötigen.«

»Das hoffe ich.«

»Und gerade in dieser Zeit ist Ihr Platz an der Seite Ihrer Schwestern.«

»Sie meinen, wegen meiner Mutter.« Miss Olivia wischte sich über die Augen und steckte das Taschentuch wieder weg. »Ich denke ständig an sie und an den Prozess. Ich bin ja nicht herzlos.«

»Natürlich nicht!«

»Aber ich erkenne sie nicht wieder. Zuerst ist sie verschwunden, und alle sagen, sie sei tot – und plötzlich taucht sie wieder auf, hat aber diesen grässlichen neuen Mann anstelle meines Vaters.«

»Ich kenne Mr. Mallard von früher, und er ist in keiner Weise ›grässlich‹«, sagte ich freundlich. »Er liebt Ihre Mutter von Herzen und ist überzeugt, dass sie unschuldig ist.«

»Weil sie es ihm gegenüber behauptet!«

»Ganz im Gegenteil. Sie weigert sich, ihre Aussage zu revidieren. Es ist nur so, dass einige Details ihres Geständnisses nicht haltbar sind.« So knapp wie möglich erzählte ich ihr von den *Cremorne Gardens* und dem mysteriösen Mr. Jonathan Parrish.

»Mr. Parrish? Ja, ich kenne ihn – er ist ein Freund von Mamma, auch wenn ich ihn seit Jahren nicht gesehen habe. Früher traf er uns regelmäßig beim Spazierengehen, und als ich noch sehr klein war, nahm Mamma mich einmal zum Besuch einer recht alten Dame in Kensington mit, die mir Kuchen und kandierte Früchte anbot. Das muss seine Mutter gewesen sein.« Miss Olivia sah mich verwundert an. »Wie seltsam ... das hatte ich ganz vergessen. Aber er hatte keinen Grund, meinen Vater umzubringen.«

»Davon geht im Moment auch niemand aus.«

»Ich bin verwirrt, Mrs. Rodd. Warum sollte meine Mutter lügen und sich dadurch selbst an den Galgen bringen?«

»Um jemand anderen zu schützen, vielleicht?«

»Ihre Töchter etwa? Ha! Um solch ein Opfer auf sich zu nehmen, liebt sie keine von uns genug.«

»Sie haben ihr Geständnis gelesen, nehme ich an.«

»Ja«, sagte Miss Olivia und erschauerte. »Eine selbstsüchtige und mit Unwahrheiten gespickte Heuchelei – abgesehen vom Feuer.«

»Oh?«

»Ich wollte nicht glauben, dass Papa das Feuer selbst gelegt hat. Aber als ich seine Papiere sortierte, fand ich einen Schriftwechsel zwischen ihm und einer Gesellschaft namens ›Imperial Insurance‹. Etwa sechs Monate vor dem Brand kaufte er eine Versicherungspolice, und die Gesellschaft zahlte ihm danach eine große Summe Geld.«

»Ich hatte es so verstanden, dass er nicht adäquat versichert war«, sagte ich (in weiterhin mitfühlend sanftem Ton, während ich sie eingehend beobachtete).

»Oh, ›adäquat‹ war die Summe auf keinen Fall, Mrs. Rodd; das Geld wurde schnell vom gefräßigen Schlund seiner Schulden verschlungen. Allerdings brauchte er nur eine ausreichende Finanzierung für das *Duke of Cumberland's Theatre* – dem Theater, in dem er mit Maria an seiner Seite zu Ruhm und Ehre gelangen sollte.« Ausnahmsweise konnte sie ohne jede Bitterkeit über ihre Schwester sprechen. »Ich fürchte, er hat ein paar sehr schlechte Dinge getan.«

»Das fürchte ich auch; James Betterton hat mir die Geschichte ihrer sogenannten Erzfeindschaft erzählt.«

»Papa dachte nie weiter als bis zum Triumph des Augenblicks«, sagte Miss Olivia. »Wenn er etwas wollte, musste er es sofort haben.«

»Sie waren noch ein Kind, als damals das Theater abbrannte. Ich vermute, Sie können sich kaum erinnern.«

»Ich war vierzehn. Ich weiß noch genau, wie schlimm es war, als sie Papa nach Hause brachten.«

»Wussten Sie von Marias Affäre mit Francis Fitzwarren?«

»Aber natürlich!« Miss Olivia verdrehte theatralisch die Augen, was mich stark an ihre Mutter erinnerte. »Sie ist nicht in der Lage, irgendetwas still und heimlich zu tun. Ich musste mir immer alles anhören und gelegentlich Botschaften zwischen beiden übermitteln. Frank war ein gutmütiger Kerl und Edgar Betterton nicht unähnlich – groß und blond; laut Papa ganz ihr Typ.«

»Gelbhaarige Trottel«, zitierte ich ihn.

»Ja! Ach herrje, wenn Sie das so sagen, habe ich ihn direkt vor Augen – ich weiß nicht, ob ich lachen oder weinen soll.«

»Hat es Sie überrascht, dass Fitzwarren nach dem Brand so plötzlich verschwunden war?«

»Ich weiß nicht. Maria war fürchterlich aufgebracht, und ich erinnere mich vor allem an ihr Geschrei und Gezeter. Mamma behauptete, er sei ihr davongelaufen, weil sie zu sehr an ihm herumgenörgelt habe – wobei ich das nie erlebt hatte. Er musste Maria nur ansehen, und sie schmolz dahin. Papa war deswegen mächtig wütend.«

»Und waren Sie überrascht, als Sie jetzt von der Liaison ihrer Mutter mit Fitzwarren erfuhren?«

»Bei genauerem Nachdenken nicht«, sagte Miss Olivia knapp. »Meine Eltern waren gut darin, Dinge vor uns Kindern geheim zu halten. Das Theater war unser erstes Zuhause, und wir liefen hinter der Bühne herum wie drei kleine Mäuse. Aber niemand erzählte uns auch nur das Geringste – aus Angst, seine Stellung zu verlieren.«

Sie wirkte auf einmal so traurig, dass ich beschloss, das Thema zu wechseln. »Miss Transome, wissen Sie zufällig etwas über den Mann, der Miss LaFaye in den *Cremorne Gardens* begleitete – Mr. Parkinson?«

»Polly hatte eine Reihe von Verehrern – allesamt alt, hässlich und vermögend, und keiner von ihnen war Junggeselle. Ich konnte sie nie auseinanderhalten.«

Mittlerweile hatten wir die belebten Straßen hinter uns gelassen, und je näher wir Holloway kamen, desto stiller wurde Miss Olivia. Als wir vor Marias Haus anhielten, erstarrte sie.

»Kommen Sie, Miss Transome!« Ich musste ihre Hand fast vom Haltegurt über dem Fenster losreißen. »Sie sind jetzt schon zu weit gekommen, um nervös zu sein.«

Ich läutete die Glocke, und eines der Mädchen öffnete die Tür. Bevor ich auch nur irgendetwas sagen konnte, wurde im Haus eine Tür aufgerissen. »Livvy!«

»Cordelia – mein Schatz!« Miss Olivia brach in Tränen aus, und die Schwestern fielen einander in die Arme.

Während ich mich nach Hampstead zurückfahren ließ, dachte ich an den Musiker Mr. Barber (oder Barbarino) und fragte mich, ob er der Mörder von Thomas Transome sein könnte. Ich beschloss, ihm so bald wie möglich einen Besuch abzustatten.

Siebenundzwanzig

»Barber? Joseph Barber?« Mrs. Sarah warf den Namen in den Raum und ließ ihn dort eine Weile stehen. »Nein, ich habe nie von ihm gehört – weder in der englischen noch in der italienischen Version. Es ist gut möglich, dass er in irgendeiner Weise mit Cordelia verbandelt war, aber ich tappe da genauso im Dunkeln wie Sie. Ein Musiker, sagen Sie?«

»Er spielt Geige. Gemäß Olivias Aussage hatten sie die Stufe erreicht, in der sie sich Briefe schrieben, von denen Mr. Transome einen entdeckte.«

»Ach, herrje, Tom muss an die Decke gegangen sein!« Sie ging in der kleinen Zelle auf und ab wie eine Löwin im Käfig. »Er war lachhaft eifersüchtig auf jeden Mann, der den Mädchen zu viel Aufmerksamkeit schenkte; als Maria mit Edgar durchbrannte, war er wie von Sinnen. Danach machte ihn allein schon der Gedanke, Cordelia zu verlieren, vollkommen hysterisch.«

»Mit Miss Cordelia habe ich noch nicht gesprochen. Sie ist immer noch schwach, und ich möchte keinen Rückfall riskieren. Wissen Sie, wo ich Joseph Barber finden könnte?«

Mrs. Sarah hob eine Hand an die Stirn, und ich sah, wie dünn sie geworden war. »Eine Adresse kann ich Ihnen nicht geben, aber die werden Sie nicht brauchen; Musiker werden von einem Tag auf den anderen engagiert, und ein Wirtshaus nahe Soho Square fungiert quasi als Börse. Es heißt *The Pillars of Hercules*. Meist treffen sich dort Italiener; die ganze Gegend ist voll von ihnen.«

»Ich danke Ihnen.«

»Wenn er der besagte Mann ist, müssen wir wohl davon

ausgehen, dass Cordelia in ihn verliebt war ... und dass er sie auf äußerst grausame Art verlassen hat ... falls sie ihn überhaupt von ihrem Zustand in Kenntnis gesetzt hatte. Ich kann gut nachvollziehen, warum sie ihrem Vater nichts davon erzählte, aber warum sie es auch vor mir verheimlichte, leuchtet mir immer noch nicht ein; sie hätte doch wissen müssen, dass ich sie deswegen nie verdammt hätte! Sie haben sie gestern gesehen, Mrs. Rodd – wie hat sie auf Sie gewirkt?«

»Sehr gut ... und überaus glücklich, ihre Schwester zu sehen.«

»Das freut mich zu hören«, sagte Mrs. Sarah. »Und ich danke Gott dafür. Seit sie ihren Vater und das Theater verlassen hatte und zu mir kam, war sie nur mehr ein Häuflein Elend.«

»Wo ist Mr. Mallard heute Morgen? Ich hatte nicht erwartet, Sie allein anzutreffen.«

Sie seufzte, fast ein wenig ungehalten. »Er wollte mir nicht verraten, wohin er geht. Er hat irgendeinen geheimnisvollen Plan, für den er anscheinend lange Sendbriefe an verschiedene einflusseiche Personen schreiben muss – recht unnütz, wie ich finde, aber ich will ihn nicht entmutigen. Titus gehört zu den Männern, die immer irgendetwas zu tun haben müssen. Und ich gebe zu, dass ich ganz froh bin, dass er gerade nicht hier ist. Es ist ihm unangenehm, wenn ich über meine Töchter spreche, vor allem über die arme Cordelia. Er kann kaum sein Entsetzen darüber verbergen, dass sie in anderen Umständen war; zu gern würde er hören, dass es nur dazu kam, weil jemand sich ihr gegen ihren Willen aufgezwungen hat.«

»Halten Sie das für wahrscheinlich?«

»Nein, das tue ich nicht – sie hat darüber geschwiegen, weil sie jemanden schützen wollte.«

»Es geht ihr inzwischen wirklich sehr viel besser«, versicherte ich. »Sie spricht, sie geht spazieren, sie hat Farbe im Gesicht. Ich wünschte, Sie hätten ihre Freude gesehen, als sie Miss Olivia in die Arme schloss.«

»Ich bin Ihnen sehr dankbar, Mrs. Rodd, dass Sie Olivia aus diesem schrecklichen Theater gerettet haben – und vor ihrer eigenen Sturheit. Sie mir an einem solchen Ort vorzustellen war mir absolut zuwider. Und sie dort zu wissen, nachdem ich gehängt worden bin, umso mehr.« (Sie erwähnte ihr Hängen derart beiläufig, dass mir das Blut gefror.) »Ihre Schwestern sind alles, was sie auf dieser Welt noch hat. Tom war sehr sentimental, was seine Töchter betraf, und erzählte jedem, wie sehr er sie verehrte – und dennoch war stets er der Grund, weshalb sie sich stritten. Ob sie mir vergeben oder nicht, ist mir gleich; ich bete dafür, dass sie einander vergeben können.«

»Miss Olivia quält sich – und jeden anderen – mit ihrer Eifersucht«, sagte ich. »Ihre Güte und Freundlichkeit gegenüber dem unglückseligen Cooper hat mich jedoch sehr gerührt.«

»Ja, der guten alten Seele waren alle drei schon immer sehr zugetan. Wissen Sie, was jetzt mit ihm geschehen wird?«

»Mr. Edgar hat versprochen, ihn nach Holloway zu holen.«

»Edgar ist ein guter Mensch; ich kann verstehen, dass Maria sich in ihn verliebt hat. Das war der wahre Grund, weshalb ich den beiden geholfen habe, durchzubrennen. Meine Beweggründe waren nicht ganz uneigennützig, aber ich tat es nicht nur, um Tom eins auszuwischen.«

Die Wärterin, die draußen im Korridor Wache stand, klopfte an die offene Zellentür. »Besuch!«

Mr. Blackbeard erschien im Türrahmen, frisch von draußen, mit glänzenden Regentropfen auf den Schultern. »Nun, wenn das nicht Mrs. Rodd ist! Ich werde nicht fragen, was Sie hier tun, Ma'am, aber Sie haben mir soeben einen Brief erspart. Es geht um Ihren Ehemann, Mrs. Mallard.«

»Meinen Mann?« Sie sprang auf. »Was ist mit ihm? Ist er krank?«

»Nein, nein, Ma'am, der ehrwürdige Geistliche ist munter wie ein Fisch im Wasser. Es könnte nur sein, dass Sie ihn so bald nicht mehr sehen, das ist alles.«

»Wo ist er?«

»Er hat die letzte Nacht in Polizeigewahrsam verbracht, Ma'am, im Bezirk Hammersmith.«

»Was ...?« Mrs. Sarah riss Mund und Augen auf.

»Was um alles in der Welt hat er denn getan?!«

»Er hat jemanden tätlich angegriffen«, antwortete Blackbeard, »einen Gentleman namens Jonathan Parrish.«

»Nein!« Mrs. Sarah ließ sich wieder auf ihre Pritsche fallen. Sie vergrub das Gesicht in den Händen und stöhnte. »Ach, dieser dumme ... Ach, du liebe Zeit ... Hätte er doch nur auf mich gehört! Er hält Jonathan für den wahren Mörder, egal, wie oft ich ihm sage, dass das Unsinn ist.«

»Dem Bericht zufolge hat Mr. Mallard ihm auf der Straße vor seinem Haus aufgelauert. Er bezeichnete ihn lauthals als Mörder, und als Mr. Parrish fliehen wollte, schlug Mr. Mallard ihm die Nase blutig.«

»Das muss ein Irrtum sein, Inspector.« Ich konnte nicht glauben, dass der sanftmütige Priester zu solch einem Verhalten fähig war. »Ich kenne Titus Mallard seit Jahren, und er ...« – beinahe hätte ich »ist von fast kindlicher Unschuld« hinzugefügt, empfand dies dann aber doch ein wenig herabwürdigend – »... ist gewiss mit keiner Faser seines Körpers zu einer solchen Gewalttat fähig.«

»Mein Mann denkt, ich lüge, um Jonathan zu schützen«,

sagte Mrs. Sarah. »Bitte glauben Sie mir, dass dem nicht so ist. Er kann nicht verstehen, warum ich den Kontakt zu meinem ehemaligen Geliebten aufrechterhalten habe – wir haben uns weiterhin getroffen und Briefe geschrieben, während jede anständige Frau ihn zum Teufel gejagt hätte.«

»Ich verstehe es ebenfalls nicht, Ma'am«, sagte Blackbeard.

»Nun, ich habe ihm nicht die ganze Wahrheit erzählt.« Sie wirkte auf einmal erschöpft, als hätte sie eine große Anstrengung hinter sich gebracht. »Jonathan ist Olivias Vater.«

»Oh …« Ich erlebte einen dieser Augenblicke, in denen das bislang Unerklärliche schlagartig verständlich wird. »Natürlich!«

»Sie verstehen sicher, warum ich es verheimlicht habe. Ich würde ihr damit das Herz brechen – sie liebt Tom mit einer solchen Hingabe.«

Ich fand meine Stimme wieder. »Wusste *er* es denn?«

»Das war unvermeidlich«, erwiderte Mrs. Sarah. »Ohne schamlos sein zu wollen … Es muss für ihn offensichtlich gewesen sein, dass Livvy nicht sein eigenes Kind ist. Jedoch hat er sie gern als seine Tochter angenommen – natürlich auch unter Berücksichtigung seiner Geschäfte und seines Ansehens als Familienvater –, und er hat sie aufrichtig und von Herzen geliebt.«

»Sie erzählte, sie könne sich an Treffen mit Mr. Parrish erinnern, als sie noch Kind war.«

»Jonathan hat sonst keine Kinder und bat darum, sie sehen zu dürfen. Wie konnte ich ihm das verwehren?« Sie griff nach meiner Hand. »Meine liebe Mrs. Rodd, Sie kennen Titus; Sie wissen, dass er nicht in eine Zelle gehört! Sie müssen ihm helfen, bevor ich noch ein weiteres Leben ruiniere!«

Der Anblick war herzzerreißend. Vor Helligkeit blinzelnd, schlurfte er in das Vernehmungszimmer der Polizeistation wie ein Tier, das nach langem Winterschlaf aus seinem Bau kroch: ein ältlicher Priester mit den für seinen Berufsstand typischen altmodischen Gamaschen und breitkrempigem Hut – sowie einem höchst unpriesterlichen blauen Auge.

»Sie können ihn mitnehmen«, teilte der zuständige Sergeant Mr. Blackbeard mit. »Der andere Gentleman erstattet keine Anzeige.«

»Na, da haben Sie aber Glück gehabt, Mr. Mallard«, sagte Blackbeard mit strengem Blick. »Was Sie hoffentlich zu schätzen wissen! Ich persönlich würde mit einem Geistlichen, der auf offener Straße Fremde attackiert, hart ins Gericht gehen.«

»Ich ... Ich ... habe den Kopf verloren«, flüsterte Mr. Mallard. »Er wollte nicht stehen bleiben ...«

Ich konnte nur daran denken, wie überrascht mein lieber Ehemann gewesen wäre, hätte er einen seiner Kollegen wie einen gewöhnlichen Banditen aus einer Gefängniszelle kommen sehen. Ich hakte mich fest bei Mr. Mallard unter und führte ihn mit nach draußen, wo eine Mietkutsche auf uns wartete.

Sobald sie sich in Bewegung setzte, schien er sich ein wenig zu fangen. »Mrs. Rodd, ich schäme mich ganz fürchterlich. Sarah wird unendlich böse auf mich sein.«

»Der Inspector und ich waren gerade bei ihr, und sie ist nicht böse – sie wird froh sein zu erfahren, dass Sie wieder auf freiem Fuß sind.«

»Sie haben den falschen Mann geschlagen«, sagte Blackbeard, »jedenfalls nach Aussage Ihrer Frau.«

»Ich habe mich hinreißen lassen. Ich hatte mir eingeredet, er sei ein schlechter Mensch. Die Nacht in der Zelle hat mich wieder zur Vernunft gebracht.«

»Ja, Sir, solch eine Wirkung ist nicht ungewöhnlich.«

»Vielleicht hat mein moralisches Urteil meine Sinne vernebelt. Die bloße Existenz dieses Mannes hat mich zutiefst erschüttert. Ich konnte die Vorstellung nicht ertragen, dass die Frau, die ich liebe, regelmäßig Ehebruch begangen hatte.«

»Dass sie aber regelmäßig Morde beging, stört Sie nicht?«, hakte Blackbeard nach.

»Sie ist unschuldig«, beharrte Mr. Mallard inbrünstig und ballte die Fäuste. »Ich weiß, dass sie jemanden schützen will. Ich dachte, es sei Parrish. Ich dachte, sie liebt diesen Mann noch immer, und war eifersüchtig.«

»Sie ist eine Mutter«, sagte ich. »Wenn sie jemanden schützen will, wird es dann nicht eher eine ihrer Töchter sein?«

»Ich weiß es nicht.« Er war verwirrt. »Auch sie waren ein Schock für mich ... Drei erwachsene Frauen ... Schauspielerinnen! Sie redet nicht gern über sie. Und ich muss zugeben, dass ich nicht gern nach ihnen frage.«

»Nun, dann sollten Sie sich gegen einen weiteren Schock wappnen«, meinte Blackbeard.

»Ich bitte um Verzeihung?«

Ich berichtete von unserem Besuch bei Mrs. Sarah und tat mein Bestes, ihm die wahre Abstammung Olivias auf schonende Weise beizubringen.

Der arme Mann wurde totenblass und sah so elend aus, dass ich den Inspector drängte, beim nächstmöglichen Verkaufsstand für einen Tee anzuhalten (diese Stände waren zwar bekanntermaßen sehr nachlässig beim Auswaschen der Tassen, aber dieses Risiko ging ich in diesem Fall gern ein). Mr. Blackbeard stoppte die Droschke nahe Paddington Green, und der Tee, den er Mr. Mallard reichte, war heiß und süß genug, um seine Sinne ein wenig zu beleben.

»Mein lieber Mr. Mallard, Sie sehen dennoch aus, als würden Sie gleich umfallen. Wann haben Sie zuletzt eine anständige Mahlzeit zu sich genommen? Sie kommen jetzt besser mit zu mir.« (Wir hatten nicht viel im Haus, aber ich könnte Hannah nach frischen Eiern und einem Viertelpfund Schinken schicken; zum Glück hatte mir mein letzter Fall genug Geld verschafft, um gelegentliche Notfälle abzudecken.) »Sie sollten sich ausruhen, bevor Sie sich erneut in Newgate blicken lassen.« Es war besser, wenn er seiner Frau in diesem Zustand nicht unter die Augen trat. »Ich kann ein wenig Zaubernuss auf ihr Auge geben.«

»Wie ich sehe, Sir, hat Parrish sich kräftig zur Wehr gesetzt«, sagte Blackbeard.

Mr. Mallard kratzte den letzten Rest seiner Würde zusammen. »Ich bedaure zutiefst, dass ich mich zu Gewalt hinreißen ließ. Eine grässliche Vorstellung, dass ich zum Blutvergießen beigetragen habe! Aber Sie müssen Jonathan Parrish verhören, Inspector. Sarah sagt, er habe die ganze Nacht mit ihr verbracht, aber das kann ich nicht glauben.«

»Ich werde mit ihm reden, keine Sorge.«

»Ich habe mich damit abgefunden, dass ich die Wahrheit möglicherweise nicht ertragen kann. Aber angesichts der drohenden Hinrichtung einer unschuldigen Frau, meiner Frau, tun meine Gefühle nichts zur Sache. Deshalb hat die Vorsehung uns zusammengeführt – was spielt es schon für eine Rolle, wenn ein einzelner Mensch leidet, solange nur die Gerechtigkeit siegt?«

Ich empfand dies als eine recht harsche Interpretation von Vorsehung, hatte jedoch nicht das Herz, mit ihm darüber zu streiten. Er war halb betäubt vor Erschöpfung; seine dünnen Lider schlossen sich flatternd, und er sank in seinen Sitz.

»Ich weiß nicht, was meine Vorgesetzten dazu sagen werden«, meinte Blackbeard. »Sie haben sicher auch noch nie einen Priester mit einem Veilchen gesehen.«

»Können Sie denn nichts unternehmen, Inspector?« Ich senkte meine Stimme, auch wenn Mr. Mallard offenbar eingeschlafen war. »Ich bin jetzt sicherer als je zuvor, dass Mrs. Sarahs sogenanntes Geständnis vollkommener Unsinn ist.«

»Sie ist eine schreckliche Sünderin, das steht außer Frage«, sagte Blackbeard (der keine Anstalten machte, leiser zu sprechen). »Sie hat einen Haufen Lügen erzählt und hatte als verheiratete Frau Liebesaffären. Aber das sind keine Sünden, für die sie hängen sollte – sonst müsste ich wohl halb London an den Galgen bringen.«

»Aber dieser Mann, Joseph Barber, hatte durchaus ein Motiv, Mr. Transome umzubringen – auch wenn es eher nach der Handlung einer leichten Oper klingt. Mit ihm würde ich gern einmal sprechen.«

»Nein, Mrs. Rodd, das kann ich nicht zulassen.«

»Bitte?«

»Dies ist keine passende Umgebung für Damen.«

»Diese Auseinandersetzung hatten wir bereits, Mr. Blackbeard; Sie wissen, dass ich durchaus in der Lage bin, auf mich aufzupassen – in jeder Umgebung.«

»Hm. Nun, wenn Sie so mächtig entschlossen sind, dann tun Sie mir zumindest den Gefallen und gehen gemeinsam mit mir.«

Achtundzwanzig

Wir gingen also zusammen zu Mr. Barber, gleich nachdem wir den unglücklichen Mr. Mallard in die Obhut von Mrs. Bentley und Hannah gegeben hatten (Mrs. B wusste mit der Situation vortrefflich umzugehen; noch bevor er wieder richtig wach war, saß er mit einer Tasse Tee am Küchenherd).

Ich gebe zu, dass ich über Mr. Blackbeards Begleitung doch recht froh war, denn in den Straßen von Soho und St. Giles herrschten zu jener Zeit große Armut und dementsprechend alle damit einhergehenden Arten von Verbrechen.

»Schmutz und Schurkerei, Ma'am«, knurrte Blackbeard mit einer gewissen Befriedigung. »Wohin man auch sieht.«

Er hätte »wohin man auch tritt« hinzufügen können, denn die Straßen und Gehsteige waren voll von Müll und Gerümpel, und als ich am Soho Square aus unserer Droschke stieg, musste ich mich im selben Moment wohl oder übel damit abfinden, dass ich hier meine zweitbesten Schuhe ruinieren würde.

»Hier wart ich aber nich«, brummte der Kutscher.

»Sie tun, wie Ihnen geheißen«, entgegnete Blackbeard, »oder ich lasse Ihnen die Lizenz entziehen. Wenn irgendjemand Sie belästigt, sagen Sie einfach, Sie seien mit mir hier. In dieser Gegend bin ich gut bekannt.«

Ich blickte auf die verfallenen Häuser, die mit alten Zeitungen gestopften kaputten Fensterscheiben, die hohlwangigen Frauen und grimmig dreinblickenden, unrasierten Männer. »Wo ist diese Wirtschaft, Inspector?«

»In einer Gasse, die von der Greek Street abgeht, Ma'am. Nehmen Sie meinen Arm.«

Ich hakte mich bei ihm unter, und wir bogen in eine der düsteren Straßen ein, die vom Soho Square abzweigten. Es waren viele Menschen unterwegs, doch sie wichen uns aus, so dass unser Weg wie durch Zauberhand frei war. Blackbeard war hier anscheinend wirklich »gut bekannt« – und offenbar auch gefürchtet.

»Vor sechs Monaten war ich das letzte Mal hier«, erzählte er munter, als würden wir im Park flanieren. »Ich hatte das Vergnügen, einen der größten Hehler von London festzunehmen – und zwar auf frischer Tat, Ma'am, mit einer hübschen Sammlung gerade zuvor gestohlener Schmuckstücke.«

»Ja, ich erinnere mich an den Fall; mein Bruder hat den Mann verteidigt.«

»Das stimmt. Mr. Tyson sorgte dafür, dass er ins Zuchthaus kam und nicht gehängt wurde.«

Am Ende einer kurzen dunklen Gasse erreichten wir den Platz, an dem sich das *Pillars of Hercules* befand. Es handelte sich um eine kleine Spelunke der übelsten Sorte, deren Wände aufgrund der ständigen Feuchtigkeit mit einer schwarzen Schmierschicht bedeckt waren. Auf dem Hof davor standen dicht gedrängt ein paar heruntergekommene, apathisch wirkende Männer, die unentwegt rauchten.

»Das sind die Übriggebliebenen – die Männer, die für heute Abend keine Anstellung gefunden haben«, sagte Mr. Blackbeard. »Sie kommen täglich gegen Mittag, und die Leute vom Theater suchen sich diejenigen heraus, die sie gerade brauchen.«

»Was für eine eigentümliche Art, seinen Lebensunterhalt zu bestreiten!« (Ich bekam spontan Gewissensbisse, da ich mir die Musiker im Orchestergraben nie angesehen, geschweige denn über ihr Leben nachgedacht hatte.)

Blackbeard nahm durch den Qualm einen Mann mit zerrissenem Hut ins Visier. »Holen Sie mir mal Mrs. Bodge.«

»Is nich da«, brummte der Mann mürrisch.

»Kommen Sie mir nicht damit. Für mich ist sie immer da.«

Der Mann tauchte in der Menge ab; kurz darauf kam erneut Bewegung in die Truppe, um eine magere Frau mit wachsamen Augen durchzulassen. Sie trug ein zerschlissenes schwarzes Gewand und wischte sich hastig die Hände an ihrer Schürze ab.

»Was wollen Sie? Ich führe jetzt ein anständiges Haus, und Sie haben keinen Grund, mich zu behelligen.«

»Das hat auch niemand vor, Mrs. Bodge«, versicherte ich ihr. »Wir möchten Ihnen nur ein paar Fragen stellen, wenn Sie so freundlich wären.«

»Ich heiße ›Boggi‹, nicht ›Bodge‹ – mein Mann war Italiener.«

»Ich bitte um Verzeihung, Mrs. Boggi. Kennen Sie einen jungen Mann namens Joseph Barber oder Giuseppe Barbarino?«

»Ja – aber den finden Sie hier nicht.«

»Wir wollen ihm nichts Böses.«

Sie beäugte uns einen Moment, dann stieß sie eine Tirade auf Italienisch hervor (ich vermag es, die Sprache zu lesen, verstand jedoch kein Wort). Einer der Männer rief etwas zurück.

»Er wurde heute Morgen engagiert und spielt gerade in der Italienischen Oper.« Sie wurde ein wenig freundlicher. »Er ist einer der besten Musiker hier und normalerweise der erste, der ausgewählt wird – und kein bisschen krimineller als Sie, Mr. Blackbeard.«

»Wer hat was von kriminell gesagt?«, gab Blackbeard zurück. »Ich danke Ihnen sehr, Mrs. Boggi; ausnahmsweise einmal sind Sie auf der richtigen Seite des Gesetzes.«

⁂

Es war schon später Nachmittag, als Blackbeard und ich beim *Royal Italian Opera House* am Covent Garden ankamen. Der Obst- und Gemüsemarkt war beendet, wodurch Unmengen von Abfall herumlag, und das große Opernhaus machte sich für den Abend bereit. Die Straßenhändler und Hausierer versammelten sich auf dem Vorplatz, und in wenigen Stunden würden wohlhabende Musikliebhaber aus höchsten gesellschaftlichen Kreisen Schulter an Schulter mit jenen aus den unteren Schichten stehen.

»Ich nehme an, Sie kennen dieses Opernhaus, Mrs. Rodd.« Blackbeard spähte auf ein gerahmtes Plakat mit einer Ankündigung der heutigen Vorstellung. »Sie werden sicher unzählige dieser italienischen Stücke gesehen haben – was mag das hier wohl auf Englisch heißen?«

»Es ist ein Stück von Rossini und bedeutet ›Die diebische Elster‹.« (Mich überkam die plötzliche Erinnerung – sowohl mit einem süßen wie auch einem bitteren Anklang – an eine Aufführung von ›Barbier von Sevilla‹ desselben Komponisten, die ich mit meinem geliebten Ehemann besucht hatte, keine drei Monate vor seinem Tod. Wir waren damals Gäste des Bischofs von London gewesen und beinahe zu spät gekommen, weil Matt auf dem Weg dorthin einem Mann mit einem Kaspertheater zusah.) »Die Musik hat etwas Erhabenes.«

Vor dem Bühneneingang an der Seite des imposanten Gebäudes tummelte sich eine bunte Schar; von der gefeierten Sängerin, begleitet von zwei Bediensteten, bis hin zu sichtlich verwahrlosten Musikern. Blackbeard erkundigte sich beim

Türsteher nach Joseph Barber, dessen Kenntnis der Mann zunächst leugnete. Auf einem seiner zerknitterten Zettel fand er den Namen schließlich doch noch und schickte einen »Laufburschen«, um ihn zu holen.

Nach einer gefühlt sehr langen Zeit erschien Joseph Barber, den Geigenkasten schützend umschlungen, und wir standen dem Mann gegenüber, der (möglicherweise) Cordelia Transome verführt hatte. Er war jung, schmal und blass, mit kurzem dunklen Haar und feurigen schwarzen Augen, und hätte er nicht so krank gewirkt, hätte man ihn durchaus als gutaussehend bezeichnen können.

»Ich bin Joseph Barber; was wollen Sie von mir?« Er sprach klar und fließend Englisch, mit nur leichtem Akzent. »Habe ich etwas Unrechtes getan?«

In dem Moment, da ich Miss Cordelias Namen nannte, überzog flammende Röte seine vormals bleichen Wangen. »Sie wollen mir sagen, dass sie tot ist.«

»Nichts dergleichen, nein«, versicherte ich schnell. »Es geht ihr sehr gut.«

»Dafür danke ich Gott.« Er wurde wieder blass, und in seinen Augen glänzten Tränen. »Ich hörte, dass sie im Sterben liegt, und habe versucht, sie zu finden. Doch meine Briefe an sie kamen ohne ein Wort der Erklärung zurück. Ich hatte Angst, sie könnte denken, dass ich sie aufgegeben habe – aber ich war krank und konnte nichts unternehmen.«

»Lassen sie uns draußen sprechen«, sagte ich, »dort ist die Luft frischer.«

Die Luft war nicht besonders frisch; es war einer jener drückend schwülen Tage, an denen kein Windhauch die üblen Gerüche der überfüllten Stadt wegzuwehen vermochte. Mr. Barber sah bei Tageslicht jedoch schon etwas weniger gespenstisch aus.

»Es war die Cholera«, sagte er. »Sie kam in unsere Straße, und viele sind daran gestorben. Auch mein Bruder.«

»Das tut mir aufrichtig leid.« (Über diese schreckliche Krankheit wusste man damals kaum etwas, und die Leute dachten, sie verbreite sich durch das Einatmen verseuchter Luft; heute weiß man, dass sie durch verunreinigtes Wasser hervorgerufen wird, was ihr vor allem in armen Gegenden zur Ausbreitung verhilft, wo sich viele Menschen einen Wasserzufluss teilen.) »Sind Sie sicher, dass Sie wieder vollauf gesund sind, Mr. Barber? Sie wirken ausgesprochen blass.«

»Ich bin immer noch ein wenig schwach – aber ich muss arbeiten.«

»Kommen Sie und setzen Sie sich für einen Moment in unsere Droschke; dort ist es bequemer.«

Mr. Barber sah aus, als habe er jede Kraft zu protestieren eingebüßt, und erklomm unsere Kutsche. Wie gern hätte ich dem armen Mann eine Tasse Rinderbrühe mit einem guten Schuss Brandy verabreicht, wie ich es zu Hause augenblicklich tun würde; hier mussten ein Glas Wein und ein Stück Lammpastete genügen, die Blackbeard aus einer nahe gelegenen Wirtschaft holte.

»Danke, Ma'am. Sie sind sehr freundlich.«

»Bitte versuchen Sie, ein wenig zu essen, Mr. Barber. Sie waren ernsthaft krank und müssen wieder zu Kräften kommen – auch wenn Sie keinen Appetit verspüren.« (Ich erinnerte mich, dass in unserer Speisekammer noch ein Bottich mit Rinderbrühe stehen musste, die ich damals für Mrs. Bentley gekocht hatte, und ich beschloss, ihm diesen auf irgendeine Weise zukommen zu lassen; seine ausgefranste Jacke und das fast durchscheinende Hemd ließen seine Armut deutlich erkennen.) »Wie lange waren Sie krank?«

»Mein Bruder starb vor sechs Wochen, danach wurde ich krank.« Er trank den Wein in einem Zug aus. »Ich wollte auch sterben – wir waren drei Brüder, und jetzt muss ich mich ganz allein durchschlagen.«

»O je, da hat das Leben Ihnen übel mitgespielt«, sagte ich. »Sind Sie alle zusammen nach London gekommen?«

Er nickte. »Wir wurden in Rom geboren, wo unser Vater an der Oper Violine spielte. Als er vor sieben Jahren starb, kamen wir nach London, weil ich hörte, es gebe für Musiker hier gute Arbeit. Zwei Jahre später starb mein ältester Bruder.«

Der junge Mann berichtete von den traurigen Fakten so ruhig und nüchtern, dass er mich zutiefst dauerte. »Sie fürchteten, wir seien gekommen, um Ihnen Cordelias Tod mitzuteilen«, sagte ich leise und freundlich. (Die Tür der Kutsche stand offen, und Blackbeard wartete scheinbar unbeteiligt auf dem Gehsteig; dies war ein Zeichen, dass er mich die Fragen stellen lassen wollte.) »Sie haben also gehört, dass sie krank war.«

»Ich habe Tratsch und Klatsch gehört; niemand konnte mir sagen, was *wirklich* geschehen war.« Mr. Barber biss vorsichtig von der heißen Pastete ab. »Sie hat sich von mir zurückgezogen, und ich weiß nicht, warum. Ich dachte, sie liebt mich.«

Er sprach, als wüsste er nicht, dass Miss Cordelia ein Kind erwartet hatte, und mein Instinkt sagte mir, dass nicht er der Verantwortliche gewesen war. Ich würde sehr taktvoll vorgehen müssen. »Können Sie mir sagen, wie Sie sie kennengelernt haben?«

»Ich habe im Theater ihres Vaters gearbeitet«, erzählte Mr. Barber. »Wenn die Oper gerade keine Spielzeit hat, nehme ich alle Arbeit an, die ich finden kann. Cordelia musste ein Lied auf Italienisch singen – sie hat eine sehr hübsche Stimme, nur ihre Aussprache war nicht gut genug, und Mr. Transome bat mich, sie zu unterrichten. So haben wir uns verliebt.«

»Sie haben einander Briefe geschrieben, wie ich hörte.«

»Wir haben nichts Unrechtes getan!«

»Da bin ich sicher.«

»Wir wollten heiraten.« In seinen Augen blitzte Wut auf. »Aber Mr. Transome entdeckte einen meiner Briefe und wurde sehr böse. Cordelia war seine Hauptdarstellerin, und er wollte es nicht zulassen, dass sie sich an einen armen ›Fiedelburschen‹ verschleudere – so nannte er mich, obwohl ich schon einige der besten Musiker der Welt mit meiner ›Fiedel‹ begleitet habe!«

»Mir ist bekannt, dass Cordelia mit ihrem Vater stritt«, sagte ich. »Sie verließ sein Theater und kehrte zu ihrer Mutter zurück. Ist sie danach noch mit Ihnen in Kontakt getreten?«

»Ich habe ihr Briefe geschrieben … Ich fuhr zum Haus ihrer Mutter … Sie weigerte sich, mich zu empfangen. Als Nächstes hörte ich, sie liege im Sterben.« Er wirkte nachdenklich und verspeiste abwesend die Pastete, als würde er nicht merken, was er gerade tat. »Ich bin froh, dass es ihr gutgeht. Sie würde mich jetzt wohl gar nicht mehr erkennen; während ich krank war, haben sie mir die Haare und den Bart abgeschnitten.«

»Haben Sie nach dem Mord an ihrem Vater erneut versucht, Kontakt zu ihr aufzunehmen?«

»Sie war doch krank.«

Blackbeard hüstelte; ein Zeichen der Ungeduld, das ich ignorierte.

»Was dachten Sie, als Sie von dem Verbrechen hörten?«

»Ich habe erst später davon erfahren. Ich war zu jener Zeit nicht in London.«

»Oh?«

»Ich war in Bad Gastein, einem Kurort in Österreich.« Er wirkte gestärkt, nun, da er etwas gegessen hatte. »Mein armer Bruder war auch dabei; wir spielten mit einem Orchester im Casino.«

»Das klingt recht elegant«, sagte ich.

»Die Musik war schlecht, aber die Bezahlung gut.«

»Ich bin überrascht, dass Sie wieder hierher zurückkamen.«

»Die Arbeit endet immer mit dem Ende der Saison. Als wir wieder zu Hause eintrafen, war Mr. Transome schon beerdigt.«

»Sagen Sie's ihm«, knurrte Blackbeard.

Ich wusste, was er meinte; es wurde Zeit, Mr. Barber den wahren Grund für Cordelias Krankheit zu erzählen. Ich erledigte die delikate Aufgabe so taktvoll wie möglich, und beobachtete seine Reaktion genau.

Er wurde bleich wie der Tod und seine Augen rot vor Schmerz, Wut und Trauer.

Jedoch nicht vor Schuld.

»Ich war es nicht – ich habe nichts getan!«

»Haben Sie eine Ahnung, wer es sonst gewesen sein könnte, Sir?«, fragte Blackbeard.

»Nein!«, gab Mr. Barber kurzangebunden zurück.

Eine nahe Kirchturmuhr schlug die volle Stunde, und er musste zu seiner Arbeit in die Oper zurückeilen.

»Er ist nicht unser Mörder«, sagte ich. »Er war zur fraglichen Zeit außer Landes.«

»Hm«, knurrte Blackbeard. »Wenn er das Mädchen nicht in Schwierigkeiten brachte, wer dann? Irgendjemand muss es gewesen sein – und dieser Jemand hatte ein Motiv, ihren Vater umzubringen. Sehen Sie zu, dass Sie diesen Mann finden, Mrs. Rodd.«

Neunundzwanzig

Wenige Tage vor der Gerichtsverhandlung wurde Mr. James Betterton fünfzig und beschloss, diesen Jubeltag mit einem großen Abendempfang zu feiern. Es wurde bereits im Vorfeld zum Stadtgespräch, was auch daran lag, dass er alle drei Transome-Töchter eingeladen hatte. Durch diese Geste wollte er allen bekunden, dass die alte Fehde zwischen den beiden Familien von nun an beigelegt war.

»Fünfzig – papperlapapp!«, kommentierte mein Bruder. »Der Mann ist mindestens fünfundfünfzig, auch wenn seine hübsche junge Frau gewiss ein Jungbrunnen für ihn ist. Und ich bin mir sicher, dass die Versöhnung wahre Wunder an den Kassen bewirken wird. Es war ein langer Streit, aber die Bettertons gewinnen ihn nun mit Leichtigkeit.«

»Nichtsdestoweniger ist es sehr freundlich von ihm, die Transomes einzuladen«, sagte ich, »und dies auch öffentlich anzukündigen. Wenn ihre Mutter gehängt wird, werden sie allen Beistand benötige, den sie bekommen können.«

»Mein liebes Schwesterlein, nun versuch doch wenigstens einmal diese Frau zu vergessen – für diesen einen wunderbaren Abend mit funkelnden Diamanten, sprudelndem Champagner und hübschen jungen Schauspielerinnen!«

»Ich habe nicht die Absicht, Mrs. Sarah zu vergessen. Sie ist der Grund, weshalb ich überhaupt hier bin. Es ist immer noch plausibel, dass sie eine ihrer Töchter schützt, und ich möchte die drei aus nächster Nähe ins Visier nehmen.«

Auch Fred hatte eine Einladung zu Bettertons Feier erhalten, und ich begleitete ihn an Fannys statt, die zu ihrer Mutter nach Box Hill gereist war. Der erwartete Prunk der Festivität hatte mich einigermaßen in Aufregung versetzt – Mrs. Bentley und ich hatten den Großteil des Nachmittags mit dem Herrichten meiner Kleidung verbracht, und so befand ich mich nun in einem Zustand strapaziöser Eleganz. Mein neues schwarzes Seidenkleid war frisch gebügelt, und an meinem Kragen funkelte die Diamantbrosche meiner Mutter. Ich trug meine besten (und unbequemsten) Schuhe. Mrs. B hatte mich ermahnt, mehr Aufwand als üblich mit meinem schweren, glatten und von Grau durchzogenen Haar zu betreiben, so dass es nun straff gekämmt und hochgesteckt unter meiner besten Spitzenhaube verborgen war.

Die Kutschen reihten sich um alle vier Seiten des Platzes. Vor Mr. Bettertons Haus waren zwei Polizisten postiert, die die übliche Menschenmenge im Auge behielten, die sich zum Gaffen versammelt hatte. Ich muss zugeben, dass mein Herz vor Aufregung höherschlug, als wir uns in das Defilee einreihten, das sich über die Treppe langsam nach oben bewegte. Man hörte das leise Raunen von Gesprächen, man hörte Musik; wohin ich auch blickte, sah ich Glitzer, Glanz und Extravaganz.

»Fanny wird sich ärgern, dass sie das verpasst«, murmelte Fred neben mir.

Am Kopf der Treppe standen James und Constance Betterton. Mr. Betterton sah ausgesprochen gut aus, frisch und jugendlich, und doch hatte ich nur Augen für seine junge Frau. Sie trug ein meergrünes Seidenkleid, das ihre blonden Locken auf die wunderbarste Weise betonte, und eine prächtige Halskette aus Perlen und Smaragden.

»Umwerfend!«, flüsterte Fred.

Constance reichte ihren Gästen so charmant und anmutig die Hand wie eine Gräfin (ich musste unweigerlich an das Haus in Pentonville und ihre skandalöse Verbindung mit

Mr. Transome denken; sie hatte ihr altes Leben abgestreift wie eine Schlange ihre Haut).

Mr. Betterton – vor Freude und Stolz beinahe glühend – begrüßte Fred und mich und rasselte die Vorstellung der neben ihm stehenden Familienmitglieder herunter. »Mein ältester Sohn Marcus, seine Frau Catherine, Edgar und seine Gemahlin kennen Sie ja, meine Söhne Philip und Charles.«

Ich schritt an der Reihe vorbei und schüttelte behandschuhte Hände.

Hätte jemand Constance den Rang streitig machen wollen, hätte das nur ihre Schwiegertochter bewerkstelligen können. Maria hatte sich Diamanten ins üppige dunkle Haar gesteckt, und der modische Schnitt ihres blauen Kleides brachte die Perfektion ihrer weißen Schultern hervorragend zur Geltung.

Man hatte alle Türen im ersten Stock geöffnet, so dass ein einziger großer Saal entstanden war. In einer Ecke spielte ein kleines Musikensemble, während ein Schwarm Kellner sich mit Tabletts voll Champagner durch die Gruppen der Gäste bewegte.

»Das alles muss ihn ein paar Schillinge gekostet haben!«, sagte Fred, leerte ein Glas und griff sofort nach einem zweiten. »Sicher gehört es zu seiner Kampagne, in die bessere Gesellschaft aufgenommen zu werden; er ist fest entschlossen, Schauspielern zu einem respektablen Ruf zu verhelfen.«

Die Mischung der Leute war interessant. Ich hatte nicht erwartet, jemanden Bekanntes zu treffen, entdeckte dann aber doch ein paar vertraute Gesichter – unter anderem eine Marquise und einen freisinnigen Bischof –, während Fred sich vor verschiedenen Angehörigen seines Berufsstandes verneigte.

Olivia und Cordelia standen an einem der Fenster. Trotz des allgemeinen Gedränges war um die beiden herum ein

Freiraum; dieselben Menschen, die Maria die Hand gegeben hatten, brachten es anscheinend nicht über sich, auch die Schwestern zu begrüßen. Sie taten mir leid, und als mein Bruder von meiner Seite wich, um sich am Champagner und hübschen Schauspielerinnen zu ergötzen, ging ich zu ihnen.

Cordelia im weißen Kleid war eine strahlende Erscheinung; obwohl sie Maria sehr ähnlich sah, war ihre Schönheit von anderer Art – feiner und weniger aufdringlich. Olivia trug ein dunkelrotes Kleid und sah hübscher aus als je zuvor. Da ich nun um die andere Vaterschaft wusste, fiel mir sogleich auf, wie fremd dieser Kuckuck im Nest der Transomes wirkte.

»Ist es nicht beängstigend?«, murmelte sie. »Ich wollte eigentlich gar nicht herkommen.«

»Ich auch nicht«, sagte Miss Cordelia. »Aber Edgar ist so ein Schatz, da wäre es sehr unhöflich gewesen, abzulehnen.« Ihre äußere Haltung verriet, dass sie den Umgang mit Publikum prinzipiell gewöhnt war, und dennoch wirkte sie darunter ängstlich und scheu.

»Sie sehen es, Mrs. Rodd«, sagte Miss Olivia. »Eine Transome zu sein bedeutet, ein Niemand zu sein. Wir alle sind jetzt Bettertons. Maria meinte, wir dürften keine Trauerkleidung tragen, sonst würden wir das Fest verderben.«

»Es muss schwer für Sie sein«, sagte ich. »Und doch finde ich, dass Mr. Betterton für diese öffentliche Geste der Großzügigkeit Dank gebührt.«

»Er lässt uns das Gesicht wahren«, sagte Miss Olivia. »Er zeigt der Welt, dass wir unter dem Schutz seiner respektablen Familie stehen, und natürlich sind wir ihm dafür dankbar – und trotzdem müssen wir dafür so manche Kröte schlucken, und die schmecken nun mal bitter.«

»Sie sehen sehr gut aus, Miss Transome; ich hoffe, Sie haben mir mittlerweile verziehen, dass ich Sie entführt habe.«

»Ich danke Ihnen, Mrs. Rodd.« Sie errötete leicht. »Sie haben mich aus dem fürchterlichen Loch gerettet, in das ich mich verkrochen hatte, und das Haus meiner Schwester ist nach der üblen Kaschemme ein wahrer Luxus.«

Die Menge um uns herum geriet in Bewegung, und ich sah, dass Mr. Betterton durch den Raum schritt, seine Frau an dem einen, seine Schwiegertochter am anderen Arm.

»Meine lieben jungen Damen!« Lächelnd stieß er zu unserer kleinen Gruppe. »Und Mrs. Rodd – ich gehe davon aus, dass Sie sich amüsieren, Ma'am!«

»Das ist ein wunderbares Fest, Mr. Betterton.«

»Ich wollte den Beginn einer neuen Ära feiern; mein ältester Sohn Marcus hat gerade Transomes früheres Theater übernommen, das *Dukes of Cumberland's Theatre*, womit meine Familie nun insgesamt drei Theater betreibt – kein Wunder, dass ich so viele graue Haare habe!«

»Erzähl keinen Unsinn!« Seine Frau schenkte ihm ein strahlendes Lächeln. »Ich könnte schwören, dass du mit jedem Tag jünger aussiehst.«

»Wenn das wahr ist, so ist das dein Verdienst, meine Teure; du hast meinem Leben völlig neuen Schwung gegeben.«

Ihren offenen Liebesbekundungen riefen bei den drei Transome-Töchtern gequälte Gesichter hervor, und ich beschloss, das Thema zu wechseln. »Hat man Cooper schon gefunden?«

»Cooper?« Mr. Betterton sah mich verständnislos an.

»Er war Toms Garderobier«, sagte Mrs. Constance, die sofort hellhörig geworden war. »Ach, der arme Mann – was ist mit ihm geschehen?«

»Er verfiel dem Alkohol und ist ins Elend abgerutscht«, sagte Mrs. Maria. »Olivia hatte ihm eine Unterkunft besorgt, aber als wir ihn dort abholen und zu uns nach Hause bringen wollten, war er nicht zu finden.«

»Wie schön, dass ihr euch um ihn kümmern wollt«, sagte Mr. Betterton ernst. »Zu viele treue Bedienstete werden vergessen.«

»Edgar hat ihn in mehreren Schankstuben rund um das *Britannia Theatre* gesucht«, erzählte Mrs. Maria, »bisher jedoch ohne Erfolg. Aber es kann nicht lange dauern; Cooper ist in der Gegend allzu gut bekannt.«

»Sobald ihm das Geld ausgeht, wird er auf seine alte Masche zurückgreifen und für ein paar Tropfen Gin Schauergeschichten über unsere Familie erzählen – wer war wo warum und wann ...« Miss Olivia verzog das Gesicht.

»Livvy.« Mrs. Constance fasste sie kurz am Arm. »Bitte sag uns Bescheid, wenn ihr ihn findet; ich würde mich gern an der Unterstützung beteiligen.«

»Ach, du Liebe!« Gerührt blickte Mr. Betterton auf seine Frau. »Dein Herz ist so golden wie dein Haar.«

Er verneigte sich vor uns, und sie setzten lächelnd ihren Weg durch die Schar der Gäste fort.

»Der Mann ist ja vollkommen vernarrt«, sagte Miss Olivia. »Das Goldlöckchen hat ihm gehörig den Kopf verdreht, und ich muss so tun, als würde ich sie mögen.«

»Lass es«, murmelte Miss Cordelia.

»Es ist nur zu offensichtlich, dass sie Papa nie wirklich geliebt hat; sie war immer nur auf ihren Vorteil aus.«

»Mit Mr. Betterton scheint sie doch recht glücklich zu sein«, sagte ich.

»Wie sollte es anders sein, Mrs. Rodd? Diese Frau interessiert nichts als Ruhm und Erfolg, und ihr schmachtender Ehemann gibt ihr jede Rolle, die sie haben will.«

»Ihre Sorge um Mr. Cooper hat mich gerührt.«

»Warten wir ab, wie besorgt sie ohne Publikum noch sein wird.«

Die Menge um uns herum teilte sich erneut, und Mr. Edgar erschien. »Mrs. Rodd, würde Sie uns bitte entschuldigen? Kommt mit, Mädchen; Maria möchte euch als Erste am Buffet sehen, bevor alle wie die Heuschrecken darüber herfallen.«

Ich hatte bereits einen Blick auf die üppig gedeckte Tafel im Erdgeschoss werfen können; obwohl es noch früh war, hatten sich die ersten Gäste bereits dorthin in Bewegung gesetzt, und schon bald würde es in einen wohlgesitteten Ansturm ausarten.

»Eine gute Idee«, sagte ich. »Sie sehen erschöpft aus, Miss Cordelia, und sollten sich ein wenig setzen.«

»Ich werde sie auf einen Stuhl zwingen«, erklärte Mr. Edgar lachend, »notfalls mit Gewalt.«

Nicht zum ersten Mal dachte ich bei mir, was für ein gutmütiger und freundlicher Mensch er doch war; er kümmerte sich mit einer ganz natürlichen Galanterie um die Schwestern seiner Ehefrau und hatte sie aufrichtig gern. Falls sie die furchtbare Tragödie um Mrs. Sarahs Hinrichtung würden erleben müssen, machte ich mir keine Sorgen, dass sie nicht gut versorgt wären. (Zugleich versuchte ich, nicht darüber nachzudenken, wie es Mr. Edgar erginge, sollte sich seine von ihm über alles geliebte Frau als die wahre Mörderin erweisen.)

»Ah, Letty, da bist du ja!« Mein Bruder hatte sich zu uns durchgekämpft. »Du musst unbedingt zum Buffet kommen, bevor alle Hummerküchlein aufgegessen sind – aber vorher habe ich dir jemanden mitgebracht, den du schon seit geraumer Zeit kennenlernen möchtest.«

Der Mann an seiner Seite war groß und schlank und sehr elegant gekleidet; er hatte dunkles Haar und modische Koteletten. »Guten Abend, Mrs. Rodd; ich bin Jonathan Parrish.«

»Mr. Parrish!« Sofort stach mir die Ähnlichkeit zu Olivia ins Auge; sie erschien mir so offensichtlich, dass ich mich fragte, ob ich sie nicht auch ohne den Hinweis entdeckt hätte. »In der Tat möchte ich Sie aus verschiedentlichen Gründen gern einmal sprechen, aber hier ist dafür wohl nicht der rechte Ort.«

»Ein Inspector Blackbeard von Scotland Yard hat versucht, Verbindung mit mir aufzunehmen. Es ist nicht so, dass ich ihm aus dem Weg gehen möchte, aber meine Frau weiß nichts von meiner Begegnung mit diesem aufgebrachten Priester.«

»Es war überaus freundlich von Ihnen, keine Anzeige zu erstatten«, sagte ich. »Das hätte Mr. Mallards Lage nur noch verschlimmert. Ich hoffe, Sie haben sich gut von dem Angriff erholt.«

»O ja, danke sehr – meine Nase war nicht gebrochen, nur etwas angeknackst. Ich habe meiner Frau erzählt, ich sei auf der Straße gestolpert. Sie ist sehr schwach, müssen Sie wissen, und jede Art von Aufregung macht sie krank. Ein Polizist vor unserer Tür würde sie in Panik versetzen.«

»Natürlich, das verstehe ich. Mr. Blackbeard ist durchaus bereit, Sie an einem anderen Ort zu treffen.«

»Am Montagmorgen werde ich zu einer ersten Lesung meines neuen Stücks im *Princess Theatre* sein. Wenn er mich dort aufsuchen möchte, können wir vollkommen frei sprechen.«

»Danke, Mr. Parrish.«

Ich war jetzt schon gespannt darauf, die Wahrheit über jene Nacht in den *Cremorne Gardens* zu erfahren. Wir verneigten uns höflich, und er entfernte sich. Dann setzte er sich auf der anderen Seite des Raumes neben eine alte Frau in einem glänzenden schwarzen und mit Strasssteinen besetzten Seidenkleid.

»Seine Frau«, raunte Fred mir zu.

»Aber nein!«

»Sieht mehr wie seine Mutter aus, findest du nicht auch? Wie ich hörte, schwimmt sie in Geld und hält ihn an der kurzen Leine.«

Er schnappte sich zwei Gläser Champagner vom Tablett eines Kellners und scheuchte mich nach unten, damit ich endlich die Hummerküchlein probierte (die Leute standen dicht gedrängt um den Tisch, aber da Fred niemanden zwischen sich und sein Essen kommen ließ, schob er sich mit munterer Entschlossenheit an allen vorbei). Das Essen war extravagant und köstlich; ich versuchte, mir so viele Speisen wie möglich zu merken, weil ich wusste, dass Mrs. Bentley einen detaillierten Bericht erwartete.

Mit den bisherigen Ergebnissen des Abends war ich bereits recht zufrieden – und er war noch lange nicht vorbei. Als vom Essen nurmehr Krümel auf den leeren Platten übrig waren, wurde es im oberen Stockwerk umso lebhafter. Mein Bruder zog davon, um mit diversen Schauspielerinnen zu flirten, und ich unterhielt mich eine Weile mit dem liberalanglikanischen Bischof.

Ich brauchte einige Sekunden, um zu merken, dass etwas nicht stimmte. Die Musik endete abrupt, es wurde still, und in der Mitte des Raumes wichen die Gäste auseinander. Miss Cordelia war in Ohnmacht gefallen.

Maria – deren Gesicht fast so weiß geworden war wie das ihrer Schwester – kniete sich neben sie und rieb ihr die Hände.

Ich gehe nie ohne mein Riechfläschchen mit dem hübschen silbernen Verschluss aus dem Haus und eilte zu ihnen, um es Mrs. Maria zu geben.

»Danke; es ist hier viel zu heiß und stickig.«

Sie wedelte derart ineffizient mit dem Fläschchen unter

Miss Cordelias Nase herum, dass ich es ihr abnahm und die junge Dame selbst wieder zu Sinnen brachte. Nach kurzer Zeit begannen ihre Lider zu flattern, und sie öffnete die Augen.

Mit kindlicher Stimme flüsterte sie: »Mamma!«

Instinktiv blickte ich durch den Raum zu der kleinen Truppe Musiker. Einer von ihnen – ein Geigenspieler – starrte mich an, und sofort erkannte ich das ausgezehrte Gesicht und die dunklen Augen von Mr. Joseph Barber.

»Ganz gewiss war es die Hitze«, sagte ich schnell. »Sie muss an die frische Luft.«

Mr. Edgar hob das Mädchen auf seine Arme und trug sie aus dem Raum. Maria und ich folgten den beiden über die Treppe in ein Schlafzimmer im darüberliegenden Stockwerk, und während er Cordelia auf dem Bett ablegte, öffnete ich weit die Fenster. Eine herrlich kühle Brise wehte durch den Raum.

»Ach, wie unschicklich von mir!« Cordelia richtete sich auf und hatte schon wieder etwas mehr Farbe im Gesicht. »Ich muss mich bei Mr. Betterton entschuldigen.«

»Aber nein!«, protestierte Mr. Edgar freundlich. »Er wird nur hören wollen, dass es dir wieder besser geht.«

Ich hätte gern etwas zu Mr. Barber gehört, aber das war nur ohne Marias Ehemann möglich. »Mr. Edgar, wären Sie wohl so freundlich, ein Glas Wein zu bringen? Liebes Kind, Sie sollten sich wirklich noch etwas ausruhen.«

Er verließ den Raum, und ich schob die Kissen zusammen, so dass Miss Cordelia aufrecht sitzen konnte.

»Du hast jemanden gesehen.« Maria nahm die Hand ihrer Schwester. »War *er* es?«

»Ja«, hauchte Cordelia.

»Das tut mir leid. Ich wünschte, ich hätte dich davor bewahren können.«

»Fast hätte ich ihn nicht erkannt – sein Haar ist kurzgeschoren, und er ist so dünn!«

Ich empfand es als unpassend, mich in diesen hastigen Austausch zwischen den Schwestern einzumischen und mein Treffen mit Joseph Barber zu erwähnen, und so beobachtete ich sie nur so scharf, wie ich es wagen konnte.

»Ich hoffe und bete, dass er mich nicht gesehen hat«, sagte Cordelia. »Diese Schande ist zu schwer zu ertragen.«

»Ich weiß«, murmelte Maria.

Sie sahen einander an, und in ihrem Blick lag eine eigentümliche Mischung aus Trauer und Komplizenschaft, die ich erst viel später verstehen sollte.

Dreißig

»Da hatten Sie ja einen ereignisreichen Abend, Ma'am«, kommentierte Mr. Blackbeard. »Ich bin Ihnen sehr dankbar, dass Sie diesen Parrish erwischt haben.«

»Er erklärte, er sei Ihnen nur aus dem Weg gegangen, um die Gefühle seiner Frau zu schonen.«

»Nun, wir werden sehen.«

Es war elf Uhr am Montagmorgen nach Mr. Bettertons Feier, und Blackbeard und ich befanden uns im *Princess Theatre*, in dem ich James Bettertons »Hamlet« gesehen hatte. Das Foyer war leer; ich spähte durch die Glasscheibe in einer der Türen in den Theatersaal, und sah, wie mehrere Schauspieler auf der leeren Bühne im Kreis um Mr. Betterton saßen.

»Mrs. Rodd! Und das ist, wie ich annehme, Inspector Blackbeard?«

Jonathan Parrish trat zu uns, ganz so, als hätte er unsere Ankunft bereits erwartet. »Vielen Dank, dass Sie mich hier aufsuchen. Sollen wir hinausgehen?«

Ich hatte ihn zuletzt in Abendgarderobe gesehen, doch auch am Tag wirkte er nicht minder elegant – auch wenn nun ein Anflug von Grau in seinen dunklen Koteletten sichtbar wurde. Er trug einen grünen Mantel, dessen Schnitt seine schlanke Figur zur Geltung brachte, und eine Weste aus geblümter Seide, die seine edle goldene Taschenuhr hervorhob.

»Ich hoffe, wir stören Sie nicht bei der Arbeit«, sagte ich.

»Die kommen auch ohne mich zurecht«, erwiderte Mr. Parrish lächelnd. »Ich bin nur der Mann, der das Stück geschrieben hat, und meine Meinung zählt recht wenig. Wenn Sie nichts dagegen haben, Mrs. Rodd: Ich habe in der Nähe ein Zimmer, wo wir in aller Ruhe sprechen könnten.«

Er führte uns durch eine der Seitenstraßen der St. Martin's Lane hinunter zu einem Laden für alte Bücher und Landkarten, über dem er einen Raum gemietet hatte. Im Gegensatz zu dem dunklen und schmutzigen Treppenhaus war das Zimmer selbst überraschend hell und gemütlich. Es gab einen Schreibtisch mit Stuhl, ein gut sortiertes Bücherregal, ein langes Sofa mit hübsch gestreiftem Chintz-Bezug und einen kleinen Kamin. Mr. Parrish bat Blackbeard und mich, auf dem Sofa Platz zu nehmen, und setzte sich selbst an seinen Schreibtisch, der sich zwischen den beiden Fenstern befand.

»Hier schreibe ich gern«, sagte er. »Das Zimmer liegt in günstiger Nähe zu allen Theatern, und ich muss zugeben, dass ich es hin und wieder auch als Zuflucht vor meinem Zuhause aufsuche. Meiner Frau gefällt nicht, dass ich beim Schreiben so viel rauche. Sie ist ein wenig älter als ich und nicht bei bester Gesundheit.«

»Sie wissen, warum wir hier sind, Sir«, sagte Blackbeard.

»Sie möchten etwas über die Nacht erfahren, in der Tom Transome ermordet wurde. Ich nehme an, Sie wissen bereits, dass Sarah Transomes sogenanntes Geständnis eine Reihe von Unwahrheiten enthält. Ich habe mich nicht früher dazu geäußert, weil meine Frau und ich am Tag nach unserem Treffen die Insel verließen und den Winter in Nizza verbrachten. Wir sind erst vor kurzem zurückgekehrt.«

»Wann genau haben Sie von ihrem Geständnis gehört?«, erkundigte sich Blackbeard. »Es ist mir unbegreiflich, wie Sie davon nichts mitbekommen konnten – ich möchte behaupten, dass man es bis hin zum Mond gehört haben muss.«

Mr. Parrish errötete verärgert. »Sie denken, ich bin ein erbärmlicher Feigling und weggeblieben, obwohl ich ihr hätte helfen können? Nein, von den näheren Umständen habe ich tatsächlich erst bei meiner Rückkehr erfahren.«

»Das ist schwer zu glauben, Sir.«

»Und dennoch ist es die Wahrheit. Im Süden Frankreichs stehen zwar eine Vielzahl von Zeitungen zur Auswahl, aber unsere Villa liegt einige Meilen von Nizza entfernt und ist schrecklich isoliert – meine Frau wollte die totale Abgeschiedenheit. Wir hatten keine Besucher, keine Zeitungen – keine Ahnung von der Welt außerhalb unserer Mauern. Meine Frau beanspruchte meine gesamte Aufmerksamkeit. Sie ist außerordentlich eifersüchtig auf Sarah, noch immer. Es kann gut sein, dass sie von dem Mord gehört und es mir absichtlich vorenthalten hat. Ich wage mir nicht vorzustellen, was sie tun wird, wenn sie von unserer Verabredung in den *Cremorne Gardens* erfährt ... Aber nun, das lässt sich jetzt wohl nicht mehr vermeiden. Was wollen Sie wissen? Alles, nehme ich an.«

»Sie können sich auf die Diskretion des Inspectors verlassen«, sagte ich (etwas schockiert über das trostlose Bild, das er von seiner Ehe zeichnete). »Hat Sarah Transome Ihrer Meinung nach ihren Ehemann getötet?«

»Sie hätte es tun können, nachdem wir uns verabschiedet hatten – ich meine, theoretisch ist es möglich. Ich kenne sie allerdings sehr gut und habe nie einen Anflug derartiger Brutalität an ihr entdeckt.«

»Zu welcher Uhrzeit haben Sie sich von Mrs. Sarah getrennt?«

»Um etwa fünf Uhr früh, würde ich sagen.«

»Hm«, meinte Blackbeard. »Das ist nicht das, was wir bislang gehört haben, Sir. Da gehen wir lieber mal an den Anfang zurück.«

Er gab kurz und in eher unfeinen Worten einen Abriss über

alles, das wir über die Ereignisse in jenem Etablissement wussten (oder zu wissen vermeinten).

Mr. Parrish hörte aufmerksam zu und war überrascht, die Identität unserer Zeugin zu erfahren. »Was? Das kleine Flittchen, das mit Mr. Parkinson aus der Cheapside herumknutschte? Ich bitte um Verzeihung für meine Ausdrucksweise, Mrs. Rodd. Sarah und ich amüsierten uns sehr über die beiden, und ich kam sogar auf die Idee, sie in einem Stück unterzubringen. Das Mädchen war mächtig beschwipst! Als wir gingen, lagen die beiden schnarchend in ihrem Séparée.«

»Sie gingen?« Ich war enttäuscht – für unsere Verteidigung hing viel davon ab, dass Mrs. Sarah die gesamte Nacht dort verbracht hatte. »Um wie viel Uhr war das?«

Er taxierte uns für einen Moment, dann sagte er: »Nun gut, Sie sollen die Wahrheit erfahren, auch wenn sie nicht erbaulich ist. Wir verließen das Lokal um etwa zwei Uhr früh und ... fuhren hierher.«

»Ah«, meinte Blackbeard.

»Unsere Zeugin behauptet, Sie seien die ganze Nacht in den *Cremorne Gardens* gewesen«, sagte ich, »bis in den Morgen hinein.«

»Das waren wir nicht – also ich mit Sicherheit nicht«, bekräftigte Mr. Parrish. »Da muss Ihre betrunkene kleine Zeugin jemand anderen gesehen haben.«

»Wohin ging Mrs. Sarah, als sie von hier aufbrach?«

»Ich habe keine Ahnung. Sie sah aber nicht so aus, als wollte sie einen Mord begehen.«

»Mochten Sie Mr. Transome?«, fragte Blackbeard.

»Ob ich ihn mochte? Ich verstehe nicht, was das mit irgendetwas zu tun haben soll, aber natürlich ... Sie müssen auch in Betracht ziehen, dass ich der Schuldige sein könnte. Ich kann Ihnen nur versichern, dass ich es nicht bin. Transome und ich haben einmal eng zusammengearbeitet; er engagierte mich als Leiter seiner Amerikatour, und ich mochte ihn sehr gern. Wir entzweiten uns erst danach.«

»Weil Sie eine Affäre mit seiner Frau hatten«, sagte Blackbeard.

Bei diesen unverblümten Worten zuckte Mr. Parrish zusammen. »Ja, das war der Beginn meiner Verbindung zu Sarah. Es kam ein Kind, Olivia, das Transome als sein eigenes annahm – vermutlich das Anständigste, das er je getan hat. Leider war Olivia dann der Grund für das endgültige Zerwürfnis. Etwa ein Jahr nach ihrer Geburt erfuhr meine Frau von ihr. Wir hatten kein eigenes Kind, sie sehnte sich jedoch nach einem, und so versuchte ich, Olivia zu uns zu holen. Transome lehnte es ab – wiederum sehr anständig, denn meine Frau hatte ihm eine gehörige Summe Geld geboten.«

»Sie hielten die Verbindung weiterhin aufrecht«, sagte ich. »Miss Olivia erinnerte sich, dass sie Sie als Kind getroffen hat; sie sagte, Sie hätten mit einer Dame zusammen Tee getrunken.« (Ich verkniff mir die Aussage, die Dame sei »alt« gewesen und dass Olivia sie für seine Mutter gehalten hatte).

»Meine Frau wollte sie gern sehen«, sagte Mr. Parrish. »Ich dachte nicht, dass Olivia sich daran erinnern kann, denn sie war tatsächlich noch sehr klein – nicht mehr als zwei, drei Jahre alt, ein süßer Fratz mit großen leuchtenden Augen … wir waren beide ganz verzaubert.«

Seine Stimme wurde weicher, als er von seiner Tochter sprach, und ich hatte Mitgefühl mit seiner Frau. Den Schmerz, wenn einem der eigene Kinderwunsch verwehrt bleibt, kenne ich selbst nur zu gut, und meine lieben Nichten und Neffen sind mir dabei ein großer Trost. Diesen Trost hatte Mrs. Parrish nicht, und Olivia war nun mal etwas, das sie nicht kaufen konnte.

»Ich kann mir vorstellen, dass Sie sich immer noch für sie interessieren«, entfuhr es mir spontan, »und ich bin froh darüber. Sie ist so furchtbar unglücklich – haben Sie von ihrem Abenteuer im *Britannia Theatre* gehört?«

Er war einigermaßen bestürzt. »Das war noch etwas, das mir durch meine Abwesenheit entgangen ist; ich habe es erst erfahren, nachdem Olivia diesen schrecklichen Ort verlassen hatte, aber glauben Sie mir, Mrs. Rodd: Wenn ich es gewusst hätte ...«

»Man hat gesehen, dass Mrs. Transome Ihnen etwas übergeben hat«, sagte Blackbeard, »als Sie in den *Cremorne Gardens* waren.«

»Sarah hat mir meine Briefe zurückgegeben. Und ich ihr die ihren; sie hatte Angst, sie könnten gegen sie verwendet werden. Die Noonan begann zu drängen, Transome möge sich scheiden lassen, und suchte nach Beweisen für Sarahs Ehebruch. Wäre es nach ihr gegangen, hätte sie Sarahs Namen und Ansehen sicher mit Freuden ruiniert. Ich habe jedoch einmal Jura studiert und wusste bereits damals – im Gegensatz zu dem Mädchen –, dass Transome niemals eine Scheidung gewährt bekommen hätte, da er das Kind des anderen Mannes als sein eigenes angenommen hatte.«

Ich erinnerte mich, dass Miss Noonan am Tag seiner Ermordung heftig mit Mr. Transome gestritten haben sollte, und überlegte, ob dies der Grund gewesen sein könnte. »Können Sie uns sonst noch etwas erzählen, Mr. Parrish?«

»Im Moment nicht. Für den Fall, dass Sie sich fragen, ob Sie eher mir oder der beschwipsten Miss LaFaye Glauben schenken sollen, könnten Sie mit Mr. Parkinson sprechen, den allseits bekannten Lebensmittelhändler von der Cheapside.«

»Danke, Sir«, sagte Blackbeard. »Das werde ich im Hinterkopf behalten.«

Mr. Parrish sah ihn einen Moment lang an und sagte dann mit Nachdruck: »Sie hat es nicht getan, und wenn Sie dabei sind, ihre Unschuld nachzuweisen, will ich Ihnen gern helfen.«

»Wären Sie auch bereit, vor Gericht auszusagen?«, wollte ich wissen.

»Nun, ich würde nicht sagen, dass ich mit Freuden dazu bereit wäre, Mrs. Rodd. Meine Frau wäre sicher außer sich; sie weiß nichts von meinem Treffen mit Sarah und wird es verabscheuen, wenn es in der Stadt breitgetreten wird – aber wenn es ausschlaggebend ist, werde ich es tun.« Er schwieg eine ganze Weile. »Offensichtlich will Sarah jemanden schützen. Ich gehe davon aus, dass Sie mit ihren Töchtern gesprochen haben.«

»Ich kann mir nicht vorstellen, dass sie für irgendwen anders in den Tod gehen würde«, sagte ich. »Und zwei ihrer Töchter hatten ganz offenkundig vor Zeugen Streit mit Mr. Transome, bevor er starb.«

»Sie werden weiter zurückgehen müssen«, sagte Mr. Parrish. »Vor zehn Jahren ist etwas geschehen, zur Zeit des Brandes oder kurz danach – Gott weiß, was es war, aber zwischen Sarah und Maria herrscht seitdem Zwietracht.«

»Mr. Transome zwang Sarah in den Ruhestand und ernannte Maria zu seiner Hauptdarstellerin.«

»Ja, aber da war noch etwas anderes. Bei unserer besagten Verabredung in den *Cremorne Gardens* erzählte mir Sarah, sie habe in der Nacht des Feuers einen mächtigen Streit mit Maria gehabt.«

Ich war überrascht. »Im Theater? Aber Maria war doch gar nicht …«

»Oh, sie war ganz gewiss dort! Sie war noch sehr jung, aber nicht zu jung, um in Frank Fitzwarren verliebt zu sein.«

»Denken Sie etwa, *sie* hat ihn erschossen?«

»Sarah könnte denken, dass sie es war. Sie erwähnte Transomes Garderobier – Cooper – und war der Meinung, dass er mehr weiß, als er immer behauptet hat. Mit ihm sollten Sie sprechen.«

»Mr. Cooper ist gerade nicht aufzufinden«, sagte Blackbeard. »Ich werde mit ihm reden, sobald er wieder auftaucht. Einstweilen bin ich Ihnen für Ihre Hilfe sehr dankbar, Sir.«

Einunddreißig

»Hätte das nicht warten können, Inspector? Es ist höchst unerfreulich, mitten in einer Szene unterbrochen zu werden.«

»Es geht leider nicht anders«, sagte Blackbeard.

»Eine Viertelstunde kann ich Ihnen geben, mehr nicht.«

Maria Betterton empfing uns in ihrer Garderobe wie eine Göttin, die mitten im Flug aus der Luft geholt worden war. Sie trug ein einfaches Alltagskleid in Smaragdgrün, das durch ihre wallende dunkle Haarpracht dennoch dramatisch wirkte. Sie nahm am einen Ende der langen Couch Platz und bedeutete mir, mich an das andere zu setzen. Blackbeard blieb in gewohnter Habachtstellung am Kamin stehen.

»Ihr neues Theater beeindruckt mich sehr, Mrs. Betterton«, sagte ich. »Als ich das *King's Theatre* das letzte Mal sah, war es in einem sehr erbärmlichen Zustand.«

»Wir haben eine Menge Geld investiert; mehr, als wir beabsichtigt hatten. Mein Mann weigerte sich, seine Ansprüche zurückzuschrauben: Es müsse ordentlich gemacht werden oder gar nicht.«

»Es ist großartig geworden.«

»Danke sehr. Und nun sind Sie wegen meiner Mutter hier?«

»Nein, Ma'am«, sagte Blackbeard. »Es geht um die Nacht des Feuers.«

»Des Feuers? Ich dachte, das sei alles geklärt. Ich war zu Hause in Richmond.«

»Nein, Ma'am, waren Sie nicht.«

»Ich ... Ich bitte um Verzeihung?« Sie konnte ihre Verunsicherung nicht verbergen. »Mrs. Rodd, was soll das? Sie haben meinen Bericht zu jener Nacht doch gehört. Ich hatte den Eindruck, Sie hätten mir geglaubt.«

»Ich habe seither noch weitere Berichte gehört, Mrs. Betterton.« Ich sagte es in freundlichem Tonfall, aber doch so, dass sie merkte, dass ich die Wahrheit wissen wollte. »Sie wurden nach der Vorstellung im Theater gesehen und hatten dort eine Auseinandersetzung mit Ihrer Mutter bezüglich Francis Fitzwarren.«

Sie schwieg für eine Weile. Dann sagte sie leise und ernüchtert: »Cooper hat es Ihnen erzählt.«

»Cooper ist bislang nicht wieder aufgetaucht. Bitte verzeihen Sie, wenn ich das sage, aber nun verstehe ich, warum Sie so erpicht darauf waren, ihn zu finden.«

»Die Vorstellung, dass er noch mehr Skandalgeschichten über meine Familie verbreitet, ist mir zuwider«, sagte Maria. »Er ist dem Alkohol verfallen, das macht ihn indiskret. Mein Schwiegervater verabscheut Skandale, und ich lebe dieser Tage nach seinem Standard. Könnten Sie diese Geschichte wohl von ihm fernhalten, wenn es möglich ist ... und auch von Edgar?«

Sie sah mich an, doch bevor ich antworten konnte, sagte Blackbeard: »Dafür ist es jetzt zu spät, Ma'am. Rücken Sie mit der Wahrheit heraus.«

Es herrschte bedeutsames Schweigen, während Maria Betterton sich ihre Antwort zurechtlegte.

»Nun gut; ich habe Ihnen tatsächlich nicht die Wahrheit gesagt.« Sie blieb ruhig, doch ihr Atem beschleunigte sich sichtbar. »Ich war darauf bedacht, meinen Ruf zu wahren. Die Ereignisse jener Nacht waren beschämend für mich, und ich dachte, die volle Wahrheit würde für Ihre Ermittlungen keinen Unterschied machen. Ich bin immer noch überzeugt, dass mein Vater Frank Fitzwarren umgebracht hat.«

»Das wird sich zeigen«, sagte Blackbeard. »Aber lassen Sie uns noch einmal von vorn anfangen: Sie waren in jener Nacht, in der das Theater brannte und Francis Fitzwarren erschossen wurde, vor Ort.«

»Ja«, sagte Maria. »Wir hatten geplant, zusammen durchzubrennen, Frank und ich … in ebenjener Nacht … aber bereits zuvor lief alles schief. Eigentlich wollte ich in dieser Nacht nicht ins Theater zurückkehren. Schließlich hatte ich erst kurz zuvor von der schmachvollen Verbindung zwischen dem Mann, den ich liebte, und meiner Mutter erfahren. Ich war furchtbar verletzt und wütend.«

»Sie waren noch recht jung«, sagte ich, »zu jung, um solch überschwängliche Gefühle zu empfinden.«

»Ich bin mit starken Gefühlen aufgewachsen, Mrs. Rodd; ich kenne es nicht anders.«

»Wissen Sie noch, wie Sie von der Liaison Ihrer Mutter erfahren haben?«

»Ich habe es eher zufällig gehört. Ein paar meiner Kolleginnen haben zu laut getratscht. Zuerst wollte ich es nicht glauben. Ich hatte Frank zum Idol erhoben, so wie junge Mädchen es mit der ersten Liebe häufig tun. Er konnte mich jedoch nicht belügen und gestand alles. Es brach mir das Herz, und ich löste unsere Verlobung.«

»Wann war das?«, hakte Blackbeard nach.

»Etwa eine Woche vor dem Brand. Frank liebte mich aufrichtig und drängte mich, ihm zu vergeben – wir wollten neu anfangen und die Sache mit meiner Mutter hinter uns lassen. Ich sollte in der Unterkunft eines Freundes, der in der Nähe wohnte, auf ihn warten; dorthin hatte er auch eine Kutsche bestellt. Doch er kam nicht, und deshalb fuhr ich ins Theater.«

»Sie konnten nicht wissen, dass Fitzwarren an jenem

Abend spielen musste, da die Erstbesetzung seiner Rolle ausgefallen war.«

»Nein. Ich war sehr verärgert, ihn noch im Kostüm vorzufinden, und dazu vollkommen betrunken.«

»War Ihre Mutter auch im Theater, als Sie dort ankamen?«, erkundigte ich mich.

»Ich glaube nicht; meine Mutter erschien erst, während ich dem armen Frank eine Szene machte.« Maria bemühte sich um eine würdevolle Haltung, doch die damalige Verzweiflung des liebeskranken Mädchens war noch zu spüren. »Sie richtete ihre ganze Wut gegen mich. Meine Mutter war eifersüchtig – meine eigene Mutter, die eher hätte verzweifeln müssen, weil ihre Tochter nach Gretna Green durchbrennen wollte! Sie sagte mir, meine Gefühle für Frank seien kindisch und belanglos und dass sie diejenige sei, die er wahrhaft liebe.«

»Hat Fitzwarren zu Ihnen gehalten oder sich auf die Seite Ihrer Mutter gestellt?«

»Ich glaube, er war gar nicht in der Lage, irgendjemandes Partei zu ergreifen. Meine Mutter und ich warfen einander Worte an den Kopf, die nie vergessen und erst recht nicht vergeben werden konnten. Erst später – nachdem Frank verschwunden war und jeder annahm, er hätte uns beide verlassen – versuchte sie, sich wieder mit mir zu versöhnen.«

»Denken Sie, dass sie Ihnen bei Ihrer Verbindung mit Mr. Edgar geholfen hat?«

»Ich ... Ja.« Ihr Blick ging zwischen Blackbeard und mir hin und her, doch ihre schönen Augen gaben nichts preis. »Aber wir haben uns nie mehr versöhnt. Was mich betraf, hatte ich keine Mutter mehr. Eine Mutter hat die Pflicht, ihr Kind zu beschützen. Meine Mutter hätte mich retten können, aber sie handelte erst, als es schon zu spät war.«

»Ihre Mutter denkt, *Sie* hätten Fitzwarren erschossen«, sagte Blackbeard.

»Ich?« Sie lächelte bitter. »Vermutlich denkt sie das, weil sie das Theater vor mir verließ. Ich bin kurz nach ihr gegangen.«

»Wohin gingen Sie dann, Ma'am?«

»Die Kutsche wartete noch immer. Anstatt wegzulaufen und heimlich zu heiraten, ließ ich mich nach Hause fahren.«

»Sie denken, Ihr Vater hat den Mord begangen«, sagte Blackbeard. »Haben Sie ihn dabei beobachtet?«

»Nein. Wie ich Ihnen schon sagte, erfuhr ich von Franks Tod erst, als Sie die Leiche entdeckten. Ich verdächtige meinen Vater, weil ich nur allzu gut seine überschäumenden Wutausbrüche kenne. Eifersucht machte aus ihm einen Wahnsinnigen.«

»Und Sie sind sicher, dass Ihre Mutter es nicht getan hat?«

»Ziemlich sicher. Als sie ging, lebte er noch.«

»Und was ist mit dem Feuer?«, fragte ich.

»Offensichtlich hat Papa es gelegt.«

»Ich würde gern wissen, warum er es so stümperhaft veranstaltete«, sagte Blackbeard. »Das Geld war ihm sicher – aber er hat sich dabei fast selbst umgebracht.«

»Irgendetwas ist schiefgelaufen, nehme ich an«, sagte Maria. »Ich habe auch überlegt, ob Frank vielleicht etwas mitbekam oder sogar versucht hat, Papa aufzuhalten – aber das ist reine Spekulation, ich war ja nicht dabei.«

Ich hatte das starke Gefühl, dass sie immer noch etwas verheimlichte. »Fitzwarren war vorher bei Ihrem Vater in der Garderobe; wussten Sie das?«

»Nein.«

»Und wussten Sie, dass Ihr Vater zur gleichen Zeit eines der Ballettmädchen zu Besuch hatte?«

»Sie drücken das sehr dezent aus, Mrs. Rodd. Nein, das wusste ich ebenfalls nicht. Wenn Sie Cooper finden, wird er Ihnen sagen, dass ich Papa aufsuchen wollte und er mich daran gehindert hat; er stand vor der Tür wie der Engel mit dem Flammenschwert. Da habe ich das Theater verlassen.«

»War Ihnen bekannt, dass Fitzwarren bei Mr. Betterton nach einer Anstellung gefragt hatte?«

»Damals nicht. Das habe ich erst Jahre später erfahren. Frank könnte es meinem Vater mitgeteilt haben, nachdem ich gegangen war. Wenn es so war, wäre mein Vater außer sich gewesen vor Wut – aber das ist auch etwas, das Sie Cooper fragen müssten. Ich bin überzeugt, Cooper weiß, dass mein Vater der Schuldige war, und ist deshalb abgetaucht.«

»Bleiben Sie bitte bei den Fakten, Ma'am«, sagte Blackbeard. »Haben Sie gesehen, wie Ihr Vater das Feuer gelegt hat?«

»Nein.«

»Könnte Fitzwarren es getan haben?«

»Das ist gut möglich«, sagte Maria. »Ich kann Ihnen keine Fakten liefern, Mr. Blackbeard. Sie werden meinem Wort vertrauen müssen, dass Frank das Feuer niemals gelegt hätte. So etwas lag nicht in seiner Natur, und meine Mutter wird Ihnen dasselbe sagen, wenn sie sich zur Abwechslung einmal an die Wahrheit hält.«

Ihre Wut auf ihre Mutter überraschte mich erneut; zehn Jahre und eine glückliche Ehe hatten sie nicht milder stimmen können. »Erinnern Sie sich, wann Sie Fitzwarren zum letzten Mal gesehen haben?«

Ihr Blick wurde weicher. »Er saß zusammengesunken auf einem Stuhl in der Souffleurnische. Ben Tully flößte ihm Kaffee ein.«

»Mr. Tully?« Ich war verblüfft. »Sind Sie sicher? Er behauptet, erst nach Ausbruch des Feuers im Theater gewesen zu sein.«

»Denken Sie etwa, ich würde so einen Anblick vergessen?«, fragte Maria scharf. »Sie mögen es nicht gutheißen, dass ich mit Frank durchbrennen wollte, aber ich liebte ihn sehr, und meine Welt lag in Trümmern. Sein letzter Anblick hat sich bis in alle Ewigkeit in mein Gedächtnis gebrannt.«

Es klopfte, und Mr. Edgar steckte den Kopf durch den Türspalt. »Du wirst auf der Bühne verlangt, Liebes – ich bitte um Verzeihung, Mrs. Rodd ... Inspector ...«

»Nun, Ma'am«, sagte Blackbeard, sobald wir das Theater verlassen hatten. »Wenn man Maria Betterton Glauben schenken darf, hat Mrs. Sarah ihren Geliebten nicht umgebracht – und sie selbst auch nicht.«

»Ich könnte mich überzeugen lassen, dass Transome den ersten Mord begangen hat. Das große Rätsel wäre dann weiterhin: Wer hat Transome getötet?«

»Es bleiben immer noch die Töchter; ich werde erneut ihre Alibis überprüfen.«

»Und Mr. Tully dürfen Sie mir überlassen«, sagte ich. »Er hatte mittlerweile viel Zeit, sich seine Geschichte zurechtzulegen. Sicher wird es knifflig werden, die Wahrheit aus ihm herauszukitzeln.«

Zweiunddreißig

Am folgenden Nachmittag um kurz nach vier Uhr klopfte ein Polizist an unsere Tür.

»Mr. Blackbeard lässt Ihnen Grüße ausrichten, Ma'am, und bittet um das Vergnügen Ihrer Gesellschaft, falls es Ihnen möglich wäre.«

»Ja, natürlich – wo ist er?«

»In Limehouse, Ma'am.«

Die einfache Polizeikutsche wartete am Straßenrand, und ich stieg einigermaßen aufgeregt ein, denn ich wusste, dass diese eilige (und typischerweise geheimnisvolle) Einladung bedeutete, dass der Inspector etwas Wesentliches entdeckt hatte. Es war eine lange Fahrt, zunächst quer durch die Stadt bis zum Fluss und dann einige Meilen östlich bis hinter die St. Paul's Cathedral. Limehouse war als »raues« Viertel bekannt, in dem sich Segelmacher, Seiler, Schiffskerzenmacher, Seeleute und die Mannschaften von Kohlenkähnen tummelten; eine Mischung aus Geschäftigkeit und Verbrechen. In Limehouse konnte man an Bord der großen Dampfschiffe gehen, die zum Festland fuhren – man konnte aber genauso in einer der dunklen Gassen ungewollt eins übergezogen bekommen.

Von der sicheren Kutsche aus blickte ich auf den Wald aus Schiffsmasten auf der Themse und spähte in die Gässchen zwischen den rußbedeckten Häusern. Endlich blieben wir vor einer Gastwirtschaft stehen, die derart dicht ans Ufer gebaut war, dass direkt hinter ihr das Wasser gurgelte und gluckste. Das Lokal gehörte nicht zu jener Sorte, die Archidiakonswitwen normalerweise aufsuchen, wirkte aber auch nicht übermäßig anrüchig.

Blackbeard erwartete mich draußen. »Ich bin Ihnen sehr verbunden, dass Sie gekommen sind, Mrs. Rodd.«

»Nicht der Rede wert, Inspector ... Was haben Sie für mich?«

»Eine Leiche. Sie wurde bei Ebbe im Schlamm entdeckt, und ich muss Sie warnen: kein schöner Anblick.«

Ohne weitere Erklärungen führte er mich hinter das Haus zu einem hölzernen Anbau mit Schrägdach. Die wenigen Möbel hatte man gegen die Wände geschoben, um einem großen Tisch Raum zu geben, auf dem die Leiche lag.

Ein Toter strahlt eine beunruhigende Stille aus, die ihn zum Mittelpunkt aller Stille der Welt zu machen scheint. Diese arme Leiche war zudem noch aufgedunsen, zerschunden und mit einer dicken Schicht aus Schlamm bedeckt.

»Sie kennen ihn«, sagte Blackbeard.

»Das ist Cooper.«

»Ja.«

Mr. Transomes treuer Garderobier war in die ewige Ruhe eingekehrt. Ich sprach ein stilles Gebet für seine Seele und trat näher, um die Leiche eingehender zu betrachten.

»Wie lange hat er wohl im Fluss gelegen, Inspector?«

»Zwei Tage, vielleicht drei«, antwortete Blackbeard. »Länger nicht.«

»Die Leiche ist aufgedunsen und farblos; kommt das allein vom Wasser, oder haben Sie Hinweise auf Verletzungen gefunden?«

»Ich konnte keine finden, aber wegen der Schlammschicht ist das schwer zu beurteilen; wir werden auf die Meinung des Polizeiarztes warten müssen.«

»Was ist Ihre Meinung, Mr. Blackbeard?«

»Cooper war ein Trinker, und von denen habe ich in meiner Dienstzeit schon einige aus dem Fluss gezogen. Es kann ein Unfall gewesen sein – er könnte sich aber auch absichtlich ertränkt haben. Oder jemand hat ihn geschubst.«

»Mord? Ist das wahrscheinlich?«

»Tja, Ma'am; auf jeden Fall ist es eine Leiche, an deren Tod Mrs. Sarah keine Schuld treffen kann.«

⁂

Als wir das Gefängnis erreichten, war es bereits dunkel. Es war für Besucher schon geschlossen, aber das musste Mr. Blackbeard nicht weiter kümmern. Er bellte einige Befehle, und kurz darauf brachte eine Wärterin Mrs. Sarah zu uns, begleitet von ihrem Ehemann.

»Guten Abend, Mr. Mallard«, sagte Blackbeard, »Sie gehen wohl nie nach Hause?«

»Ich habe ja wohl das Recht zu erfahren, was Sie meiner Frau mitzuteilen haben, Inspector.«

»Also gut – aber es wird schneller gehen, wenn Sie uns nicht unterbrechen.«

Wir befanden uns in einem kleinen Raum, in dem nur ein Tisch und wenige Stühle standen und der von einer funzligen Öllampe beleuchtet wurde. Mrs. Sarah, in ihrem üblichen schwarzen Kleid, wirkte trotz ihrer Gefasstheit zögerlich und wachsam.

Ihr Gesichtsausdruck änderte sich nicht merklich, als Blackbeard ihr von Cooper erzählte.

»Das tut mir sehr leid zu hören; er war ein guter Mann.«

»Der zuletzt für seine Geschwätzigkeit bekannt war«, sagte Blackbeard. »Vor allem über Ihre Familie, Ma'am.«

»Ach ja?«

»Ich glaube, jemand hat ihn ertränkt, um sein Schwatzen ein- für allemal zu unterbinden.«

»Das ist gut möglich«, sagte Mrs. Sarah. »In diesem Fall kann ich Ihnen jedoch versichern, dass ich es nicht war.«

»Was denken Sie, worüber er geredet haben könnte?«

»Ich habe nicht die geringste Ahnung; ist dies ein weiterer Versuch, mir meine Unschuld anzulasten?«

»Nicht doch!«, rief Mr. Mallard mit einer Kraft und Überzeugung, wie ich sie noch nie an ihm erlebt hatte. »Diese harte, bittere Art ist nicht dein wahres Selbst, und ich bitte dich, sie abzulegen – wenn schon nicht für mich, dann für Gott!«

»Wie ich dir schon hundertmal gesagt habe: Was du mein wahres Selbst nennst, *ist* hart und bitter.«

»Ich kann mir gut vorstellen, was Cooper so erzählt hat, wenn er ein paar Becher intus hatte«, fuhr Blackbeard unbeirrt fort. »Ich nehme an, es war dasselbe, was Mr. Jonathan Parrish mir verraten hat, Ma'am.«

»Oh?«

»Nämlich, dass Ihre Tochter Maria in der Brandnacht im Theater war und Sie beide einen entsetzlichen Streit hatten.«

»Maria?« Sie reagierte defensiv, gereizt und (wie ich fand) in die Enge getrieben. »Haben Sie mit ihr gesprochen? Was hat sie gesagt?«

»Das spielt im Moment keine Rolle«, erwiderte Blackbeard. »Ich möchte hören, was *Sie* sagen, Ma'am – und bitte schön die Wahrheit! Ich habe es satt, angelogen zu werden.«

»Das habe ich ebenfalls, weiß Gott!«, entfuhr es Mr. Mallard.

Aus ihrem Blick sprach liebevolle, nachsichtige Verzweiflung. »Ach, Liebster, du redest von der Wahrheit, als wäre sie dein Heil – aber wenn du sie dann hörst, gefällt sie dir nicht im Mindesten.«

»Mrs. Mallard«, sagte ich, »würde es Ihnen helfen, offener zu sprechen, wenn Ihr Mann den Raum verließe?«

»Nein ... ich bin die Lügen ja selbst leid! Es stimmt, Maria war in jener Nacht im Theater. Ich habe sie dort getroffen, als ich vom Manchester Square zurückkehrte, um Frank zu suchen.«

Es herrschte Schweigen, während wir ihre Aussage verarbeiteten.

»Ich habe Sie angelogen, Mrs. Rodd; meine Tochter hatte von meiner Liaison mit Frank erfahren. Sie war furchtbar wütend und schrecklich verletzt, und zu meiner ewigen Schande muss ich gestehen, dass ich behauptete, Frank würde sie nicht lieben.« Sie senkte den Blick. »Sie schrie zurück, er würde sie mehr lieben als mich – und so weiter und so weiter. Sie haben ja selbst erlebt, wie Maria aus jeder Situation gleich ein Drama macht.«

»Sie sagt, sie und Fitzwarren hätten alles dafür vorbereitet gehabt, zusammen durchzubrennen«, sagte Blackbeard. »Wussten Sie davon?«

Mrs. Sarah sah ihren Mann an. »Bis zu jener Nacht nicht, nein. Und bevor Sie fragen: Ja, ich war sehr wütend auf die beiden. Frank versuchte, unseren Streit zu schlichten, aber ... ach, der arme Mann gab eine allzu lächerliche Figur ab! Er trug immer noch sein Kostüm und war sturzbetrunken. Maria keifte wie ein Fischweib und schrie auch noch, als ich das Theater verließ.«

»Um wie viel Uhr war das?«, wollte Blackbeard wissen.

»Das kann ich nicht genau sagen. Ich war zu aufgebracht, um auf die Zeit zu achten.«

»Das ist nun aber kurios, Ma'am. Wenn das jetzt keine weitere Lüge ist, dann haben Sie mindestens einen Mord gestanden, den Sie nicht begingen.«

Wiederum sah sie kurz zu Mr. Mallard. »Ich habe Frank Fitzwarren nicht getötet.«

»Sie fürchteten, Maria hätte es getan«, sagte ich.

»Ich war davon überzeugt – ich konnte schlicht nicht glauben, dass Tom zu einem Mord fähig wäre. Ich hätte auf meine Tochter hören sollen ... meine arme Tochter!« Sie war zutiefst erschüttert, so aufgewühlt hatte ich sie noch nie erlebt. »Ich weiß kaum, wie ich Ihnen den nächsten Teil der Geschichte erzählen soll, denn dann werden Sie sehen, was für eine schlechte Mutter ich gewesen bin. Wenige Wochen, nachdem Frank sich davongemacht hatte – so dachten wir es jedenfalls –, klagte Tom, seine Rosalind werde ›fett‹. Da fiel es mir wie Schuppen von den Augen. Ich sah mir Maria genauer an und erkannte den Grund dafür sofort.«

»Sie war in anderen Umständen, nicht wahr?«, sagte Blackbeard.

Mrs. Sarah nickte, während ihr eine Träne über die Wange lief. »Frank hatte mir immer geschworen, er habe nie mehr getan, als Marias Hand zu küssen ... Gott möge mir vergeben, aber ich verfluchte ihn dafür, dass er so ein Lügner und Wüstling gewesen war. Murphy und ich brachten Maria auf dem Land in einer abgelegenen Hütte unter. Das arme Kind – ein Junge – kam zu früh auf die Welt und verstarb.« Sie schwieg eine lange Zeit. »Ich will nicht versuchen, mein Verhalten zu entschuldigen; ich will nur erklären, warum ich auf diese Weise handelte. Ich empfand brennende Scham, weil ich einen Mann geliebt hatte, der meinem Kind eine solche Schande angetan hatte. Und Marias Schmerz und Trauer brachen mir das Herz. Ich war der Meinung, sie würde sich am schnellsten erholen, wenn sie ans Theater zurückkehrte – da ist sie Tom sehr ähnlich.«

»War ihr Vater sehr wütend auf sie?«

»O ja – ohne Maria konnte er das neue Theater nicht eröffnen. In dieser Hinsicht war der Verlust des Kindes für ihn ein Glück, und er besaß genug Anstand und Demut, dies einzusehen. Er vergab ihr den Fehltritt mit Frank, verhielt sich ihr gegenüber sehr liebevoll, und das Stück wurde ein großer Erfolg. Der große Bruch zwischen Tom und seinem Star fand erst statt, als sie Edgar heiratete.«

»Sie haben den beiden geholfen, stimmt das?«

»Ich mochte Edgar und sah, dass Maria ihn liebte, sich aber zurückhielt, weil sie sich wegen ihrer Vergangenheit schämte. Also zog ich ihn ins Vertrauen, und seine Reaktion rührte mich sehr. Er sagte, was vergangen sei, sei vergangen, und es würde an seinen Gefühlen nicht das Mindeste ändern.«

»Lass mich das noch einmal zusammenfassen«, unterbrach Mr. Mallard aufgebracht. »Du sagst, du hast Fitzwarren nicht umgebracht, hast die Schuld aber auf dich genommen, weil du dachtest, deine Tochter hätte es getan?«

»Ja, mein Lieber«, sagte Mrs. Sarah. »So ist es.«

»Ich wusste es! Ich wusste es bis in mein tiefstes Inneres, dass der Himmel mir nicht erlaubt hätte, eine Frau zu lieben, die ihren untreuen Geliebten tötete!«

»Was ist mit Transome?«, fragte Blackbeard. »Dachten Sie, Maria hätte auch ihn ermordet?«

Mrs. Sarah seufzte und wirkte plötzlich sehr erschöpft und um Jahre gealtert. »Nein, natürlich nicht. Meinen Mann habe ich ermordet. Und er hat Frank ermordet – Sie können meine Tochter wegen nichts belangen.«

Weiter wollte sie nichts dazu sagen, und die Vernehmung war beendet.

Schweigend verließen Blackbeard und ich das Gefängnis; er war in Gedanken versunken, und ich erwartete voller Ungeduld seine Einschätzung.

Erst, als er mir in die Polizeikutsche geholfen hatte, die

mich nach Hause bringen sollte, fand er seine Sprache wieder.

»Lügen, Mrs. Rodd! Lügen über Lügen! Und diese Frau ist die Schlimmste von allen. Aber ich kann mir vorstellen, dass Sie von ihrer Unschuld jetzt noch stärker überzeugt sind als zuvor.«

»Ja – Sie etwa nicht?«

»Ich weiß nicht mehr, was ich noch denken soll. Wenn Sie das nächste Mal beten, Ma'am, dann bitten Sie doch um einen weiteren Hinweis, der uns in die richtige Richtung führt.«

»Das mache ich gern, Mr. Blackbeard. Aber es hält Sie nichts davon ab, diesen Hinweis selbst zu erbitten – Ihre Gebete sind ebenso gut wie die meinen.«

Dreiunddreißig

»Sie sehen ganz schön abgeschlagen aus, Ma'am«, sagte Mrs. Bentley am nächsten Morgen. »Ich wette, Sie haben in der Nacht kein Auge zugetan. Dieser Fall bringt Ihnen nichts als Sorgen.«

»Ich fürchte, da haben Sie recht. Wie ich es auch drehe und wende, die Puzzleteile passen nicht zusammen.«

Wir saßen am Küchentisch, während auf dem Herd eine Suppe mit einem Schinkenknochen köchelte (meine liebe Mutter nannte sie immer »Sparsuppe«; man kann alles Mögliche hineinwerfen, ohne etwas zu verderben, weil am Ende alles nach Schinken schmeckt). Der Knochen und zwei recht unrühmlich aussehende Zwiebeln brodelten munter vor sich hin, während Mrs. B und ich die noch essbaren Teile einer traurigen Sammlung von Kartoffel- und Kohlresten zurechtschnitten.

»Sie denken, Sarah ist unschuldig und will eine ihrer Töchter decken«, sagte Mrs. Bentley. »Die Frage ist nur: Welche von ihnen?«

»Ich habe bei allen dreien so meine Zweifel.«

»Sie mögen sie, das ist das Problem.«

»Es ist eher so, dass sie mir leidtun; in der Familie herrscht eine Traurigkeit, die ich bereits vor Mr. Transomes Tod gespürt habe. Ich wünschte, ich könnte begreifen, woher genau sie rührt. Maria ist im Moment meine Verdächtige Nummer eins; ich habe die Heftigkeit ihrer Gefühlsausbrüche erlebt und auch die Wut auf ihren Vater.«

Mrs. Bentley schnippelte munter das Gemüse; wenn ihre Hände beschäftigt waren, konnte sie am besten nachdenken.

»Das arme Mädchen, ich verurteile sie kein bisschen; welche Sünden auch immer sie begangen haben mag – mittlerweile hat sie doppelt und dreifach dafür bezahlt. Kein Wunder, dass sie so außer sich war, als ihrer Schwester dasselbe passierte.«

»Dasselbe?«

»Von den drei Mädchen sind zwei in Schwierigkeiten geraten. Das beweist nur, was für ein sündhaftes Milieu die Welt des Theaters ist.«

Ihre Bemerkung ließ mich stutzen, doch bevor ich eingehender darüber nachdenken konnte, wurden wir von lautem Klopfen unterbrochen. Ein Polizist brachte eine Nachricht von Blackbeard, und mein Herz hüpfte ein wenig, als wäre ich ein junges Mädchen, das einen Liebesbrief erwartet.

Liebe Mrs. Rodd,
wrde mich üb Ihre Hilfe freuen.
Hochachtgs.voll,
T. Blackbeard

ೋ

»Der Kerl hat sich schon wieder hinreißen lassen«, sagte Blackbeard. »Hat in der Schänke *The Duke of Buckingham* unten am Villiers Wharf eine Schlägerei angezettelt.«

»Ich habe nichts dergleichen getan! Das ist gemeine Verleumdung!«

Der Inspector blickte mitleidig auf den ausgezehrten, zitternden und leicht zerlumpt aussehenden Titus Mallard. »Ich bitte Sie eindringlich, sich zu beruhigen, Mr. Mallard. Ich dachte, eine Nacht in einer Zelle hätte Ihnen gereicht.«

Wir befanden uns auf der Polizeistation am alten Hungerford Market (der seit dem Bau des Charing Cross Bahnhofs nicht mehr existiert), und Mr. Mallard wirkte beinahe wie im Wahn: Sein spärliches Haar hing ihm in grauen Strähnen vom Kopf, und einer seiner Ärmel war an der Schulter abgerissen.

»Ich lasse mich nicht zum Schweigen bringen! Ich habe diesen Ort im Namen der Gerechtigkeit aufgesucht, für die Sie sich ja nicht im Geringsten zu interessieren scheinen. Ich bat den Officer, nach Mrs. Quackington zu forschen, aber der Mann nahm mich einfach fest!«

»Mrs. ... wer?« Ich versuchte, mir meine Enttäuschung nicht anmerken zu lassen – hatte der arme Kerl am Ende doch den Verstand verloren?

»Also, keine Mrs. ... Das ist sein Künstlername, was ich ja zu erklären versuchte ...« Mr. Mallard sprang erneut auf.

»Wenn Sie nicht endlich ruhig sind, lasse ich Sie wieder in die Zelle bringen, Sir!« Blackbeard drehte dem aufgebrachten Priester den Rücken zu und sah mich an. »Ich hoffe, Sie können seinem Gefasel einen Sinn entnehmen, Mrs. Rodd; der Beamte hier sagte, er habe die halbe Nacht Unverständliches geschrien.«

»Nur, weil ich betrunken war«, sagte Mr. Mallard.

»*Betrunken?*« Ich war entsetzt.

»Ich glaube, ich habe auch ein paar Kirchenlieder gesungen.«

»Mr. Mallard! Was, um alles in der Welt, ist nur in Sie gefahren?«

»Ich erzähle Ihnen alles ganz ruhig von Anfang an, aber dann würde ich gern meine Frau sehen.«

Blackbeard schien immer noch skeptisch, aber auf meinen bittenden Blick hin führte er uns in ein kleines Büro, das rundum mit Bücherregalen und Registern ausgestattet war und gerade genug Raum bot, damit wir uns zu dritt um den kleinen Tisch zwängen konnten.

»Es war wegen Cooper«, begann Mr. Mallard. »Ich wollte wissen, was er gesagt hatte und zu wem. Ich glaube, er wurde von derselben Person ermordet, die Transome ermordet hat, und diese Person muss mit höchster Dringlichkeit gefunden werden, um Sarahs Unschuld zu beweisen.«

»Ich wünschte, Sie wären nicht allein gegangen«, sagte ich. »Waren Sie noch an anderen Orten, abgesehen vom *Duke of Buckingham*?«

»Ich war in verschiedenen Wirtshäusern im Viertel und beschaffte mir Informationen im Tausch gegen Gin; im Nachhinein ist mir bewusst geworden, dass ich nicht jedes Mal hätte mittrinken dürfen. Ich bin es nicht gewohnt und wurde schlimm betrunken.«

»Haben Sie etwas Hilfreiches gehört?«

»In der Tat«, sagte Mr. Mallard. »Einige Männer rieten mir, nach einem Samuel Watkins Ausschau zu halten, der offenbar Coopers engster Freund und Vertrauter war. Er ist Komödienschauspieler und nennt sich auf der Bühne ›Mrs. Quackington‹. Wenn ich es recht verstanden habe, hat er früher in den Musikpossen alte Frauen gespielt. Bevor ich im *Duke of Buckingham* in diese Schlägerei geriet, hatte ich gehört, dass Watkins meist im *King George* zu finden sei, das gleich neben dem *Britannia Theatre* liegt. Sie müssen ihn dort suchen, Inspector.«

»Erzählen Sie uns von der Schlägerei«, forderte Blackbeard. »Sie haben einen Mann geschlagen und einen anderen mit einer Weinflasche bedroht. Sie wollten einen Polizeibeamten mit einem Stuhl angreifen. Was war da los?«

»Da ging es um etwas ganz anderes, das versichere ich Ihnen … etwas Persönliches.« Mr. Mallard richtete sich stolz zu voller Größe auf. »Man hat dort ein gewisses, gerade sehr beliebtes Lied über meine Frau gesungen.«

Nicht zum ersten Mal staunte ich, dass ein Mensch sich so sehr verändern konnte. »Mein lieber Mr. Mallard, auf diese Weise helfen Sie Ihrer Frau aber nicht! Bitte versprechen Sie mir, dass Sie sich von nun an aus allem Ärger heraushalten.«

»Sie müssen mit diesem Watkins reden ... herausfinden, wer Cooper ermordet hat ...«

»Ja, Sir, ja«, sagte Blackbeard beschwichtigend. »Überlassen Sie das ruhig mir. Mörder zu jagen ist mein Geschäft, nicht Ihres.«

Mr. Mallard war unrasiert, übernächtigt und nicht in der rechten Verfassung, um seine Frau zu besuchen. Ich ließ ihn in eine Droschke verfrachten und hoffte, dass er in seiner Unterkunft ausschlafen und sich wieder fangen würde.

»Nun?«, fragte ich ungeduldig, sobald ich mit Blackbeard allein war. »Was halten Sie davon?«

»Ich muss ihm wohl Abbitte leisten. Er scheint da tatsächlich eine wichtige Spur aufgenommen zu haben. Falls Ihnen nach einem Spaziergang zumute ist, Mrs. Rodd ... Ich würde mich gern mit diesem Watkins unterhalten.«

Das *King George*, eine der Kneipen neben dem *Britannia Theatre*, lag verlassen da. Ich blickte die verwahrloste Gasse hinauf und hinunter und konnte kein Lebenszeichen entdecken; das Einzige, was der von der Themse kommende Wind bewegte, war der Müll auf der Straße: Programmhefte, Austernschalen, Glasscherben.

Blackbeard hämmerte gegen die Tür und rief: »Aufmachen. Polizei!«

»Ich glaube, hier ist niemand«, sagte ich.

»Oh, die sind sehr wohl alle hier. Warten Sie nur ab.«

Und tatsächlich: Nach einer Weile hörten wir es drinnen rascheln und klappern – und schließlich Schritte. Die Tür wurde einen Spalt geöffnet, und im Halbdunkel waren ein wilder grauer Haarschopf und ein unrasiertes Kinn zu erkennen.

»Mr. Blackbeard!«

Der Mann wollte die Tür wieder zuschlagen, doch Blackbeard schob schnell seinen Stiefel über die Schwelle.

»Keine Sorge, Harry – hinter dir bin ich heute nicht her. Diese Dame hier und ich suchen einen Kerl namens Samuel Watkins.«

»Wen?«

»Wir haben gehört, er soll hier sein.«

»Nie von dem gehört.«

»Harry ist ein Kleinganove, Mrs. Rodd, deswegen ist er so nervös«, sagte Blackbeard (und traf dabei einen gleichermaßen plaudernden wie drohenden Tonfall). »Er fürchtet, dass ich gestohlene Sachen bei ihm finde – was durchaus sein könnte, wenn ich mich derart ärgern muss, dass ich schließlich danach suchen will ...«

Die schwere, zerschrammte Holztür schwang augenblicklich auf.

»Wie in Tausendundeiner Nacht!« In Blackbeards steingrauen Augen blitzte ein Anflug von Humor auf. »Was sagt dieser Ali Baba noch gleich?«

»Meinen Sie ›Sesam, öffne dich‹?«

»Richtig, Ma'am, genau das ist der Zauberspruch.«

Ich betrat die Gastwirtschaft. In der Luft hing ein unangenehmer Geruch nach altem Tabak und abgestandenem Bier. Obwohl der Raum durch die geschlossenen Fensterläden im Dunkeln lag, konnte ich erkennen, dass auf jeder Abstellfläche tönerne Bierkrüge und ungleichmäßig geformte, blind gewordene Trinkgläser standen.

Besagter Harry strich sich hastig übers Haar, zog eine schwarze Jacke über und nahm einen der von innen angebrachten Fensterläden ab. Ein staubiger Streifen Sonnenlicht fiel quer durch die Gaststätte und erhellte die Überbleibsel der letzten Nacht.

»Sam schläft noch. Er darf unter der Theke schlafen und erledigt im Gegenzug kleinere Aufgaben für mich.«

»Wecken Sie ihn«, sagte Blackbeard.

Mir sank der Mut, als unser potenzieller Zeuge unter der Bar aus Mahagoni hervorkroch; seine Kleidung war zerknittert und voller Flecken, er selbst noch benommen vom Schlaf, und seine Hände zitterten.

»Geben Sie ihm was zu trinken«, sagte Harry, »dann hört das Zittern auf.«

Es tat fast weh zu sehen, mit welcher Gier Mr. Watkins nach seinem ersten Gin griff. Er trank in schneller Folge mehrere Gläser hintereinander, bis seine Sucht so weit gestillt war, dass er mit uns reden konnte. Er war auffallend mager, hatte volles schwarzes Haar, und man konnte erkennen, dass er früher einmal recht ansehnlich gewesen sein musste.

»Wir ermitteln zum Tod von Mr. Cooper«, sagte ich. »Wie ich hörte, waren Sie gut mit ihm befreundet.«

»Ich kannte Charlie Cooper bald zwanzig Jahre«, sagte Mr. Watkins. »Wir lernten uns während meiner aktiven Schauspielzeit kennen. Wegen des Zitterns hab ich mich von der Bühne zurückgezogen, aber ich war mal gut bekannt in meiner Rolle als Mrs. Quackington. Vielleicht haben Sie mich gesehen.«

»Haben Sie Cooper gesehen – in der Nacht, in der er zu Tode kam?«, erstickte Blackbeard jegliche Plauderei im Keim.

»Ja … Er hatte ein bisschen Bargeld und spendierte mir ein paar Drinks.«

»Wie wirkte er auf Sie?«, fragte ich. »Hat ihm irgendetwas Sorgen bereitet?«

»Das Übliche. Es kam immer ein Punkt, wo er wegen Tom Transome zu heulen anfing und sagte, jetzt hätte auch er keinen Grund mehr zu leben.«

»Glauben Sie, er hat Selbstmord begangen?«, fragte Blackbeard.

»Hm, das nehme ich an.«

»Können Sie sich an das letzte Mal erinnern, dass Sie ihn gesehen haben?«

»Das war der Sonntag, bevor man ihn aus dem Fluss zog«, sagte Mr. Watkins. »Aber wir haben nicht den ganzen Abend zusammen verbracht – ich musste irgendwann Krüge einsammeln gehen.«

»War er allein?«, erkundigte ich mich. »Oder hatte er irgendwann Gesellschaft?«

»Er war mit einer Frau unterwegs«, sagte Mr. Watkins. »Sie hat ihn mächtig abgefüllt, und sie sind zusammen fortgegangen.«

»Eine Frau?« Ich wagte nicht, den Inspector anzusehen, um mir meine Aufregung nicht anmerken zu lassen. »Können Sie sie beschreiben?«

»Ich habe kaum was von ihr gesehen. Sie trug einen Mantel mit Kapuze und einen Schleier vor dem Gesicht.«

»An die erinnere ich mich«, warf Harry ein. »Sie sah jung aus und hatte eine hübsche Figur.«

Mir wurde ein wenig übel – das konnte nur eine der Transome-Schwestern gewesen sein. »Konnten Sie ihr Gesicht erkennen?«

»Nein, nein, das hatte sie immer verdeckt. Aber ich habe ihre Stimme gehört. So, wie sie sprach und wie aufrecht sie sich hielt, bestand kein Zweifel, dass sie von der Bühne kam.«

Vierunddreißig

»Wir kommen voran, Mrs. Rodd!«, verkündete Blackbeard munter, wenn nicht gar fröhlich. »Ich bin überzeugt, dass uns ein Mord zu den anderen führen wird.«

»Ich glaube, Mrs. Sarah hat bezüglich der Brandnacht die Wahrheit gesagt. Sie wusste nicht, dass Fitzwarren Maria solch ein Unrecht angetan hatte – jedenfalls nicht in jenem Moment.«

»Hm«, meinte Blackbeard. »Es könnte auch ein anderer gewesen sein.«

»Ich bitte um Verzeihung?«

»Der als Vater des Kindes in Frage kommt.«

»Nein! Ich kann nicht glauben, dass Maria ein derart schamloses Verhalten an den Tag gelegt haben soll.«

»Sie war noch sehr jung, Ma'am.«

»Sie hat gesündigt, Inspector, aber sie war nicht verdorben. Ich wäre bereit zu schwören, dass es keinen anderen Mann für sie gab als Francis Fitzwarren – und hege die tiefe Befürchtung, dass sie ihn umgebracht hat.«

»Und dann hat sie Cooper in den Tod gestoßen, damit er nicht redet?«

»Sie wissen, dass das sehr gut möglich ist.«

Blackbeard legte die Hände auf den Rücken und versank in nachdenkliches Schweigen. Ich hütete mich, ihn dabei zu stören. Mittlerweile waren wir an einem Kutschenstand am Trafalgar Square angekommen, und der Inspector verharrte so reglos, wie eine Nabe stillzustehen scheint, wenn das Rad sich dreht.

Schließlich sagte er: »Ich würde gern die Wahrheit über

dieses Feuer erfahren, bevor wir noch weitere Zeugen verlieren. Mrs. Maria sagte, Tully sei kurz vor dem Brand im Theater gewesen, doch Mr. Tully hatte dies zuvor geleugnet.«

»Ich werde so bald wie möglich mit ihm sprechen.«

»Danke, Ma'am. Nehmen Sie ihn ruhig ganz genau unter die Lupe.«

※

»Sie haben das Theater nach der Vorstellung nicht gleich verlassen, Mr. Tully, und Sie kamen nicht erst zurück, nachdem das Feuer ausgebrochen war.«

Obwohl er Schauspieler war, konnte Mr. Tully seine Bestürzung nicht verbergen. »Wie ich Ihnen bereits sagte, bin ich mir nicht ganz sicher ... meine Erinnerung an jene Nacht ist unvollständig ...«

»Bitte verzeihen Sie, aber damit lasse ich mich nicht mehr abspeisen.«

»N ... nein?«

»Nein, Mr. Tully. Sie können es mir drinnen erzählen oder hier auf der Schwelle, aber ich werde erst gehen, wenn ich die Wahrheit gehört habe.«

Es war ein warmer Nachmittag, und ich sah, dass er in seinem kleinen Garten gearbeitet hatte; hastig hatte er eine Jacke über die Arbeitsschürze gezogen, aus deren Tasche noch der Griff einer Pflanzkelle ragte.

Nervös biss er sich auf die Lippe und trat beiseite, um mich einzulassen. Ich ging ins Wohnzimmer – das so gelegen war wie das unsrige ein paar Häuser weiter – und setzte mich auf das ausgebleichte Brokatsofa. Mr. Tully schob sanft eine seiner Katzen beiseite, um im Polstersessel Platz zu nehmen.

»Ich bin nicht hier, um Sie irgendeines Verbrechens zu beschuldigen«, sagte ich etwas freundlicher. »Ich bin sicher, Sie wollen Mrs. Sarah sehr gern helfen.«

»Oh ... ja ...«

»Ich bin nun in der Lage, Ihre Erinnerung an jene Nacht ein wenig aufzufrischen, Mr. Tully.« In wenigen Worten und ohne seine Reaktion darauf aus dem Blick zu lassen, erzählte ich, was ich von Sarah und Maria gehört hatte.

Danach schwieg er mehrere Minuten.

»Ich erinnere mich tatsächlich an mehr, als ich damals zugegeben habe«, sagte er leise. »Ich hörte, dass Sarah und ihre Tochter einen leidenschaftlichen Streit wegen Fitzwarren austrugen. Beide forderten ihn auf, Stellung zu beziehen, aber er war so betrunken, dass er kaum sprechen konnte. Es war Sitte, dass man eine Zweitbesetzung nach ihrem ersten Einsatz mit Alkohol abfüllt – zur Not auch mit ein wenig Gewalt.«

»Je mehr ich über ihn nachdenke, desto mehr tut mir der junge Mann leid. Hätte er an jenem Abend nicht gespielt, wäre er mit Maria schon halb in Gretna Green gewesen, bevor Mrs. Sarah wieder ins Theater kam.«

»Er war ein anständiger junger Mann«, sagte Mr. Tully. »Ich wünschte von ganzem Herzen, die anderen Schauspieler hätten ihn in Ruhe gelassen. Ich lief nach draußen zu einem der Stände, um ihm einen Becher Kaffee zu holen. Das half ihm dann zumindest ein bisschen.«

»Wussten Sie, dass er mit Maria durchbrennen wollte?«

»Davon hatte ich keine Ahnung – auch wenn er Marias Namen sagte, sobald er überhaupt wieder sprechen konnte. Soweit ich wusste, wurde er am Manchester Square erwartet. Ich bot an, ihm aus seinem Kostüm zu helfen, aber er lehnte es ab.«

»Lebte Fitzwarren noch, als Sie ins *Fox and Grapes* gingen?«

»Ja.«

»Und als sie wieder ins Theater zurückkehrten?«

Mr. Tully öffnete den Mund, konnte jedoch nicht sprechen. Sein ausdrucksstarkes Gesicht war leidvoll verzerrt.

»Wer war dort, Mr. Tully? Was haben Sie gesehen?«

»Ich ... ich ...«

»Kommen Sie, Mr. Tully, es hat keinen Sinn mehr – Sie können sich nicht mehr schützen. Oder jemand anderen.«

»Der Polizei habe ich gesagt, ich sei ins Theater gegangen, nachdem der Brand ausgebrochen war« erzählte Mr. Tully stockend. »Aber das stimmt nicht. Cooper kam, um mich zu holen, er war schrecklich aufgeregt. Er sagte: ›Ben ... Gott sei Dank! Ich wusste, ich würde Sie hier finden – Sie müssen sofort mitkommen.‹ Ich folgte ihm ins Theater. Inzwischen war es einige Zeit nach Mitternacht. Sarah und Maria waren fort, ebenso die Tänzerin, Miss Fenton. Nur Tom Transome war noch dort – und der tote Frank Fitzwarren.«

»Sind Sie sicher, dass er tot war?«

»Ach, du meine Güte, ja ... da bestand überhaupt kein Zweifel. Er lag mit dem Gesicht nach unten auf der Bühne. Sein Hinterkopf war blutig ... O Gott, da war so viel Blut!« Mr. Tullys Lippen zitterten. »Cooper war völlig aufgelöst, Tom jedoch vollkommen ruhig. Er sagte: ›Sie war das. Sarah hat das getan.‹«

»Und Sie haben ihm geglaubt?«

»Nein. Ich rief etwas wie: ›Das war Maria!‹, weil ich ja den Streit mit angehört hatte und ihr leidenschaftliches Temperament kannte. Ich wusste, Tom würde alles tun, um sie zu schützen, aber er sagte nur: ›Das ist jetzt egal. Helfen Sie mir, sonst sind wir alle erledigt.‹«

»Was meinte er damit?«

»Er wollte, dass ich ihm half, das Verbrechen zu vertuschen. Cooper ebenfalls. Auf Toms Kommando hin schleiften wir Fitzwarren zu dritt die Treppe hinunter und legten ihn in die alte Zisterne unterhalb der Bühne. Das war keine leichte Aufgabe; die Klapptür war schwer und seit Jahren nicht benutzt worden. Cooper wimmerte und redete die ganze Zeit vom Blut ... von der großen Blutlache auf der Bühne und der Blutspur die Treppe hinunter. Tom sagte so etwas wie: ›Ich kümmere mich darum.‹ Dann schickte er uns beide fort, und ich ging ins *Fox and Grapes* zurück. Der Rest ist dann mehr oder weniger so, wie ich es Ihnen erzählt habe. Jemand rief, dass das *King's Theatre* brennen würde; ich wusste, dass Tom noch dort war. Und so weiter.«

Mr. Tully seufzte schwer und schwieg.

Ich staunte erneut, welche Loyalität Tom Transome in seinen Schauspielern hatte wecken können. »Sie retteten sein Leben und verloren dabei fast Ihr eigenes.«

»Ich bin von Natur aus kein mutiger Mann«, sagte Mr. Tully, »und kann Ihnen bis heute nicht sagen, was da in mich gefahren war.«

»Wo war Cooper während alledem?«

»Er erzählte mir – viel später –, er sei zum Fluss gegangen, um Toms Pistole verschwinden zu lassen.«

»Hat Transome das Feuer gelegt?«

»Ich habe nicht gesehen, wie er es tat. Aber er hat es mir gegenüber später mehr oder weniger zugegeben – fast prahlerisch, welche Geistesgegenwart er doch besessen habe.«

»Er ging wohl davon aus, dass er sich mit dem Geld, das er Ihnen von der Benefizvorstellung gab, Ihr Schweigen erkaufte.«

»Ich schäme mich, zuzugeben, dass ich mich in der Tat kaufen ließ, Mrs. Rodd – aber was hatte ich schon für eine andere Wahl? Wäre ich ein besserer Bürger gewesen und hätte der Polizei die Wahrheit gesagt, wo und wie hätte ich dann leben sollen, um alles in der Welt? Ich war ein mittelloser Krüppel.«

Ich dachte einen Moment über die neue Version der Geschehnisse nach, ohne Mr. Tully dabei aus den Augen zu lassen; er war ängstlich und unglücklich, entschied ich dann, zeigte jedoch einer Aura der Erleichterung, die nahelegte, dass er endlich die Wahrheit gesagt hatte.

»Ich finde es verwunderlich«, sagte ich, »dass Mr. Transome nicht besorgt war, dass man die Leiche im Zuge der Renovierungsarbeiten des *King's Theatre* finden könnte. Warum ist er nicht hingegangen und hat sie entfernt, nachdem sich die Aufregung um das Feuer gelegt hatte?«

»Wir haben nie darüber gesprochen«, sagte Mr. Tully. »Tom verhielt sich, als sei nichts passiert. Er hatte ein Talent dafür, Begebenheiten in seinem Kopf einfach umzugestalten. Seine Realität war die Bühne, und auf etwas anderes konnte er sich nie sehr lang konzentrieren.«

Ich erinnerte mich, dass Miss Noonan etwas sehr Ähnliches gesagt hatte. »Er war ein leichtsinniger Mensch; er hätte sich beinahe umgebracht, als er das Feuer legte.«

»Er war impulsiv«, sagte Mr. Tully. »Er dachte nie über die Konsequenzen seiner Handlungen nach.«

»Glauben Sie wirklich, er wollte Maria schützen, indem er ihre Mutter beschuldigte?«

»Sie kennen Sarah. Sie ist keine Mörderin. Wogegen Maria das Abbild ihres Vaters ist – sie ist so, wie Tom gewesen wäre, wäre er als Frau zur Welt gekommen. Und ich habe ja selbst gesehen, wie sie den jungen Fitzwarren angeschrien hat.«

»Haben Sie gesehen, dass sie ihn bedrohte oder tätlich angriff?«

»Nun ... nein ... das nicht – bitte, Mrs. Rodd, lassen Sie bitte niemanden nur auf mein Wort hin festnehmen.«

»Ich bezweifle, dass man auf Ihre Aussage hin irgendjemanden festnehmen könnte, Mr. Tully.«

»Ich weiß, ich bin ein Verbrecher. Ich habe geholfen, einen Mord zu vertuschen. Ich habe Schweigegeld angenommen. Wird man mich dafür anklagen?«

Er hatte tatsächlich Verbrechen begangen, aber die Vorstellung, dass dieser fragile alte Mann verhaftet und eingesperrt werden würde, behagte mir überhaupt nicht. Ich versicherte ihm, mein Bestes zu geben, um dies zu verhindern.

Am Abend saß ich lange Zeit in meinem Wohnzimmer, starrte auf das Gemälde von Matt und drehte und wendete die Dinge in meinen Gedanken hin und her.

Drei Menschen hätten den armen Fitzwarren umbringen können. Es war mehr als wahrscheinlich, dass Maria die Schuldige war. Mein lieber Ehemann hätte mich allerdings gewarnt, ja nicht das Offensichtliche zu übersehen.

Und der »offensichtliche« Kandidat war Tom Transome.

Doch wenn er Fitzwarren getötet hatte – wer tötete dann ihn?

Fünfunddreißig

Ich erhielt eine Nachricht, geschrieben in zittriger, schräg nach oben verlaufender Handschrift:

Verehrte Mrs. Rodd,
bitte helfen Sie mir, meine Mutter zu sehen. Sie will nicht zulassen, dass ich sie im Gefängnis besuche. Maria sagt, ich solle nicht hingehen, aber wenn sie tatsächlich gehängt wird, kann ich die Vorstellung nicht ertragen, sie nicht noch einmal gesprochen zu haben.
  Hochachtungsvoll,
  Cordelia Transome

Pflichtschuldig schrieb ich an Mrs. Sarah und war erstaunt, folgende Antwort zu erhalten:

Liebe Mrs. Rodd,
meine Frau weigert sich, ihre Töchter zu empfangen. Ich glaube jedoch nicht, dass dies bedeutet, dass sie sie nicht sehen will. Wenn Miss Cordelia kommt, werde ich dafür sorgen, dass sie vorgelassen wird.
  Titus Mallard.

»Nun denn«, meinte Fred. »Wollen wir hoffen, dass das arme Ding von ihrem neuen Stiefvater nicht vollkommen eingeschüchtert wird!«

Mein Bruder kannte den Direktor des Frauengefängnisses *Holloway Prison*, in dem Mrs. Sarah sich inzwischen befand, recht gut und nutzte seinen Einfluss, um am nächsten Nachmittag ein Treffen zwischen Miss Cordelia und ihrer Mutter zu arrangieren. Wir fuhren in seiner großen und recht schwerfälligen Familienkutsche, in der er normalerweise sein Regiment an Kindern transportierte, zu Mrs. Maria. Die Polster waren zerschlissen und mit Krümeln bedeckt, und ich setzte mich schmerzhaft auf etwas Hartes, das sich als hölzerner Elefant auf Rädern erwies.

»Mallard greift nach jedem Strohhalm, um Sarah dazu zu bringen, endlich ihr Geständnis zu widerrufen«, meinte Fred. »Ich hoffe nur um beider willen, dass er seine moralische Entrüstung im Zaum halten kann, wenn er das arme Mädchen leibhaftig vor sich sieht.«

»Er war auch einmal ein Vater.«

»Vielleich möchte Miss Cordelia über den Halunken sprechen, der sie geschwängert hat. Sind wir ganz sicher, dass es nicht dieser italienische Fiedelbursche war?«

»Da bin ich gänzlich sicher«, gab ich zurück. »Ich weiß, du lachst über meinen Instinkt, aber wenn du mit dem jungen Mann gesprochen hättest, würdest du mir zustimmen. Er liebt sie aufrichtig und von ganzem Herzen und hätte ihr nie auf diese Weise geschadet.«

»Nun, in dem Fall musst du zugeben, meine Liebe, dass das Mädchen kaum besser als eine herkömmliche Dirne ist.«

»Fred!«

»Nun setz dich mal nicht auf dein hohes Ross. Irgendjemand muss es gewesen sein, das ist eine Tatsache – denn der Heilige Geist kommt ja wohl eher nicht in Frage.«

»Also wirklich, Fred, wie kannst du nur! Was würde Papa sagen, wenn er dich hören könnte?«

»Wahrscheinlich würde er andere Worte wählen, aber er wäre sicher derselben Meinung.« Mein Bruder (der trotz meines Protests eine seiner üblen kleinen Zigarillos rauchte) blies eine Rauchwolke aus dem Fenster. »Maria hat sich vor zehn Jahren in dieselbe Situation bringen lassen, von Francis Fitzwarren. Man kann daraus nur schließen, dass Transomes Töchter der Moral von Straßenkatzen entsprechend leben. Ich könnte die Jury vielleicht überzeugen, dass eine von ihnen unschuldig war und ihr Leid angetan wurde, aber nicht beiden.«

Ich wollte widersprechen, aber irgendeine Erinnerung regte sich leise: Hatte Mrs. Bentley nicht etwas Ähnliches gesagt? »Ihre Moral – oder das Fehlen derselben – hat doch rein gar nichts mit Mord zu tun.«

»Ich muss schon sagen, über dein fortschrittliches Denken bin ich einigermaßen erstaunt.« Fred grinste mich durch den Rauch hindurch an. »Was würde Papa nur *dazu* sagen?«

Das war ein Schlag unter die Gürtellinie, wie ich fand; unser geliebter Vater war ein gütiger Mensch gewesen, er hatte immer Recht von Unrecht zu unterscheiden gewusst. Als Priester auf dem Lande hatte er häufig Paare verheiraten müssen, bei denen sich der Nachwuchs bereits sichtbar ankündigte, wenn sie vor dem Altar standen; er tat es, auch wenn solch bedenkenlose Unmoral ihn stets sehr bekümmert hatte. »Er hätte uns daran erinnert, Mitgefühl mit Sündern zu üben, denn wer vergibt, dem soll selbst vergeben werden.«

Wir fuhren bei Maria Bettertons Haus am Vale Crescent vor. Miss Cordelia wartete schon am Toreingang; der Anblick ihrer schmalen, schwarz gekleideten Gestalt, so zierlich und kummervoll, ernüchterte meinen Bruder auf der Stelle. Er warf seine Zigarillo fort, um dem Mädchen in die Kutsche zu helfen.

Die Hand, die sie mir reichte, zitterte. »Maria ist böse auf mich und wollte mich nicht verabschieden. Aber das ändert nichts an meinen Absichten. Ich will meine Mutter sehen.«

»Selbstverständlich wollen Sie das«, sagte ich. »Das ist nur natürlich.«

»Sie dürfen nicht schlecht von Maria denken. Sie und Edgar sind so gut zu mir – und haben mir meine Schande verziehen –, aber in diesem Punkt ist sie unerbittlich.«

Ich fragte mich, ob sie von Marias eigener »Schande« wusste. »Ihre Mutter wird sich bestimmt freuen.«

»Sie schrieb mir, ich solle nicht kommen, aber das ist mir egal. Ich kann sie nicht gehen lassen, ohne ihr einen letzten Kuss zu geben.«

»Lassen Sie die Hoffnung nicht fahren, meine Liebe«, sagte Fred so freundlich, als spräche er mit Tishy. »Noch ist Ihre Mutter nicht verurteilt, und wir sammeln Beweise für ihre Verteidigung.«

»Sie hat Papa nicht getötet. Sie hat ihn geliebt.« Cordelia trug einen dichten schwarzen Schleier über ihrer Haube, den sie nun herunterzog. Für den Rest der Fahrt verharrte sie schweigend hinter diesem Schutz.

Vor dem Gefängnis war das übliche Volk an Gaffern, Gammlern und Schreiberlingen versammelt – etwa ein Dutzend zwielichtige Gestalten, die zur Kutsche rannten, uns mit rüden Fragen bedrängten (»Wer ist die da?«) und versuchten, ins Innere zu blicken. Fred zog die Vorhänge zu, woraufhin die Männer mit den Fäusten gegen die Tür schlugen.

»Beachten Sie sie nicht weiter, Miss Cordelia«, sagte Fred. »Sie hungern nach Skandalgeschichten, aber bei uns können sie heute nichts holen.«

Miss Cordelia blieb gefasst, dennoch spürte ich ihre Furcht und war froh, als wir sicher durch das Torhaus gelangt waren. Im Gefängnis wurden wir von einer Wärterin begrüßt und in ein karges Besucherzimmer geführt, in dem nur ein paar Stühle und ein Tisch standen, auf dem eine große Bibel lag.

Einzig Mr. Mallard war anwesend. Ich freute mich, dass er seit unserer letzten Begegnung sehr viel besser aussah. Sein Haar war frisch geschnitten, sein Hemd sauber und gebügelt, und er wirkte rundum wie der Mann, den ich aus Herefordshire kannte – der dort bereits immer streng und unnachgiebig gewesen war, wie ich mich nun erinnerte.

»Meine Frau weiß nicht, dass Sie hier sind«, sagte er. »Ich habe dies gegen ihren Willen arrangiert, denn ich halte es für unnatürlich, dass sie ihre eigenen Kinder von sich fernhält.«

»Das ist Miss Cordelia«, sagte ich. »Soll ich Ihnen mit dem Schleier helfen, meine Liebe?«

Mr. Mallards Gesichtsausdruck gefiel mir ganz und gar nicht – er blickte drein, als hätte er einen schlechten Geruch wahrgenommen. Vorsichtig und mit dem großen Bemühen, dem Mädchen zur Seite zu stehen, half ich ihr, den Schleier zurückzuschlagen.

Sie verneigte sich vor dem neuen Ehemann ihrer Mutter. Er trat einen Schritt zurück, und ich vermutete, dass er gegen seinen Willen von ihrer Schönheit und Jugend gerührt war.

»Cordelia«, sagte er ernst, und sie gaben einander die Hand. »Sie waren krank, und ich freue mich zu sehen, dass Sie wieder genesen sind.«

»Ich ... danke Ihnen, Sir.« Cordelia schien sich unwohl zu fühlen, da sie sich nur allzu gut der Ursache für ihre Erkrankung bewusst war.

»Ich hoffe sehr«, fuhr Mr. Mallard fort, »dass Sie und ich Freunde werden können.« Er klang nicht sehr freundlich. »Ich hoffe, wir können zusammen beten.«

Die Tür wurde geöffnet, und Mrs. Sarah betrat den Raum. Zunächst wirkte sie bestürzt, dann brach sie in Tränen aus, und gleich darauf lagen Mutter und Tochter einander in den

Armen. Es bewegte mich tief, dass Mrs. Sarahs ausgezehrtes Gesicht augenblicklich vor Freude aufleuchtete, so dass ihre Schönheit wieder zutage trat.

»Mein lieber Schatz ... du hättest nicht kommen sollen ... ach, Schätzchen ... Kindchen ...«

»Mamma, ich wollte dich so sehr sehen ...«

Cordelia ließ sich nicht von ihrer Mutter trennen; als Mrs. Sarah sich setzte, kniete ihre Tochter sich ihr zu Füßen und vergrub den Kopf in ihrem Schoß.

»Vergib mir, mein Häschen ... Ich hätte dich nie allein lassen dürfen.«

»Warum hast du es dann getan?«

»Ich musste die Dinge in Ordnung bringen.« Obwohl von Gefühlen überwältigt, war ihr dennoch ihr Publikum bewusst; ihr Ehemann beispielsweise beobachtete sie wie ein Luchs. »Eines Tages wirst du den Sinn hinter allem verstehen.«

Cordelia hob den Kopf. »Du hast Papa nicht umgebracht – ich weiß, dass du es nicht getan hast!«

»Wenn Sie glauben, dass Ihre Mutter unschuldig ist, müssen Sie ihr helfen«, sagte Mr. Mallard. »Wir wollen beten, dass die Wahrheit ans Licht kommt.« Er kniete sich auf den kalten Steinboden und faltete die Hände.

»Papperlapapp«, sagte Fred.

»Mr. Tyson!« Entsetzt sah Mr. Mallard zu meinem Bruder.

»Beten bringt uns nicht weiter – stehen Sie auf, Mann!«

Mr. Mallard stand auf.

»Miss Cordelia.« Fred zog einen Stuhl heran und setzte sich neben Mutter und Tochter. »Sie scheinen sehr sicher, dass Ihre Mutter Ihren Vater nicht ermordet hat.«

»Sie war es nicht«, sagte Cordelia. »Und das sage ich nicht, weil sie meine Mutter ist.«

»Haben Sie ihr Geständnis gelesen?«

»Ja, das habe ich, und ich betrachte es als große Lüge. Mein Vater hat Frank Fitzwarren umgebracht.«

»Die Hinweise verdichten sich in der Tat«, sagte Fred mit der samtweichen Stimme, mit der er einem Zeugen üblicherweise alles entlocken konnte.

»Darüber können Sie rein gar nichts wissen«, erwiderte Mrs. Sarah scharf.

Cordelia sah unverwandt auf ihre Mutter. »Papa hat es mir gesagt.«

»*Was?*«

»Er hatte einen seiner Wutanfälle, da kam es heraus. Nachdem er gerade Giuseppes Brief entdeckt hatte.«

»Ach, du meine Güte«, flüsterte Sarah. »Das ist nicht gut.«

»Giuseppe teilte Papa mit, dass er mich liebt und mich heiraten will«, fuhr Cordelia fort. »Ich habe ihn nie so wütend erlebt; es war schlimmer als damals, als er Maria verloren hatte. Er schlug mich ins Gesicht. Daraufhin schlug Giuseppe ihn, und während sie sich prügelten, schrie Papa, er habe diesen ›trotteligen Frankie Fitzwarren‹ getötet: ›Ich habe ihn erschossen, als er mir den Rücken zukehrte, und so werde ich auch Sie erschießen, wenn Sie auch nur Hand an sie legen.‹«

Sarah stöhnte auf. »O Gott!«

»Mr. Tully hat seine Geschichte korrigiert«, sagte ich, »und seinen Teil am Geschehen jener Nacht zugegeben. Es hat keinen Sinn mehr, Ihren Ehemann zu decken. Dieser Teil Ihres Geständnisses, der den ersten Mord betrifft, ist reine Fiktion – was wiederum Zweifel an Ihren Aussagen zum zweiten Mord schürt.«

»Der arme Ben«, sagte Sarah.

»Geben Sie es auf, Ma'am«, sagte Fred. »Ändern Sie Ihr Bekenntnis auf ›nicht schuldig‹. Wir werden den wahren

Mörder von Tom Transome finden, so dass die Anklage gegen Sie fallengelassen wird.«

»Der Italiener«, platzte Mr. Mallard heraus. »Er ist der Mörder! Gehen Sie und nehmen Sie ihn fest – und möge Gott ihm gnädig sein, wenn er nicht gesteht!«

»Wie können Sie es wagen!«, rief Cordelia.

»Mr. Barber war zu besagter Zeit außer Landes«, warf ich schnell ein.

»Dieser Mann ist ein Schurke!« Mr. Mallard ließ sich nicht beirren. »Er ist der Schuft, der diese junge Frau in Schande brachte.«

»Das ist nicht wahr!«, entfuhr es Cordelia mit Nachdruck. »Lieber wäre er gestorben!«

»Ihre Verdorbenheit ist unsäglich«, zischte Mr. Mallard. »Verstehe ich das recht? Entweder schützen Sie einen Schurken – oder Sie geben zu, dass es einen anderen gab!«

Cordelia kam auf die Füße. »Mamma, ich liebe dich sehr, aber diesen grässlichen Mann will ich nie wieder sehen.«

Sie rannte aus dem Zimmer, und die Zusammenkunft war beendet.

Sechsunddreißig

Ich muss nun kurz innehalten und die geneigte Leserschaft warnen, dass mein Bericht über diese Morde in noch tiefere Abgründe hinabführen wird. Wenn ich im Folgenden über die wahren Ereignisse berichte, werden Themen zur Sprache kommen, die für junge, beeinflussbare oder sehr behütet aufgewachsene Menschen nicht geeignet sind. Ich schreibe nicht, um zu veröffentlichen; mein Publikum sind meine Familie und meine Freunde, und meine geliebte Nichte Tishy ist normalerweise die Erste, die von meinen Erlebnissen liest. Dieses Manuskript jedoch wird sofort in die Hände ihres Ehemannes Sir Patrick Flint gehen. Ich vertraue darauf, dass er wissen wird, wie er damit umzugehen hat – wenn ich mich nicht doch entschließe, es vorher zu verbrennen.

☙❧

Das Rätsel um Cordelia und die verärgerten Worte, die sie Ihrem Stiefvater entgegengeschleudert hatte, beschäftigten mich die ganze Fahrt zurück nach Hampstead. Auch Fred war ungewöhnlich ernst und nachdenklich und überließ mich ausnahmsweise meinen eigenen Gedanken. Ich hatte keine Ahnung, wohin ich in diesem Dickicht an Motiven genauer schauen sollte, doch die Vorsehung wirkt ja häufig auf recht unerwartete Weise.

Als ich nach Hause kam, fand ich eine Nachricht von Inspector Blackbeard.

Liebe Mrs. Rodd,
Samuel Watkins liegt im Sterben und wünscht uns zu sehen. Falls es Ihnen recht ist, wird die Kutsche Sie morgen früh um neun Uhr abholen.
Hochachtungsvoll,
T. Blackbeard

Watkins war ins *Grimaldi Armenhaus und Hospital* in Edmonton verbracht worden; Edmonton war zu jener Zeit noch ein kleines Dorf am Stadtrand von London. Der vor einigen Jahren erbaute Gebäudekomplex, benannt nach einem berühmten, in Armut verstorbenen Clown, bestand aus einer Ansammlung flacher, im gotischen Stil errichteter Gebäude hinter der Church Street.

Blackbeard erwartete mich am Haupteingang, neben einer Reihe sauberer und heimelig anmutender Armenhäuser, die jeweils eine eigene Tür und ein kleines Fenster hatten. (Ich dachte sogleich an mein Komitee zur Errichtung von Armenhäusern um die Seven Dials und fragte mich, wie viel der Bau dieser Häuser wohl gekostet haben mochte und ob ihr Unterhalt kostspielig war.)

»Dies ist eine wohltätige Einrichtung für Schauspieler und dergleichen«, sagte Blackbeard, »wenn sie einen Platz zum Wohnen brauchen – oder zum Sterben. Ich bitte um Vergebung für die Eile, aber der Mann hat nicht mehr viel Zeit.«

Das Hospiz aus rotem Backstein stand in der ruhigsten Ecke des Grundstücks und war größer und eindrucksvoller als die anderen Häuser, wirkte aber trotzdem anheimelnd und friedvoll. Über dem Kamin in der Eingangshalle hing überraschenderweise ein Porträt von James Betterton. Während ich noch sein gutaussehendes Gesicht studierte, trat ein Geistlicher auf uns zu. Er stellte sich als William Forbes vor und erklärte eifrig, Mr. Betterton habe der »Grimaldi-Stiftung für mittellose Schauspieler« einen großen Betrag gespendet.

»Mr. Betterton war extrem großzügig«, sagte Mr. Forbes. »Und auch sonst war er sehr tatkräftig und engagiert; dass die Geldmittel überhaupt aufgetrieben werden konnten und so schnell zur Verfügung standen, ist allein ihm zuzuschreiben.«

»Ich kenne Mr. Betterton«, sagte ich, »und halte ihn für einen überaus vernünftigen und anständigen Menschen. Können Sie mir sagen, wie Samuel Watkins zu Ihnen kam?«

»Er wurde vorgestern aus der Krankenstube eines Arbeitshauses hergebracht; der dortige Kaplan hat ihn geschickt, weil er um seine schauspielerische Vergangenheit wusste.«

Mr. Forbes führte uns durch einen sauberen, gefliesten Korridor, der sich über die gesamte Länge des Gebäudes erstreckte. Es war alles sehr ruhig und ordentlich; durch geöffnete Türen erhaschte ich Blicke in abgedunkelte Zimmer und auf behutsam hantierende Krankenschwestern.

»Arme Tröpfe, sie kommen her, um in Ruhe zu sterben, und mehr können wir ihnen auch nicht mehr bieten«, sagte Mr. Forbes. »Im Moment ist Watkins hellwach – so wie Trinker es in ihren letzten Stunden manchmal sind –, und er macht sich Sorgen um seine Seele. Er sagt, er habe Ihnen noch etwas Wichtiges mitzuteilen, Inspector.«

»Wissen Sie, worum es geht, Sir?«

»Nein, und ich warne Sie davor, seine Worte allzu ernst zu nehmen.« Mr. Forbes blieb vor einer Tür stehen. »Sein Geist wandert, und er gibt allen möglichen Unsinn von sich.«

In dem weißen Raum standen vier Betten, und auf jedem lag eine reglose Gestalt; sie waren alle mager und ausgezehrt und rangen um ihre letzten Atemzüge.

Samuel Watkins lag gleich neben der Tür. Ich setzte mich auf den Stuhl neben seinem Bett und fuhr überrascht zusammen, als er plötzlich mit zitternden Fingern meine Hand packte. Er schlug die Augen auf und musterte mich beunruhigend eindringlich mit fiebrigem Blick.

»Hallo, Sam.« Blackbeard sah auf ihn hinab. »Wissen Sie, wer ich bin?«

»Polizist«, röchelte Watkins.

»Und ich bin Mrs. Rodd. Wir haben mit Ihnen über die Nacht gesprochen, in der Sie Mr. Cooper zum letzten Mal sahen.«

»Ja, ja.« Sein Blick irrte zwischen uns hin und her. »Vor dem Fenster hier ist alles grün.«

»Ja, es sieht hübsch aus«, sagte Blackbeard. »Und was wollen Sie mir Dringendes sagen?«

»Sie geben mir nichts zu trinken … Es ist mir egal, dass es so weh tut, als würde ich heiße Kohlen schlucken … Nur ein Glas mit irgendetwas.«

»Sie haben Cooper in der Nacht gesehen, als er starb«, wiederholte Blackbeard. »Mit einer jungen Frau.«

Ich hatte keine große Hoffnung, irgendetwas Bedeutendes aus dieser bedauernswerten Kreatur herauszubekommen, aber der aufmunternde Tonfall des Inspectors schien ihn ein wenig zu beleben. Er sah mich mit wässrigen Augen an und schien Mühe zu haben, zu fokussieren.

»Armer Charlie! Er ist nicht mehr auf die Füße gekommen, nachdem Transome tot war.«

»Sie sagten uns, die Frau in seiner Begleitung sei Schauspielerin gewesen«, hakte ich behutsam nach. »Sie haben ihre Stimme gehört.«

»Mehr noch«, sagte Watkins. »Mein Gedächtnis ist dieser Tage leider sehr verschwommen, und manchmal kann ich nicht mit Gewissheit sagen, ob etwas Wirklichkeit war oder ein Hirngespinst. Wenn das Zittern über mich kommt, sehe ich Kobolde und Dämonen so real, wie ich Sie sehe. Aber da gibt es ein Bild, das sich in mir festgesetzt hat und nicht vertreiben lässt.«

»Ein Bild?«

»Als sie mit Charlie Cooper rausging, sah ich ihr Gesicht – der Wind blies ihren Schleier hoch.«

Ich blieb äußerlich ruhig, doch mein Herz klopfte vor Aufregung schneller. »Und haben Sie sie erkannt, Mr. Watkins?«

»Sie war jung – und was für eine Schönheit! Eine Stimme wie ein Engel und die Gestalt einer Königin.«

»Das bringt uns nicht sehr weit«, murmelte Blackbeard. »Kommen Sie, Sam: War es eine der Transome-Töchter?«

»Charlie küsste ihre Hand ... die Ringe an ihren Fingern ...«

»Welche Farbe hatte ihr Haar?«, drängte ich ihn.

»Golden«, sagte Watkins. »Es leuchtete wie die Sonne.«

»Golden?«, wiederholte ich atemlos, denn die Erkenntnis traf mich so schlagartig, dass mir die Luft wegblieb.

»Hm.« Blackbeard verschränkte die Arme hinter dem Rücken. »Bingo!«

※

»Constance Noonan!«, rief ich, sobald wir wieder draußen waren und der Aufruhr meiner Gedanken sich allmählich legte. »Constance hat Cooper aus dem Weg geräumt.«

»Immer mit der Ruhe, Ma'am«, sagte Blackbeard. »Lassen Sie uns das langsam angehen. Wie lautet ihr Motiv?«

»Die Nummer drei auf Ihrer Liste: Angst vor Entdeckung. Cooper wusste etwas. Aus diesem Grund wurde Constance auf der Feier auch so hellhörig und fragte nach ihm – nachdem Olivia erzählt hatte, er würde Geschichten über ihre Familie ausplaudern.«

»Und was wusste er?«

»Irgendetwas, das sie in die Nähe des Mordes an Transome rückt«, sagte ich. »Sie war es, Inspector. Je mehr ich darüber nachdenke, desto besser passen die Puzzleteile zusammen! Constance Noonan hat ihn umgebracht, und Sarah hat die Schuld auf sich genommen, weil sie dachte, sie würde dadurch eine ihrer Töchter schützen.«

»Hm. Das reicht noch nicht, Mrs. Rodd. Der arme Sam wird nicht in der Lage sein, seine Aussage vor Gericht zu wiederholen, und selbst wenn, würde ihm keine Jury der Welt glauben.«

»Wir wissen, dass Constance an dem Tag, als er ermordet wurde, mit Tom gestritten hat.«

»Er hat mit fast jedem gestritten, Ma'am; ich brauche mehr als das. Ich kann die gute Frau nicht auf die Aussage eines armen alten Alkoholikers hin verhaften.«

»Sie müssen noch einmal mit ihrer Mutter reden. Und zwar schnell, bevor Constance Zeit hat, sie zu beeinflussen.«

Siebenunddreißig

Die Fahrt von Edmonton war lang und kam mir im dichten Stadtverkehr noch länger vor; so war der Nachmittag bereits fortgeschritten, als die Polizeikutsche Pentonville erreichte.

Margaret Noonan öffnete uns in gewohnter Sanftmut und Bescheidenheit die Tür, jedoch war deutlich ihre Angst zu spüren, als sie uns erblickte.

»Was wollen Sie noch von mir?«

»Inspector Blackbeard hat noch ein paar Fragen an Sie, Mrs. Noonan.«

»Ich habe Ihnen alles gesagt, das ich weiß.«

»Dürfen wir eintreten?«

»Ich ... Ich weiß nicht ... Es ist gerade etwas unpassend ...«

»Erzählen Sie keine Geschichten«, dröhnte Blackbeard. »Sie haben uns wieder angelogen, Maggie.«

»Nein!«

»Ich kann meine Fragen auch auf der Polizeiwache stellen, wenn Ihnen das lieber ist.«

Mrs. Noonan schlang die Arme um den Körper und begann zu zittern. Stumm sah sie uns an und trat dann in einer Art resignierter Verzweiflung beiseite, um uns einzulassen. Blackbeard stampfte in die Küche und baute sich vor dem Küchenherd auf.

»Setzen Sie sich.«

Sie ließ sich am Tisch nieder, und ich nahm auf dem Stuhl gegenüber Platz. »Wir sammeln Informationen zum Tod von Mr. Cooper«, sagte ich. »Können Sie uns sagen, wo Sie in jener Nacht waren?«

»Ich war hier. Mit Constance.«

»Nein, nicht mit Constance«, sagte Blackbeard. »Man hat sie anderswo gesehen, wie sie Gin für den Ermordeten kaufte – passen Sie also auf, was Sie sagen!«

Sie hob die Hände an den Mund und gab einen seltsamen, erstickten Laut von sich. Ihre Augen füllten sich mit Tränen. »Sie war hier bei mir, nur sie und ich, das schwöre ich bei der Bibel.«

»Wenn ich Sie wäre, würde ich die Bibel aus dem Spiel lassen«, sagte Blackbeard. »Constance hat Ihnen aufgetragen, ihr ein Alibi zu verschaffen, oder?«

»Nein!«

»Und hat Ihnen gehörig Angst gemacht, wie es aussieht.«

Die arme Frau musste erkennen, dass es kein Entrinnen mehr gab, und brach in Tränen aus. Reglos beobachtete Blackbeard, wie sie den Kopf auf den Tisch legte. Nach einigen Minuten sah er mich an und zog eine Augenbraue hoch, mein Zeichen.

»Mrs. Noonan«, sagte ich freundlich, »Sie werden große Schwierigkeiten bekommen, wenn Sie uns nicht die Wahrheit sagen. Es ist zu spät – Sie können Ihre Tochter jetzt nicht mehr schützen.«

Sie setzte sich wieder auf und sagte zwischen wiederholten Schluchzern: »Sie hat gesagt, wenn ich nicht für sie lüge, wäre das unser Ende. Ich weiß nicht, wo sie war oder was sie getan hat – nur, dass ich sagen sollte, sie sei den ganzen Abend hier gewesen.«

»Wie es aussieht, hat sie Mr. Cooper den Weg in den Fluss gezeigt«, sagte Blackbeard. »Ich könnte Sie wegen Beihilfe zum Mord festnehmen. Wissen Sie, was das bedeutet?«

»Ich habe es nicht gewagt, ihr zu widersprechen«, jammerte Mrs. Noonan. »Das habe ich nie gewagt – schon als sie ein kleines Mädchen war. Sie war versessen darauf, im Leben

Erfolg zu haben, und nichts und niemand durfte sich ihr in den Weg stellen. Die Geschichte mit Tom Transome machte es nur noch schlimmer. Ich wollte ihr die Sache ausreden, aber es hatte noch nie einen Sinn, Constance etwas zu sagen, das sie nicht hören wollte.«

»Warum hatte sie Streit mit Mr. Transome?«, fragte ich. »Sie haben zugegeben, dass sie wütend auf ihn war. Kam das vor allem daher, dass er sie nicht heiraten konnte?«

»Das hat ihr nichts ausgemacht, jedenfalls nicht am Anfang.« Mrs. Noonan zog ein Taschentuch aus dem Ärmel und wischte sich über die nassen Augen. »Er suchte sie nach ihren Vorstellungen im Theater auf und umgarnte sie mit Versprechen, reich und berühmt sollte sie werden – und mir drohte er, wenn ich auch nur *irgendetwas* dagegen sagen würde, wäre das unser Verderben. Und gegen beide kam ich nicht an.«

»Sie drohte, ihn zu verlassen«, sagte Blackbeard. »War das der Grund für ihr Zerwürfnis?«

»Er hat mir verboten, es ihr zu sagen«, sagte Mrs. Noonan.

»Ihr was zu sagen?«, hakte ich nach.

»Ich bin eine erbärmliche Sünderin, Mrs. Rodd. Ständig lebte ich in der Furcht, dass es ans Licht kommt – oh, es war so beängstigend, als ich sie streiten hörte!«

Ich hatte Constance in ihrer strahlenden Schönheit vor Augen. »Dachte sie, er könne sich von seiner Frau scheiden lassen, weil sie Ehebruch begangen hatte?«

»Ich weiß nicht, was sie dachte, aber Tom muss ihr die Wahrheit gesagt haben«, sagte Mrs. Noonan und brach erneut in Tränen aus. »Er war ihr Vater.«

»Sie sind sehr still, Mrs. Rodd«, meinte Blackbeard, als wir wieder in der Kutsche saßen. »So still habe ich Sie noch nie erlebt – so zögerlich, einen Kommentar abzugeben. Sie sind schockiert, habe ich recht?«

»Natürlich bin ich schockiert. Auch wenn es mich nicht überrascht. In dem Moment, da Mrs. Noonan es sagte, wurde mir die Ähnlichkeit der beiden derart bewusst, dass ich mich wunderte, wie wir sie bislang haben übersehen können. Ihre Augen sind zwar blau, haben aber dieselbe Form wie die von Transome. Sie hat dieselbe Haltung, dieselbe Präsenz und dasselbe Temperament.«

»Dazu dieselbe Angewohnheit, sich unbequemer Menschen zu entledigen.« Blackbeard strahlte jene Gemütsruhe aus, die ihn jedes Mal überkam, wenn er kurz vor dem Abschluss eines Falles stand. »Das ist es, was mich irritiert hatte, Ma'am; ich hatte nach einem Mörder Ausschau gehalten anstatt nach zweien. Transome hat Fitzwarren erschossen, und als er selbst daran glauben musste, nahmen wir seine Töchter ins Visier – aber die falschen, wie sich nun herausstellt. Eigenartig, dass ausgerechnet die unehelich Geborene ihm am ähnlichsten ist.«

»Haben wir genug Beweise gesammelt, um Mrs. Sarah freizubekommen?«

»Das zu beurteilen, ist nicht meine Aufgabe, Ma'am.«

»Haben wir denn wenigstens genug, um Constance festzunehmen?«

»Das denke ich wohl. Meine Vorgesetzten mögen es ohnehin, wenn alles sauber und ordentlich zu Ende geführt wird.«

»Arme Mrs. Noonan! Ich hoffe, sie muss nicht mehr leiden als nötig. Müssen Sie sie wegen irgendetwas belangen?«

»Ich bin geneigt, sie in Ruhe zu lassen, nachdem sie sich gerade als so kooperativ erwiesen hat.«

»Sie musste mit dem beschämenden Wissen leben, dass Transome seiner eigenen Tochter Avancen machte! Wie soll ich für die Seele eines solchen Mannes nur beten?«

»Hm«, meinte Blackbeard. »Diese Art von Schande ist nicht so ungewöhnlich, wie Sie denken mögen, Ma'am.«

Die Verdorbenheit dieses Mannes entsetzte mich zutiefst und rief mir gewisse Begebenheiten aus meinem Leben als Frau eines Landpfarrers in Erinnerung, die ich stets zu vergessen suchte. Wie sehr wünschte ich mir gerade jetzt, mit Matt sprechen zu können!

Es war bereits später Nachmittag, und wir waren auf dem Weg ins *Princess Theatre*, wo James Betterton und seine Frau heute Abend Shakespeares »Viel Lärm um nichts« spielen würden. Blackbeard zog seine leicht verbeulte silberne Taschenuhr hervor.

»Sie sind sicher müde, Mrs. Rodd«, sagte er. »Und ich habe noch ein, zwei Dinge zu erledigen, bevor ich Mrs. Noonan dingfest machen kann. Wenn Sie nichts dagegen haben, würde ich Sie gern für etwa eine halbe Stunde in einem respektablen Steakhaus platzieren.«

Ich war tatsächlich sehr erschöpft und außerdem unruhig vor Hunger, so dass ich nicht das Geringste dagegen hatte, »platziert« zu werden. Die Kutsche hielt in einer Straße unweit des Theaters vor einem Steakhaus mit Teestube für Damen, wo ich mich mit einer Tasse Tee und einer Ein-Schilling-Portion Roastbeef mit Brot und Butter stärken konnte.

Wenig später holte Blackbeard mich wieder ab und bot mir auf dem Weg durch die vollen Straßen seinen Arm an. Es wurde allmählich dunkel, und der Bühneneingang des *Princess Theatre* wirkte wie der Eingang eines Bienenstocks, denn Arbeiter strömten emsig ein und aus. Niemand beachtete die zwei Polizisten, die Blackbeard draußen postiert hatte.

»Das Stück soll in einer Stunde beginnen«, sagte Blackbeard. »Und Sie hätte ich gern dabei, um sicherzugehen, dass diese Theaterleute sich nicht in Pose werfen und mit dramatischem Getue die Polizeiarbeit behindern.«

»Sie meinen, Mr. Betterton? Nun, ich kann ihn nur für das bedauern, was er gleich zu hören bekommt.«

»Er wird darüber hinwegkommen«, meinte der Inspector munter. »Er ist nicht der erste alte Mann, der an der Nase herumgeführt wurde.«

Wir betraten das Theater; der Mann, der den Bühneneingang bewachte, wollte sich uns in den Weg stellen, doch Blackbeard bellte nur »Polizei!« und marschierte geradewegs an ihm vorbei.

Der Bereich hinter der Bühne summte vor Geschäftigkeit; es wurde geklopft und gehämmert, jemand übte Trompete, Schauspieler liefen die steinerne Treppe hinauf und hinunter. Blackbeard schlug zweimal mit der flachen Hand gegen die Tür zu Mr. Bettertons Garderobe und öffnete sie, bevor jemand »Herein« rief.

Das Bild, das sich uns bot, war recht eigentümlich. Mr. Betterton stand neben einer zusammengekauerten jungen Frau mit grellbunter Haube, die laut in ein Taschentuch schluchzte. Constance lag in einem dunkelblauen Hausmantel auf dem Sofa, das – zu unserem Glück – so auffällige goldblonde Haar in Kaskaden um den Kopf gebreitet.

»Mrs. Rodd, Inspector Blackbeard«, sagte Betterton. »Sie kommen sehr überraschend und einigermaßen ungelegen. Hätte das nicht auch Zeit bis nach der Vorstellung?«

»Nein«, knurrte Blackbeard.

Falls Mr. Betterton sich über die schroffe Abfuhr wunderte, so ließ er es sich nicht anmerken. »Nun gut; dann entschuldigen Sie mich bitte noch eine Minute.« Er wandte sich wieder dem schluchzenden Mädchen zu. »Du verstehst das doch hoffentlich, oder? Ich kann dir nicht erlauben, das Kind mit ins Theater zu bringen. Das wäre gegen alle Regeln und könnte mich meine Lizenz kosten.«

»Ach, Sir ... Es tut mir so leid, Sir!«

»Tu es einfach nicht noch einmal. Ich werde der Mutter unserer Wäscherin ein paar Pennys geben, damit sie auf das Kind aufpasst.«

»Danke, Sir, danke!« Sie lief aus dem Zimmer.

»Ich bitte um Verzeihung«, sagte Mr. Betterton. »Manche Dinge können nicht warten – das arme Ding hat ihr Kind beinahe erstickt, als sie es in einem Schrank zu verstecken suchte. Möchten Sie sich nicht setzen?«

Seit meinem letzten Besuch hatte sich der Raum verändert; an den Wänden klebten Tapeten, die Möbel waren von höherwertigerer Qualität. Ich setzte mich in einen neuen Sessel mit geblümtem Chintz und dachte, dass es sich die neue Mrs. Betterton recht bequem gemacht hatte.

»Eine Schande, dass sie mit dem Vater ihres Kindes nicht verheiratet ist«, fuhr Mr. Betterton fort und setzte sich seiner Frau zu Füßen auf den Sofarand. »Aber ich sah keinen Sinn darin, sie zu verdammen, nachdem der Schaden schon einmal angerichtet war. Nun ... Wie kann ich Ihnen helfen?«

»Eigentlich ist es Mrs. Betterton, die uns helfen kann«, sagte ich möglichst leichthin.

»Ich?« Constance setze sich aufrecht. »Wie meinen Sie das?«

»Wir haben weitere Erkundigungen zu Mr. Coopers Tod eingezogen.«

»Ich dachte, das sei alles geklärt«, sagte Mr. Betterton. »Der Gerichtsmediziner hatte doch festgestellt, dass es ein Unfall war.«

Ich sah unverwandt auf Mrs. Constance. »Zwei Zeugen haben ausgesagt, sie hätten Mr. Cooper am vermutlich letzten Abend seines Lebens zusammen mit Ihnen gesehen.«

»Das ist absurd!«, rief Mr. Betterton sofort. »Wir sind Schauspieler und verbringen jeden Abend im Theater. Ohne mich geht meine Frau nirgendwohin.«

»Es war ein Sonntag, Sir«, sagte Mr. Blackbeard. »Der vierzehnte – am Wochenende bevor Coopers Leiche entdeckt wurde.«

Nun wirkte Mr. Betterton irritiert und sah ein wenig bang zu seiner Frau. »Das war der Sonntag, an dem ich nach Norwood fuhr, um meinen Vater zu besuchen. Ich übernachtete dort und kehrte erst am nächsten Morgen zurück.«

»Und ich war bei meiner Mutter in Pentonville«, sagte Constance. »Sie können sie fragen, wenn sie mir nicht glauben. Wir haben den ganzen Abend zusammen verbracht.«

»Die zwei Zeugen sagen, sie hätten Sie im *King George* in der Tide Street gesehen«, sagte Blackbeard, »wo Sie Mr. Cooper einige Drinks spendierten.«

»Wer sind diese Zeugen, Inspector?«, wollte Mr. Betterton wissen. »Respektable Bürger?«

»Nicht im Mindesten. Aber sie haben Augen und Ohren, und wenn sie sagen, dass sie Ihre Frau gesehen haben, muss ich dem nachgehen.«

»Liebes?« In seinem Blick lag die unmissverständliche Aufforderung, sie möge alle Zweifel entkräften.

Constance wirkte vorübergehend ein wenig gereizt, dann seufzte sie mürrisch. »Ach, das ist alles so lästig! Ich habe nichts gesagt, weil es um eine Privatangelegenheit ging – ich wollte dem armen Mann helfen. Ich ging in diese Lokalität, weil ich gehört hatte, dass er dort häufig sitzt und trinkt.«

»Du ... Du warst dort?«

»Es tut mir leid, James; ich weiß, ich hätte es dir sagen sollen, aber du magst es nicht, wenn ich über mein altes Leben rede – oder Menschen, die damit in Verbindung stehen.«

»Ich hatte mitbekommen, dass Thomas Transomes Töchter willens waren, sich um Cooper zu kümmern«, sagte ich. »Warum brachten Sie ihn nicht zu Mrs. Maria?«

»Er weigerte sich«, sagte Constance. »Natürlich versuchte ich mein Möglichstes, ihn zu überzeugen, aber er wollte nichts davon hören. Er hielt aus Loyalität zu Tom an seiner Missbilligung gegenüber Maria fest. Mir fiel nichts ein, womit ich ihm helfen könnte, außer damit, ihm Geld zu geben.«

»Wie viel?«, wollte Blackbeard wissen.

»Zehn Schillinge.«

»Überaus großzügig«, sagte ich.

»Es war das Mindeste, das ich für ihn tun konnte. Sie haben gesehen, wie gut mein Ehemann seine Angestellten behandelt, Mrs. Rodd; ich schämte mich, dass ich einen guten und treuen Gehilfen so vernachlässigt hatte.«

»Mein liebes Mädchen!« Mr. Betterton war die Erleichterung anzumerken. »Es bestand aber kein Grund, dich in so große Gefahr zu begeben.«

»Man hat gesehen, dass Sie ihm auch Getränke ausgegeben haben«, merkte Blackbeard an.

»Ja, das habe ich. Damit er die zehn Schillinge nicht gleich anbrechen musste.«

»Und man hat gesehen, wie Sie mit ihm zusammen das Lokal verließen.«

»Er war schwer betrunken. Ich wollte ihn nicht an diesem schrecklichen Ort zurücklassen, also überredete ich ihn, mit an die frische Luft zu kommen. Kurz darauf trennten wir uns. Und da Sie ja jedes noch so kleine Detail wissen wollen, kann ich hinzufügen, dass ich in der Nähe eine Mietkutsche hatte warten lassen, die mich im Anschluss nach Hause brachte. Da habe ich Cooper zum letzten Mal gesehen; ich glaube nicht, dass er vorhatte, sich in den Fluss zu stürzen. Ich glaube, es war ein Unfall.«

»Ich wünschte, du hättest es mir gesagt.« Mr. Betterton lächelte seine Frau an. »Und ich nehme an, dass Sie nun zufrieden sind, Inspector.«

Blackbeard ignorierte ihn und fixierte Constance weiterhin mit grimmigem Blick. »Ich komme gerade von Ihrer Mutter, und wir haben ein sehr interessantes Gespräch geführt.«

»Ach ja? Sie sollten nicht alles glauben, was sie sagt.«

»Die einzigen Lügen waren die, die Sie ihr aufgetragen hatten zu erzählen – etwa, dass Sie den ganzen Abend des vierzehnten mit ihr zusammen in Pentonville waren. Ich bin sehr froh, dass sie ein Einsehen hatte und ihre Aussage änderte.«

»Ich brauche mir das nicht weiter anzuhören«, sagte Constance schnippisch. »Ich muss mich auf meine Vorstellung vorbereiten.«

»Nein, das müssen Sie nicht.«

»James ... Schick die beiden fort.«

Mr. Betterton sah aus, als fühlte er sich ebenso beunruhigt wie misstrauisch. »Ich kann den Inspector nicht fortschicken, und das will ich auch nicht. Lass uns doch hören, was er zu sagen hat – wobei ich gern wissen würde, ob unsere Vorstellung wie geplant beginnen kann.«

»Ihre ja«, sagte Blackbeard.

»Wie meinen Sie das«?

»Hm ... wie lautet die Bezeichnung?« Blackbeards Tonfall war überaus freundlich, fast schon zuckersüß, während sein Gesichtsausdruck kalt und abweisend wirkte. »Wie nennt man diese Person, die einspringt, wenn jemand indisponiert ist – wie seinerzeit Fitzwarren?«

»Zweitbesetzung«, flüsterte ich.

»Danke, Mrs. Rodd. Ich wollte sagen, dass die Vorstellung stattfinden kann, aber Sie sollten Mrs. Bettertons Zweitbesetzung Bescheid geben.«

»Nein!«, rief Constance und stampfte so vehement mit dem Fuß auf, dass ich sofort an ihren Vater denken musste. »Das ist *meine* Rolle – sag es ihnen, James!«

»Warum kann meine Frau ihre Rolle heute Abend nicht spielen?« Betterton sah aus, als wollte er die Antwort gar nicht hören.

»Weil ich sie wegen Mordverdachtes festnehme.«

»NEIN!« Constance schnappte sich eine Glasfigur und schleuderte sie mit voller Wucht in den Kamin. Während wir vor Schreck erstarrten, griff sie blind nach allen Gegenständen, die sie zerbrechen konnte, und erging sich zugleich in einer Flut von Schimpfwörtern. Mehr als zuvor wurde ich an Transomes Wutausbrüche erinnert und daran, wie der unglückselige Cooper sagte: »Ich konnte gerade noch die Spiegel retten.«

Mr. Betterton hielt seine Frau an den Armen fest, bis sie sich etwas beruhigt hatte, auch wenn sie immer noch wütend war.

»James, was ist nur los mit dir? Er kann mich nicht verhaften! Warum beschäftigen sich nur alle mit diesem dummen Cooper? Du bist doch auch froh, dass er keinen Klatsch und Tratsch mehr über Maria verbreiten kann. Ich habe ihn nur getroffen, um herauszubekommen, was er weiß. Wer behauptet, ich hätte ihn in den Fluss gestoßen, ist ein Lügner!«

»Was genau hat Cooper denn gewusst?«, hakte ich nach. »Ich frage mich, ob es das ist, was Ihre Mutter uns erzählte … bezüglich der Identität Ihres Vaters.«

»Das geht nur mich etwas an.«

»Sie hat uns den wahren Grund genannt, weswegen Sie so wütend auf Tom Transome waren«, fuhr ich fort, »was für mich auch der Grund ist, warum Sie ihn getötet haben.«

»Ich habe ihn nicht getötet!«

»Das ist doch Unsinn – Verleumdung!« Mr. Betterton sah schlagartig um Jahre älter aus. »Warum hätte Constance ihn umbringen sollen?«

»Ich brauchte ihn nicht«, rief Constance. »Ich konnte auch ohne ihn Erfolg haben.« Ungeduldig schüttelte sie die Hände ihres Mannes ab. »Ich sagte Tom, ich sei nicht sein Eigentum. Er wurde böse und sagte, ich sei sehr wohl sein Eigentum – ich würde ihm gehören ... weil er mein Vater sei.«

Mr. Betterton stand da wie vom Donner gerührt und konnte seine Frau nur fassungslos anstarren.

»Sag etwas!«, keifte Constance ihn an. »Bin ich etwa schuld daran? Bin ich schuld, dass meine Mutter so dumm war und mein Vater ein verdammter Halunke? Tom merkte nicht, dass er alles verdorben hatte ... das Leben, das wir zusammen hätten führen, die Rollen, die ich hätte spielen können ... Er schämte sich kein bisschen! Er sagte, er habe mir alles beigebracht, mir alles gegeben ... Als könnte ich ohne ihn nicht existieren!«

»Zum Zeitpunkt der Ermordung hatten Sie bereits den Plan geschmiedet, sein Ensemble zu verlassen«, sagte ich.

»Und wenn schon? Da hatte ich auch schon James kennengelernt, der mir viel bessere Perspektiven bot. Er versprach mir die Rollen, die ich verdiente, er war frei, wollte mich heiraten, und er hatte keinen Haufen eifersüchtiger Töchter, die ihn alle naselang bedrängten. Er konnte mir genau das geben, was ich wollte. Jeder andere hätte die Chance ebenso ergriffen!«

»Du hättest es mir sagen können, meine Teure!«, sagte

Mr. Betterton leise. »Natürlich ist Transomes Verdorbenheit nicht deine Schuld.«

»Er erklärte, ich könne nicht gehen ... dass er mir nicht erlauben würde zu gehen!« Constance nahm James Bettertons Hand. »Warum müssen andere immer alles verderben?«

Es klopfte einmal kurz an die Tür, und eine Stimme rief: »Noch eine halbe Stunde, Sir!«

Constance ließ die Hand ihres Mannes los und atmete einige Male tief durch. »Ich muss mich anziehen ... Ich muss Higgins rufen, dass sie mir mein Kostüm bringt. Mein Kopfputz allein dauert schon eine Viertelstunde ... und Schminken ... Ich habe mir noch nicht die Augen geschminkt. Wir müssen uns beeilen, James, sonst bin ich nicht rechtzeitig fertig.«

Es war geradezu faszinierend mitanzusehen, wie die junge Frau sich vor den Spiegel stellte, das Haar glattstrich und ihr Spiegelbild musterte, als wäre nun alle Aufregung vorbei und Blackbeard und ich nicht mehr vorhanden.

Mr. Betterton beobachtete sie mit einem Ausdruck zunehmenden Entsetzens, den ich nie vergessen werde. Seine Stimme, perfekt beherrscht und moduliert, klang dennoch schwach und hohl. »Hast du den Inspector nicht gehört? Es kann heute Abend keine Vorstellung geben.«

»Sei nicht albern.«

»Inspector, Mrs. Rodd, bitte entschuldigen Sie mich für eine Minute; ich muss mit meinem Intendanten sprechen.«

Blass und ernst wie der tragische Held eines Dramas, verließ Mr. Betterton den Raum. Wir übrigen drei – Blackbeard, Constance und ich – lauschten schweigend seiner Anordnung, die Vorstellung abzusagen. Rundum ertönten entsetzte Schreie und das tumultartige Getrappel von Füßen wurde laut; in einiger Entfernung läutete eine Glocke.

Betterton kehrte zurück und sah seine Frau an.

Constance erwiderte fassungslos seinen Blick. »Was soll das? Was *tust* du da, um alles in der Welt? Du kannst mein Publikum doch nicht nach Hause schicken!«

»Du hast mich angelogen«, sagte Betterton. »Du hast deine Mutter für dich lügen lassen.«

»Ich habe doch gesagt, warum.«

»Hast du diesen Cooper getötet?«

»Kann ich etwas dafür, wenn ein betrunkener Mann in einen Fluss fällt? Ach, das ist doch alles Humbug!«

»Ich fürchte«, sagte Betterton, »ich fürchte sogar sehr, dass du ihn getötet hast – und Transome auch.«

»Maria hat Tom getötet«, rief Constance ungeduldig und voller Verachtung. »Die Frau deines Sohnes ist eine eifersüchtige Dirne.«

Das Wort ließ ihn zusammenzucken. »Sprich nicht so über Maria.«

»Glaubst du ihr etwa eher als mir?«

»Du hast mich angelogen«, wiederholte Betterton. »Ich habe dir geglaubt, weil ich dich liebe … dir vertraute. Das Schlimmste ist, dass du mich in deine Lügen mit einbezogen hast. Du hast Transomes Theater in der Nacht, als er starb, nicht zu dem Zeitpunkt verlassen, wie du behauptet hast. Du hast mich überredet, deine Geschichte zu bestätigen. Das ist jetzt umso bitterer, als ich aus Liebe zu dir meine eigenen Zweifel ignorierte.«

»Du redest wie ein Schwachkopf«, rief Constance hitzig. »Wie der arme alte Schwachkopf, als den die anderen dich hinter deinem Rücken bezeichnen. Aber ich werde nicht zulassen, dass … Ich werde jetzt Higgins suchen … Aus dem Weg!«

Letzteres war an Blackbeard gerichtet, der sich vor die Tür gestellt hatte.

»James, das ist dein Theater. Sag diesem Mann, er soll mich durchlassen! Du bist ja genauso schlimm wie Tom ... Er wollte mich damals aufhalten und wurde handgreiflich. Du hast doch den blauen Fleck an meinem Arm gesehen! Er sagte, wenn ich wegliefe, würde er alles erzählen – alles! –, und damit wäre meine Karriere augenblicklich ruiniert gewesen. Er versuchte, mir schöne Augen zu machen und mich zu küssen, um mich zu beruhigen ... Ich habe nur nach dem Dolch gegriffen, um mich zu verteidigen.«

»Gütiger Gott!« Mr. Betterton begann zu weinen; nicht wie auf der Bühne, sondern hemmungslos, wie eine Frau oder wie ein Kind.

»Hast du nicht gehört, James? Nun hör doch auf zu flennen! Ich habe meine Ehre verteidigt – was mehr ist, als du je getan hast.«

»Gegen Cooper haben Sie sich aber nicht verteidigen müssen«, sagte ich. »Er hat Ihre Ehre nicht angegriffen.«

Constance drehte sich zu mir um und sah mich aus böse funkelnden Augen an. »Wie wollen Sie das wissen, Sie alte Hexe?« (Ich paraphrasiere; ihre tatsächlichen Worte waren zu obszön, um sie aufzuschreiben.)

»Nun denn«, sagte Inspector Blackbeard. »Constance Betterton, ich verhafte Sie wegen Mordes an Thomas Transome und Charles Cooper.«

Achtunddreißig

»William Greaves hat ihre Verteidigung übernommen«, sagte mein Bruder. »Er will die Jury überzeugen, dass Constance Betterton Mr. Transome aus Notwehr getötet hat, aber ich sehe da schwarz. Unser guter Flinty leitet die Anklage und wird sie den anderen Mord nicht vergessen lassen.« (»Flinty« war Patrick Flint, zu jener Zeit ein aufstrebender Anwalt in Freds Kanzlei.) »Du kennst seinen Stil ja, meine Liebe: Höllenfeuer und Verdammnis. Falls du für sie beten möchtest, solltest du am besten gleich damit anfangen.«

»Um mich über deine Pietätlosigkeit aufzuregen, ist es zu heiß«, erwiderte ich. »Und ich bete ohnehin schon für sie. Aber sie wird mit großer Sicherheit gehängt werden.«

Es war ein warmer Abend nach einem heißen Sommertag, und wir saßen in Freds großem Garten auf der kleinen Mauer neben dem Gemüsebeet, wo wir uns von einem wilden Fangspiel mit dem Großteil seiner Kinder erholten (die zwei ältesten Jungen waren mit einem Onkel von Fannys Seite auf dem Kontinent auf Reisen).

»Der alte Betterton tut mir leid«, sagte Fred. »Jeder konnte sehen, wie verliebt er in die kleine Hyäne war.«

»Und doch ist er ein hochanständiger Mann. Ich habe seine Großzügigkeit mit eigenen Augen gesehen; Sam Watkins ist in einem exzellent geführten Hospital verstorben, das vor allem er finanziert hat.«

»Ein gebrochenes Herz ist eine schlimme Sache in seinem Alter. Ich war da vernünftiger und habe mir meines schon vor Fanny zweimal brechen lassen. Ach, ihr Frauen ... das Unheil, das ihr anrichtet!«

»Warte mit deinen Provokationen, bis ich wieder Luft bekomme.«

Das Spiel war beendet, und die Jungen schrien und balgten sich im Gras, während die Mädchen in sicherer Entfernung Ringelreihen spielten.

»Sarah wird bald hier sein«, sagte ich. »Sie ist dir sehr dankbar, dass du ihre Freilassung so schnell arrangieren konntest.«

»Dafür musste ich mich vom Innenminister beim Billard schlagen lassen. Aber im Ernst: Die Anklage war nicht mehr haltbar. Aller Augen richten sich jetzt auf die schöne Constance, die die Aufmerksamkeit offenbar sogar zu genießen scheint.« Fred wischte sich mit dem Taschentuch über die Stirn. »Hattest du bei Maria Betterton Erfolg?«

»Sie hat mir eine ihrer aufgebrachten Nachrichten geschickt und darin erklärt, sie wolle ihre Mutter nicht sehen.« Ich war sehr unglücklich darüber, denn Sarah war mir mittlerweile ans Herz gewachsen und ich bewunderte ihre Entschlossenheit, ihre Kinder zu beschützen. »Ich gebe zu, dass ich auf eine Versöhnung gehofft hatte.«

»Bestimmt will sie ihren Stiefvater nicht sehen«, sagte Fred. »Und ich muss sagen, dass ich es ihr nicht verübeln kann; Mallard hält seine angeheirateten Töchter für Dirnen.«

»Fred! Also wirklich ...«

»Aus seiner Sicht kann man es sogar nachvollziehen; die meisten Menschen würden Mädchen mit einer so zweifelhaften Vergangenheit schief ansehen.«

»Titus Mallard ist ein Mann Gottes, und als Christ ist es seine Pflicht, Sündern zu vergeben ... Was grinst du so?«

»Ich bin immer wieder aufs Neue überrascht, wie leichtfertig du über Sünden hinweggehst – als hätte dein kurzer

Einblick in die Welt des Theaters deine Moralvorstellungen erheblich gelockert.«

Ich widersprach, dass ich nicht im Mindesten leichtfertig über Sünden »hinwegginge«, und marschierte ins Haus, um mich vor Sarahs Ankunft ein wenig herzurichten. Mein Bruder, der ein Gespür dafür hatte, wie er mich ärgern konnte, hatte tatsächlich einen wunden Punkt getroffen. Bevor ich die Transomes kennengelernt hatte, wäre ich die Erste gewesen, die sie verdammt hätte. Doch jetzt sah ich nur die bodenlose Traurigkeit ihrer Geschichte – und das lag nicht an irgendwelchen gelockerten Moralvorstellungen; ich wollte lieber glauben, dass der Fall meinen Horizont erweitert und mein Mitgefühl vertieft hatte. Wir alle sind Sünder und werden am Ende gerichtet.

Constance Bettertons Festnahme und nahende Verurteilung dominierten mittlerweile die Gerüchte- und Skandalküche; sie war die neue Sensation, und Sarah konnte das Gefängnis ohne großes öffentliches Aufsehen verlassen. Fred verbannte seine Frau und die Kinder in die oberen Etagen seines großen alten Hauses, so dass wir Mr. und Mrs. Mallard im gemütlichen Wohnzimmer empfangen konnten.

Sie kamen ohne viel Aufhebens mit einer Droschke. Ich war überrascht, wie sehr sich beide verändert hatten. Sarah – in einem eleganten schwarzen Seidenkleid – wirkte deutlich älter; ihr Gesicht war faltiger geworden und ihr Haar von Grau durchzogen. Mr. Mallard hingegen wirkte wie neugeboren. Er strahlte große Ruhe aus, und eine Art ernüchtertes Glück hatte seine Sorgenfalten geglättet.

»Der Himmel hat uns große Gnade erwiesen, Mrs. Rodd. Wir müssen Ihnen für Ihre große Freundlichkeit und Güte während dieser tragischen Angelegenheit danken.«

Sarah begrüßte mich sogar mit einem Kuss, was mich ein

wenig aus der Fassung brachte. »Ich bin Ihnen auf ewig zu Dank verpflichtet – bei unserer ersten Begegnung hätte sicher keine von uns diesen Ausgang erwartet.«

»In der Tat«, erwiderte ich. »Wissen Sie, wohin Sie jetzt gehen werden?«

»Ich werde meine Pflichten als Ehefrau eines Priesters aufnehmen«, erwiderte Sarah (mit einem kurzen, komischen Zucken ihrer Augenbrauen, das mir fast ein pietätloses Lachen entlockt hätte, doch ihr Ehemann bemerkte nichts). »Es ist eine gänzlich neue Rolle für mich – Sie werden mir als Vorbild dienen.«

»Wir kehren nach Newley zurück«, ergänzte Mr. Mallard. »Die neuerlichen Umstände haben die Vorurteile meiner Gemeinde entschärft. Nachdem meine Frau sich von ihren Töchtern verabschiedet hat, werden wir morgen aufbrechen.«

»Werden sie denn kommen, Mrs. Rodd?«, fragte Sarah. »Wird irgendeine von ihnen kommen?«

»Miss Cordelia hat es versprochen und Miss Olivia auch.«

»Maria nicht?«

»Es tut mir sehr leid.«

»Ich kann es ihr nicht verübeln«, erklärte Sarah traurig, aber gefasst. »Sie hat zu sehr gelitten.«

»Liebes, du musst stark sein«, sagte Mr. Mallard mit Nachdruck. »Denk daran, dass es keine Vergebung ohne wahre Reue gibt.«

»Titus, ich habe dir schon hundertmal gesagt, dass meine Töchter meiner Vergebung nicht bedürfen.«

Er versteifte sich merklich. »Deine jüngste Tochter hat für ihr ungebührliches Verhalten noch nicht um Entschuldigung gebeten, ja, sie scheint vielmehr noch nicht einmal zu merken, dass eine Abbitte angebracht wäre.«

Das Thema schien ein dauerhafter Streitpunkt zwischen

den beiden zu sein, daher war ich erleichtert, in diesem Moment eine Kutsche herannahen zu hören und wenig später ein Klopfen an der Haustür zu vernehmen.

Mrs. Gibson, Freds Haushälterin, kam und verkündete überraschend:

»Mr. und Miss Parrish.«

Kurz darauf betraten die beiden das Zimmer – Jonathan Parrish in Trauerkleidung, an seinem Arm Miss Olivia.

Olivia wirkte sehr elegant, und der Ausdruck chronischer Unzufriedenheit war aus ihrem Gesicht gewichen. Ich freute mich zu sehen, wie ungestüm sie auf ihre Mutter zulief, um sie zu umarmen.

Sarah hielt ihr Kind in den Armen, und Freudentränen sprangen ihr aus den Augen. »Mein liebes, liebes Mädchen!«

»Ich war so ekelhaft zu dir, Mamma, aber ich habe dich schrecklich vermisst!« Mit neu gewonnener Souveränität, die ihr gut zu Gesicht stand und sie ihrem wahren Vater sehr ähnlich wirken ließ, knickste sie vor Mr. Mallard und reichte ihm die Hand. »Ich bin Olivia, Mr. Mallard.«

Er schüttelte kurz ihre Hand und sprach kein Wort.

»Meine Frau ist vor kurzem verstorben«, sagte Mr. Parrish. »Ihr Tod kam plötzlich und so friedvoll, wie man es jedem Menschen nur wünschen kann. Ich habe meine Tochter nun offiziell anerkannt – sie steht jetzt unter meinem Schutz.«

»Ich habe mein altes Leben hinter mir gelassen«, sagte Miss Olivia. »Von der Bühne und dem Versuch, Schauspielerin zu sein, habe ich genug.«

Endlich fand Mr. Mallard seine Stimme wieder. »Mr. Parrish, ich bin Ihnen für Ihren Großmut zu Dank verpflichtet. Ich hätte Sie nicht angreifen dürfen.«

»Bitte verschwenden Sie daran keinen weiteren Gedanken«, erwiderte Mr. Parrish.

Die beiden Männer verbeugten sich voreinander, wobei der weltmännische Mr. Parrish beim Aufrichten meinem Bruder kurz zuzwinkerte.

Mr. Mallard versteifte sich erneut, als wäre er zu Eis gefroren.

Nach kurzem Klopfen trat nun nämlich Cordelia in den Raum, begleitet von der treuen Murphy. Mrs. Sarah begrüßte beide mit einem Kuss und lächelte selig, ohne von der Missbilligung ihres Ehemannes Notiz zu nehmen.

»Noch nie habe ich mich so sehr gefreut, jemanden zu sehen!«, erklärte Murphy. »Sie haben uns allen ganz schön zugesetzt!«

Die treue Garderobiere folgte Mrs. Gibson hinaus, um ihr in der Küche Gesellschaft zu leisten.

»Es ist, als wären wir nach einem schlimmen Albtraum endlich aufgewacht«, sagte Cordelia. Sie wandte sich an Mr. Mallard, und ihre blassen Wangen röteten sich. »Ich muss Sie für mein Verhalten bei unserer letzten Begegnung um Verzeihung bitten.«

»Sie haben einen gewissen Eigensinn an den Tag gelegt.« Er ergriff nicht die ihm dargebotene Hand. »Und Uneinsichtigkeit bezüglich Ihres Fehlverhaltens.«

»Nun sei nicht so hart zu ihr«, sagte Sarah und ließ ihr altes Temperament aufblitzen. »Ich hatte dich gebeten, nicht so streng zu sein.«

»Und ich hatte dich gebeten, nicht von mir zu erwarten, dass ich über ungeheuerliche Unmoral hinwegsehe.«

Beide wirkten aufgebracht, und ich fürchtete schon, sie würden einen Streit beginnen, doch da klopfte es erneut an die Haustür.

»Aber hallo«, sagte Fred. »Erwarten wir etwa noch jemanden?«

Sarah erstarrte und hob eine zitternde Hand an den Mund. Mit einer Mischung aus angstvoller und sehnsüchtiger Erwartung starrte sie auf die Zimmertür. Draußen ertönten Stimmen, dann wurde die Tür geöffnet.

»Maria!«, flüsterte Sarah.

Es war (wie Fred später bemerkte) eine dramatische Szene. Maria umklammerte den Arm ihres Mannes, und ich dachte kurz, dass sie nie schöner ausgesehen hatte. Die zwei bewegten sich nicht aufeinander zu, sondern standen wie erstarrt auf den gegenüberliegenden Seiten des Raumes.

»Mr. Betterton«, sagte ich, »ich hoffe, Ihrem Vater geht es gut.«

»Oh ... äh ... danke, Mrs. Rodd.« Mr. Edgars Gesicht war auffallend gerötet. Er war deutlich nervös und erregt, rang jedoch um Contenance. »Er ist entsetzlich niedergeschlagen. So dermaßen erschüttert habe ich ihn noch nie erlebt, nicht einmal, als meine Mutter starb. Er tut für Constance, was er kann, und seine Verfassung ist überraschend stabil.«

»Das freut mich zu hören; bitte richten Sie ihm meine herzlichsten Grüße aus.«

Nach einem Moment drückenden Schweigens löste Maria sich von Mr. Edgars Arm.

»Edgar hat mich überredet, herzukommen. Ich hatte Angst davor, dich zu treffen.«

»Angst?« Sarah war weiß wie die Wand.

»Ich hatte Angst vor dem, was ich dir sagen will. Ich ertrage das Schweigen nicht länger. Edgar hat mich gedrängt, es dir zu sagen.«

»Sie hat mir alles erzählt.« Mr. Edgar hielt den Blick auf Sarah gerichtet und wurde noch eine Nuance roter. »Sie dachte, ich würde mich von ihr abwenden, wenn ich es jemals erführe.«

»Ich verstehe nicht.«

»Ich habe versucht, es zu vergessen, Mamma«, rief Maria. »Ich habe es mit aller Macht versucht, und beinahe wäre es mir auch gelungen.«

»Das Kind«, sagte Sarah. »Aber Edgar wusste davon.«

»Mamma, dachtest du wirklich, Frank sei dafür verantwortlich gewesen?«

»Aber natürlich ... Was sollte ich denn sonst denken?«

»Ich nahm an, dass Cordelia dasselbe passiert war – auch wenn sie es leugnete – und das war der Grund, weshalb ich sie damals in mein Haus holte. Ich wusste nur allzu gut, dass der Italiener nichts damit zu tun hatte.«

Cordelia brach in Tränen aus.

Maria rief: »Sieh nur, was er ihr angetan hat!«

»Er sagte, ich müsse etwas Schönes für ihn tun«, klagte Cordelia. »Ich fand es aber nicht schön, ich fand es abstoßend und grässlich, aber er sagte, er habe ein Recht darauf und dass Maria und ich seine perfekten Schöpfungen seien und er uns mehr liebe als irgendjemanden sonst.«

Olivia durchquerte den Raum und nahm ihre Schwester in die Arme. »Ich zählte nicht als ›perfekte Schöpfung‹, jetzt weiß ich, warum. Ich bin nicht seine Tochter.«

Cordelia begann nun, ganz erbärmlich zu schluchzen, als sei sie bis zu diesem Moment nicht in der Lage gewesen zu weinen. Ich reichte Olivia mein Riechfläschchen, und dann lauschten wir schweigend eine sehr lange Zeit ihrem Kummer.

»Dieser Mann sei verdammt«, sagte Mr. Parrish.

Maria, ebenfalls tränenüberströmt, schaffte es, die Fassung zu wahren. »Hast du es wirklich nicht gewusst, Mamma?«

»Nein!«, rief Sarah verzweifelt. »Ich schwöre es euch ... aber ich hätte es merken ... ich hätte euch retten ... falls ich es je geahnt habe, habe ich es von mir geschoben ... mein Liebling, mein armer Liebling, ich hätte es wissen müssen!«

Nach allem, was geschehen war, nach langen, ermüdenden Wochen des Ausharrens im Schatten des Galgens, war Sarah nun gebrochen. Sie drückte Maria an sich, als wollte sie sie nie mehr loslassen. Wir anderen sahen es still mit an und versuchten zu begreifen, was wir gehört hatten – dass Transome seine eigenen geliebten Töchter vergewaltigt hatte.

Die innerste Tragödie dieser Familie von Tragödiendarstellern hatte sich endlich offenbart.

Doch auch der Heilige Geist war anwesend und zeigte sich überraschend in Gestalt von Titus Mallard; die heilige Flammenzunge erweckte in seinem Wesen eine Zärtlichkeit, die er nicht gespürt hatte, seit er sein eigenes kleines Kind zur ewigen Ruhe hatte betten müssen.

Er ging zu Cordelia, nahm ihre Hand und küsste sie.

❦

Die Werke der Vorsehung erstaunen mich mit zunehmendem Alter immer mehr.

Mr. Mallard erwies sich als guter und liebevoller Ehemann für Sarah und als herzlicher, wenn auch entfernt lebender Stiefvater für ihre Töchter. Zum großen Erstaunen seiner Gemeinde verkehrte der einst so gestrenge Mann nun mit Schauspielerinnen und wagte sich sogar hin und wieder ins Theater. Als Sarahs Töchter selbst Mütter wurden, erlebte auch er noch den Segen kleiner Kinder, deren Stimmchen und trappelnde Füßchen die Geister der Vergangenheit aus seinem vormals traurigen Heim vertrieben.

Maria Bettertons erster Sohn kam sechs Monate nach der oben beschriebenen Szene zur Welt, und auf diese Weise gelangte – zur großen Erheiterung meiner Familie – ein später gefeierter Schauspieler in die Schar meiner Patenkinder. Miss Cordelia heiratete Joseph Barber, Miss Olivia (die durch die verstorbene Frau ihres Vaters recht wohlhabend wurde) heiratete einen Baronet.

Maria und Cordelia – Transomes »perfekte Geschöpfe« – setzten ihre Schauspielkarrieren mit großem Erfolg fort, ebenso der unglückselige Mr. Betterton.

»Natürlich zog ich in Erwägung, mich zur Ruhe zu setzen«, sagte er, »aber die Schauspielerei ist mir Speis und Trank, Mrs. Rodd, und nur wenn ich auf der Bühne stehe, bin ich ganz ich selbst – das habe ich mit Thomas Transome gemein. Ich werde nie aufhören, für ihn zu beten. Auch für sie bete ich.«

Mit »sie« meinte er Constance, deren Hinrichtung durch Hängen die Sensation des Jahres darstellte. Als guter Mensch, der er nun einmal war, kümmerte Mr. Betterton sich für den Rest ihres Lebens um Mrs. Noonan, und er bezahlte sogar einen neuen Grabstein, als Tom Transomes Ruhestätte nach und nach verwahrloste.

Sarah Mallard findet auch jetzt noch, nach all den Jahren, dass ihre Darstellung der Pfarrersfrau eine ihrer besten ist. Wir sind mittlerweile zwei alte Frauen und sehen für andere, die unsere Geschichten nicht kennen, wohl auch so aus; aber sie hat nie ihre Aura jugendlicher Frische verloren – ebenso wenig wie ihre Fähigkeit, mich in den unpassendsten Momenten zum Lachen zu bringen.

Ich habe noch nicht entschieden, wie ich mit dieser Geschichte verfahren soll – ob ich sie verbrenne oder nicht.

Patrick wunderte sich neulich sehr, als ich ihm erzählte, was ich so eifrig niederschreibe.

»Das war eine schreckliche Sache; ich fand es abscheulich,

dass die junge Frau zum Tode verurteilt wurde – auch wenn sie es verdient hatte. Ich werde Tishy warnen, dass sie diesen besonderen Fall von dir wohl lieber nicht lesen möge – aber du darfst ihn auch nicht verbrennen. Die Wahrheit ist die Wahrheit, und die Geschichte zu verbrennen wird sie nicht ungeschehen machen.«

Seine zwei Töchter, meine herzliebsten Großnichten, kamen in jenem Moment ins Zimmer gestürmt und fegten alles Verdorbene und Traurige davon – wie eine frische Brise direkt aus dem Himmel.

Sabine Weigand
Die englische Fürstin
Zwischen Glanz und Rebellion
Roman

Eine junge Frau. Ein mächtiges Fürstenhaus. Ein gefährliches Geheimnis.
Auf einem Londoner Ball begegnet die junge Daisy einem deutschen Adligen. Doch nach der Hochzeit fühlt Daisy sich in der Pracht von Schloss Fürstenstein wie eine Marionette. Sie, die im Glanz lebt, beginnt heimlich, den Armen zu helfen. Sie wird zur Prinzessin der Herzen. Aber was ist mit ihrem eigenen Glück? Wie kann sie ihren Idealen folgen, ohne alles zu gefährden, woran ihr Herz hängt?

»Sabine Weigand schildert Daisy von Pless ungeheuer lebendig – man hätte diese Fürstin gern erlebt.« *Freundin*

576 Seiten, broschiert

Weitere Informationen finden Sie auf
www.fischerverlage.de

AZ 596-70305/1

Kate Saunders
Die Schatten von Freshley Wood
Laetitia Rodds zweiter Fall

Reifrock, Tee und Mord
Laetitia Rodd ist die Frau für diskrete Ermittlungen in der viktorianischen Gesellschaft. Ihr Auftrag: Sie soll Joshua Welland aufspüren. Einst ein brillanter Oxford-Student, zieht er nun als zerlumpte Gestalt durch die Wälder und macht Andeutungen über ein düsteres Geheimnis. Mrs. Rodd nutzt ihre Verbindungen zum Pfarrer von Freshley Wood, um Joshuas Spur zu finden. Doch dann wird der Pfarrer ermordet. Ist Joshia in die schreckliche Tat verstrickt?

»Laetitia Rodd bedeutet Lesevergnügen pur.« *Sunday Times*

Aus dem Englischen
von Annette Hahn
416 Seiten, broschiert

Weitere Informationen finden Sie auf
www.fischerverlage.de

AZ 596-00061/1